我和你的漫长时光

俪歌 著

A JOURNEY
THROUGH TIME
WITH YOU

CNS PUBLISHING & MEDIA
湖南文艺出版社
HUNAN LITERATURE AND ART PUBLISHING HOUSE
博集天卷
CS-BOOKY

谨以本书献予我的父母。
他们以爱予我造梦，我才得以写出书中
这个洋溢着爱与鲜花的世界。

——俪歌

序

我向来不以题材论作品，凡世间事皆可入小说。俪歌的这部小说写的是娱乐圈的爱情。娱乐圈是盛产爱情的地方，这是毫无悬念的；但怎么去写娱乐圈的爱情却是需要巧思的。作者以成熟的技巧描写一段青涩稚拙的娱乐圈爱情，笔法与内容的反差颇有意味。

我们这一代人，在乡野田间度过少年时代，成年后面对光鲜的娱乐圈，本能地怀有临深履薄之心。我们关注其间的兴衰荣辱、资本游戏的运作方式、人性的幽深复杂之处，可能远胜于关注作品本身。

俪歌的一代自幼生长在城市，对于娱乐圈有着与生俱来的亲切熟稔，反而写出人性最美的那部分。凡·高有句话："当我画一个男人，我就要画出他滔滔的一生。"作为一个青年作者，俪歌让人物在纸面上立体起来，活了起来，难能可贵。无论是女主人公通过情感和婚姻完成内心成长，还是男主人公从乡村少年到当红"小鲜肉"的心路历程，都写得老练而体察入微。

这部小说最吸引我的部分，是字里行间浸润着的价值观，看得出作者对美的追求，对艺术的忠诚，这点追求和忠诚，诚挚又朴素，最让我感到安心。

中国影视圈需要这样的作品。毋庸讳言，娱乐圈是最大的名利场，但其间也不乏为艺术理想奋斗的人。这部小说虽然呈现了娱乐圈的光怪陆离，但书中最强的光束是明亮而温暖的。

当然，《我和你的漫长时光》作为作者的初试之作，语言表述上还难以达到精准洗练的水平，但它仍不失为散发着蓬勃生命力的佳作，作品表现出的创造力尤其值得嘉许。作者的未来创作之路让人期待。

王跃文

目录

Contents

我 和 你 的 漫 长 时 光

第一年

相识

吴天泓出国前闹了个大花边，拍戏本来就够累的了，私生活被媒体追着一搅和，烦到要爆炸。那边刚一杀青，赶快就往国外躲了。

吴天泓是个明星，勉强算童星出身，也算是在全国的父老乡亲面前混了个脸熟，可是很少会上明星八卦版面。她谈恋爱分手不算频繁，而且都相当低调。除了早早送出去的初恋是个早就落到十八线开外的师兄，算是圈里人，其他前男友都是圈外的。通常来说，名气一般的小明星跟圈外人谈恋爱，不闹到要结婚，很难登上八卦版面。

奈何她的前一任男友偏偏是王斌宇。两个人认真好了一段，谈崩了，最后分手。其实也就是寻常的恋爱经历。但谁让她对象是王斌宇呢？京市的夜店小王子，江湖人送外号四少之一的老三。说起来，在那块地界，王斌宇的身份地位未必排得上号。可是他追女明星多啊，人长得又还算不错，老子、自己都有点钱，这个关注度自然就起来了。

王斌宇并不轻易承认女朋友。吴天泓这个算是相当认真的了。两个人在一起的时候真的没有那么多女明星想要嫁豪门的狗血情节，反而异常朴素。就是两个寂寞的都市男女在夜店相遇，一起喝了点酒，觉得好玩就交换了个电话号码。

正好吴天泓那段时间在京市拍戏，常年在王斌宇的地界上待着。王斌宇不时给她打打电话、约个饭，久了两个人有了感情就处上了。挺认真的那种。

从报纸上看到吴天泓和王斌宇在一起了，吴天泓的父母还在家里发了好大一通火，差点没断亲。可是吧，没等吴天泓跟家里争出个子丑寅卯来，两个人自己谈不下去了。

吴天泓去年几乎都泡在剧组里，接的两个角色都有点难，耗费了她许多的心力。导演较真，带着整个剧组往山沟沟里钻了两个月。出来以后，这感情就有点谈不下去了。坚持了两周，王斌宇还是说了分手。

有点心酸？那是肯定的，必然是心情好不了。这边角色给她的心理压力也大。媒体还要站在剧组门口，举着话筒追着采访她，生怕她不够烦！分手了什么感觉？愉快？你试试看，分手了还感觉愉快？

吴天泓跑了，她跑到欧洲躲了两三个月。只可惜前男朋友已经断了道，好姐妹刘渝徽在盯着公司拍戏。死党米妮进了另外一个组，只能看着她的博客流口水。晃晃荡荡，就她一个人背着包坐着火车满世界乱晃，最后停在了威尼斯。这也挺好，哭哭笑笑，什么都随便自己。

好好发泄了一通之后，又休养了一段时间，终于能神清气爽地进新组工作了。

她回国以后倒了一两天的时差，正是作息良好的时候，以至于她自己开车进组的时间居然早得惊人。

吴天泓也不过二十五六岁，她十五岁出道的第一部片子就得了奖，后来陆陆续续也演了几部好片子，在圈里也算有些地位。她野惯了，从小爹妈管不住她，经纪人也不用，签了公司就是摆着看的，自己能得不行。

她素来胆子大，走的又不是那种偶像路线，谁看见她都认识，却没什么死忠粉丝。一般情况下，她是不让人跟着的，自己一个人还管不住自己了？这天又是她自己开了辆保姆车颠颠儿到剧组来了。

剧组安排在延国，吃的用的都方便得很，平白跟着几个人让她看着眼烦。

这年头，她这样不带助理的还是能找出些人来，多是她的老前辈。当然，带两个也能理解，到底有些杂事想找人帮忙。听说有些年轻演员身边围了三四五六七八个助理，也不知道是不是无能到路都要人帮着走了。看着这么些人跟着，他们也不觉得烦吗？

导演没到，就几个工作人员在做布置。看到女主角，个个立正，甭管老的少的毕恭毕敬喊一声："天泓姐好！"

吴天泓点点头，往化装间走去。

剧组并没有举行开机发布会，但是进行个拜神的开机仪式还是要的，下午就能开始正式拍摄了，拜神的时候还是穿好剧服吧。

这次的新剧是剧情狗血淋漓的古装偶像剧，装扮还挺麻烦的。一推开门，演员还没到，就两个化装师正在聊天。其中一个吴天泓认识，合作过两次了，这会儿正跟同事聊得眉飞色舞。

"小陆，怎么这么兴奋啊？"

"哎，天泓姐?！你今天来得也这么早。"小陆冲着她挥手。

"还有人比我到得早？我以为我已经是第一了。"

"是啊是啊，展冲到得比我们都早呢，都已经化好装出去了。"

吴天泓挑了挑眉，她压根就没听过，好像不是男主角。这倒是不奇怪，娱乐圈里面有不少的小圈子，导演喜欢带些固定的班底。一帮人通常都专注于拍摄某一类影片，合作的班底也相对固定。这才有了 D 圈、X 圈之类的说法。

像吴天泓十五六岁出道时，她拍的片子就是冲桂冠奖的，演的还是女主。然后，做了最年轻的最佳女主角。从此，她跟着的导演一般都是名导。

一般人会觉得这样特别好，起点高。吴天泓则是暗地里庆幸不是被 H 导相中出道的，不然电视剧都不让拍。

不过这也没什么好幸运的，早些年她起点过高，年纪又小，其实接到合适的角色很难，一般电影、电视剧压根没底气让她演配角。可是做主角的话，她长得偏艳丽，而且又还很小，当偶像剧女主角并不太合适。

当初演的片子本来就是因为她的形象气质特殊才接到的，可是特殊的形象气质又限制了她之后的发展。吴天泓就这么被不上不下地吊着了，不少人劝她索性退圈得了。

可她死活不，反正吴天泓足够脸大，能够觍着脸自己去找爸妈已经在娱乐圈工作的学生之类的关系，从生活剧里的配角做起。她从来没在意过档次这类东西。

爸妈拦不住她，只是要求她必须在东戏（也就是他们手底下）把表演的文凭拿到手，其他就随便她折腾了。

高中的时候，成了最佳女主角的她却只演了几个生活剧里的配角。

而大学因为校规限制，只拍了两部剧，以求不被遗忘。

不过，大学毕业之后就顺风顺水起来。出道也有六七年了，她周身已然褪去了小姑娘的生涩感，多了些成熟的韵味，有奖项、有资历，还有人脉，她的娱乐圈之路走得顺风顺水。吴天泓顺利成为多部正剧和重要电影的女主角。大众对她的定位是青衣。她的个性突出，有些特立独行的名声，可也没想不开“堕落”到去拍无脑的古装偶像剧。这片子没有大制作，主演的明星也没有特别红的，带点奇幻元素，原创剧情更是二到不行。

听说她跑去拍古装偶像剧这种不入流的片子，她没少接到电话问候，各路亲朋好友都跳出来关心她的财务和精神问题。

但她的老板兼姐妹刘瀹徽居然很淡定。她随意地“哦”了一声，然后就没说什么了。她自己的公司就是制作这一类古装偶像剧的，谁知道吴天泓自己公司的戏不接，接了这部戏，她的反应依然很淡定。

果然是认识了许多年的好姐妹，她知道吴天泓有的是主意，谁也拿她没辙。索性就不说了。

米妮那个死女人打了个电话过来庆祝她“下海”，这就很难受了。

“说什么呢？乱七八糟。”

“嘿嘿，吴天泓，我跟你说，你可别不信啊。听着，我给你念一段……”

她念的自然不是吴天泓这部剧集的本子，是她自己的台词。

比起吴天泓来，米妮相当倒霉。她的长相跟吴天泓有点像，都是那种有点艳丽味道的长相。吴天泓属于艳丽中偏甜美的，还能唬人。米妮则是全然地妖媚了，按照通常认知——她长了一张典型的小三脸。

米妮又没有吴天泓的那种命，没有当东戏教授的爹妈。虽然吴天泓这也说不上多么了不得的背景，但好歹起步不那么艰难，跟圈里不少人都认识，能让她有不错的路可走。等她到达某个层次之后，后面怎么都要容易些。

米妮一直只能当女三、女四、女五，最多最多演个女二，全是脸谱化反派，一点机会没有。她比吴天泓还大两三岁，都三十边上了，一次女一没当过。她从来都演偶像剧里的那种——爱上除了纯真可爱什么都差劲的运气无敌女一的，眼瞎的男一、男二，然后非要使出那种谁都看得出来的坏主意，还要号称自己有心机的女配角。演女二、女三，就看上男一；演女三、女四、女五，可能都不会跟男一有感情戏，也就喜欢一下男二。

再不然就是家庭剧里的小三，欺负那个不受虐就不能好好当媳妇的女主角，然后勾搭那个非得虐上一轮才能发现自己真爱是谁的猪油蒙心男。若是男人被勾搭成功了就是男二，勾搭不成的就是男主。就算临时成功了，那也不行，到头来这个被迷惑的男人还会回头去追求真爱，看到她就恨不得一棒打死，有时候还真要动手。

可别管是哪个，没有一个是幸福结局。可以说是很惨了。

她手上这样的剧本很多，随便念出几句来嘲讽吴天泓那是够够的。

吴天泓冷哼一声，一下就挂断了电话。

哪有那么多乱七八糟的规矩，吴天泓就是无所谓。她自称自己是在“混”圈。最佳女主角光环加身，正剧出身，签约的公司却是个常年拍青春古装偶像剧的小作坊，跟她混得最好的是圈里八十线的米妮。

她这二十五六年都是这么野过来的，干过的不讲规矩的事情太多了。反正她不缺才华，不少人脉，她要做什么都行，谁都奈何不了她。就凭着最佳女主角头衔，她怎么会找不到工作？这剧就是她自己接下来的。

其实就是某个酒会上，有个导演正好邀她去演自己的新片子，吴天泓拒绝了，理由是太累，不想花时间演那种要专注揣摩的东西。听到这话，旁边的王兰玉凑上来说自己新拉了个班子，准备开一个戏，叫《赤龙刀》，是个原创的主打仙侠的古装偶像剧。

吴天泓当时冷汗就飙下来了，她可是没跟偶像剧搭过茬的。她自己签的公司恒星主打就是这个类型的剧，自己公司的戏她都没有去过，连客串都没去过。

原因之一是她混的圈子不是这一拨的，另一个重要的原因则是，她这长相在这种类型的剧目里通常只能当女二，也就比米妮的长相少些侵略性。可是偏偏她这个段位又没哪个导演、监制敢让她在偶像剧里给人当背景。

王兰玉劝她说："这种剧现在还是蛮吸粉的，给你找两个当红的男生一配，保证粉丝数噌噌地长。就你这演技，你随便演一下就够用了，多轻松啊。再说了，把你请过来当女主角多有话题性啊，你也就当是帮帮我。"

吴天泓刚出道没多久的时候，欠了这部片子的制片人一个人情，所以回去后琢磨了半小时，她就打电话过去把片子接了。反正那时闹分手心情烦躁，想拍一部轻松一点的玩票。

所以她随意地签了约，然后收拾行李出国旅游去了，男主角的名字也是后来在电话里听了一耳朵，反正是不认识的。她也没在意，以前就不是一个圈里玩的，费心思打听也是啰唆，拍戏的时候总要见的，拍完了大概也玩不到一块儿去。她只是隐约记得名字是三个字的，不是展冲。

倒是没想到这个展冲这么敬业，这么早跑过来已经化完了装。

吴天泓随意地"哦"了一声就坐下来，让小陆帮她化装。小陆今天明显亢奋，一边化一边喋喋不休地和旁边的另一位讨论展冲多么帅多么帅，多么地惊为天人。吴天泓开始还不置可否，哪能那么帅，若圈里多了这么美的一张皮，她一定能发现的。

可是小陆明显进入了痴迷状态，从展冲的发际线夸到他的手指尖，所有她能看到的地方都是天下第一。吴天泓忍不住撑她："你可矜持点吧，你们家刘利听见了可跟你没完。"

"哼，花痴无罪啊。这么帅的男人谁能把持得住。老刘吃醋都没有立场。我知道他接了这部戏，今天特意起早跑到这儿来等着了，就是为了一直看到他啊。"

"有你说的这么帅吗？"

“天泓姐?!你不知道展冲啊？”听了吴天泓这句话，小陆的手差点就是一抖，仿佛听到了什么不可思议的东西，“他最近那么红！”吴天泓挑挑眉，老实承认自己孤陋寡闻。小陆和旁边的小妹更加兴奋了，两个人七嘴八舌把展冲的资料倒给吴天泓听。

怪不得她不知道了，这个展冲是早两个月的时候选秀出身的。唱歌什么的都一般，就是长得特别帅，虽然名次一般但是人气奇高。制作人王兰玉就是冲着他的人气将他签回来做男二号的。

吴天泓没什么反应，这两年不知道是从哪个国家学来了选秀节目这种模式，电视上见天儿地选，选完了女生又选男生，一场接着一场，比完唱歌比身材，然后又比回了唱歌。一场秀整完，动不动出来十几、二十个人，除了少数那么几个拔尖儿的，过俩月圈里圈外的，谁还记得啊。她压根就没费心去关注过，那些比赛她也不爱看。不过这个展冲特意来得这么早，开头的态度还算不错，勉强给加了点印象分。

古装剧化装就是比较烦琐，小陆和旁边的小妹两个人一边给吴天泓梳化，一边一场比赛接一场比赛地讨论，从展冲的动作说到服装，直讲到唾沫横飞，让吴天泓都听困了。

好不容易化装完了，吴天泓是被拍起来换衣服的。等她再次撑开眼睛，才发现化装间里又来了两个演员，吴天泓笑着和她们打了个招呼。等换好衣服，听到其中一位说导演已经来了，吴天泓就打个招呼说要出去看看。

吴天泓出了化装间，一路碰到工作人员跟她打招呼，她懒洋洋地点点头，问清导演的位置就走过去。

她走着走着，突然停住了脚步——看见了一个男孩子。

不用问，吴天泓就确定这个男孩子一定是展冲。他长得真的是非常好看，不是那种雌雄莫辨的好看。其实五官好看到一定程度就会模糊了性别，偏偏明显是个男人的样子。或者说他是个男人是不合适的，就是个男孩儿，有点青涩的感觉。

可那种涩偏偏遮不去他眉目如画的惊艳。他的妆容没有经过那么多的雕琢，颇为自然，透出那种纯真的感觉。青春的气息扑面而来，怎么看都觉得是个眉眼精致的少年郎。

吴天泓觉得自己的心狠狠跳了一下，眼睛里估计要冒红桃心了，真是个可爱的男孩子。吴天泓冲着他走过去，拍了他一下说："你好。"

展冲吓了一跳，他愣了零点一秒，赶快反应过来。他很快地站起来，朝着吴天泓毕恭毕敬地鞠了一躬道："天泓姐，早上好，我是展冲。"吴天泓被他的反应逗乐了，这是哪儿来的人啊，莫不是来自日本，逢人背朝面？

他估计也觉得自己夸张了点，直起身子，迟钝地伸出手，脸涨得有点红。吴天泓和他握了握，仁慈地决定不唬他了。这小孩也太青涩了。

吴天泓和他简单打了个招呼，就跑过去和导演说话，两个人有一搭没一搭地联络感情，男一来了，叫作彭翰宇。进入演艺圈也不算久，但是吴天泓看着他也觉得有点面熟，应该是某些大型活动中扫过两眼。他长得也蛮帅的，就是和展冲的惊艳比起来逊色很多。和展冲那种天然的美好不大一样，他所有的一切都是修整过的，服饰妆容都很有气场。随便一扫，就能看出不少流行元素来。明明是个古装，也不知道潮成这样是要表达些什么。

他身后跟着四五个助理，簇拥着这位爷，手里都抱着不少东西。

彭翰宇明显比展冲老练多了，他的笑容很灿烂，很快地融进了谈话的小圈子里，两三句话里就会对吴天泓或明或暗地恭维一句，无数次地表达他对于和吴天泓合作有多么多么地荣幸。

看到这热火朝天的场面，一边的展冲迟疑地站起来，不熟练地挤出笑来，站在他们旁边。一副想要插话又不知道怎么开口的样子。

彭翰宇没搭理他，装作没看见似的。导演比较善良，抛给了他几个话茬。展冲磕磕巴巴地接了两句，又被一边的彭翰宇岔开了。

吴天泓在一边冒冷汗，暗暗叫苦这次的合作不好过。

展冲看着不错，可是生涩到发苦，这种涩劲儿放在别的地方也没什么，偏偏是在娱乐圈里，这就显得有点不懂事了。这个彭翰宇不说他的人品如何，明显他的手腕也不太高明，他做出来的反应也太直接了。有心机又表现得太明显，这个人也还是嫩啊。不过，真的把两个人比一下，彭翰宇更加让人讨厌，他隐藏不了自己的手段，可是又不放弃，给吴天泓的印象就是烦。

不过这种小生之间的明争暗斗吴天泓是不搅和的，咖位都不一样，她还是高冷地作壁上观吧。上午基本就是拜神，相互熟悉，等到下午才开始拍。

第一场是室外戏，是吴天泓和彭翰宇的拥抱戏。本来导演想让他们先拍吻戏尽快磨合，产生化学反应，奈何吻戏写的是晚上，只好先拍接触稍微少一点的拥抱戏份。

拥抱发生在剧情的中后段，男主角走火入魔，命不久矣还肩负着拯救天下的重任，所以为了保护心爱的女主角白玲珑，只好含泪放弃。单纯天真善良的白玲珑当然不愿意放弃爱人，她追上了男主角说了大段大段的拗口台词，在背后将他扣住。可是男主角依然撇下她离开。分开后的俩人都坐在地上哭泣。

吴天泓当然看过台词，她背台词的时候相当地头疼，谁也没想到这个台词居然这么恶心。若照她的脾性被男人这么甩了，必然是头也不回扭头就走，谁也不欠谁的。但是剧中的姑娘必须被不断地甩掉，追上，再甩，再追上，以不撞南墙不回头的大勇气坚定地哀求，一定要和男主角在一起。

吴天泓的演技自然是不差，就算是玩票性质的拍剧，该她做的都老老实实完成了，充其量就是不去挖掘角色的深层次内涵。反正是个小白，也不知道她这么挖，能挖出个什么来。

等到开拍的时候，吴天泓才知道自己想得太单纯。和她做对手戏的彭翰宇演技浮夸到了天际，简直是在飞。这话到底不好说出来，她默默忍耐，连着拍了四次终于将这一段拥抱戏拍过了。

然后导演让她在这个场景里拍一段哭戏，下一段则是彭翰宇的单人哭戏场景。吴天泓的单人场景好说，她一条就过了。但是彭翰宇明显要耽误很久。她看了看剧本，这个场景还有一场戏是她和展冲的，拍完这一场这个场景就差不多拍完了。

吴天泓看导演正和彭翰宇讲戏，估摸着还要一会儿，就干脆到一边去抽根烟。她烟瘾不大，但是烦躁的时候总要抽上两根来平复情绪。

九月，延国的日头特别毒，吴天泓顶着头套，又穿着两三层的古装，只觉得燥热，她赶快躲进僻静的背阴处抽烟。

吴天泓点烟，深深吸一口，一抬头看见不远处的展冲。他应该是正在练习，躲在无人的树丛里，动作幅度不知道为什么也小得可怜。他用隔着两米就听不见的声音说台词，小幅度地做动作，整个人僵得像一截木头。

看着他这个样子，吴天泓只觉得自己头疼。遇到一个浮夸得飞上天的搭档已经够痛苦的了，另外一个居然是根纯木头。这哪里是休假？这分明是修炼，修炼涵养来的。吴天泓觉得她已经能想到等电视全片出来以后是怎么个糟心的尴尬劲儿。她开始计算着违约金付不付得起，把合约撕了回家会得罪多少人，最后能不能把事给平了。

吴天泓实在糟心，不想出面去管他，自己默默抽烟，不时扫他一眼。

展冲练习的明显是下面要跟她对戏的那一场，台词并不算太多，只要把女主捡回去就算任务完成。他练习了一遍又一遍，可是对着木头他表现出来的也像一根木头一样，幅度稍微做大一点好像就会导致关节松动，以至于整个人散架。

好吧，幸好长得很好看，虽然是木头，但也是块挺好看的木头。

吴天泓终于忍不住，她将烟头摁灭，走过去。“展冲，你过来跟我对一下戏。”

展冲明显被吓到了，怯生生地跟在她后头。两个人照着台词把这出戏对了一遍，本来吴天泓想着有个人在他面前表演，他应该知道动作可以做得多大，谁知道这人可好，快要碰到了就马上一缩，好像她身上有毒一样。

吴天泓耐着性子跟他排了两遍，实在受不了，炸了。“你能不能胆子大点，碰到我身上是会中毒还是怎么样？你拍戏的时候不是要搭在我肩膀上安慰我吗？明明白白写在剧本上的，你是不认字吗？我又不会占你便宜，你在躲什么呀。”

展冲脸色一白，也不生气，反而是连连鞠躬，不断地说：“对不起，对不起。”

“还有，你声音能不能大一点，太含混了，我站在这里都听不清。是不是怎么样大声说话还要再教你一遍？”

展冲乖乖点头，又摇摇头。

吴天泓既然开口了，就对着他训了个彻底。展冲到底是新人，身边没有助理和经纪人，被她训得腰都直不起来了，也没人出来帮他说两句。

说痛快了，吴天泓又让展冲跟她对了一遍。

这次好多了，展冲总算不是一根木头了，不说动作有多细腻，好歹整个人是活动的。这会儿吴天泓知道他为什么说话小声了，他的普通话很不标准，带着浓厚的乡音，土气得让人皱眉。他显然也意识到了自己的问题，尽量放慢语速，这样反而更加明显了，还一字一顿地就跟机器人一样。

吴天泓又叫了停。“你正常语速说话。这是古装剧，现场收音不好做。你是个新人，到时候肯定会要配音。你别管自己的普通话说成什么样，正常说出来让后期能配就算成功了。你这么个说话法，后期都不好做。”

展冲脸又红了，他乖乖点头，这会儿说话的语速正常了。

那边彭翰宇终于通过了，导演把他们俩叫过去，要拍两个人对手戏的场景了。吴天泓大步走在前面，展冲则留在原地做了很多次深呼吸，这才跟上。

两个人才摆开架势就被导演喊了停。吴天泓诧异地抬起头，只见导演和颜悦色地告诉展冲，演戏一定要对着镜头演，她只觉得冷汗直冒。这是从哪里找来的极品，连基本的对着镜头走位什么的也通通不知道，这简直是做花瓶都做不好。就算脸能看，但也要走对地方让人把脸看到吧。

这些人都是怎么回事？选出来了，就不管三七二十一地往圈里扒拉？唱歌跳舞出来的，跟他们在剧组混些什么？

这场戏又磨了很久，导演倒是有耐心，知道这是个新人，所以还能够保持着笑脸跟对方说些基本常识。

吴天泓在那边简直就要暴走了，这是她第一次有这样的遭遇，只觉得演艺圈的新大门朝她打开了，以往听说过一些到底没遇见，这会儿撞到自己身上却又不能发火，改天娱乐圈头版就成了吴天泓耍大牌欺负新人。只好自己强忍，在心里不断地对自己默念：“不能发火，不能发火……”

要不是合同上签好了字，吴天泓分分钟想甩手不干了。她的演技发挥都用在了伪装淡定上，在导演训斥展冲的时候故作友好，躲在一边，一言不发。

好容易这一天挨完，吴天泓没有回化装间，躲到一边去边拿着手机边抽烟，一根接着一根。正好米妮那边也下戏了，兴致勃勃打电话过来问她："怎么样？怎么样？有没有特别酸爽啊？"

"有有有，可不酸爽怎么的？一个油渣滓，一个是甘蔗渣，配到一起吃，酸爽到难以形容，还说不出哪个吃着更爽。"

吴天泓好容易逮着了出气的口子，说话的对象又是米妮，那抱怨起来可是毫不遮掩："真不知道这找的都是什么人，要找出两个比他们演戏更烂的，比这部戏成功拍出来还不容易……我真是昏了头了挑这部戏玩票，简直是自杀……一个油滑得，啧啧，都没法下手好吧。偏偏觉得自己特别帅，好像谁还要巴结他似的。另外一个那是真呆，就那个叫展冲的，妥妥一块木头疙瘩成精啊。怕是修炼了千百年，得是块行将就木的老木……什么意思？朽木啊！真不知道他们还赖在演艺圈干什么，趁早回家另谋出路才是对自己认真负责……"

絮絮叨叨三四十分钟，吴天泓终于发泄够了，转身回化装间卸妆。

第二天，一切照旧。看样子昨晚回去展冲应该是发狠练过，吴天泓对面站着的好歹不是个木桩子。但是经验太少，对焦走位极其风骚，吴天泓不得不一遍又一遍因为他诡异的动作而重来。

展冲越来越焦躁，他每失败一次就诚恳地和周围的人道歉，一遍又一遍，对不起三个字都听得麻木了，他的表现也越发不稳定。虽然态度很诚恳，对不起说得也真挚，可这事做多了吧，再怎么有良心、有态度，他的水准也是实力招人烦了。

就算脾气挺好的导演也受不了了，当面脸上还挂着笑，转头就垮下来，就连昨天那两个把他崇拜到天上少地下无的化装师妹子都受不了了，她们就是打杂的来着，轮不上她们说话，可是她们得留在这边化装。私下凑一块儿抱怨，再也不吹了，白眼翻上了天。

过了三四天，王兰玉可算是往剧组来了。她出来单干，盘子还铺得挺大，前一个剧组要收尾呢，得在那里守着。那部剧的投资可大多了，一点闪失不能有，比起来《赤龙刀》的投资一般。导演和两个男主角的要价都算不上高，就是还有个吴天泓得去好好招呼一下。她抽了点时间赶到剧组来了。

明眼人一眼就看得出谁在制作人那里牌面大。和导演打了个招呼后，王兰玉就凑到了吴天泓跟前。毕竟吴天泓不仅是番位最高的女主角，她也是这部电视剧的话题点，能请她这尊大神来《赤龙刀》的剧组，也是挺不容易的了。人气可能差点，但是国民认知度高啊，说出去也是有最佳女主角坐镇的剧组了。

看到王兰玉的身影，正在一边记台词的展冲就是一抖，整个人恨不得缩成一个球。他是选秀出道的，签的就是和电视节目有合作关系的公司，一季度选秀好几十个人，好几个人共享一个经纪人，他每次都是自己安安静静地来，安安分分地在片场拍戏，连个打商量的人都没有。

他看着王兰玉和吴天泓一起到一边去说话，两个人手里都拿着烟，间或地扯几句什么。只看到两个人的嘴在烟雾缭绕后面张张合合，在说些什么就完全不知道了。越是看不清他越是惶恐不安，台词本已经看不进了，强迫自己扫一行，又抬头往俩人那里看，看的次数越来越频繁。

他这点动作自然被吴天泓看到了眼里，她现在对展冲没什么好印象，这个男孩子虽然初看很惊艳，但是再怎么漂亮的脸蛋，如果一直看也就没什么感觉了，空有皮囊。又觉得他基础实在是太差，性格又面，总觉得他有种上不了台面的感觉。真不知道他这样的为什么要死要活在业界待着，业界没本事的人她听过的比见过的多。她知道自己运气好，没见过就当作不知道，管那么多呢，她自己都在打混。偏偏展冲把她的时间给耽误了，这就让她极其不满了。

不过，吴天泓是不会多嘴说些什么的。她和王兰玉只算一般熟，有些交情罢了。而且，娱乐圈的人脉杂七杂八纠缠在一起，吴天泓也不知道剧组的选角内情，她自问自己还没有大牌到能一言决定同组演员去留的程度，随便得罪不好摆平的人反而给她自己惹上麻烦。另外，告状什么的也实在是太低级，这种手法让吴天泓很是看不上。

所以她就有一搭没一搭地和王兰玉叨叨了几句，对两个男生也就是随意说了两句："哪儿找来的两个小男生，长得挺帅的。就是演技还得多拍两场练练。"

她倒是多抱怨了好几句剧本："这个编剧真看不出来是新时代的小年轻，跨时空得了言情鼻祖的精髓，那句子是一点都不怕绕口绕得舌头打结。编出来的人物个个智商低得受不了，也就能哄小孩子信。"

王兰玉吸了口烟在一边堆着笑劝哄她："嘿，那是你之前都没接过偶像剧。现在偶像剧可不是供小姑娘看的吗？要那些逻辑干什么，女孩子善良可爱，男孩子又酷又帅，这样就很能吸引人了。你也尝试一下呗，也算是多一种体验嘛。再说了，这种剧拍好了还是挺吸粉的。"

"这个听上去还挺吸引人的，我拍了这么些年的戏，也没觉得自己有几个粉丝。"吴天泓深深吸了一口烟，淡淡笑了一下，随口应答，她要在意才有鬼。

两个人就粉丝这个话题笑着谈了几句。正好下一场又是吴天泓的戏，就和王兰玉打了个招呼过去拍了。

王兰玉这才又跟两个男演员打招呼，说了几句。不过她到底是忙，在片场待了一个上午，和剧组一起吃了工作餐之后就赶回另一个片场。

晚上没有安排夜戏，剧组散得挺早，吴天泓早早地回了酒店，洗了个澡，之后就抱着笔记本电脑蹲在房间里上网。

大概九点的时候，房门口的门铃响了。吴天泓从电脑中抬起头，茫然不知道是谁。看了看手机，肯定不是导演。导演是挺年轻的男性，他为了表现正派，要是晚上来找她商量剧本之类的琐事，会提前给她发条信息，还会另外找一位工作人员跟着。

她走过去从猫眼里往外一瞅，惊讶地发现居然是展冲站在外面。她将门拉开一些，问道："你好，你是找我吗？"

展冲在外面点点头。吴天泓想了想，说了一句："那我换件衣服，你等我一下吧。"

展冲再次点点头，只是看上去显得有些焦虑。

吴天泓很快地换下睡衣，迅速套上 T 恤和短裤，她不是太喜欢吹头发，所以微湿的头发还挂在肩头。她惯常都是短发的，这是为了拍古装，所以头发留长了些，发丝落在她的肩头。不过也没多长，洗了头发，发梢的水往她衣服里面漏了两滴。本来犹豫着是不是吹得干一些比较合适，可是想想还是别让展冲等她太久比较好，这个人还是比较可靠的，她直接开了门。

展冲走进来，吴天泓没把门锁上，只轻轻带上，留了条缝。其实这个动作有些防备和赶客的意味，不过展冲压根没察觉，也可能是他根本就没理解，只顾着手里提着的一个袋子，整个人缩着身子闪进屋里，步子都在打飘。

吴天泓真不知道展冲能来找她聊什么事情。除了搭戏和拍戏的时候，平常他只会唯唯诺诺地打招呼叫她“天泓姐”；顺手帮他一把之后，就不停地重复“对不起”“谢谢”之类的单调客套话——除此之外就什么都没了。这会儿倒好，居然在这大晚上的来找她唠嗑了。

说实话，她还觉得挺好奇的。

展冲坐在床边的单人小沙发上，头压得很低。吴天泓坐在另一张上，开始还没打算催他的，看他老低着头揉那个袋子也开始不耐烦，咳了一下准备跟他唠唠。

展冲终于开口了：“天泓姐，这段时间拍戏麻烦您了。我知道我没有经验，呃，也不太聪明。这段时间，真是不好意思了啊。”

要是这话第一次听，吴天泓会觉得小孩人不错，或者当着其他人的面还会做做样子鼓励几句：“哦，你是第一次拍戏嘛，新人也挺正常的。”这会儿就他们两个，这话也不知道翻来覆去听过了多少回，吴天泓是真的说烦了，随口“哦”一声表示自己在听。

“天泓姐，我知道我没什么脸面说这个要求。只是……只是……”看来不只是单纯地道歉啊，还有点别的什么事？吴天泓抬头看他一眼，这孩子这会儿脸已经红到了不能看的地步。

“天泓姐，我是农村来的。高中考上，没钱念，就出来打工了，阴差阳错进了演艺圈。我知道我没什么技能，但是我挺需要钱的，家里老人身体不好，等着我寄钱回去。我知道我不能干，但还是求您给我个机会，别……别让制片把我给炒了。我……我求求您。”展冲又甩出了一串的身世，直接把吴天泓给炸蒙了过去。

这下子，吴天泓是真的不知道该怎么接口了。

虽然也不是没看过中国贫困人口还挺多的新闻，可是她毕竟是从小一直长在这么个纸醉金迷的圈子里。她遇见过的最窘迫的人便是群演，即使穷困，他们许多人是甘于穷困去追求一个明星梦的。这会儿突然冒出来一个看着光鲜的同行，他说自己家里穷得揭不开锅只能外出讨生活——听上去就跟异世界来客似的，听着总有些恍惚感。

若是别人跟她说有这么个人打着身世牌求情，别说求证真假，吴天泓直接甩一串哈哈过。“别装相，姐们儿不吃这套！穷就有理了？”

偏偏这事是当着她的面说的，说的人还是展冲。吴天泓对展冲印象不好，那纯粹是由于他业务能力太弱，真要讨论这个人，她还真没什么好不满的，怎么想都是个挺真诚的人，真诚到在这个圈子里显得生涩，生涩得异常乡土。这么个真诚的人跟她说这个，她一时也不好嘴巴上凶狠，只能狼狈地应和：“哦，哦。”

看展冲这意思应该是今天王兰玉来剧组把他给吓着了，所以跟她求情？可是偏偏呢，吴天泓嘴巴上不狠了，骨子里也不怎么吃得下这个口味。她长这么大没怎么受过苦，听过和贫穷有关的故事，也没有实感。没遇上，她可以笑着讽刺一句：穷就有理吗？又不是什么挡箭牌。当着人的面，这话不能说。

话被堵住了，可是心里还是有想法的。按照她素来的想法是不大待见展冲这种人，冲过来唠叨一顿自己啥啥都有困难，请高抬贵手求得同情的样子真心窝囊。她在心里想着：有什么大不了的？进了这个圈子了，那就努力呗，做不好跑来求情什么的，实在难看。连累了这么多人，就因为是个穷人，就要别人原谅吗？太没有道理！

只是说不出来，人沉默地立在那里听。

展冲看看对面没什么表情也不说话的吴天泓，心里更是紧张，将手里的袋子直不棱登地递了过去，袋子塞到了吴天泓的下巴底下，位置着实有些尴尬。可他低着头压根就没注意到，嘴里磕磕巴巴地说：“天泓姐，我……我给您买了点小礼物，不是什么好东西，就……就……”

吴天泓看着他那个样子，不知怎么的就有点想笑。

她带出客气的微笑，退后一步，把东西推还给展冲。“我不喜欢给人叽叽歪歪告状。放心吧，姐姐没跟制片人说过什么。你既然下定决心要在圈里出道呢，那你就好好地混，呃，我是说演。这礼物嘛，我也不用，你拿回去吧，有时间就练练台词。”

展冲点点头，又给人鞠了个躬，腰弯了九十度不止。他诚恳地说：“谢谢你，天泓姐。”直起身子，顺手就想把礼物给提走，想到了什么，还是把礼物放到了一边的架子上。“这礼物，您还是留下来吧。”

两个人互相推了两回，吴天泓嫌麻烦随手接下来，想着之后再找补回去得了。

看到吴天泓收下礼物，展冲大概是觉得安心了，低着头走出了吴天泓的房间。

吴天泓撇撇嘴，随手捞起了展冲留下的礼物，打开袋子扫了一眼。看了这个礼物，吴天泓实在忍不住笑了出来，展冲送她的真就是周边商店里买的延国木艺纪念品，不过做工还是蛮精致的。

这个展冲百分百是第一次送礼，这礼物也选得太没技术含量了，真不知道送这个是个什么意思。这边的影视城早被开发成了景区，周边卖东西的都是宰游客的，哪个在延国工作的没事跑到边上去买手工艺品送人啊，那可不是傻吗？再说了，这个工艺品看上去做工还不错，那怎么着也不便宜啊。送这样的又不算便宜，偏偏又没什么实用价值，还不贴合对方心意的玩意儿也不知道他怎么想的。

吴天泓随手把礼物丢到一边，收拾收拾就准备睡了。

躺在床上的时候，翻了个身又瞥见了展冲送的那份礼物。她这会儿关了大灯，就留了一盏酒店的小夜灯，晦暗的黄色光几乎照不见什么，偏偏使得礼物外包装袋上的手指印凸显了出来。吴天泓爬起来，拿起那份包装袋细看：展冲应该是很纠结地思量过，他买好了礼物送过来，短短一段路，因为将包装袋攥在手里，让它出现了褶皱。后来应该被他大力抚平整理过，手上的油脂印了上去，这会儿灯光暗下来的时候才发现。

吴天泓这才开始认真回想了一下展冲说的话，看看这个褶子，再想想展冲平时的样子，她完全相信刚刚那个煽情故事并不是他编造出来的。

吴天泓轻轻叹口气，还是将礼物撂下，滚回床上。合上眼睛前想着：明天还是得对人好点，人家小孩到底也不容易。

嘴上说得狠，可是她到底不是心硬的人。

第二天阳光普照大地，是个适合拍戏的好天气。吴天泓出房门的时候又遇见了展冲，她还没怎么样呢，展冲倒是跟做了亏心事似的，低着头连眼睛都不敢抬地招呼了一声："天泓姐。"

吴天泓看出他大概是有些尴尬，随意"嗯"了一声，快步先走了。

到了拍摄现场，他们俩一开始都没什么戏份，彭翰宇倒是有武打场面的群戏。他在那里咋咋呼呼，非说是有危险，一定要替身来做。导演只能答应，然后就在那边和武术指导、摄像以及替身一起研究要怎么拍摄画面。

展冲还是老样子，在一边背台词，背熟了就躲到无人的角落里练习。

吴天泓看着彭翰宇心烦，多大点年纪，也没见有什么代表作，就不知道是怎么学出了那么大的虚架子。演艺圈的前辈坐在这儿也不知道要好好表现一下专业素养，作天作地，没点远见。

吴天泓又躲到一边抽烟，看到展冲这个样子也习惯了，不过也就是第一次还不清楚情况的时候出手帮了他一把，之后也不过是在一边看着。

昨天好歹收了展冲花了大价钱送的礼物，再这么看着也有点良心不安，就又出声喊住了他："展冲，你过来。"

展冲抬起头，看看她，听话地走过去。

吴天泓直接一巴掌打到他的脊背上，展冲的身体直接就晃动了。"背挺直了，就算这破戏服再不尊重历史，也是借了古装的壳子。这种衣服最考验人的身材，你不抬头挺胸拍出来的画面就难看。"

展冲听话地把背挺起来，吴天泓点点头，惊讶地发现这个男孩子居然挺高的，个子都超过一米八了。也不知道是吃什么长出来的。她嘴里还是嫌弃："这么大个子的男生，随便拍一巴掌就开始摇晃，你站起来都没有重心支撑点的啊？

白得了个大骨架子。”

展冲讪讪地点头，把腰背挺得更直了些。

吴天泓让他念台词，展冲照着吩咐做。念了两句就被吴天泓喊着“大点声！”给打断了。展冲听话地把声音也提高一点。念了没两句吴天泓又叫“大点声”，展冲把声音又放大一些。可是，吴天泓还是不满意，又喊了两回。

吴天泓训他：“你要是每次都很小声，一听就知道你没底气。别那么怕，你本来台词就很差了，要是还分心担忧自己是不是说得不好，让人笑话，这就更加听不得。你就算说不好，气势总得摆出来吧。”

展冲老老实实点头，从头再来，把这场戏的台词都给念了一遍。

念完了吴天泓给他总结：“还行，以前跟你说的你都记住了。正常语速说话，提高音量这些都有改进。你普通话是差，这个短期内改不了，但是你还是尽量说普通话，差一点没关系。这都是为了给你配音比较适合，对口型不容易露馅。”

展冲点点头，好不容易得了两句夸奖，一口大白牙不知不觉第一次露了出来。

吴天泓没忍住，“扑哧”一声笑了出来，展冲看着就很有少年感，这么两排大牙一露，看着特别可爱，就跟个孩子似的。仔细想想，他本来也不过是个孩子，现在还没有十八岁呢。

吴天泓这么一笑就让展冲傻了，木呆呆地把笑又给收回去了，看着吴天泓笑眯眯的样子，跟着傻呆呆地笑起来。两个人的气氛瞬间好起来。

“展冲，你演戏上的技巧不行，你只能依靠自己深入理解角色，代入角色情感。比如说你演一场哭戏，但是你哭不出来。你没学过表演，哭不出来，那你可以暂时借助流泪棒、眼药水之类的辅助性工具。但是你表现难过的时候不应该只有眼泪这么一项表现吧，你还会有眼神啊、动作上的一些变化。你没有表现技巧，只能靠你自己对这个角色的理解，这个时候角色应该是一种什么样的感情，然后把自己处于这种感情时会有的表情和动作想象出来，做出来。”

这些话理解起来不难，但是实际操作起来会有难度。吴天泓也知道就是说明白了，展冲估计也不是这么轻易就能做出来的。她就配合着展冲把他们俩对戏要说的台词练了两遍，还耐着性子跟他分析了两场戏，告诉他怎么做角色分析。

两个人这么练了一会儿，直到场记跑来把两个人叫过去。

这之后，展冲在吴天泓带着练的情况下，好歹能糊弄一下，被 NG（重拍）的次数没那么多了。两个人也慢慢地熟了起来。

展冲其实挺勤奋的，胆子大起来之后进步也就大了。吴天泓就跟一般当老师的人心态差不多，展冲开始做得差的时候老瞧不上，进步一些了也觉得小男孩还有些可取之处。对于展冲的印象也跟着好了不少。

有时候下戏早，吴天泓也会把展冲喊出来，还有一些关系不错的工作人员一起出去吃饭。她不喜欢彭翰宇，不想跟他打招呼，也不愿意被圈里指着说她在剧组闹分裂，所以每次也不叫导演。但是吃完饭，她会再叫两个菜，递给展冲，让他自己给导演捎过去。

展冲开始两次还抢着说要付账，后来才打听到吴天泓一开头就把钱存在柜台了，多退少补。吴天泓也不说，每次展冲要去付钱也不拦着他，展冲也就知道了吴天泓的好意。后来几次说要把钱摊给她，吴天泓都笑着拒绝了："边儿去，你个小孩子充什么大人！"

过了两三周的时间，快十月了。

展冲有个晚上又跑到了吴天泓那里敲门。吴天泓一开门，看到他手里抱着剧本，期期艾艾地说："天泓姐，你能陪我再练练吗？"

吴天泓翻了手机看看，笑他。"这个时间点了你还这么勤奋啊？"

展冲这一段时间其实态度已经正常多了，再不是那种磨磨叽叽半天憋不出来一个字的状态了，看上去就是一个挺正常的半大小子。不过，他这会儿好像又回到了最开始的状态，说话的样子扭捏得很："那个，天泓姐，后天就是国庆了。"

"怎么？你什么意思啊？"吴天泓一下子没反应过来，这剧本和国庆到底有什么关系。

展冲的脸眼见着红了。"我……我接到了我们经纪人的电话，国庆放假，有我的粉丝团会来看我。"嘴角挂着点压不住的笑，怎么看怎么有点傻愣愣的。

吴天泓笑着翻了个白眼。“你跟导演打过招呼了没有？那几天排戏的场次什么的都打听清楚了没？”

展冲笑着点点头，虽然整个人有些缩，但是脚上的小动作可不少，看着就知道这小子肯定是兴奋的。

“行，我陪你多排几遍，最好我们要争取在你探班粉丝多的时候能一次性都过了，是不？”吴天泓把他迎进来，随手就把门给关上了。她看出展冲肯定是成名不久，对于有粉丝这种事还没习惯，心里兴奋雀跃得不得了。

他们俩排戏的时候其实还蛮顺的，真到了国庆假期，来的人着实不少。展冲的粉丝都是一群还在读书的女孩子，她们看到展冲的真人都在兴奋地尖叫。她们年纪小，叫起来的时候嗓门很尖，阵势很大，引得不少的游人也往这边挤，跟着看热闹。

这下子展冲的老毛病又犯了。他一看人多，脑子里就开始空白，手脚都有点不知道往哪里放，又从人退化成了木头桩子。

展冲之前在吴天泓的指点下，跟导演关系处得不错。导演这次本来特意安排让他和吴天泓先演一场对手戏，有吴天泓带着，展冲通常发挥得好些。他还特意排了一场展冲的单人哭戏让他在粉丝面前长长脸。这会儿一看展冲的状态，也有点拿不定主意。

还是吴天泓跑过去和导演商量了一下，说是她的单人场次先上。导演也就顺势拍板，先给展冲一点时间缓缓。

展冲知道是吴天泓的好意，感激地冲她笑笑。他站在一边拿起了剧本，把这两天求着吴天泓帮忙讲过的戏，又对过的几场戏好好看了看，深呼吸，好歹让自己能装出笑脸，情绪镇定了不少。

这场拍完都过了一小时了，灯光、摄影等紧接着调整场地，开始准备下一场。

下一场，导演安排他们两个的对手戏。有吴天泓陪着，展冲放松了些，脸上的笑模样也带了出来。

一开始他绷着脸把脑袋埋在剧本后的样子让粉丝都有点忐忑，没好意思马上去和展冲搭话。现在看他这场戏拍完，都冲上去向他要签名，叽叽喳喳地好不热闹。

“展冲，你这身衣服好帅啊！”

“是啊是啊，你刚刚演得好好啊。”

“能不能给我们签个名啊？”

展冲对着她们笑，递过来的照片都一张一张地认真签好名，双手给人递回去。每签完一张还认真地对她们说着“谢谢支持”。几个女孩子都特别兴奋，不自觉地蹦了几下，抱成一团，怕是嗓子都要喊哑了。

不过展冲嘴笨得很，也不知道该说些什么合适。反正这些女孩子都活泼得很，她们自己就能很快地找到话题。她们也不都是周边城市的，有人还是坐飞机特意来这边探班的。看着展冲，就觉得兴奋。

几个人都挺开心地跟展冲表达了自己的喜欢之情，还递了好几封信封画得很漂亮的信给展冲，他都很仔细地存放好了。

几个人聊得挺热闹，听到场记和群演大声地喊着：“谢谢展冲！”他们人手一瓶水冲着展冲和他的粉丝的方向挥动着。

展冲一下子有些愣神，没明白怎么回事，这个时候吴天泓抱着几个水瓶子走过来，将水瓶子递给几个小姑娘。“喏，你们偶像也给你们买了。快喝吧。有这么个贴心的偶像真是不错哟。”

这话说得，那几个小姑娘当时就不知道该怎么做表情好了，一个个要哭不哭的，抱着水瓶子不撒手。

展冲看到吴天泓冲他眨了眨眼睛，嘴边漾开了一个笑，一下子又把几个女生激动得哇哇大叫：“好帅啊！”

到了晚上，展冲回去，把买水的钱给了吴天泓，这回吴天泓接了。不过还叮嘱了他一句：“其实，我没几个粉丝探班，没什么经验能传给你。但是我听别人扯过几句。以后，你得对你的粉丝好点。你们这批选秀的其实很大程度上得靠你们的人气来争资源，你的粉丝给你造的势头足，你们公司给的资源应该就会多一点。别傻乎乎的就会笑，知道了没？”

展冲笑着说：“知道了。”特别郑重地再次朝吴天泓鞠了个九十度的躬，“天泓姐，谢谢你。”吴天泓“扑哧”一声笑了，左边脸上浮起一个小小的梨涡。她伸出手扯了他一把说：“别闹别闹，瞎客气什么呢。”对着展冲挥挥手，转身走了。

转过头又补了一句：“展冲，你今天签名的时候我扫了一眼，你字写得可不太好看。你有空练练吧，你这名签出来——啧啧，丢人！”

从刚进秋天的九月初一就开拍，拍到了十一月，《赤龙刀》的剧组要杀青了。

吃过了杀青宴，几个演员就都要散了。展冲的公司总算派了人来接，吴天泓自己开着车走，她要去海市住一阵。米妮说是最近找了个男朋友，要带给她看看。米妮这个人没有定性，三天两头换男朋友。这是第一次跟吴天泓说要介绍男朋友给她认识，看得出来是认真的。吴天泓也想去看一眼。

展冲帮着吴天泓把行李送到了楼下的车里，又朝她鞠了个躬。“天泓姐，这一次真的谢谢你了。要不是有你帮我，我都不知道该怎么办了。”

吴天泓拍拍他的肩膀说：“小弟弟，别说得这么客气。”自从有次两个人搭戏闲聊的时候吴天泓得知展冲才刚满十七岁之后，就都这么称呼他，她对展冲也更照顾了，人家这么点大的年龄就在外头漂，真是不容易。

展冲等着吴天泓上了车，挥了挥手，依然没挪地方，目送着车子远去。

没想到吴天泓开出去一段又倒回来了，她开到展冲跟前，把窗户开了一半问：“展冲，你之前说你会去京市拍戏是吧？”展冲接下来还有一部戏，是要去京市拍，演的是一部现代偶像剧里的男二号。

展冲点点头。

吴天泓伸出手，让展冲拿张纸给她。她把纸放在方向盘上写了一个地址和两个电话，把这张纸递给了展冲。“拿着，这是我父母的电话和住址，他们是东戏的教授。你既然在京市，有空的话可以去看看，演技之类的先这么混着学学，别一天到晚靠着那什么催泪棒之类的，没出息。”

展冲激动得不知道如何是好，拿着这张纸手都快发抖了。“天泓姐，我……我……我真不知道说什么好了。谢谢，太谢谢你了。”

吴天泓挥挥手，浑不在意。“别价，你好好把这个收着是正经的，别露给别人看了，到时候要是害我家老头老太接到骚扰电话之类的全是你的错。”然后也不看展冲，踩一脚油门走了。

她抛下一句：“好好干吧。下部戏多学着点，你演的那男二可得酷一点。”

第二年

心动

吴天泓没有那么强烈的事业心，非要把自己的工作日程排得满满当当。她对自己的职业要求是从不轧戏，每年一两部电影或者电视剧就很好，要是碰到好本子也可以多拍一部，但是坚决不轧戏，其余时间都用来充电和休养。

吴天泓从来都对外号称自己是认真地“混”着娱乐圈，她只要求自己能够不上不下地接到工作赚点钱就可以了，能拍到好片子当主角最好，若不行，在好片里当有意思的配角之类也是挺无所谓的。

拍完《赤龙刀》之后，她就留在了海市。

这一年年初收尾了一部不错的文艺片，年中随便拍了一部破烂电视剧。中间出去旅游转了一圈。总结一下，觉得还算可以，剩下的三四个月别的事是不想做了，讨好一下自己，跟朋友混一下就好。

米妮早两年还留了点心气，觉得自己努力一把说不准也能红起来。二十岁左右入行，到现在，也有七八年的老资历了，一次女一都没演过。不甘心也只能罢了，也有点自暴自弃的味道。每年有几部片子请她进组演女配，让她混碗饭吃她就很满足了。

两个人的交情跟她们一致的追求很有关系。

都说娱乐圈没有真友情，也对也不对。

先不管娱乐圈的运作规则如何，总之有一点是可以肯定的。这个圈子里来来往往的也都是人，最多好看点，会做戏的、唱歌的多点。可真要说起来，明星也好，幕后也好，也都是人罢了，跟别处的人没多少不同。

可要说不同，那也真是不一样。

娱乐圈纷繁复杂。一部电影、电视剧可能就浓缩了一个人、一群人甚至一代人几十年的生生死死，放在镜头前的东西，总要放大些。演绎角色的演员也就跟着被曝光了出来。

这里头汇聚了许多热钱。随便一部电影、电视剧，投资就不知道要多少钱。钱只不过是最直白的诱惑，那些美丽的衣服、包包，聚光灯下的虚荣感，把多少人逼到疯狂。站在幕后的尚且控制不住自己，容易被金钱诱惑，真的站到台前了，多少浮云遮眼，谁都想去做那个最闪亮的人。

可是资源就那么些。每年又有多少青春年少、风华正茂的小伙子、小姑娘投身到这个圈子里来，资源就算也跟着增长，那还是不够分。资源不是均等分配的，人就跟着分出来个三六九等。容易被青睐的、好抢资源的算是一等，中流砥柱算是一等，依此类推……

讲不清楚哪天你推了谁一把，人家就爬上去了。这么着，人的关系自然就要脆弱些。谁也不能把感情和诱惑赤裸裸地摆一块儿比较。在大多数情况下，这么干的人都是自虐。

米妮自觉没什么希望，她争不得。吴天泓因着各种原因又有些不上心。她们的地位、背景之类的都这么稳定好几年了，没有意外大概也会就这么下去，两个人贴在一处，越处越好，铁到不行。

米妮之前也交过男朋友，就是不怎么上心，不想多聊，连代号都懒得想，干脆排序 ABC，抱怨夸奖倒也不说虚的，只是不愿介绍。只有在几个人偶然碰见的情况下才指着相互介绍名字。这次她特意说要介绍男朋友给吴天泓认识，吴天泓自然是格外上心的。那天早早化了妆过去，远远看见了米妮和她男朋友。

挺高大的一个男人，身材保养得不错，在娱乐圈里的人看来，多帅也不至于，不过挺能收拾的，看着很潮、很精致。

两个人那个状态有些黏糊，黏糊得吴天泓有点看不下去。

米妮这个人吧，长了张小三的脸，看着总让人把“包养”一类的词汇跟她联系起来，让人联想到罂粟花。可她偏偏很独立，自称一代奇女子，轻易不低头。她之前不是没找过男朋友、谈过恋爱的，可是就少了这么点缠绵的味道，怎么看着都不像情侣，只是玩闹。这个看着，确实不一样。

吴天泓坐下来，米妮抽空抬抬手，介绍了一下身边这个男人。

姓楚，楚渊，名字念起来挺可爱的。

人也挺可爱，不跟米妮黏糊的时候，他就是个思维很缜密的“创一代”。为人很有风度和涵养，冷静成熟，能够不动声色地把人照顾得极好。一顿饭下来，吴天泓对他的印象分嗖嗖地长。

就一点让她有些不安，楚渊若想拿住米妮，那是一拿一个准。

她们看多了背叛和虚伪，对于感情的纯善也就不那么信了。对于这样的，吴天泓总有些不放心——总是要势均力敌才好。

下午楚渊上班要先走的时候，米妮还要专门半起身缠住楚渊的脖子送个香吻，这还不够，跟吴天泓说了一声，把人一直送到了酒店电梯口。等把人送走了折回来，一脸春风得意。“怎么样？我家亲爱的帅吧？”

“帅，帅，自然帅！”人这兴头完全都写在脸上了，自然是不能随意拆台的。吴天泓想了想说：“你确定了？就是这个人了？”

“也不是，这还有的磨呢。我嘛，看他第一眼就觉得好，好到不想跟人分开；可是，看到第二眼可能就会吵起来，吵到恨不得没认识过。幸好，我们现在还是会回到刚刚那种状态。好是好，就是觉得吃不准，谁知道我们最后的结局是往哪一个阶段上面落呢？”米妮状态有点低落，对着吴天泓挑挑嘴，笑了。

楚渊和她的关系果然是有点不简单。

吴天泓在海市混了两三个月，大多数时间都跟米妮走得近。那俩人的感情也慢慢有点把握了，楚渊挺忙，不过总也记得抽空给米妮打个电话。看着米妮开心，吴天泓也觉得放心。

两个人四处跟朋友玩，玩着玩着就认识了杜斌。

杜斌是个还挺帅的年轻人，跟吴天泓差不多年纪。他也是个富二代，论资产当然比不上吴天泓之前的男朋友王斌宇，家里只能说有点钱。

但是吴天泓又不图钱，也不求嫁豪门，她自己能挣到钱，就是以后再不工作，用现有的资产投点资也能自己养活自己。

看着米妮感情幸福，之前分手带给她的难受劲，也消得差不多了。正好觉得有点想恋爱了，恰好遇见了杜斌。他擅长于浪漫，嘴甜讨巧，吴天泓觉得来得正好，就答应了下来。

杜斌最让吴天泓满意的就是他性格好，大家彼此放得开，合则来不合则散，表现得很是洒脱。两个人在一起的时候也算是激情四射，有事的时候很能相互理解，两个人处得也算融洽，这个男朋友就交上了。

杜斌不会天天打电话查她的岗，问她是不是跟谁出去约会了，也不会提出交换社交密码这种要求。吴天泓对他也没有类似要求。

杜斌虽然称不上豪门，却也和王斌宇一样，特别喜欢吴天泓不冲着他要这个、要那个的独立性，哪个富二代都不想对象是冲着钱来的不是。更何况，女朋友还是个明星，带出去特有面子。她长得好看，又放得开，真是再好没有了。两个人认识了一周多之后就在一块儿了，整天也谈起了恋爱，感觉没有更好的了。

有次正好是楚渊来接米妮，四个人碰了一次头，两对情侣分开走了。

后来楚渊又跟两个姑娘碰了一次，米妮上厕所去了，就楚渊和吴天泓两个在那里坐着。楚渊沉默了一会儿，还是开了口："有个事，我犹豫了许久，也不知道该不该和你说。"

"怎么？"

"杜斌，他是你男朋友？"

"是啊，怎么了？"

"哦，杜斌挺好的。就是……吴天泓你知道的，我不喜欢论人长短。杜斌，我也就见过几次，我有两个朋友倒是跟他挺熟。我听他们说过几句，这人有点爱玩……"

楚渊话没说完，那边吴天泓就笑开了。楚渊没什么表情，看吴天泓在那里乐着，好半天问出一句："你是不信吗？也很正常……"

吴天泓摆了摆手说："没有，没有。我就是觉得你这样挺好的。听你这么说，我也就放心了。跟你吃这几次饭，我知道你是个挺……挺谨慎的人，轻易不谈人是非。今天能跟我这么提一句，不就是冲着妮儿的面子吗？妮儿挺好的一个姑娘。虽然我也没什么立场好说她的，但是总觉得妮儿恋爱没有少谈，总好像也没进入真正的恋爱状态里面去。这段时间看到你们两个在一起，就觉得……挺好的，第一次见就觉得挺好的。现在，你这么劝我，我知道，这都是为着妮儿，你挺看重她的，这让我觉得挺开心的。"

她冲着楚渊笑笑说："其实吧，我们圈子里的找个喜欢的不那么容易。外面说来说去，好像我们多么不一样似的，其实我们都是再正常不过的普通人。不过，说不正常那也不正常，这个圈子里把很多东西都放大了，为了一点资源，或者都不是为了钱，就为了那个名头，做什么糟心事的都有。人嘛，禁不住诱惑的多。我和妮儿这种不去想的呢，名声也跟着败了，总有人觉得我们想图点什么。你和妮儿能这样认真在一起，真的是特别好。我现在呢，是没米妮幸运，没找到一个那么合适的人。杜斌，这才哪儿到哪儿，可还早着呢。我就是想谈恋爱了，他恰好出现，在一起挺开心的，就彼此寻个开心吧。杜斌来找我的时候把嘴唇擦得干净，这样，我也算他有心了。

"楚渊，谢谢你啊。你犯不上对我这么好，你对我们家妮儿好点就行。还有，刚刚那话别跟妮儿说，知道我肉麻了，这人该嫌弃我了。"

楚渊笑笑，没说什么。这是吴天泓的事情，她乐意怎么样就怎么样吧，要不是米妮老是念叨吴天泓吴天泓的，楚渊也不会多这个嘴。

吴天泓是真的不怎么在意，她戏称她们在圈里干的是门脸工作，很多人限于门脸的保质期，只能吃几年青春饭。为了将来有个保障，圈里多少姑娘挤破了脑袋就求着年华正好的时候嫁一个豪门，在门脸过期之后也能有个安稳的保障。杜斌离豪门虽然差得远了点，好歹是个经济条件挺好的小富二代啊，说出去也是挺挣面儿的。

杜斌确实不够喜欢她，她也只有这么一点喜欢杜斌。一切，都是寂寞得刚好。

米妮能够幸福，那是她的福气。

她们两个都算是求仁得仁，这样挺好的，真挺好的。

如此下来，两对就这么处着对象，一对正经点，一对没什么计划。吴天泓和杜斌谁也没想就这么用婚姻法条文把自己绑定了，两个人的共识是：恋爱挺好，结婚多余。

杜斌工作有时会挺忙，吴天泓也不在意。她能够很好地打发自己的时间，读读书、看看电影、做做美容、会会朋友，时间也过得挺快。她之前没准备在海市留这么久，大概和米妮、刘渝徽等朋友厮混过一个月，然后就回京市当孝女。因为认识了杜斌，就想着在海市留久一些，多陪陪他。毕竟，明年开年后要是接了通告，说不准就要往深山老林里钻，一去可能就是三四个月见不到人，把握当下培养感情还是重要的。

晚上杜斌有时间了就一块儿吃饭，然后兴致来了就激情四射地做爱，没工夫碰面就自己处理自己的事。

吴天泓在感情维持期间保持着忠诚，杜斌至少当着面也是个浪漫情人；杜斌给予她浪漫，吴天泓赐予他宽容。

要过年了，吴天泓压根没想带杜斌回去。提前两周，她收拾了行李自己搭飞机回去了。

回了京市，她也没回父母的住处，到了自己的那处房子放行李。放好了，收拾妥当，这才回家做个孝女。

吴天泓的妈妈李媛教授，对于吴天泓形单影只地回来过年表达了严重不满的情绪：家里姑娘翻了年都奔二十七了，在圈里当然算不上晚婚。

可是，他们一家因为种种原因，都把吴天泓当成了工作时间特殊一点的普通劳动者，没觉得她有多特别。对吴天泓也按照普通人的情况来讨论——这个年纪也是差不多要结婚的时候了，虽然新交了个男朋友，可是过年了都捎不回，眼瞅着今年结婚又没戏了。

吴天泓本来不打算和她爹妈闹别扭，她四处野着，一年到头回家当孝顺女儿的时间也不长，让老人唠叨几句出气，有助于延年益寿，也算她孝顺父母了吧。可是她妈妈实在唠叨得过分了，她就索性躲了出去，天天组局约朋友，离父母近就回父母家，离自己家近一点就回自己的小屋，快活得很。

或者在她自己开的火锅店里泡着，那里她给自己留了个小房间。

吴天泓赚了些钱，就拿着这些钱自己做点小投资，火锅店是其中一项。

圈里人的工作时间都是不定的。毕竟捧的不是铁饭碗，很多人是开张了撑死，开张吃三年，饿的时候又得生生饿疯。为了不让自己在没接到新活之前就饿死，或者是短暂的演艺生命终结之后还能过得下去，圈里人一般都会选择投资些什么，好歹有个稳定的长期进项。

吴天泓懒得很，她不想花心思打理，就出钱开了个火锅店，请了专门的经理人打理，隔一段时间查查账，赚得不多，也能够维持。

就这么混赖到了大年三十，这才大门不出，闭门在家养了两天。到了初二又开始组局。

过年了，很多剧组也停了工，不少人回了京市。到底是首都，城市大机会也多，他们收入也高，圈里不少人把家安在了这里。就是圈里工作的人平时天南海北地到处跑，今天可能你去了延国，隔天就跑了牙山，也没个固定的上班的地方，过年了正好休息就想着组局。

就是这个时候，吴天泓她妈妈提到了展冲："吴天泓，你要是方便的话就给展冲打个电话，把他也捎带上。"

"展冲？"隔了几个月没见面，吴天泓还思考了几秒钟才想起那根漂亮的"木头"，都快不记得他了。她随口发问："怎么，你们还挺喜欢他啊？"

"那是，那男孩子挺不错的。很讲礼貌，也很老实，每次来都客客气气的，从来不空手，东西都挑着实用的买，一看就知道是用了心的。"李教授看起来是蛮喜欢展冲的，絮絮叨叨把展冲过来送了什么礼都列举了一遍。还说他学习努力，天分不差，进步很大，唠叨了十几分钟来个大总结："展冲那孩子挺可怜的，家里条件实在太差，跟他聊了两句发现他公司给的待遇什么的也不大好。你要是不费事，就照顾一下这孩子。"

吴天泓听得有一搭没一搭的，大致收集了些信息，类似：展冲这个人还不错，深得她爹妈的欢心。

她妈妈在说的时候，吴天泓也费心回忆了一下这个人，记忆中是一个挺老实可怜的男孩子，蛮讨人喜欢的。听到她妈妈的最后一句话，就很痛快地答应了。

吴天泓给展冲打了个电话，才知道他早就回老家去了。

选秀明星通常热度不久，除了特别有才华或者运气极好的，总是在火热一段时间之后就在娱乐圈近乎销声匿迹。全国每年都有几场选秀，下一年又有更多的选秀，要不是现象级的红火，谁能把这么多人都记着？

展冲虽然长得很帅，到底起点太低，才华什么的不算出众，他参加的那个选秀也不算选秀界“爆款”，粉丝基础也就一般。要不是帅得让人印象深刻，也不能连着拿到两部剧的资源。

他必须在还有曝光度的这一段时间多出点作品固粉、吸粉，凭着作品能爆自然是最好，爆不了好歹能在简历上多写点东西，攒点经验值也好在圈里继续混。

展冲是从农村里出来的，家里条件不好，城里的很多规矩也不懂。古人说什么“居移气，养移体”，其实很有道理。通常来说，一个人要是能住着好的房子，穿着漂亮的衣服，吃着精致的食物，就是想不大气那也挺难的。

不是展冲呆傻、不机灵，实在是以前的生长环境限制，待人接物都不如原本长在城里的孩子那么通透明白。毕竟外来者和本地人对一个地方的熟悉程度肯定不一样。他的性格也影响了他在公司的待遇。

公司里的新人太多，他没有出挑的技能又不会来事找存在感。公司理直气壮地忽略了他——两部戏拍完之后，展冲就没有被安排新的工作了。

展冲小的时候，父亲发生意外过世了，没过两年母亲也因病离世，他是爷爷奶奶拉扯大的。两个老人年纪大了，身体也不好，家里的条件自然糟糕，他高一读了半年，因为家里老人生病，不得不辍学了。

演完那部现代剧的男二之后，再没有新的工作找上来，展冲心里自然发急，可也不知道去哪里找门路。京市花费高，他在这儿花着钱，却又没有进项，心里急得发疼。反正年关将近，他就计划着早点回老家，好好孝顺一下爷爷奶奶，花销也省一点。

吴天泓的电话打进来，展冲一听就明白了。这是吴天泓在给他制造找工作的机会，二话不说，马上答应到京市来。

其实吴天泓打电话的时候都不能肯定她能联系上展冲，据她妈妈说展冲的老家在S省一个偏远的山沟沟里，在她打电话的时候真心在怀疑中国通信的基站服务到底靠不靠谱。

幸好，遍地装上的移动基站还是靠谱的，展冲很快就接了电话。他听了吴天泓的话立马点头说自己会尽快赶到京市。

其实吴天泓不知道，展冲接到她电话的时候，手都有点抖了。

家里两位老人还真有点舍不得孙子，不过也没有拦着，展冲马上打包行李出了门。

他们一家还住在山里头，不过才大年初三，村子里没人出门的，展冲想要出来都有些犯难。他就这么背着包在路上走了很长一段路，风扎在身上都无所谓了。他能看到的机会不多，他只能抓着，哪怕不过一点触角，那就得抓着，死死地。他就这么翻山越岭，背着两袋东西跑了出来。也不知道走了多远，这才搭上了车，在初四的下午风尘仆仆地出现在吴天泓家门口，简直就是奇迹。

展冲虽然出来得急，可是思绪非常清楚明白。他回自己公司的宿舍里放了行李，还背了许多从老家带回来的特产当作礼物送了过来。

吴天泓将他迎进了家门，看着展冲脸上明显的菜色和那浓墨重彩的大黑眼圈，她理解地问："你这是通宵赶路来的吧？"

展冲不好意思地点点头。

吴天泓想了想，给展冲倒了一杯水。翻出手机给晚上组局的李玉吉打了个电话，他是做导演的。"李哥，我是吴天泓啊。"

"怎么了？今晚不能来啊？"

"哪里舍得，你不是一直吹嫂子的烧烤酱调得与众不同又特别美味吗？一吹就吹了两三年，可惜我一直都没有吃到，今天说什么也要吃一次。"吴天泓在电话这头闲着唠了几句家常，然后提起了展冲，“李哥，今天我再捎个人呗？”

“是不是你新处的那个杜斌？带来，带来，哥哥给你掌掌眼。”这种八卦一向都传得快。

“哼，谁知道杜斌那厮窝哪儿找乐子呢？才不带他，今天带个新拐上手的小帅哥去，成不？”

“谁啊？”李导随口一问。

“展冲，去年 ×× 选秀选出来的那个小帅哥。”

“哎？这么嫩的小男孩你也啃得下嘴啊！来来来，给我们也见见。”李玉吉在电话那头取笑，他嗓门有些大，一边的展冲听着他们谈话，整个人的脸羞得通红。

“哼，你们这都哪儿跟哪儿啊。我再怎么牙口好也没这么好，这么嫩的小孩子哪能啃下去？人家小孩还没满十八呢，别用那种不健康的思想去祸害人家。就是我一个弟弟，挺乖的。你们到时候见到了别吓着人家。”李教授之前在房里午睡，老人觉轻，她听到动静就起来了。这边换好了衣服，打理好了走出来就看到吴天泓跟人打趣，一边站着的展冲手足无措到脸都涨红了。当妈的恶狠狠地瞪了吴天泓一眼，然后热情地招呼在一边羞涩的展冲。

吴天泓收到李教授的眼色，立马心领神会，再不敢在电话里胡咧咧，马上澄清，和电话那头的李玉吉敲定好今晚的聚会，唠了几句就挂了。

看出来李媛教授是真喜欢展冲，她对展冲很是热情，那目光里是满满的溺爱，她对着吴天泓那是嫌弃了再嫌弃。

比起吴天泓妈妈，她爹倒从来都是好好先生，经常因为脾气太软导致在家里的存在感偏低。老人常年坐在一边，任由吴天泓跟她妈妈两个人斗鸡似的吵着，端着老教授的风范特淡定地在那儿看书、看报。对，就是看报。

她爹风度丧失的时候就只有起床那会儿，起床气很大，偏偏他又能睡。

这会儿她爹就是被惊醒了，老爷子气性起来了。不过老爷子涵养好，听到了客厅里的动静，听出来有的声音不是家里人的，就在床边上闷闷地坐着憋火。可还是受不了，憋着口气难受，推开门出来的时候眉头还是紧皱的。

他换了衣服推门出来，看到是展冲——他也挺喜欢这个孩子的——那憋闷的起床气就这么跑散了。

吴教授挺和蔼地笑着和展冲打招呼，倒是让在一边等着她爹出招的吴天泓惊了一下。看着腼腆的展冲很自然地和她爹妈说话，莫名地有种被排挤了的郁闷感。

看样子展冲是真的很讨老年人的喜欢，他颜值极好但是本性纯良，没什么社会经验，年纪小，又没习惯化妆，衣服穿得也极其普通，看着就是个挺纯真的普通小孩儿。

五官的惊艳强调了他的这种纯善，配上他羞怯和欣喜的眼神儿，看他在那儿坐着，让人想要拍拍他的头。他随便说两句话，就能把两位老教授哄得特别开心。

吴天泓觉得郁闷了，就有点突兀地打断她爸妈：“爸你再睡会儿去，妈，你也做自己的事去。展冲可不能这样就出门，我带着他去买点东西。”

吴天泓拖着展冲出门的时候，她爸妈还连声在后头嘱托：“你好好照顾一下展冲啊，别大大咧咧伤着人家了。”

吴天泓幼稚地撇撇嘴，这到底谁才是他俩生的啊。

展冲心里一肚子话想要跟吴天泓说，可他真的不知道怎么说。他是跟着爷爷奶奶一起长大的，对老年人说话行事的方式比较熟悉，他知道怎么样会比较讨老年人的喜欢。农村和城里的人说话行事的章法差得比较大，可是比起城乡两地的年轻人，城乡的老年人之间的差别无疑小了很多，说话行事间的差别没那么大。

吴天泓是个年轻人，她的那一套说法、做法很多是展冲之前没有接触过的，吴天泓表面的样子又比较硬，展冲对于亲近她真是没有太多的把握。他想出来的招就是乖，乖顺地跟着吴天泓走，让他做什么就做什么。

展冲长得好看，个子也大。不过他就是一个从农村里来的小伙子，在他眼里城市就像是一个坚硬带刺的巨大发光实体。之前打工，就被迫挤在这个带刺的实体的底层，压根没进去不说，只能抬起头沐浴城市之光，还会被刺眼的光伤得眼睛干涩。这么大的个子，站到城市的外围，小得就看不见了。

因为莫名的契机，他突入到了城市的准中心，站到了城市之光下。地位突兀地改变了。这种急遽的变化过程被压缩在很短的时间里爆发，他更加惶恐不安。

他凭着自身的敏感，无比清晰地感觉出自己就是个异类。

他觉得自己不够聪明，只能不断地学习、模仿城里人的行为，拼尽一切地把自己扎在这个城市的舞台中间，在这个过程中他变得更加敏感了。敏感的人对周边的环境有着敏锐的直觉，他虽然还不够圆滑，但是他还有自知的聪明，也足够清醒。

展冲努力地寻找着一个相对柔软的突破点，能让他突入这个坚硬的实体里。吴天泓对他来说是一个能够突入的闪光点，他唯恐惹怒她。对他而言，吴天泓是一个高高在上、坚不可摧却又抵达不了的存在。

在没有把握的情况下，展冲经常性地在吴天泓跟前保持着沉默，虽然也是害羞，更多的时候还是出于谨慎所以保持了缄默。

初四开店的商场并不是太多，也就那些大商场还在营业。吴天泓本来不想去，他们顶着这张脸还是挺麻烦的。这个大城市里人特别多，他们俩凑到一块儿逛街，要是被哪个圈里的记者之类的发现了，甚至是普通人拍下来放到博客、微博上都是个麻烦事。

现在是初四，她相熟的一些独立设计师开的品牌小店还没开业，也没多的选择了。

吴天泓翻了一遍手机后，叹口气，一脚油门往国贸商城开过去。

展冲到了国贸，深深地吸口气，努力地掩饰着自己的慌张和无措，虽然他觉得自己的手脚都摆不到正确的地方。

这个商城太大了。高大的玻璃门如同城市这只巨兽的口，朝他张着，里面透出光来，明晃晃的，让他觉得不安。他不属于城市，不属于这些巨型的购物广场——每一次路过，他都无比清晰地再一次感知到这一点。他会仰着头瞻仰一下奢华的堡垒，然后加快步伐匆匆离去，他从来没有胆敢如此接近过。接近了之后，只觉得太大了，这个巨大的水泥钢筋建筑物张开了大口，露出了森森的獠牙，马上要将展冲给完全吞没了。

展冲的精神前所未有地绷紧了，他维持着正常人的肌肉表现，可是没有办法，他的肌肉是强制性地被思维驱使着运转，难免有些小问题。比如说他脸部的线条就有些微的抽搐，嘴部抿紧，而背有些微佝，让他一米八几的大个儿跟在吴天泓这个一米六八的身后显得很是娇小。

展冲之前打工的时候都没进商场买过衣服，一般都是去夜市和大卖场，最多花上几十块钱拣两件能穿的穿上就行了。等比赛的时候，跟别人站在一起，他就明白了自己看着并不得体，公司也知道这样实在不能看，按他日常的穿法实在是砢碜。不过，展冲到底没得到重视，经纪人要照顾的艺人又多，哪里能一个个顾过来啊？公司对他日常着装这种小事就随口教育了几句，说要他好好收拾，别的什么也没有再管。

展冲后来也会买衣服，依照公司之前带他买衣服的去处去买东西。他没有概念，知道自己的穿着有问题，但问题到底出在哪里也不那么清楚，只能在别人的目光中感觉到不自在。他也知道若是去了大一点的商场，估计能找到合适些的衣服。

但展冲没那个底气，他穷，穷怕了。

现在他不火，赚的钱虽然对比以前是天文数字了，可是不知道要靠着这点钱维持多久，日常开销也在不可避免地增多。他对未来实在茫然，越茫然越是把钱抠得死紧，不敢多花一分。看到这样的商场，下意识地就心虚，恨不得转身就跑。

这种灯光装点出来的金碧辉煌明明白白昭示着——展冲不属于这里。若不是吴天泓还在旁边，展冲肯定掉头跑了。

吴天泓没察觉到展冲的情绪。作为演员，易感的情绪本来就是一个演员所必备的要素，她也敏感多思，只是没想到，他们是完完全全不同的个体。这个地方对吴天泓来说稀松平常，就是卖衣服的地方，不具有任何象征意义，她只需要很平常地走进去。

看展冲在她身后走得慢了一些，她随手拉了他一下。

拉手，对吴天泓来说又是极其平常的一件事情，她很早涉入了这个圈子，别说看见，就是自己也演绎了形形色色的欲望。两性之间的牵手不过寻常。

展冲不是，他本来就紧张。他所有对于情感的体验都是来自镜头前的表演，他懵懂不知，如同被遥控的提线木偶。此时此刻正在惶恐，他的手被拉住了。

拉住他的是一双极其柔软细腻的手。作为一个女明星，吴天泓是必然要进行精细的保养的，她对于外貌的呵护是花费了大量的时间和金钱的，每一天都要实施一个又一个烦琐的步骤来呵护自己的脸面。手，自然也是打理得极好。这双手纤细、修长，又柔软，圈住了展冲的手腕，拉着他朝前走去。

吴天泓首先拉着他走进预想的国际品牌门面店里，她计划带展冲买两件名牌的休闲服日常穿。

她如同所有的姑娘一样喜欢逛街，商场里的灯光，还有那种人工的香氛，以及各种崭新的物品所混杂出来的味道，点燃了她血液里饱含的购物冲动。她想着除了帮展冲看两件衣服，自己是不是也去看两双鞋？她还挺想买两双及膝靴的。

走进灯光明亮的门店里，展冲已经感觉到了巨大的有如实质的沉重压力。他只乖顺地被吴天泓拉着走。

吴天泓逛男装的经验不多，她爸的衣服由他们老两口自己挑，她也就送一些保暖内衣之类的不挑款式的来表达心意。

几任男朋友也不用她管，他们都见惯了世面，会自己打理自己，有自己独特的风格。真要是帮着买了衣服，对方还不一定看得上，再说多一点，可能他们有特定的场合需要的着装，吴天泓是不适合插手的。

就好像，杜斌很喜欢类似于被吴天泓蔑称为骚粉之类的夸张鲜艳的颜色，衣服缀些亮片之类的元素提亮，总是耀眼又夸张。杜斌的气质是属于夜场的，他着意于打扮成夜场里的焦点，简而言之就是浮夸。可是吴天泓喜欢的还是干净清爽的类型，她自己走的是性感简洁风格，老嫌弃杜斌把自己折腾得那么浮夸。

既然争执不下，送东西的时候，吴天泓一般也就送些领带、袖扣和皮带之类的小玩意儿，算是体贴。

她对于男装店多少有些陌生，进去之后先扫了一圈，然后往自己理想的衣服架走。她看过展冲的日常着装，觉得不太放心展冲的品位，还是她挑选要保险些。

她手指滑过这些衣服，偶尔看到喜欢的颜色就停顿一下，拿起来认真看一下。吴天泓知道展冲的经济实力不怎么样，这里的衣服都不便宜，衣服最好要经典款，买两件可替换的能带出去不丢面子就行。所以挑选上也就更加慎重。

视线巡视了一圈，终于看到一件觉得不错的，吴天泓上下打量还摸了摸质料，觉得这件确实很让人满意，就招呼展冲说来试试看。

展冲深呼吸一口气，接过衣服，首先看了一眼衣服上的价格牌，饶是做过准备，脸色立时还是变了。吴天泓催他去试衣服的时候，整个人的动作细节都好像被分解开了一样，看着就觉得傻乎乎，他还是立刻说了一句："谢谢。"只是声音太细，好像是从牙缝间漏出的。

再怎么觉得压力大，展冲依然老老实实地抱着衣服去了试衣间。

等展冲走出来，吴天泓真心觉得眼前一亮：好一个美少年！衣服颜色鲜亮，不仅没有将他的容颜压下去，反而因为展冲本来就长得眉目如画、气质干净，这种鲜亮的颜色反而是一种提亮，衬托出他的好气色。出色的剪裁包裹着年轻男孩挺拔、修长的身体，他有些干瘦，肌肉线条不好看，身子也不挺拔宽厚，可是肉体的诱惑已经扑面而来。

吴天泓看着他的样子，只觉得词穷，脑海里飞闪过无数琐碎的词语：风姿绰约、光彩照人、倾城绝色、仙姿玉色……可这数不清的词语又都用得别扭，好像也都不能完美概括那一刻的惊艳之感，最后只赞叹地说了三个字："真好看。"

旁边的店员也不住口地夸着，说这件衣服有多适合展冲，简直就像是为他专门设计的一样。

展冲自己没有什么感觉，他在外人眼里长得有多惊艳对他自己的触动是不大的，他照着镜子知道自己看上去好了很多，可是这个价格实在让他无心欣赏。展冲看出了吴天泓对这件衣服是极其满意的，这种欣赏变成了他的压力，他也明白有一件精致的衣服对他来说是应该的，可是价格依然让他难以承受，难以承受又无法开口。

大概是因为思绪的拧巴，这个美少年脸上的表情多少有些不自然，吴天泓也察觉出来了，她想张口就冲着展冲说："你别担心了，这衣服我帮你买了。"可到底不妥当，她让展冲转了身，对着他的背后线条，硬拗出一句："背后不是太好看，展冲我们去别的地方看看吧。"其实她在心里不断地惊叹着，这实在是太好看了，都没想到展冲这种干瘦的身材居然能让这衣服修饰出凝练的线条来，他看着不仅是一个好看的男孩，而真正像一个很好看的男人。

展冲听到吴天泓这么说，真心地松了一口气，等他换了衣服走出来的时候，只觉得步履轻松了许多。

吴天泓看着展冲的样子决心还是带着他去别的楼层看看比较好，这一楼都是国际名品，价格比较高，去逛逛平价一点的中档品牌比较好。

不过国贸到底是大商城，就是过年期间人也不少。这种国际品牌到底是因为价格昂贵所以自然地把人流挡在了外面，到了楼上，随着价格降低就会看到人流量的加大。

吴天泓对于这样的局面还是做好了心理准备的，她扯着展冲走出来，躲到个人少的地方，拿出一沓口罩，递了一个给展冲说："戴上。"然后她指示展冲离她稍微远一点，又觉得这种口吻好像不那么礼貌，于是找补一句："你现在是公众人物，以后行动都得注意了，除非是刻意宣传，不然得尽量避免不良传闻流出来。以后你也得准备好这些小东西，口罩啊，墨镜还有帽子之类的。"

展冲点点头，把口罩戴好了。吴天泓心里默默想，这桃花眼也太波光潋滟、夺人心魄了，这么大的口罩也没把他的倾城绝色给完全覆盖掉，天生就该是吃明星这碗饭的。

吴天泓看看时间，盘算了一下，他们俩最晚也得在四点半的时候往家里去，虽然李玉吉家离她那里不远，也就半小时车程，但是七点前怎么都得到。回去之后还得化化妆，拾掇一圈，时间挺紧，她的及膝靴怕是没时间看了。

两个人一前一后到了楼上，吴天泓熟门熟路先带着展冲在楼上兜了一圈，大致思考了一下适合展冲的风格，然后重点挑了两家门店走进去。

展冲挺聪明，他乖乖跟在后面，不时站定看两件，做出和吴天泓不太熟的样子。等两个人差了一定距离之后才跟进去。

他们俩进了一家店，店里除了销售小姐也没别人了，展冲这才稍微贴近一些。吴天泓挑两件，展冲就在后头老实接着，拿了两套就进试衣间去试，试了又出来，转一圈，再接两件进去再试。

其实吧，人长得这么美，这些衣服穿上去真心不错。就是和之前那件衣服所花费的剪裁和设计费用还是差了那么老些人民币，怎么看都少了那一件上身的惊艳。可看看价格，又觉得这种不太惊艳的美丽也在可接受的范围内了。

吴天泓在心里暗暗感叹可惜，然后雷厉风行地领着展冲逛了三四个能看上眼的门店，一次性就开了三四件衣服的单子。然后又带他去看裤子，看了一条牛仔裤、一条休闲裤。看看时间，觉得意犹未尽，瞥一眼他的外套，又去开了一件大衣。加加减减算下来，快十张单子的价格加起来比那件衣服的单价还贵上一些。

展冲这边没表现出什么不愿意来，只是在付款的时候手都有点颤。他抿着嘴，提好了这些袋子，双手攥着拳头，将服装袋的绳子紧紧抠住。这些林林总总的袋子加起来，把手都勒出浅浅的红印子了，总归比一件天价的单衣让他能够接受。

两个人走出了国贸。哪怕是过了春节，按照节气来说已经到了春天的时节，可是这气候还是实打实的冬天，日头半点不留恋地准时打卡下班，这会儿已经进入了消极怠工非要灯光加持的时间段了，不过京市总不会缺少点灯的豪情，微暗的街上，已经星星点点地燃起光明。展冲提着所有的袋子跟在吴天泓的身后，跟她保持了一定的距离，装作不熟。

他懂的，吴天泓是在帮他的忙。圈里的这些人每天穿的用的都是要比的，他也不是没有看过时尚杂志，上面两个明星穿一样的衣服还得写篇文章分出上下高低。都是公众人物，怎么也得注意点外在形象。若是他是个实力派，那可能还可以摆出个低调的架势：我不靠外表；偏偏他什么也没有，只有这张面皮，他不收拾还能如何呢？

普通人都知道，衣服是形成第一眼好印象的重要加分项。何况他们是明星，着装的重要性远比普通人来得还要高。

他要是穿得太不像样，知根知底的还会理解，一般的陌生人立马就觉得他不尊重人，或不是他们那一路的要保持些距离。在这种情况下，展冲要是想要打入内部套近乎拉关系，那难度可是立马加倍。

但是，理解明白是一回事，心情是属于另一个大脑部门所管辖的范畴，心情是一种情绪。

他的出身太差了，吴天泓她们这样的人就算听说了再多的贫民子弟的故事还是不能体会他的心情。展冲其实特别想要有很多很多的钱，想得快疯了。最好能让他枕着睡觉，拿着吃饭，直接把钱拼成一件又一件衣服穿着招摇过市。

他也没想明白过——有了钱具体干些什么？终归是缺了，缺了就念着，念着就紧张，对数额越发敏感，越敏感越是舍不得花出去，一点都舍不得。

就这么想着，他面上努力淡定，可是那种沉痛分明就写了一脸，他默默地计算着他刚刚花出去的钞票，只觉得压力席卷而来，快把他吞没了。

吴天泓看出来他的脸色不好，也表示理解。只是内心是不是嫌弃他婆婆妈妈就不知道了，只是多跟他叨了几句圈里明的暗的规则，让他要多注意些。她一直懂得人情世故。

吴天泓跟他讲一些剧组为了省服装费的故事，什么资金不够但是为了表现人物有钱只好买一些有板型没带 LOGO（标识）的地摊货之类的衣服充作高档品牌。借着别人的故事劝他多看些时装杂志，提高一下审美之类的，也要备几件能穿出去撑场子的衣服，日常里就是牌子穿得差了些，但是款型、颜色和材质也要注意，买不了牌子货那就不能带LOGO，衣服搭配要有个性，必须考虑潮流和美观。

吴天泓坐在前排的驾驶座上一直在说，她的话也没有什么组织性，想到哪里说到哪里。不过是介绍了下等会儿要去见的那些人，还告诉展冲一些他面对那些人需要注意的事情。

展冲聪明，他知道吴天泓的意思，也知道她此刻正在说的对于他是极难得的。若是没人告诉他，只怕他要花许多时间，在现实里碰撞得头破血流，才能领会得到这些。他坐在那里默默听着，时不时应和两句，表示自己记住了。他把刚刚的情绪淡忘了，环着身边零落的衣服袋子，听着吴天泓的声音，觉得温暖。话里话外带出来的关心和照顾让他的心被熨得暖烘烘的。他到底还是个没满十八岁的孩子，极度地渴望温暖，偏偏又很缺类似的东西。一点点的火星儿飞溅起来，都能让他觉得暖和——在这个冰封雪飘的大城市里。

他由衷地说了句："天泓姐，谢谢你啊。"

可能是心境太绵柔了，说出来的音调也格外地软。吴天泓听了忍不住从后视镜里瞟他一眼，他那双桃花眼闪着光，好像泛起了一层水花儿，看着就像路边的小狗儿，软萌软萌。吴天泓忍不住就想逗他："展冲，你往前面凑凑。"

等展冲凑到椅子后头，吴天泓朝后伸出手，摸了摸他的头发，还揉了一把。刚刚展冲到她父母家的时候，那个乖乖的样子就让她很想下手了，只是有点不好意思。这会儿他又用着这样的眼神看她，让她越发手痒。他的头发细软，摸上去，绒绒的一团。

她过了手瘾，眼角瞟到了展冲没反应过来的呆愣样子，"噗"地笑了，心里感叹：这孩子真是可爱。

在圈里，精明的、能干的、圆滑的人看得多了，展冲这种生性单纯的新人倒是没太见过，她觉得稀罕。他长得又漂亮，谁看着好看的都爱多瞅两眼，美丽的皮相总是会讨好些。气质也是清爽而干净的，不说有多吸引人，起码舒服。

再说了，展冲是跟着吴天泓过去的。

吴天泓在这个小圈子里算是混得不错的，上有家学渊源，下有奖项加持，性子也混得开，咋呼两下也算是一群人中的小焦点。她得了父母的嘱咐，又觉得展冲老实可爱，就拉着他在聚会上着力吆喝了两声。

展冲凭着自己肯定是吃不开，可有了吴天泓的吆喝和引见，虽然说不上是焦点，但是混了个眼熟，也和几个圈内人士交换了一下电话号码。目的也算达到了。

过年之后没过俩月，吴天泓在剧组接到了展冲打来的一个电话，说是聚会上认识的一个导演，他的剧组里有个小配角还没有定人，他可以过去试镜。反正是个不太红的剧组里的背景板，争资源的人也少，索性拉他过去，他长得好也算给剧组增光了。

戏份什么的都无所谓了，能够有工作有收入就谢天谢地。

公司已经在筹备新一季的选秀了，过了年的“黄花菜”更没人睬，所有的观众都等着看新一轮的“花花草草”们来博眼球呢。这批人看着也就这样了，展冲的运气算是很不错的。他到底是连着拍了两部剧的，在一部古装剧里演了个男二号，戏份不少，估计能接着混下去。

公司看好的那个“亲儿子”，也就被安排了一张专辑，演了公司推出的一部自制戏的男主，现在也没什么事做了，要等市场反应之后才会有下一步的安排。

其他名次差一点的，在自制剧中做了酱油角色之后就没什么活动了。

也因为是这样的情况，解约反而成了他们这些人的最大新闻了。展冲没什么门道，做什么都小心翼翼的，他折腾不起风波，也没那个经济实力折腾，就一直安安分分地待在公司里，老实地做他的三不管人员。

没人管，又人气下降，这会儿能在间断没多久后接到戏约，虽然只是男五六七八九号，几部戏加起来戏份可能也就只有两三集，好歹都是有几句台词的。这运气简直就是好到不可思议。他更是感谢吴天泓的帮忙。

展冲虽然嘴巴笨一点，人也拘谨，但是聪明。他知恩图报，逢年过节的不只是打电话、发短信，有什么能送的、能买的也都捎上一些，给吴天泓和她的父母送过去。吴天泓和她父母也记得展冲的好，跟他也就走得亲近了，知道他过得不容易，找个机会就给他加倍找补回去。

展冲送的东西不值什么钱，夏天西瓜，冬天手套，谁也不差他这一点，可是送礼物的心意让人感动。要是不送东西，那就去两位教授家帮着做点活。虽然说不出什么好话，但是舍得花心思。两位老人喜欢他，跟吴天泓通电话的时候，也不时唠唠展冲，差不多快要将人当作干儿子收了。

就这样，虽然几个月没见面，吴天泓和展冲却更熟了些。

他们两个再一次见面是五月的时候，在海市。他们俩合作的《赤龙刀》要上星播出了，他们要去海市做宣传，确切地说展冲和彭翰宇都是从外地飞过来的，吴天泓正在这边的剧组拍戏。

《赤龙刀》的剧组定好了要录当地电视台的几档宣传节目，从下午开始可能要一直录到半夜。

五月里，南方多雨，天跟破了洞似的，雨一直往下砸，这地面就没干过。吴天泓待的剧组运气不好，雨景倒是都拍好了，可是眼见着定的外景场地快到期了，要在太阳下拍的几个外景还是没法开拍。眼见着时间要来不及了，这天才终于见了晴。导演抓紧时间赶着全剧组赶工，连着几天是大夜加早起的连轴转，吴天泓去参加宣传活动的前一天更是一直赶拍大夜戏赶到快天亮。

这部剧还挺不错的，是一部内地很少拍的职场剧，虽然家长里短的事情也多，但是表现职场的剧情也还算挺专业的。

吴天泓一看剧本就很兴奋地接了，她为此准备了很久，拍戏的时候也认真。

早几天，吴天泓拿着行程表看了一眼，早早发现情形不对。按照这个赶工的进度，她是没办法把自己安置好的。吴天泓赶忙打电话到公司，把经纪人召唤过来，又打电话给老板刘渝徽让她临时调派几个助理过来支援。

这边，总算得了导演的“咔”，接着，吴天泓几乎是被助理给抬进保姆车里的。

可是再疲惫也没办法，《赤龙刀》的宣传也是一开始就写在合约里的，这个宣传活动必须要配合。更何况，《赤龙刀》是打着她的名字卖到电视台的，彭翰宇和展冲的影响力和号召力，还不能够保证电视剧的质量和收视率。电视台这么给她面子了，吴天泓是无论如何都要到场的。

可是她实在是扛不住了，这部戏她的场次特别多，算是整个戏的戏眼，几乎所有的人物和情节都是由她牵扯、发展出来的。

既然是专业讲述职场的，剧里的台词也是又长又拗口，专业名词又多，背的时候就头昏脑涨，几天的大夜戏折腾下来，人已经昏了。又整整一夜熬下来，她连被助理架着挪动都觉得受不了。知道是要过去录节目的，可是一点精神头都没有，连睁开眼都困难。

吴天泓不认床，可是她睡觉还是要求有张床的，挤在车子的沙发上，身体舒展不开。而且，她虽然是累得不想动，脑子却涨涨的，没办法安静下来。随着车子不可避免地颠簸，她缩在椅子上，脑门涨得极其难受。

外表看着，她躺在那里一动不动，可脑子连一刻清净的时候都没有，觉得要疯掉了。一点光没见，脑子钝钝的，一用就疼，偏偏止不住。时不时，剧本上下功夫死记的台词也会蹦出几个字，蹦到她的脑子里无序地排成无意义的字串，勾着她去想到底是什么意思。自己都不知道这一路上睡没睡着。

到底是年纪大了，人一过了二十岁，熬夜一次就得缓上好几天才能好些，过了二十五岁之后这种疲惫感就更加明显了。吴天泓无奈地想着：到底是快满二十七岁的人了，这衰老来得也太明显了。

到了电视台的节目录制现场，她的经纪人帮她打开门，小心翼翼地推了推她。吴天泓嘴上哼哼着说“知道了”“知道了”，可是身子半天动不了。

看这个样子，一个助理马上出去帮着买咖啡，另外的两个助理钻进来，联合经纪人，三个人也不敢用力用狠了，半拖半抱总算将她折腾下来。可能是呼吸了一口气，吴天泓总算是迷迷糊糊睁开眼睛。她的意识很清楚，就是四肢百骸都有些不听使唤，这会儿得了一口气，她轻轻推开一边小助理的手，自己走到一边去蹲下来，她觉得这样的姿势能稍微缓缓。

她整个人都是晕的，看什么都似笼着一层白光，感觉极其难受。蹲下来的姿势不能解决什么问题，只是可以让她身体挤在一处，找到点实感。

“天泓姐？你还好吗？”有一双手落到了她的背上，手很大，暖烘烘的。

吴天泓现在沾不得热力，就这么一点就能让她觉得舒服到身体发酥。她晃了晃身子，下意识地想要贴那点热气更近些。那人蹲下来，将她拢在怀里，问：“天泓姐，你怎么了？”

吴天泓张了张眼睛，她很难受地说：“哦，展冲？”

“是我。你怎么这样了？要去医院吗？”

“不用了，不用。这边签了合约的，我就是要缓一口气。你让我靠一会儿。”

“我背你好吗？”

“好。”若是平时，她大概还要问问重不重，这会儿是真的没了想法，就在助理的帮助下趴伏到了展冲的背上。

他走得很慢很慢。少年早几个月才满了十八岁，背有点窄，不是那么宽绰，背着她，偏偏她又没有瘦得那么可怕，个子又高，还是有一定重量的。她都能感觉到身下的少年走得有些不稳，可是他什么也没说，努力克制着呼吸的声音，走得很慢很慢。

吴天泓几乎就要睡去，她的脑袋里响着嗡嗡的声音，难受得很。她实在是累得狠了，精神集中，感情投入，这么熬了几个日夜，这会儿真的是恍惚到没了知觉。等到展冲将她放下，吴天泓还是没有睁开眼睛。

展冲看了看她，眉头微微有点皱着，很不安稳。

旁边的经纪人年纪不大，就是临时过来帮忙的。她虽然不是展冲的粉丝，也知道他是圈里的明星，怎么想都觉得让吴天泓这么靠着人家不太好，走上前轻轻摇摇吴天泓。“天泓姐，天泓姐，要不喝点咖啡吧。”

展冲皱了皱眉头，将咖啡推开一些。“不用了，她不舒服，别让她喝这些刺激的了。”他看了看墙上的钟，“还有点时间节目才开始，你们休息一下吧，让她稍微眯一会儿。”

他看看身边的化装师，冲着人家腼腆地笑笑。“麻烦你们先帮我化装，好吗？”他长得好看，笑容晃花了边上化装师的眼，没缓过神来就点了头。但分给吴天泓的化装师纠结着：“那，天泓姐这儿怎么办呀？”

“你轻点帮她做些什么吧？帮个忙好吗？她可能真的是不舒服。”

男人的妆容到底是要简单些，展冲底子又好，这边已经做完了。他刚准备站起来，彭翰宇推门进来了。

本来也就是录播又不是直播，晚一点没什么大事。

彭翰宇来的时间是理所当然的晚，他排场大，带的人也多，进来的时候一下子就闹起来了。他一眼看到了吴天泓在那里睡着，他自然不想跟人起冲突，只是他到底我行我素惯了，没有那么细的心思了，这声音就没有收住的意思。

吴天泓被惊动了，她的头抬了一下，眼看着就要醒来。展冲不擅长跟人冲突，他虽然觉得不好，但是彭翰宇到底是演艺圈的前辈，他总觉得冲突不好。平时这种情况，吴天泓一定是出面说话的那一个。可是她这会儿正难受。

他站了起来，在吴天泓身前蹲下来，伸出手遮住了吴天泓的耳朵，将她的头扶着，让一边的化装师可以继续给吴天泓做发型。化装师这么看着也吓了一跳说："那个，展冲，你这样蹲着挺累的。"

"没事。"他的声音很轻，差不多只算做了几个口型罢了。

彭翰宇不知道是不是也觉得自己闹出来的动静太大，但是他脾气大，并不乐意道歉，索性用反讽撑回去，试图让人看着是展冲的问题。他轻蔑地笑着："某些货色才入行没多久，捧脚这种奴才活，倒是做得挺熟啊。就是，人现在睡着了，你还这么尽心尽力伺候着，是不是有点瞎啊？"

展冲抬起头看了他一眼，不声不响也不改变姿势，就这么继续蹲着。倒是吴天泓的小助理看不下去，不过她只是临时的，对方却是大明星，这不是她好插手的，只暗地里瞪着彭翰宇，愤愤地转过头去。

那边化装师吹好了头发，拍拍展冲，他这才站起来。活动一下双腿，问道："好了？"

他看到化装师点了头，这才走开，又对小助理点点头，转身做下一步的工作去了。

等他转回来之后，吴天泓已经拿着台本看起来了。她的气色依然不好，眼下的青色怎么也遮不住，火气也跟着大了起来。

她一边读着台本上的字，一边烦躁地做着小动作，将台本的几页纸捏在手上揉着。

听到脚步声，她抬起头："展冲，坐吧。你也看看台本。"

展冲依言坐下。"天泓姐，你还好吗？"

"累的，没什么别的事情。"她又低头看了几行字，凑到他边上说，"谢谢你啊，我助理都告诉我了。”

“没事的，你帮了我那么多忙，这是我应该做的。”

吴天泓笑笑。她实在是头疼到要炸了，只是这是签好的工作，不能够推托，偏偏节目做得一般，环节有些尴尬，有时候一个环节要重新录几遍，她的精神被消耗得更大了。吴天泓现在就是咬着牙死顶着，望出去，眼前万物都浮起一层白光，颅腔里也不知道被谁塞进去一把锤子，不时闷闷地冲着她的脑神经砸上几下，让她整个头疼得快要爆炸了。

助理事先不知道，给她准备了一双极细的高跟鞋，穿到了舞台上。

为了好看，舞台上聚集了来自四面八方的光，坐在现场看着觉得很好看，大概坐在电视机前看着也会觉得不错。

可是吴天泓受不了。

她感觉自己拿出了毕生所有的毅力，勉强自己伪装出笑容来，站在舞台上。

为了玩游戏，她今天穿的是一条贴身的低腰牛仔裤，布料很硬，倒是掩盖了她微微有些打战的身体。展冲偷偷地伸出手来，他有些不好意思，只虚虚地撑了一把就很快放开了。

还是不太放心，他眼睛朝着吴天泓的方向瞟了好几眼，只是他没什么经验，不大擅长遮掩，虽然他觉得自己做得隐蔽，但底下不少人都看见了。

台上的主持人趁机就发问了。主持人将话筒拿到了展冲的面前，问道：“怎么，今天看你一直朝着天泓姐看呢？今天天泓姐很漂亮吗？”

“嗯，漂亮……”他条件反射地往后躲，却又补充了一句，“一直很漂亮。”

底下响起了一片尖叫声，吴天泓微微笑着说了句：“谢谢。听到展冲夸我，我就特别开心。”

“怎么呢？展冲平时不怎么夸人吗？”

“不是。第一呢，我们展冲长得特别帅，是不是啊？”

下面来的粉丝大声地尖叫着：“是！”

“说实话，我第一次见到展冲的时候都惊呆了，怎么会有这么漂亮的男孩子。然后，我就很紧张，这么漂亮的人站在我边上，我觉得在座的观众粉丝们都不会看我了。”她朝着下面看了一眼，夸张地摸摸自己的脸，“看来我还是可以的，大家还是很支持我的。”

“第二呢，展冲这个小朋友特别好，人品好，脾气好，内在和外在一样地好，从不说假话。所以，展冲说我漂亮，那肯定是真的，是不是啊？”

他知道吴天泓是给他制造机会来的，可是他接不下来，只有微笑。那边的彭翰宇这个时候显示出机灵来：“玲珑儿妹妹，你都不爱我！说了这么久你都不夸我！”

白玲珑正是吴天泓在剧中的名字，可以说是集各种狗血恶心于这三个字上了。

彭翰宇并不做出深情的表情，他瞪着眼睛对着吴天泓，还微微鼓着脸嘟嘴，有四分之三的脸是对着底下观众的。这个动作他做得娴熟，连角度也是计算好的。他到底是正牌男主角，在娱乐圈混了多年。他这一套卖萌撒娇的表情那可是招牌，明明他做出来的表情看在吴天泓眼里实在油腻，可是底下的姑娘们都吃这一套吃得不得了。又是一阵热烈的尖叫。

于情于理，吴天泓都是要配合他的，别管她自己怎么想。她甜蜜蜜地笑着：“那怎么可能，彭翰宇多帅啊，你们说，是不是？”

彭翰宇要的就是这个效果，对于怎么抢话题他是一贯熟悉的。吴天泓还好，哪怕她现在难受得一点抢话题的精力都挤不出。可她是戏里的女主角，又是拿了最佳女主角奖杯的大前辈，不管是谁，那都是要捧着她的。

展冲就比较糟了。他到底是新人，没那么招眼，性格也不怎么适合参与这样的综艺节目，很不出彩。不过他也不太在意，就在一边配合着，好像就怕一个动作惹了眼。

吴天泓皱了皱眉头，她今天的状态实在是太差了，人都站不住了，好几次是展冲偷偷伸手撑了她一把。她不怎么领情，反而还瞪了展冲一眼，把他人往前甩了一下。

若是靠着展冲，这个节目所有的风头都是彭翰宇的了。吴天泓并不想这样，不用认真地想，两个人比较起来，她百分百支持、喜欢展冲的。彭翰宇没什么涵养，话说得难听，脾气还大，惹她的眼；比起来，展冲乖巧懂事，对她也好，各方面都很照顾。她就想再推这个人一把。

她努力调动起精神，注意着时机，给展冲制造几个话头，好歹给他争取了几个镜头。等到节目录制完了，展冲到她跟前来道谢，吴天泓终于忍不住跟他发火："你是怎么搞的？明明知道你机会不多，正是要努力博出位、争取关注度的时候，你躲什么？"

"天泓姐，对不住……"

"你是对不住我！展冲，我现在头疼死了，人都快晕倒了，你不知道吗？你要是真体谅我，就自己大胆一点，什么都靠着我帮你争取吗？我又不是你亲妈？"她实在是烦躁得很，录一场节目消耗了她太多太多的精力，所有的克制和忍耐都被消磨干净了。

吴天泓自问不是一个好脾气的人，但是她成熟世故，惯于自我克制。大概是出道太早，她从来是最能装相的，总在适当的场合扮演适当的角色，实实在在地长袖善舞。在她最烦展冲的时候也没有当面跟他说过重话。到底是一起工作的同事，凡事不好说死，总得留下一线以期日后相见。

可这会儿实在是忍不了了。

她的精神和体力都一起消耗到了极致，眼前差不多已经爆出了白花来，这个世界看着是一片模糊的。可是她还得撑着，不光是自己撑着，还得留点精神帮展冲应付。

这会儿离了灯光摄影，她就不管不顾地对着展冲发起脾气来了。

她说的这些，展冲是知道的，他虽然沉默不知道怎么发言，可是对于自己的处境和弱点还是清楚的。他知道自己的问题在哪里，只是没办法。

他不是真的就那么害羞，只是不知道怎么做才对。

没有人告诉过他要怎么说话，怎么拍照。这个圈子里的人要么是有天分，要么是受过训练的，他们知道要怎么才能讨喜，怎么样站在众人瞩目的中心。

可是展冲没有，他除了这个皮囊，没有太多的天赋。他也没有学过，从进入这个圈子开始就凭着自己有限的了解苦苦地挣扎着，对于一切都是茫然。他也想要好好表现，让更多的人注意他，可他实在胆怯。

他害怕这个城市，更加害怕这个舞台。他尚且不知道为什么，就被推到了舞台之上，站在光影交织的中心。他总觉得不安全，所有的一切都是陌生的，不知道什么时候会有恶意扑来。他感觉自己压根就不属于这里，这一切都像是他偷来的，不知道什么时候就要失去。他没有底气，于是就越发地露怯。

展冲缩手缩脚地配合着，他想配合好了，大概就不会被讨厌了吧。他觉得自己没有那个自信去求人喜欢，只要别被讨厌、别被赶走就好了。

吴天泓或者可以说彭翰宇的卖萌装嫩叫作恶心，她见过真正可爱的，自然能够鄙视。她有着支撑她站到舞台上的底气。她可以居高临下如同女王，看着那些不合时宜的人能够轻易地说出不好。可是展冲不行，他站得太低，踮着脚，仰着脖子拼命地抬头望，视线也不过勉强够到了台面。

他不知道有多羡慕彭翰宇，羡慕他可以轻而易举地找到展示自己的方法，随意动作也会有那么多的人爱他。

展冲听着吴天泓骂他，露出讪讪的表情。他不能反驳，吴天泓说的都是对的。只是难免有些委屈，因为他做不到，不是不想，不过是做不到。他的这种委屈不该说出来，说出来也不会被人理解。他只好沉默。

吴天泓发了一通脾气，两个人从角落里走出来，分开去换衣服。

展冲不好再去打扰吴天泓，一个人默默换好了衣服，犹豫着是不是要去跟吴天泓打个招呼。可是又觉得她可能还在气头上，不好打扰，就这么走下去了。

他做什么都有些胆怯，作为艺人，打电话跟公司要保姆车这么正常的事情都有些谨慎。站在停车场里又等了五分钟，还没有车子过来，他打了个电话过去。接电话的司机可能也知道展冲的这种性格，回了一句：“啊，不好意思，这边金先生要接机呢，飞机晚点了，来不了的。要不，你自己走吧？”

“我这会儿已经录完节目了，金杰那里……”

“来不了来不了，展先生你就自己走吧。”说完就挂了电话。

展冲没太多的反应。他隐忍惯了，也没有多少人真的捧过他，被忽略反而是常态。对于司机的不出现，他没有太多的反应。他拉拉背包的袋子，准备上去拦出租车。

一转身就看见了吴天泓。

她被电视台的人簇拥着，后面还跟着几个助理。她笑着摇摇头，一个个跟他们握着手。看到展冲，她自然地笑笑："展冲，你怎么还在这里？"

"公司的车没来。"

"哦，那跟我一起走吧？怎么样？能不能送你一段啊？"

"会麻烦你吗？"

"没事，没事，走吧。"

吴天泓又跟几个人道了谢，推拒了电视台跟着来送人的工作人员，扯着展冲上了车。

到了车上她的笑容隐去了。"你怎么回事？公司连车都不派给你？"

"车子还要去机场接另外一个人，晚点了……"

"哼！"吴天泓重重地嗤了一声，"你也信？他们这摆明了就是欺负你。你以为这世界上好人很多吗？个个都会主动过来照顾你？就你这样的，不争不抢人家会记得你的好了？不会的，这个圈子里的人几乎都盼着你退一步，然后他们就可以赶紧把你清出去了，不知道吗？"

展冲点点头，这边吴天泓说得狠，他却觉得温暖。

吴天泓说了一通转头看着展冲，还是闷闷的。她也就跟着停下来，不再多说什么："算了，你就是这个性格了。我刚刚也不该那么冲你发火的。你第一次上节目，我要事先多跟你说几句就好了，你不知道怎么办也挺正常。"她抬起手，够了够展冲，揉了一把他的头发。"你啊，还是个小孩儿呢。要有机会，你还是去读读书吧，不说别的，读了书，你也有底气。不然，你这么下去怎么行？"

展冲觉得自己的身体里好像出现了一股暖流，暖暖的潮水一波又一波地顺着血管，抚摸过他的心肝脾肺，温暖了四肢百骸，最后涌入了他的眼里。这样温暖的刺激好像要将他的眼泪逼出来。

好久了，真的是好久没有人这样对他好过了，带着真诚的关心，想着他的感受。

吴天泓却没有想那么多，她说完了这些话，只觉得再也顶不住了。“你跟司机说要去哪里。我实在是顶不住了，先睡一会儿。”

然后，她闭上了眼睛。

展冲伸出了手，他看吴天泓睡得难受，就将吴天泓的头移到了他的肩头，让她可以睡得更加舒服一些。

他心里涌起的温暖的潮热，依然在作用。虽然脸上还没有太露出来，实际上内心已柔软得一塌糊涂。他侧过头，偷眼看着一边的吴天泓。

她睡熟了。

吴天泓长得很好看，是那种混合着甜美和魅惑的美丽，美得很有侵略性。她的气质也有些高傲，非社交场合下，她的口气也挺冲的，怎么看都不是纯善、温柔的那种类型。可是这会儿睡着了，疲惫显露了出来，整个人带出一种脆弱的柔和来。

保姆车的帘子被贴心地拉下了，隔绝了外面的光，只透过窗帘的边沿露出那么一条浅浅的闪光的缝。她的脸是暗的，可是展冲偏偏看得真切。

他很少被这样的温暖包围过，在他的眼中，身边的吴天泓似乎是在发光。

她从来都在发光。她和展冲是完全不一样的，是展冲急切地想要成为的那一类人。展冲所憧憬的她都得到了，得到得那么轻而易举。可她今天的光有些不同。

大概是因为吴天泓是展冲所真正深交的第一个真正的明星吧，他就好像是刚刚破壳的雏鸟，惶恐不安地面对着这个世界，第一眼就看见了吴天泓。他自然地、急切地伸出手去，他仅仅攀附着她，抬头看着，近似于膜拜，他渴望着从吴天泓那里传导而来的光和热。

可又是这样的吴天泓给了他温暖。

展冲无比地渴求温暖。从小到大，温暖大概都是他急缺的东西。早早的，他的父母就去了，只剩下爷爷奶奶可依靠。两位老人要为生计奔波，没有时间给他想要的温暖。后来他更是辍学离家，飘零在城市里，冷漠和忽视是他更多感受到的情感。

然后，成名。有了一帮支持者的仰慕，她们喜欢他，尖叫着，将自己的狂热敬献出来——偏偏隔得太远。他也觉得温暖，可是一伸手，什么都没有。

触手可及的地方，尽是冰凉。公司的冷漠，同行有意无意的挤压和排斥让他心凉。偏偏他无能为力，挣扎都不知道要如何去挣扎。

吴天泓好像是他眼前漂过的浮木，他不知道能不能抓住，也只能攀着她。如今，她回应了，她的回应给了他一点点友善的温柔，他就沦陷了。

沦陷得轻而易举，他看着吴天泓只觉得她好像在发着光。他看着吴天泓，将她靠在自己肩头的这个场景深深记下了，加上了许多层的滤镜，藏到了内心深处。

展冲觉得自己的心跳频率有些不正常，不正常地快，快到他怕会惊扰到吴天泓的呼吸。吴天泓头倒在他的肩头，那么沉重。也许是他的肩膀软了，因为心里涌起的那阵阵暖流，他的肩膀被冲刷得软了。

他肩上所担负的不仅仅是个女前辈了，她之于他，那么重要，那么珍贵。他恨不能张开怀抱小心地将她珍藏起来，可是他只是僵硬地坐着，任由对方靠着。

展冲对于突如其来的沦陷也不知道怎么办。

他甚至一时之间都理不清楚这种突然而起的冲动是怎样的情感。

等到司机将他送到了目的地，展冲将吴天泓小心翼翼地放倒，然后留恋地看了一眼，下了车。他闪到了一边，远远地站在那里，望着车子的后灯，有些怔愣。

他没说什么，也不可能说什么，他自己有很多事情都还没有完全地理清楚，又该说什么呢？吴天泓自然也不知道他的心思，休息好了给他打了个电话，又随意地叮嘱他几句，就当是照料一个挺可爱的后辈了。

再次联系，是《赤龙刀》开播的时候。

别管片子怎么样，这是展冲第一次在电视上看到自己。他也没有别的什么事情，提早两小时端着书本守在电视机前。吴天泓上次跟他建议了一句，他自己想了两天，也觉得读书应该是最好的办法了。他开始准备复读。

展冲准备得很认真，他几乎做到了手不释卷，就是吃饭的时候也要拿一本书看着。就这样，他依然提前两小时坐在了电视机前，一边看书一边守着电视剧开播。

吴天泓无所谓了，这样的心情早就过去了，她都不知道经历了多少次。虽然对展冲印象不错，可是这个片子在她看来相当地丢人，剧本一塌糊涂，服、化、道乱七八糟，搭戏的演员（除了展冲）基本面目可憎，实在是不想看。

还是刘渝徽打了个电话跟她说了这事，吴天泓才打开微博发了一条广告：今晚七点半，《赤龙刀》第一集开播，我们不见不散。配图都不发，可以说是相当地敷衍了。

展冲却很兴奋。他放下书本，自己发了一条；过了一会儿，觉得不满足，又转了一条剧组的。等到特别关注的声音响了一下，他再次打开微博，转了一次吴天泓发的广告。想了想。他最后把彭翰宇的微博又转了一次。

这还不够，等到电视剧的主题曲响起，他的脸出现在了小小的荧光盒子里，他兴奋地跳起来，转了两圈，把脸埋在手掌里小声吼了两句。

深呼吸了几次，他才拿起自己的手机，一个个按键，打出了吴天泓的电话：“天泓姐！”

“展冲？怎么了？”

“《赤龙刀》开播了！”

“啊啊，第一次在电视剧中看到自己是吧？怎么样？感觉好吗？”

“挺好的。天泓姐，也很好看……”他还准备再说几句，却听到了电话那一头的男声：“泓泓，跟谁打电话呢？”

某些细微的声音响起，吴天泓推了一下。“别闹，你到边上等我一下，我跟我弟打完电话再过来。”

他的心一下子就凉了。

又多说了几句,就挂掉了电话。一转头,电视剧里他饰演的角色已经出场了,笨手笨脚，冲着女主角微微笑着。不过一次相遇，他就喜欢上了白玲珑，从此，天涯海角，不管她喜欢谁，他都傻乎乎地跟着。

展冲的心，一下子凉了。他放下手机，重新拿起了书本。

第三年

沦陷

展冲在延国拍戏，这部是古装偶像剧，按照既定的安排晚上应该有两场大夜戏。

展冲心里烦躁，他快开学了，希望赶快把这些戏份拍完，然后去京市报到。

他这次演的是男三的角色，按道理来说他高考完之后几天就已经进组了，算一算都有两个多月了。这部戏里他只是个男三，他的戏份会拖到现在还没有拍完，完全是拜女主角所赐。

汤璇是这部戏的女主角，她去年刚刚走红，傍上了一个大靠山，正是这部剧最大的投资方，说什么也不会把她换掉。有了底气，汤璇就开始在剧组作天作地。本身演技就不怎么样，偏偏还三天两头说不拍，要么就是去外地走穴站台，要么就是干脆罢演回宾馆。原本说得好好的大夜，预计要拍到晚上三点，她拍到十点就死活不干，说是会影响健康和肤色，导演不批假，她就连招呼都不打直接坐着保姆车走了。

留下的人大眼瞪小眼，导演气得都要疯了，踹了两脚椅子，到底不敢做什么，只恶狠狠地催促场记快点去找替身，靠着替身和剪辑把她大小姐的戏给拍了。然后又和跟组的编剧讨论，看看戏要怎么改。

展冲本来是没什么事的，他饰演的是一个反派，在剧里要跟男女主角作对，和女主角的对手戏挺多。

他时间本来不算紧张，但他为了从容点，在刚刚进组的时候就花心思和导演处好了关系，想要把戏份集中拍好，这样可以早一点去京市做入学准备。

结果，就因为拍对手戏的对手缺席，他的杀青期限也就往后拖，一直到现在，他特别怕出点什么变故，耽误他上课。但是他又敢说什么？导演都只能踹椅子了，像他这种小透明只能闭嘴了。

卸了妆，展冲没回酒店。和同剧组的演员打了个招呼，就说要去喝一杯。

延国的夜色正好，月光朦胧，各色风格的建筑混杂在这一片天地间。这个时间虽然安静了不少却也还是喧嚣，仍然有不少剧组正在这里拍摄夜场戏。

听着这些嘈杂的声音，展冲又叹了口气。

展冲不想马上回宾馆，他戴着帽子，拉低了帽檐，在延国周边的街道上走走逛逛。虽然他没什么名气，也不好敞开了四处晃。

他这一段时间时常会来这一带走走，吴天泓很喜欢去的那家酒吧就在这条街上。展冲和她一起拍《赤龙刀》的时候，两个人关系好转之后，吴天泓带他去过两次。好像是说很喜欢这家酒吧里酒保特制的一种调酒。不过那个时候他只有十七岁，吴天泓让酒保给他倒茶，摆明了就是笑话他生涩，笑归笑就是不让他沾酒。

现在，他能喝酒了，吴天泓也在延国。

展冲总是多关注吴天泓几分，他看到了吴天泓的新闻，说是她接了新戏，古装历史正剧，也在延国拍。她到延国比他早。她这部戏班底很好，导演和合作演员都很不错，投资方投的资金也非常充足，应该还挺靠谱的。

更难得的是，这部戏并不是完全的男主戏。电视剧是根据一本很有名的历史小说改的，原著的作者还是个女生，她在小说中很注重女性角色的塑造。电视剧的编剧也是个资深的女性编剧，她剧本里的女性角色的戏份料想也不差。

虽然她并不是女主角，是个戏份和女一号差不多的女二号。女一号是一位比吴天泓更资深的前辈。

展冲在剧组拍戏的时候特意找了这本小说看，觉得还挺为她高兴的。

只是，展冲来了延国之后好几次想打个电话约她出来，但犹豫了几天，最后还是放下了。没什么理由把人叫出来，他也不适合这么做，只是，多少盼望着他们之间的缘分会深一点，能在这儿碰到。

还不错，展冲如果下夜戏不太晚就往吴天泓以前提到过的酒吧门口兜一圈，他不爱喝酒，也是为了省钱，所以只是站在门口冲里面看一眼，不过一直都没有遇到。

今天，大概是缘分到了，他很巧地遇到了吴天泓，他远远的一眼就看见了。

吴天泓还是老样子，坐在吧台前面，一手端着酒杯，一手把玩着自己的烟盒。

圈里的女明星一个个在生活中都瘦得脱了形，吴天泓却还好，这也让她比较好认。

展冲按照一个男人的审美偏好去看——吴天泓越发地迷人了。其实她一直都是短发，可能是为了拍古装戏，好戴上头套，但现在她的头发留得长了点，应该是有日子没修了，头发看着有点乱。有些毛刺刺的头发披散在肩上，穿着吊带背心和超短牛仔裤，毫无遮掩地展现着性感的身材，让她看着越发诱人了。

这次为了这部剧的唐朝背景，她还刻意增胖了一点。

在展冲的眼里，吧台前坐着的吴天泓纤秾合度，腰肢纤细，长了点肉又让丰润的胸前堆高了些，能轻易地勾起最撩人的欲望。大概是因为有爱情的加持吧，这样的身形格外地吸引展冲的视线，让他在见到那个背影的第 0.01 秒就把她认了出来。

算一算，他们有小半年没见了，上一次见面是朋友的聚会上。

展冲私下受了吴天泓的教育，他也会有意识地拓展朋友圈了，约几个人出来攒个局或者跟着朋友出去混顿饭。中国人流行酒桌文化，多少感情就是这么推杯换盏间喝出来的。展冲在圈里待了两年多，总算是找到了点节奏。

那次聚会是一个吴天泓并不熟悉的圈里朋友带来的，吴天泓惊喜地冲他挥挥手。不过人太多，吴天泓没多久就被朋友拉走了。展冲在晚上回家之后，回想了一下，他和吴天泓说过的话就没超过十句。

总的来说，他们算是关系不错的朋友，他今年五月过生日的时候就收到了吴天泓送的一套挺不错的保养品。展冲其实挺满意的了，不是他脑补，他挺清楚，吴天泓这是关心他，知道他没钱，日常比较俭省，就把他需要用的东西买好了当礼物。

吴天泓是有男朋友的，感情出人意料地发展得不错。展冲没想要如何，目前能这么不远不近地保持良好关系，就觉得挺满足了。

展冲静静地在门口站了一小会儿，盯着吴天泓的侧脸看了看，深深吸一口气，才走过去，轻轻拍拍她的肩膀。“天泓姐。”那个姐字咬得很轻。

吴天泓虽然意识还清醒，但是眼神已经有点迷离了。她抬起头轻轻笑了一下：“展冲？Hey（嘿）！”展冲注意到她左边的梨涡没出来。

吴天泓有一个单边的梨涡，好似缀着一朵花，只可惜，只有笑开后才会出现。展冲意外发现了这一点。

那好像是某一次的聚会上，吴天泓过来了，跟她一起来的还有她的朋友，也是圈里的前辈，叫作米妮。她长得比吴天泓更具有侵略性，属于那种看着就觉得不是很正经的类型。

不过圈里的人都不会这么想。

进了这个圈子，剥去了那种光影制造出来的梦幻效果，彼此看着都是凡人。没了梦幻，反而认识了许多的画皮鬼，乍一眼看上去清纯动人，内里龌龊不堪。大家都是圈里人了，谁不知道她和某某人、某某导演的关系是怎么样的？

展冲不了解米妮，他只是喜欢而且相信吴天泓，他想吴天泓的朋友总不会太差吧。果然，是不差的，就是很喜欢闹他。他站起来跟前辈问好，米妮就这么笑嘻嘻地走过来，纤长的手指在他的下颌处一划再一挑，画了大红唇的嘴角一勾：“呀，真帅！”

还是吴天泓一把拉开她说：“你别吓人家。”

“哪能啊，可不是帅嘛！这么帅的，我看看怎么了？你家的啊，捂这么严实！”

“嗯，我家的，怎么着？”吴天泓把她往边上一抛，冲着展冲笑笑。展冲的心里好像有什么要跳出来一样，整个人僵硬得不行。他知道，吴天泓只是随便说说的玩笑，可是这话，让他心里打鼓。

展冲还是没有熟练地掌握社交技巧，可是他足够努力。他逼迫自己站出去，跟人说话，没有什么本事也不会来事，那就态度良好吧。有了良好的态度，别人怎么都是愿意凑过来搭两句话的。

他不再缩在角落里了，开始站出来跟人说话。他跟自己说，坚持到五分钟就算是胜利。

他也会觉得尴尬，真的很尴尬，可是没办法，展冲知道这一步总要走出去的。

那次吴天泓没再跟他说什么了，她跟自己熟悉的朋友在一起说话，说得开心了，眉眼飞扬起来，露出了左边那个小小的梨涡。它藏得深，很久才露出来这么一次，展冲之前就不曾见到过。

他有点稀奇地看着，觉得好玩。吴天泓身上还有那么多的他从未见过的东西。不过，他也注定是不会拥有的。他只是珍惜，想要把吴天泓的美丽好好珍藏。

吴天泓转头，看见他了。以为他还是觉得局促，冲着他鼓励地笑了笑。没过两分钟，他看见吴天泓朝着他走过来，拍拍他的肩膀小声跟他说："看你呢，做得挺好的。别怕什么，多说两句就知道怎么说了。加油啊。"说完她倒了一杯饮料，然后走了，留下一抹余香。

展冲慢慢抬起手，在她拍过的肩头再拍一下。"加油。"

展冲很喜欢吴天泓的那一个单边梨涡，虽然不会一说话就出现，但是她笑得开心的时候一定挂在那里，就好像是闪耀的天体落到了她的脸上，缀在那里发着光。

这个晚上，吴天泓坐在吧台前面，转头对着展冲笑得浅，那个承载喜悦的梨涡没有出现。展冲看得出来，她的心情并不好。

展冲坐下来，他也问酒保要了一杯啤酒，陪在吴天泓身边小口喝着。他想问她"怎么心情不好"，张了几次口都没把话问出来。

吴天泓也没和展冲说话，她只是安静地喝酒。手机隔一段时间振动一次，振了三四次才终于回归了平静。每次振动吴天泓都会把手机拿起来看一次，看完就叹气，然后又丢到一边，下一次振动的时候又拿起来看看，看完又放下。终于不振动了，又将手机拿起来，盯一眼，恨不得将手机扔出去才好。

展冲坐在边上，将酒喝了大半，旁边的吴天泓已经喝了两杯了，她还没够，还要点。展冲一把按住她的手："别喝了。"吴天泓抬起头看了他一眼，没说什么。

展冲端着杯子拉着她往一边的座位上去，就在角落里。吴天泓明白他的意思，没说什么就跟上了。

两个人坐下来，展冲又问服务员要了一杯水，放到了吴天泓面前。"怎么了？跟我说说吧。"

吴天泓没有马上答话，她抿了一口水，等服务员把啤酒送来走开了，这才慢慢开口："杜斌不知道是不是吃错了药，突然催着我结婚，完全莫名其妙。他自己抽风就算了，还特意跟我爸妈联合起来，天天发信息、打电话，吵得我整天不得安生。"

展冲听了说不出什么话来，他的心情很复杂。"你怎么不愿意结婚啊？你们闹别扭了？"

"不是，我就是不想……你还小，你不懂的。"

"我……我不是小男孩了。"展冲直接反驳了一句，"你解释啊，说清楚了我就懂了。"

吴天泓叹了一口气说："差一点吧。就是各种感觉都差了一点，感情差一点、时机差一点。我觉得我完全没有想清楚结婚这件事，我也不是说杜斌不好，我就是现在还没考虑过结婚这件事。可是，他突然这么坚决地提出要求，还非要把我父母扯进来。他越是这么做就越让我觉得不自在。"

"那就直接拒绝啊。"展冲在一边提出建议。

"杜斌各方面都挺合适的，本来没想过会和他有什么的。可这一年多接触下来，确实觉得不错。我要是把话说死了，然后就没有然后了。说白了，我对我们俩的感情没什么信心，它禁不起折腾。说得绝了，就真的散了。"吴天泓自嘲地笑了笑，"你看，麻烦吧。我自己都觉得我自己挺麻烦、挺复杂的。你说，你懂吗？”

展冲把目光移向了旁边，他深呼吸了两次，才沉着嗓子说：“没什么不能理解的，你自己都说了就是感情没发展到那儿呗。”

“也是啊。”吴天泓的嘴角挂着自嘲的苦笑，“你说人怎么都这样不知足呢？我这么多年一直任性惯了，可是遇到这事还是不敢太任性，就怕我真的由着性子把事情搞砸了，以后没法跟我妈交代。可是，又还是不能下决心结婚。”

展冲犹豫着没说话，他其实挺想说那你就别嫁呗，你考虑杜斌只是为了给李阿姨一个交代吗？

到底还是没有把话说出口，他没那个经济基础、年龄条件和感情基础兜底，他不能特别自信地说：你别嫁他了，让我娶你。他知道吴天泓不会答应他，甚至他自己都没有想好：他在感情上是不是真的坚定到，等自己到了能结婚的年龄就把她娶回家的地步。

自己都没有想清楚，他是没有资格对吴天泓嫁或者不嫁评说什么的。

展冲还年少，情窦初开，感情对他来说，还只是纯粹的香甜糖果，尝着甜蜜，最多是沾染了些水果味添加剂的酸，那也是甜。就是不讨论感情，他离着合法的结婚年龄都还差了好几年——结婚对他来说都是很久以后的事情。也因为他对感情和结婚还保持着幻想，他总觉得：结婚，只能是感情到位之后水到渠成的结果。

展冲待在这个圈子里，他知道只讨论感情是一件很傻很不可思议的事情，这个圈子比别的地方掺杂了更多的利益纠葛和欲望诱惑。他听过许多的故事，例如某某姑娘明明有着相爱多年的圈外男友，可是为了得到某一资源，上了导演的床。一路睡过来，多演了几部电影顺利成名，攀上个小开，当阔太太去了。

至于曾经的男友？谁还记得呢？不过是个圈外的过客。圈子里面都不会去说那个姑娘的坏话，说来说去也就是她这次出席活动穿的衣服很是好看。

可吴天泓是不一样的，吴天泓跟他们都不一样。在他心里的地位不同，这个人也要独特些。

她没有那么多的所求，不贪恋那些欲望。所以，她也能相应地保有独特。

她做着自己想要做的事情，拍着想要拍的片子，谈着想要谈的恋爱。她足够强大，很多事情她只要想着愿不愿意、开不开心就可以了。

她是吴天泓啊，是展冲心中无比强大的吴天泓。

感情若是奢侈品，至少，他想吴天泓会享有。

两个人彼此想着心事，沉默对坐，吴天泓时不时地轻轻叹气。

展冲看她烦闷，不忍心，努力找个话题出来和她聊："你最近拍什么片子啊？"吴天泓有一搭没一搭地跟他唠开来，谈了谈自己演的电视剧，扯了几句合作演员的八卦，又问了问展冲的情况。展冲刻意说了几件有趣的事，把吴天泓逗笑了，嘴角的梨涡如星辰一样闪闪灭灭的："小伙儿，最近说话的本事见长啊，都会逗乐子了。"

她虽然心情不大好，到底还是察觉到了展冲没说出口的埋怨："你们女主是汤璇吧，听说那姑娘脾气可大得很呢。闭口不提她，把你们折腾狠了吧？"

展冲只是笑笑。

两个人唠了很长时间，终于累了，两个人一起离开了。吴天泓一走出酒吧，迫不及待地拿出一根烟来，点燃，抽上。

她虽然有些醉意，但是清醒，吸了一根烟，就感觉更加清明了些。就是步伐控制不住地凌乱，展冲不远不近地跟在她身后，看她不稳就伸出手略微搀扶一把。先将她送回他们剧组的酒店里，到底还是不放心，将她一直送到了房间里自己才转身离开。

到了楼下，他默默地数了数吴天泓应该在的窗户，试图看清些什么。可是亮着的窗口太多了，他绕着酒店走了三圈，看得眼花缭乱，到底没有认出来。他最后还是走了，走时轻轻叹了口气。

展冲想着吴天泓跟他说的那些话，心里跟着乱糟糟的，也不知道自己是应该高兴还是伤心。他想了好多，最后什么都没说。反正，吴天泓最后嫁与不嫁他都管不了，或迟或早，他都是要将这点小心思抛在脑后的。

好像世界上的际遇都是如此，遇见与否隔着一个"开关"，只要打开这个开关，缘分就到了，认识的人总会多次相遇，在不断的相遇中越发熟悉。

之前来延国一个多月，展冲一直没能遇见吴天泓，那天喝了酒之后倒是又遇见了好几次。两个人招招手就算打招呼了。

展冲的戏份快要拍完了。幸好他这段时间和导演处得不错，虽然被女主角折腾得够呛，经常拖时间，各种计划都被打乱。可是导演还是愿意在可控制的范围内配合他，把他能集中拍的戏份都拍掉了，让他能按时到学校去报到。

还剩那么几场戏。他拍最后一场打戏的时候吴天泓来探班了。汤璇又闹脾气了，不愿意吊威亚，非要用替身。没办法，展冲这种小虾米没资格耍脾气，只好和替身多配合几次，这样才能有多角度的素材供导演剪辑。

大热的天，延国那地方的太阳毒得很，空气都被烤得快冒气了。他们带着厚厚的头套，还穿着挺厚的几层古装衣，站着拍文戏都热得累人了，穿着威亚装拍动作戏简直是磨人。他拍了两场下来，整个人都快瘫掉了，一头的汗。他没有固定的助理跟着，还是好心的场记扶了他一下，递给他两张纸，然后化装师赶紧上来帮他补妆。

厚厚的粉底一打，汗发不出来，展冲更觉得憋得难受，他觉得自己随时能软到地上去。可是他没那么好命，身边没人顶着他，还需要百分之二百地集中精神配合导演，这才能拍出不错的效果，讨要到好点的工作环境。

就在他觉得自己肚子里的委屈、怒火和难受都快喷发出来的时候，一瓶冰水冰到了他的脖子上。展冲抬头一看，吴天泓穿着戏服站在那里，冲他微笑。

展冲觉得四肢百骸一下子就通透了，百病全消，他傻愣愣地跟着吴天泓笑，他开心得把语言都弄丢了。他倒不是不想说，千言万语都想要倾诉，只是不敢这会儿说。他这会儿一开口肯定语音温柔，声调缠绵，谁都能听出他的心思来。

酝酿了一会儿情绪，展冲终于开口：“你怎么来这儿了？”他记得吴天泓拍戏在延国的另一边，隔了老远，所以他们并不总是遇到。

“我们今天是最后一场，就在附近拍一场外景戏。我记得你好像说过就在这边的，没事了就绕过来看看你。”吴天泓晃了晃冰在他脖子边的冰水，“你快把水喝了吧，看你脸红的，都快烧起来了。”

吴天泓应该正在另一边拍着戏，她身上穿着的还是戏服。她拍的是唐代戏，艳丽的唐装将她的丰腴体态表现了出来，带着丰盈的肉感。

她化了浓妆，头上贴了一个小小的花钿；大朵大朵的牡丹花盛放在她的裙裾上，繁复又绚丽；盘发堆叠得高高的，插着一整支金步摇，珠光宝气——这一切的繁复而精致的装饰都无法剥夺她的美丽，只让她美得发光，将她包裹成了站在那里就足以吸引目光的发光体。

展冲到底没忍住赞美了一句："你很好看，我是说你穿这样的戏服挺好看的。"

吴天泓点点头说："我也觉得，我们这部戏的服、化、道是张静老师负责的，我当时看的时候就想大师到底是大师，特别有水平。"

他们俩在这边说了两句，那边导演看见了吴天泓。导演和吴天泓并不是很熟悉，只在活动上打过照面。虽然一个是台前的门脸，一个是幕后的掌镜，但是细论起来不管是圈里的人脉还是地位，到底是吴天泓高多了。

圈子不大，水又浊，会做人是件挺重要的事，要多和别人打好关系。

导演自然也是知道这个道理的，他看到吴天泓，这边戏又还没有开拍，就过来和吴天泓打招呼，说两句话。

吴天泓也笑着回应了两句话，她也没走。虽然展冲说得少，但她对这个圈里那点小龌龊清楚得很，对于这种戏不好事很多，仗着自己有后台，对同剧组演员动不动鼻子不是鼻子、眼睛不是眼睛的行为很是看不上。

她的父母都是东戏的老教授，虽然没怎么到台前来过，但是话剧没少排演过。"大家"虽然称不上，但是一声老艺术家还是当得起的。因为不跟圈里人真正搅和到一处，偏偏又知道不少故事，父母在家里没少说圈里这些人多么浮夸。

吴天泓自己出道很顺利。她早期待的片场都有父母的学生、朋友，当然不会有人给她气受。等她拍了几部戏混出名堂，牌子大起来了，凭着自己也不用受气了。

她到底是因家学渊源，耳濡目染地受到了父母的影响，底气虽然硬实，从来也只是老老实实拍戏，从来不爱去欺辱别人，对于自己在娱乐圈的地位有些混，不去求，但是对工作向来认真，哪怕自己难受也要咬着牙把工作完成了。

吴天泓对汤璇这种对工作连最基本的尊重都没有的人，是看不上眼的。

但是，像这种事，明白人都不会开口的，谁知道汤璇的背后站的是什么人？娱乐圈里的都是聪明人，她既然放肆，那就表示她有放肆的资本和底气。

吴天泓确实打算给展冲撑撑腰，但是展冲也没重要到，让她愿意直接顶上去对付汤璇的地步，她站在这里也有一些纯看不惯汤璇的缘故。

那边摄像师、灯光师把场景什么的又调整了一遍，眼见着展冲又要过去拍了，吴天泓不动声色地把他肩膀按住，和导演闲闲扯了几句，说是拖几分钟让他多休息一下。

展冲谢谢吴天泓帮忙，坐在一边慢慢调整了一下，喝了几口水，觉得缓得差不多了，终于起身，对着导演笑了笑。

展冲重新穿上了威亚装，这边导演和执行导演也回到了镜头前，又开始执导。汤璇就坚定地跟钉子一样扎在片场边的座位里，旁边就站着吴天泓——对她也没有任何影响、触动。她如同在沙滩上晒太阳一样地盖着帽子，戴着墨镜坐在遮阳伞下，特别专注地玩着手机。

挂在威亚上的展冲就没有那么舒服了，他经验不足，武打动作本来就做得不那么协调，吊到空中以后肢体动作更加呆滞，很难达到导演的标准，常常要拍好几条才能过。

汤璇还是不肯上场，坚持要用替身。和展冲对戏的替身不能够露脸，但是全程没拍到女主角的脸也不行，怎么也得让她补拍几个画面剪辑进去，林林总总加上，多拍几个角度，展冲要吊在上面的时间就更长了。

威亚装备不好穿，他拍失败了也不取下来，就挂着装备站在边上休息一下，然后听导演讲戏，看武指教动作。

身上的东西厚重，天上的阳光又烈得吓人，地面都烤得快变形了。一边站着的吴天泓都觉得她只穿着凉拖的脚底板被地面烫得有些难受。如果目光里的鄙视可以杀人的话，吴天泓恨不得用眼神把太阳伞底下的汤璇拖出来剁巴剁巴给灭了。

这女人也太坐得住了，好像全天底下只有她那娇嫩的皮肤才是需要呵护的，死活就是不愿挪动一下，只能逼迫着别人为她的逍遥付出代价。

吴天泓守了十分钟接到电话，说是那边已经准备好了，让她赶快回来。吴天泓看看挂在上面的展冲，她也无能为力，现在没有什么可以做的了，她悄悄向空中的展冲招了招手，抱着自己的裙子后摆转身离开了。

展冲看见吴天泓离开了，全程都看见了。他其实挂在上面的时候已经快要晕过去了，天气太热他真的撑不住，如果吴天泓不在这里他早就一头倒下去了。

吴天泓站在一边，她虽然不能让天气降温、让一边的汤璇有些触动，可是她裙摆上盛放的牡丹开在展冲的眼角眉梢里，就这样让他的眼神聚焦了，头脑好歹还维持了一丝清明。

还有，他在吴天泓面前已经如此无能为力，他总要有志气想做得更好些。

在吴天泓面前，他就不自觉地憋着一口气，让她看看，看到一个更好的展冲。不为了什么，只是想让她看看。

展冲知道自己没什么机会，他也没想要什么机会——就算他强大起来也未必就能打动吴天泓，可是他还是不甘心，不甘心什么也不做。他到底年少，内里藏着年轻人该有的锐利锋芒。他不愿意轻易妥协，做一个简单得被恶劣环境给压垮的人，那么无力，那么软弱。他想让吴天泓看到他的样子是刚硬又努力的，能够坚强地立在这高高的日头底下，再苦也是一朵崖缝间挣扎着长出来又摘不着的高岭之花。

吴天泓离开了，他能够支撑下去的着力点就这么轻飘飘地逃逸到了空气里。

其实展冲没有马上就倒。虽然他暗暗关注着吴天泓让他提着那口气，但他坚持的基础还是事业心，他知道自己还在工作，他需要这份工作帮助他挣钱。他除了长得不错之外，在这个业界没有其他本事，而这个业界里长得好看的人实在是太多了，说不清楚什么时候就会出现一个长得更好看的。

再说了，他充其量是一个挺好看的花瓶，没有人能对着一个花瓶痴痴傻傻地看上一辈子。他唯一能做的就是让自己不做花瓶，没有别的办法，只有努力地拼下去，最起码能够留下一个敬业的印象，导演之类的人才愿意用他。

其实展冲应该喊“停”的，可是他没有底气，戏都快要拍完了，他连足够喊“停”、请导演让他休息一下的底气也攒不出来。

展冲又撑了一会儿，好不容易听到下面导演喊“咔”，他浑身的力气全都散了。听着导演的意思其实这一条还是不能过，想让展冲再来一遍。但是他还是有良心的，估摸着展冲可能撑不了多久，想让展冲下来休息一会儿。

可是他喊得晚了一点。展冲落地的时候已经是半昏沉的状态了，他控制不了自己的动作，最后收的时候，直接就把一条腿给弄折了，闷哼了一声昏了过去。

还是一边的工作人员接到了他，他们七手八脚地把展冲救下来，他们试图唤醒他，展冲只迷蒙地睁了一下眼睛呢喃出一个“腿”字，就又昏死过去。

等展冲再醒来的时候，他躺在一个陌生的房间里——应该是医院。他还在自己的床边看见了吴天泓，她已经换了普通的衣服，也卸了妆，坐在床边削水果皮。

她看上去还是那么漂亮，没有妆面的时候带出了一点年轻女孩的柔嫩和娇俏来。其实，吴天泓长得是甜美的艳丽，化妆以后凸显艳丽，卸了妆就偏甜美。

展冲没说话，他想这么静静地看一会儿。还是吴天泓先发现了他，她一瞥眼看见展冲模模糊糊张开的眼睛，笑了一下说：“你醒啦？”

展冲默默地点点头，也笑了。

“还笑，还笑，你怎么傻成这样？撑不住了不知道跟导演说，让你休息一下啊？你不是和他关系不错吗？连休息一下都不知道喊啊？”展冲也不答话，只是笑。

“你知不知道自己中暑、脱水，还有右腿骨裂？你得在医院躺几天，知不知道啊？”

展冲一听这话，第一时间想到的是住院费的问题，然后还想了想工作的问题。他的戏份不多了，幸好今天拍的算是最后两个镜头的打戏，可是躺在医院里要怎么办？他还赶着要去京市报到呢。

他问的第一个问题就是：“我什么时候可以出院啊？”

“怎么？已经大牌到要轧戏了啊？”吴天泓皱着眉头，告诫他，“好好休息吧，你这腿不要大意了。”想了想她又补充了一句，“你别乱担心了。你这算是工伤，你们组会给你报销的。”

“我只剩下几个镜头了，我拍完了还要赶着去学校报到呢。”

“学校？你真的考上了啊？”吴天泓随口问了一句，她记起自己大约听过，是展冲还是她父母告诉过她一次，说是他拿到了东戏的录取通知书，“你是要做我的师弟了吧？”

回过头，看到展冲点点头，表情有些沉郁——吴天泓果然是什么都不记得了啊。

他下定决心考学校还是去年聚会之后吴天泓劝他的，说是多认识一些人，有一个证书，然后系统地学习之后会走得更长久。

展冲查了一些资料，他这样的情况可以参加成人高考，参加普通高考的话难一些。他读了半年的高中之后就没有继续了，因为爷爷那年生了一场重病，实在是供不起他，家里甚至欠了一笔钱。成人高考的要求比较低，所能够去的学校也有限，总的来说就是含金量低一些。

他想去的还是东戏，他认识的吴天泓，还有她的父母都是东戏的，他对于东戏有天然的归属感，他很希望有一天也能进入东戏读书。可是，东戏不开成教班。

展冲考虑了两天，他觉得既然是为了将来的前程做准备，那还是要尽量求最好的结果。他为此特意回了一次家乡，在家乡找了一所有复读班的学校。他不得已出了些钱，说明白了他不能一直在学校里读书，他必须在外地工作。但是他会过来参加考试，只请学校为他保留学籍，以及帮他报名高考。然后，他又拿着复习资料走了。

他以普通艺考生的身份参加了去年的艺术考试。

因为东电和海戏这两所学校的主攻方向就是电影、电视剧，他的长相非常上相，他简单地训练过，又有拍摄电视剧的经历，他考这两所学校所拿到的成绩很不错。

东戏的要求不一样，它主攻戏剧类，对于学生的表演要求很高，反而不是那么需要长相突出的。舞台表演要求演员的高爆发力，可是这个恰巧是展冲特别不擅长的。展冲的性格多少有些内向，这也影响了他的动作、行为。吴天泓第一次和他合作的时候就曾经说他看上去就是一根长得好看的木头。

展冲为了这次考试准备了很长时间，他看了许多考试资料，一个人对着镜子演练了一遍又一遍。

最后，他在艺考后拿到了三个学校的录取通知书，东戏的艺考成绩并不突出，只能算是普通，而且东戏的文化分数要求是最高的。

他已经离开学校两三年了，虽然读书的时候成绩不错，可毕竟是当地的县城中学，教学质量还是一般的。

展冲又没有办法完全不工作地在家里封闭式复习，他不仅要生活，要给家乡的爷爷奶奶寄些钱，还得预先挣好未来四年的学费和一些生活费。毕竟，读书了之后就不能接太多的戏了，学校对于缺席时间是有限制的，那么他的收入会非常有限。

他听了吴天泓的建议之后就开始复习了，可是展冲自己知道他的进展并不算好，他有许多知识早就遗忘了，英语基础更是惨不忍睹。他没什么时间回去上课，毕竟他挂了学籍的那所学校实在是偏僻。

展冲现在也是一个公众人物，这就让普通人对他有了些期待，这也让展冲的许多行为被限制了。他不得已又请了几位老师，间或地为他做一些辅导。到这时候才知道，这些老师的补课费用究竟有多贵。

他处处都需要用钱，这代表他必须工作，最好还能找到一些其他的收入来源。

这些苦他没跟什么人抱怨过，也没人愿意听他诉苦，有时候累得太狠了，也想到放弃。不过一瞬，回神低头读书，继续苦熬着。

等到参加考试的时候，他对于自己是不是真的能够考上东戏是没有多大把握的。表演系的分数虽然很低，可是这三所学校里东戏的要求还是最高的。

展冲最愿意去的还是那一所学校，其实原因挺简单的，它是国内公认的最好艺校，而且吴天泓也是从这所学校毕业的，她的父母还在学校里任教。还没有入校，展冲好像就在心里对那所学校产生了强烈的归属感。

考完试之后，展冲有一种死过一次的感觉，几乎就要晕到。他不能放弃工作，每天还要坚持看书复习。他那一段时间拍戏都是在背剧本的同时还背着文化课本，就为了不浪费一点时间，在没有戏份的时候能够好好看点书。

还有钱的问题，既然决定了要去念书，学费、生活费都是一个大问题。他还得花时间到外面见朋友，看看是不是有什么途径能够解决资金问题。那些朋友不会像吴天泓那样顾念他小，都是直接灌他，尽兴才好；每次喝得醉醺醺地回来，还要站到水龙头下冲一冲冷水澡，清醒一些之后还要再看两小时的书再睡。

能够考完试，他都觉得自己已经创造了一个奇迹。

可是，当展冲休息了一夜之后，他虽然对于自己的考试成绩没有太大的把握。犹豫许久，他还是填上了东戏的志愿。

等到拿到录取通知书的时候，展冲很是兴奋。他先打电话告诉爷爷奶奶，他们两个都很开心，只是不太清楚东戏到底意味着什么。展冲下一个电话就打给了吴天泓。吴天泓在电话里表现得很开心，他们还聊了一会儿。

没想到，过后她已经完全不记得了。

吴天泓看到展冲的脸色，也觉得自己是过分了一点，抱歉地抬抬嘴角说：“对不起。”

展冲笑着摇摇头，岔开了这个话题——他又不是不知道，吴天泓并不喜欢他，作为一个普通朋友，一不小心忘记他的情况不是挺正常的吗？不管这件事对于展冲意味着什么，之于吴天泓都不重要，因为这个人对她来说并不重要。

两个人扯了几句，展冲想到了什么，张了几次口又放弃，最后还是没忍住问了她：“你决定要不要结婚了吗？”

“没有，所以我决定拖！”吴天泓把手一挥，“想那么多干吗？前两天我朋友介绍了我一个机会，让我去试镜了一部电影，导演评价还不错，这个角色差不多就定下来了。等接到了就说这个机会挺好的，拍完了这部戏我就结婚。要是再不想，那再接一部呗。”

“你这方法也太……”展冲笑着摇摇头，“是什么片子啊？”

“嗯，你知道王为导演吗？”

展冲想了想说：“是不是那个美籍华人导演？之前老在电影大奖赛得奖的那一位啊？”

吴天泓眼睛亮亮地点点头说：“你说，我运气是不是挺好的。有这么好的机会，我爸妈肯定就不会逼我了。再说了，这部电影我觉得真的挺不错的。”她还笑着说了几句这部电影的原著小说，她也是为了试镜才去看的，看了以后觉得这部小说确实很不错。这是一部不太出名的意识流作品，很早以前的一个华人移民用英文写的，文字功底不错，也表现出了女性意识的觉醒。作品很有意思。

展冲之前关注得不算多，因为他离这样的电影还有点远，没太了解过。他只是配合着点点头。

“你好好休息吧，躺两天。我这两天还有点事要处理，这些事都处理完之后我再来这边找你，我们一起去京市吧。”

“你要回京市？不是说接下来要拍电影？我还以为你会留在海市呢。”

“这电影就是要去京市拍。导演之前勘景的时候就定好了，只是投资公司在这边，所以选角会在这边进行而已。导演说京市的文化氛围和建筑更能够表现出他想强调的男权社会的权威感，能构造出比较理想的画面来。”

这一段其实就有点没听懂，展冲不是很明白吴天泓所说的一些词汇，比如说意识流小说，女性意识和男权社会的权威什么的，听着都有些迷糊。

吴天泓对于这一次的机会显然非常地兴奋，她多扯了几句才又走了，帮他稍微压了压被子。“好好休息，我没事了再来看你。你不要着急，休息两天再去补镜头。”

展冲一个人躺在医院里，想着吴天泓说的话，将手机拿出来搜索了一下王为的新电影。

王为是业内有名的导演，不过他虽然是华裔，但是小学就出了国，现在完全是欧美思维。以前拍的电影贴的标签都是现代主义、女性主义电影等等。神奇的是，他的影片叫好也叫座。在他的电影中，女性总是绝对的主角，这对吴天泓来说真的是个不错的机会。

然后查了查他的新片，是改编自一位名气不大的美籍华人所写的中篇小说《瞳人》。

展冲没用手机看过小说，亮晃晃的屏幕光刺激得他眼睛疼，网页上也搜得到这部小说，但是并没有在国内出版，只是在贴吧里有网友自己翻译的版本，操作起来一点也不方便，看得他烦躁。正好来查房的小护士经过，看他皱着眉头按手机，好奇地问了一句是怎么回事。

展冲随口答了一句看小说，界面看着不舒服。小护士也是年轻，看到这么好看的明星在这儿住着，有心多答几句话，就很热心地建议展冲从论坛下一个阅读软件，说是特别好用，页面可以调，也能改色调，用起来很舒服。

展冲没怎么用过，他的日常生活贫乏得可怕。这些日常的东西是大家都知道的，也就没有人想着要专门教他，他就这么懵懵懂懂地过来了。他小时候在山里都没接触过几样带电的产品，虽然年轻，对于这些电器之类的远没有其他年轻人那么灵光。

他看着护士小姐投来的不可思议的眼神，觉得尴尬，她说的那些东西展冲听不太懂。他只好讪讪地笑笑，低下头猛按手机。护士小姐估计也感觉到自己这样的表情不太合适，就沉默地查看完，然后离开了。等她巡视了一圈，看到展冲还是这样，他眉头皱得更紧了。

“哎？你这个大明星居然还用诺基亚的按键机啊，我以为你们都用苹果手机了呢。要不我帮你？我们值班室有台电脑。”小护士冲着他甜甜地笑着，看来是很喜欢帅哥了。

展冲微笑了一下，想了想把手机递给她。“麻烦你了，谢谢。”

“我不会乱看你东西的，帮你装好了阅读软件就还给你。”小护士被这美色晃花了眼睛，雀跃地接过来，“你刚刚是要看小说吧，要我帮你下好了传进去吗？”

“嗯，请你帮我下载一下《瞳人》行吗？一部美国小说。”小护士点点头，拿过展冲的手机走了。

过了好一会儿，快要熄灯了她才又将手机送到了病房里。“下载好了，这本小说特别不好找，根本就没有 TXT 版本的。我是在贴吧里找到的，是网友翻译的，我帮你临时做了个 TXT 版本的，排版不好看，你将就一下，好吗？”

展冲眨了眨眼睛，并没有完全理解这句话的意思，只好带点尴尬地笑着。“没关系，谢谢。”

“别看太晚了，准备休息吧，我们就要熄灯了哦。”她又折回来，拿出几个本子，“能不能麻烦你签个名啊？”

展冲接过笔，一笔一画地写上了自己的名字。他的字还是很难看，只好认真写。

《瞳人》这本小说的主角叫作李小丫。故事的背景是民国时期的北平。她的父亲是一个放高利贷的混混，却生了五个非常美丽的女儿，李小丫是姐妹中最小的一个。父母一直都想生一个儿子，可是直到李小丫十六岁的时候，俩人才终于得了个儿子。

在李小丫还小的时候，她们家的隔壁住了一个暗娼。

暗娼原是大清贵族家的小姐。大清没了，曾经的贵族小姐什么也不是了，父母在动乱中过世了，小姐不得已通过卖身赚钱谋生。某一个月夜里，李小丫无意中看到了这位曾经的贵族小姐接客，她美丽的身姿深深映入了李小丫的眼睛里。她被这样的美丽所吸引了，一直梦到她，这位小姐，按照小说里的解释，成了李小丫眼中至美的瞳人。

李小丫的父亲擅长投机。他认为北平城里各种势力交织，他看不透将来。他将自己的五个女儿嫁给了分属不同势力的人家。他希望至少有一个女儿能够在将来照看到自己的儿子。

他将李小丫嫁给了一个一直爱慕她美丽的革命者。这个青年虽然一直贪慕李小丫的美貌，但是并没有对她表现出足够的尊重，他只是想要找到一个美丽的妻子在家里操持而已。结婚之后没多久，九一八事变发生了，这个革命青年参军入伍，剩下李小丫一个人。

有一次，李小丫意外地遇到了因为生活困顿，早年操劳，如今流落街头的贵族小姐，她的美貌没有留下多少痕迹。李小丫不顾周围人的反对，毅然担负起照顾这位贵族小姐的责任。小说最后的结局是李小丫带着她的瞳人消失了。

这个故事是网友翻译的文字，文字读起来不算很流畅。

展冲平时不太看书，对于这样的文字阅读起来有些困难，他常常看几段，眼皮就开始犯困。他不是很能够理解为什么吴天泓会对这样的小说给出还不错的评价。

而且，这本小说里许多时候是通过环境渲染气氛，还有很多的心理独白，人物之间的对话实在太少，也不知道改成剧本应该是什么样子的。

吴天泓第二天并没有来，但是她记得给展冲打了个电话，说是不好意思，有些事要处理。再出现的时候已经过了三天，展冲也准备出院了。

导演在这三天里也来看过展冲，他们讨论了一下还没有拍完的戏份。

因为展冲的腿伤，有些场景必须得改，只能用分镜头的形式拍出来，然后用剪辑给混过去。其实这样也好，独立的分镜头的拍摄能让他少些麻烦。再删一些没办法的镜头，争取能够一天把剩余的这么一点镜头拍摄完成。

吴天泓开车陪着他去剧组。

展冲在补镜头的时候，吴天泓在一边抱着一本英文书看，等他拍完这个镜头之后，走过来拍拍她。她才抬起头来冲着展冲笑了一下。

“刚刚拍得怎么样啊？”

“对不起啊，我没看，我坐在这边看资料呢。”吴天泓对着展冲扬了扬手中的书册，“过两个月就要开拍了，我要为这个角色提前准备好。”

等他的镜头拍完了，吴天泓又开着车带他去吃饭，然后和他搭乘同一班飞机到了京市。

她没有通知展冲的公司来接，直接让展冲上了她的保姆车。吴天泓一边系安全带一边问展冲：“先送你吧，你还是住之前租的地方吗？”

“没有，因为之后准备住宿舍，所以就把那个地方退掉了，你找个酒店把我放下吧。”

吴天泓皱了皱眉头，对司机说："老王，不好意思，麻烦你，把我们一起送到我家去。"

然后转头对着展冲笑说："你不嫌弃就在我那里凑合一夜。你现在腿脚不方便，我还是送你到学校报到好了。你要是住到外面，我还得费事开车去接你，你就在我家里对付一个晚上，明天我还不用绕路。"

展冲说了声谢谢，没有拒绝。如果在这边找一家宾馆，一晚上怎么也要花上两三百块，他经济状况不好，能省一点是一点。而且，他现在行动上确实不太方便。

他之前来过吴天泓家里，可这是第一次在她家里过夜，虽然只是睡在客厅里。可是这里处处都染上了主人的味道，这样的氛围难免让他心思起伏不定。

展冲攥着吴天泓给他的空调被，强迫自己闭着眼睛，直挺挺地躺在客厅里，却久久没有入睡。

第二天，吴天泓很早就把他送到了学校，为了不引起流言，所以没有把他送进宿舍。但还是拜托了一下学校里的辅导老师照顾一下，看着他被老师带走了，这才一脚油门离去。

展冲的大学生活正式开始。

东戏果然是东戏，才开始的时候展冲就知道他选对了。东戏表演班学生的日子都过得很痛苦，每天清晨六点就要到学校去做功课，他们要集体参加练习台词的活动。学校各种类型的课程都安排得很多，除了这些固定的学习课程之外，他们还有许多作业要完成。

展冲刚刚进入校门的时候也算受到关注，毕竟他是这一届唯一一位本身已经是明星的学生。

可是，真的进入学校之后，他们经常会见到一些大明星来给他们进行辅导，作为小明星的展冲就黯然失色了。

展冲的同学都异常刻苦，他们有梦想、有目标，在巨大的压力下被推着奋勇向前。一开始进学校的时候多多少少会想象自己将来成了大明星，在聚光灯的照射下，摇曳生姿、光彩夺目。到了学校之后，想法或多或少地都有些改变，进入艺术剧院似乎才是他们所能达成的最高成就。

但是展冲和他的同学们不一样，他没有真正地享受过戏剧的快感。他所希望的就是凭借从学校里学到的本事能够在将来给自己找到一个能赚很多钱的工作，然后一直工作到老，他再也不想感受贫穷的滋味了。他就想拍影视剧赚很多钱。

他的基础很差，虽然看上去他的起点很高，实际上他却是落在最后面的人。

展冲的文学素养不高，他上诸如艺术概论、戏剧史之类的文化课程的时候就很吃力。更不用说，东戏的学生还会有自己编剧的任务，老师会要求学生自己编写相应的剧本来进行表演。

其他同学只是在内容构想上觉得非常吃力，而展冲遇到的问题不仅仅是构想，他还面对着想出了故事也不能很好地写出来的困境。当他真的写出句子之后，他又陷入了深深的绝望之中，那些句子他知道有多么的干瘪，毫无文学艺术的美感。

台词也是，别人是从零开始学习怎么样专业地将台词说出来。可是展冲连普通话这个最基本的要求都不能完全达标，出道三年，他的话里依然带着没完全消去的口音。

还有英语。作为世界上最常用的通用语言，他的同学很多都是从小学就开始学习了。展冲不要说能够自然地和对方对话，他几乎连一个结构完整的句子都写不出来。高考的时候，他分数最低的科目就是英语。

学校对于文化课的要求并不高，展冲其实不需要为这件事发愁。

可是，开学没多久，正好碰到一个外国的教授到学校来举办讲座。展冲也去了，他一句话也没有听懂。可是坐在他身边的同学能够毫无压力地听明白，然后提出问题。

这件事极大地刺激到了展冲。他一直在思考：将他隔绝在城市之外的究竟是什么？这件事让他找到了答案——是他之前十六年的生活。

展冲的同学们都很友善，并没有谁会说看不起他，或者做出一些伤害他的行为。在一开始的时候，或许偶尔还有几个很诧异的眼神。他们到底都是过了十八岁的成年人，大多都有良好的素质，第二秒就能够貌似不经意地调整过来，平静如常。

虽然他们掩饰的功夫不到家，骗骗一般人也够了。

可是，展冲不是普通的人。从他高一辍学一个人来到这个陌生的城市打工的时候开始，他就学会了敏感地观察周边的人，他耗费了所有的心神想要无声地融入这个城市，可是这个城市就像一个僵化的模型，它随时随地竖着一堵没有边际的透明的围墙，看上去好像可以轻易接近，其实只能无力地旁观。

展冲是一个这样敏感的人，他仰望着这个城市堡垒，试图潜入，却又无比清晰地感觉到从这个城市中传递出来的格格不入的氛围。

展冲知道他的同学都是很好的人，他们友善又热情。在四年过后，他们之间的疏离最后会被这四年里一直在一起学习的经历渐渐拉近。可是，一开始的时候，他们的身上写满了“我们不是一路人”的巨大标语，不是轻蔑也不是偏见，只是事实。只是因为他们来自不同的成长环境，还没有能够理解这种差距并且进行弥合，所以他们的一举一动、一颦一笑都强化着鲜明的差距。

展冲唯一能做的就是努力，比谁都努力。

他跟谁都没有说他在想什么。他知道所有的人都会告诉他：你想太多了，你只是太敏感了，要放平心态。可是，放平心态什么的并不是他要的——他就算明白了自己有着偏激和无可救药的自卑，他也改不掉；他唯一所能做的就是将他的敏感所发掘出来的差异，转化为推动他前进的动力。

在没有功课要做的时候，展冲也是泡在图书馆和练习室里的，他利用所有散碎的时间填补这其中的不同。

他迅速地学会了使用手机中的阅读软件。不过，大部分人是为了休闲，展冲却是想要利用任何一点琐碎的时间将他错过的那些都补回来。

人的修养是靠时间慢慢养出来的，养成阅读的习惯也许二十天就可以完成，但是要锻炼出出色的理解能力和阅读速度是要日复一日地每天阅读才能够做到。展冲看书的速度依然很慢很慢，别人一天可以看完的小说他可能要读上一周。

展冲有意识地挑选了一些经典的作品，虽然他读起来会更加费劲，但是对他更有益处。

展冲就好像生长在荒漠里的植物，时间如水，生活的荒漠虽然贫瘠，但是他还是贪婪地吸收着每一分能够被他够到的营养，顽强地生活下去，每一分、每一秒都被好好地利用着，逢着甘霖就挣扎着开出一朵花。

这些是他知道的，还有不知道怎么办的。展冲想要学好英语，却不知道要怎么做比较好。他不想问自己的同学，这好像是交代缺点一样。

在各种聚会活动中，展冲早就练出了厚脸皮，可是他还是不想跟同学说这个。还要相处四年，他不想跟他们显得太不一样，他过于敏感，任何会给自己打上标记的行为都想要避免。

展冲找了公司的朋友，问了问，在自己的手机里又下载了两个软件，早晚做听力练习。他不敢当着人群张口，就躲起来，在偏僻的角落看着手机上的字幕跟着读上两遍。他也不知道有没有用，学过总要好些。

开始的一个月完全是凭借着展冲的精力支撑着，他的心气顶着他，美好的目标在他眼前吊着，无论如何也要坚持下去。等过了一个月，好像每天只睡不到六小时，长时间地读书和练习已经成了生活里难以剥离的一个部分，他再回想起进入东戏之前的生活会产生好像已经是前生的错觉。

十一放假，大部分同学都感觉松了一口气，他们好歹有了七天的假期能够从这种忙碌的生活中短暂地抽身出来，稍微歇一会儿。可是展冲没有停下来，他依然保持着这样的步调，他住在学校的宿舍里哪里都没有去，自觉地六点到学校里练晨功，然后一直学习到晚上十二点以后。

一直到他看到了一条新闻，展冲终于从这样的状态里稍微抽身了一会儿——《瞳人》开拍，吴天泓成了这一部备受关注的影片的女主角。

《瞳人》的原著小说在国内一直是默默无闻的，它的原文是英文的。不过，即使是在英语系国家，这本小说依然是很小众的，许多人对于王为导演为什么要选择这一个题材感到非常的困惑。小说的文字和构架也不是国内读者习惯的传统小说的语言和构架。

小说是典型的现代主义作品，高高在上，很不亲民。它没有一个字说着排斥，可是字里行间都充斥着对知识精英傲慢与深沉的不屑。小众又独特的用词，大段大段的意识流描述，以及文章的内容都限制了它的受众。虽然这本小说因为电影的筹备和开拍受到了广泛的关注，但是这本小说依然没有因此流行起来。

另外，因为国内题材限制，出版比较困难，要用它来拍摄电影也是必须要大改的。其中的畸恋和不正常性行为等的露骨描述都是影像化所必须面对的问题。

王为导演说过会对这个故事的剧本进行重大的修改，外界对此议论纷纷。他们讨论着这个故事，并且八卦着吴天泓会不会如书中描写的那样全裸出镜。

这个新闻是展冲回宿舍的时候，在宿舍夜话会中听到的。吴天泓的父母都是他们的老师，吴天泓虽然只是他们一个成名的师姐，但是因为两位教授的关系，这个新闻在学校里的关注度很高。

几个室友讨论着，其中一个突然说道："展冲，你好像认识吴天泓学姐是吧？怎么样？你有没有打听到什么内幕啊？"

"没有啊，没问过她。不过，我觉得天泓姐挺好的，她能接这部戏也挺好的，能够和王为导演合作多好啊。我觉得这些新闻很多都是媒体炒出来的噱头吧。"

"也是，王为导演之前的几部电影……"展冲跟他们讨论了几句，但是主要的心神都已经被吴天泓占据了。

第二天一早，他发了信息给吴天泓，因为不知道她是不是正在拍戏，所以文字信息比电话要靠谱些。

上课的时候展冲收到了回信，说她已经进组两天了。吴天泓感觉非常兴奋，短短一条信息就两个句子，她还用了一个句子的篇幅表达自己能够饰演李小丫的喜悦。

不过比起吴天泓，李教授和吴教授就不是那么开心了。吴教授还好，还是那个波澜不惊的老好人的样子，但是李教授明显对此非常不开心。展冲有个晚上提了水果去看他们，李教授手里拿着报纸读完了放下，放下又拿起，最后读完了，把手上的报纸一摔。“真不知道吴天泓是怎么想的，不是谁都能接受她演这种角色的。”

展冲在一边削水果，削好了笑着递过去。“李阿姨，普通人看热闹，这个您还不懂啊。这个角色经历这么复杂曲折，很好表现的。而且，天泓姐可是和王为导演合作的，这么难得的机会，多少人想抢还抢不到呢。”

“我知道这是个好角色。只是，你说说，吴天泓一个女孩子，这还没有结婚呢。她演了这么个角色……”

展冲笑笑，一下子没有说话，最后才说：“这有什么不能接受的啊，天泓姐可是个演员，会有些尺度稍大的戏份是很正常的。杜斌哥要是这些都不能接受，那么他也不够可靠啊。”

“展冲你还小，这话可不能乱说啊。有些事你不懂……”李教授絮絮叨叨地跟他念叨着，展冲脸上还维持着笑。

李教授说的这些话他也不是没有想到，要是杜斌真的做出这样的决定，他虽然不赞同，但是杜斌要是真的有这样的想法，他也不是不能理解。

只是，如果李教授嘴里说的最坏的情况真的发生了——展冲因着隐秘的内心情愫，是不会觉得难受的。根据之前在延国酒吧里的对话，大概吴天泓也不会那么难受吧。

虽然这样的想法带着卑劣的成分，可是展冲还是忍不住遐想，嘴角露出一点真心的浅笑。他试图将这样的笑收回去，因为他觉得这样想着的自己有违道德。可是他忍不住。

回去以后，展冲想了想把李教授说的话编了条短信发给了吴天泓。吴天泓的回信来得很快，说是很早就知道了，她觉得这没什么，一派洒脱气质。

展冲想了想，干脆给吴天泓打了一个电话：“天泓姐，你好啊。下戏了吗？”那个“姐”字依然咬得很轻很轻。

“嗯，今天没有夜戏，下戏还挺早的。”吴天泓没有太在意这个，“你刚刚去看我爸妈了啊？有心了啊，比我贴心多了，怪不得他们两个那么喜欢你。

这段时间太忙了，都没有问一下你，学校生活怎么样？”

“你忙嘛。学校挺好的，就是忙。我也是早两天看到新闻，才想起来你的新戏要开拍了。”

“哼，新闻说得很难听吧。”吴天泓在电话那头轻笑，“展冲你要加油，做东戏的学生都挺累的，但是也会很有收获。我现在听你说话就觉得你咬字吐词清晰很多了。你学得很努力啊。”

“谢谢学姐夸奖。对了，我可以去探你的班吗？”展冲怕电话那头的吴天泓听出什么来，马上补充说，“学姐，你让我借一下你的光，近距离看一下王为导演指导拍片好不好？”

“好啊，你来吧。”吴天泓在电话里把地址报给他。

第二天一大早，展冲戴上口罩和帽子，不忘在口袋里揣了本二手的四级单词本出门。

周六，哪怕是云集了忙人的京市，这个时间点的地铁上也是空荡荡的。展冲就坐在地铁上一边记着单词一边去往吴天泓告诉他的地址。

他习惯了每天早上六点起来练习晨功，也是不想被路人看到认出来，所以出门的时候也比较早。等到了拍摄现场的时候，除了正在安排现场的工作人员，主创人员也都还没有到。

过了一会儿，吴天泓也出现了，她已经化好了装。吴天泓穿着一身旗袍，并不华丽，就是普通的棉麻材质，灰扑扑的，没有多少花纹。可能是因为材质的关系，衣服并不算贴身，她的曲线略微有些朦胧。灰色的衣服带不出她的线条，因着光的影，影影绰绰的线条带出了想象的空间。

吴天泓瘦了很多，两个月前看到她，大概是为了适应唐朝的背景的关系，她的身材是有肉的性感，透着一种丰腴的妖娆。现在看着她却是瘦得有些脱了形，她的身材干瘪，腰身变得极为脆弱，好像微微一碰就要折断一般。

吴天泓的肤色应该是偏白的，通过装扮，镜头上看到的有些蜡黄，甚至微微发黑。

她走路的姿势也有些不一样了，有点内八。她整个人看上去的气质都有些瑟缩，展冲看到她的背稍微有点弯，就是脖子直愣愣地支着，腿也是直直地僵着，走路的时候步伐都是拖沓的，好像走动的时候脚都是没有离开过地面的。

当吴天泓看到展冲的时候愣了一下，然后才笑说："展冲，你来了。你还是老习惯，到得这么早。"

"你也是啊。"展冲看着眼前的吴天泓有些发呆，她整个人都变得不太一样了。

"我想早点来，多点时间熟悉一下场地和场景，尽快入戏。"吴天泓笑笑，"你在现场随意吧，但是要注意安静一点，不要拍照什么的。王为导演人挺好的，你在旁边待着，不要打扰到剧组拍摄就不会有人赶你的。王为导演的水平很高，我觉得你能够学到挺多东西的。"

她不一样！展冲第一眼看到吴天泓就觉得她不一样了！

不是因为化装造型所带来的外貌上的不一样，是她的整个人看着都不同了。明明形貌上难看了很多，偏偏她比珠钗环绕时显得更加光芒万丈。

她整个人洋溢着一种活力。这种活力是从她的心里喷涌而出的，太盛了，心都承载不下，以至于满得溢了出来。虽然造型不好看，剧情压抑，可是离了镜头，她呈现本来面目的时候就是知道——她很快乐！

展冲点点头，他想再问问吴天泓有没有吃早饭要不要帮她买点东西之类的话，却发现吴天泓已经把剧本拿出来在场地里熟悉起来了，以那样一个很怪异的姿态。

展冲默默地站在一边，没有再打扰她。

王为导演没过多久也到了。他虽然已经是一个中年人了，但是他的身材保养得很不错，他的眼神看上去也保持着活力，整个人的状态看上去呈现出不符合他本人年龄的年轻劲儿。他的穿着也是，穿着便于行动的T恤衫，挂着一条工装背带牛仔裤，踩着跑鞋，走路的时候好像脚底踩了弹簧一般。

从他的外表上看，不会认为他是一位著名电影导演。

展冲今天打扮得很寻常，他到了片场之后虽然取下了口罩，但是还是把帽子扣在头上，习惯性地压低。再加上片场工作人员来来往往，都在忙着自己的事情。虽然他是一个小明星，但是没有工作人员认出他来。

反倒是王为导演，刚刚走进片场就发现了展冲，还多看了他两眼。看到展冲一直站在角落里没有动，还走过去问他到底是怎么回事。

“我是吴天泓的朋友，我是来探班的。”王为没说什么，上下打量了他一眼，咧开嘴对着他笑了笑，就没再多管他。

今天一开始拍的戏份就是李小丫的父母安排李小丫出嫁的戏。

王为导演非常注意对于光影的安排。展冲说了是吴天泓的朋友之后，王为导演还招呼他站在自己的身后，他能够扫到王为导演画的分镜草稿。

分镜稿是导演画的。他的画不好看，抽象的火柴人排列着，不过写了许许多多的字，不断地标注。他好像是雕琢着艺术品一样地处理着每一个镜头。

在布置这个场景的时候，王为导演要求灯光以及背景板构造出一个特殊的图层，他指挥着摄像从远处推近。从王为导演面前的镜头来看，明明是平齐的座位，但是坐在李小丫对面的她的父母仿佛高高在上。

父亲的膝上是那个小小的婴儿，他看上去已经有两岁多了，可是依然穿着开裆裤，隐约可见的男性象征从裤子里露了出来，有些尴尬地暴露在空气中。这不过是一个小小的细节，王为导演也没有切出近景，他只是要求小男孩被抱着的姿势要调整，将这个尴尬的部位大大咧咧地暴露在空气当中。这是细节的暗示。

父母和抱着的男孩被一起放置在座位的中间。

唯一一个在他们斜下方坐着的是李小丫——吴天泓。她的坐姿有些别扭，脖子轻轻梗着，身形一动不动。

镜头推近，她的脸成了镜头中的主角。

展冲没有看过吴天泓这样的表情。她的脸上没有太多的表情，就这么听着。听到父母安排她嫁人的时候，她嘴巴抿了抿，眼睛射出怒火来，似乎就要发火。

展冲惊叹地想着：吴天泓这个镜头演得真好。却没料到坐在一边的导演直接喊了“咔”。

吴天泓惊了一下，她抬起头，看到这边的王为导演，晃晃头快速地走过来。

“导演，什么事？”

“嗯，你的愤怒表现得太 apparent（明显的）。”王为导演的话让那边的吴天泓有些震惊，展冲一下子没有太明白这个词的意思。

“对不起，这个地方我不是太懂。我觉得这个地方，李小丫虽然表现很顺从，但是她有自己的想法。她知道自己姐姐的遭遇，她们在婚后过得并不幸福。这个时候，她面对父母的安排应该是愤怒而又不甘心的。她已经有了女性的意识觉醒，可能自己还没有很明白，可是她是有自己的偏好的，根据后面的情况，她并不想要嫁给父母给她安排的丈夫。李小丫会和她的丈夫结婚全是因为父母的安排，我觉得这个状态下的李小丫觉得气愤和不甘是很正常的。”

“我觉得你应该综……comprehensively consider（综合地考虑）这个角色，她的想法应该是一个逐渐学到的过程。All her sisters have accepted the same arrangements.（她所有的姐姐都接受了相同的安排。）我觉得就因为周边的 environment（环境）是这样的，所以她 totally accepted it now（现在完全接受了这个安排），她会觉得生气，很生气，但是只是 feeling（感受），可能要到很久以后她才会逐渐 understand it.（明白这个感受）”

“All in all，I think you asked me to show a kind of subconscious emotion.（总而言之，我认为你想让我表达出来的是一种潜意识的情绪反应。）”吴天泓微微皱着眉头，然后她想了想，“我觉得我需要想一下现在应该做什么样的反应。”

展冲站在旁边听着，半懂不懂，迷迷糊糊的，他一直在背单词，之前准备高考的时候也在学习英语。只是他能听懂几个单词，对于句子的组织却完全不明白。他只知道吴天泓和导演在一边比画了几次。

当再次坐在那个位置的时候，吴天泓只是静静地坐在那里，她原本牵动肌肉表现出来的怒气都不见了，好像什么都没听到一样。她听着父母的安排头轻轻点着，然后低了下去，但是脚无意识地擦着地，含糊不清地应了一声：“嗯。”

这是一个长镜头，镜头在王为导演的指导下，缓慢地随着李小丫慢慢地站起，然后离开。她的房间没有电灯，就算是白天，通往房间的路也是昏暗的，她在几乎看不见影子的环境下，极轻地踢了踢边上的墙。

王为导演这才喊了“咔”。

等到吴天泓转过头来的时候，展冲看到她的眼睛里带着一点泪光，手还有点打战。镜头并没有带到她的正面，她在这一幕里并不需要表演出流眼泪的画面来，她只是极自然地将这个动作表现了出来。

展冲在一边惊呆了，他第一次见到吴天泓这样认真地演戏。她的表演对比自己之前的演出，让他觉得羞耻。

接下来的是拍摄吴天泓在房间里的独角戏。

小时候的李小丫家的隔壁住着一位曾经是大清贵族的小姐，因为清朝的终结，她也沦落到民间，成了一名暗娼。李小丫的父母不允许姐妹几个与隔壁的这位小姐进行接触。

在某一个月夜，李小丫意外地透过院里的篱笆看见了隔壁的暗娼在庭院里接客，以及接客之后的一段独舞。从来没有这样接触过女性成熟袒露的美丽肉体，小女孩被震撼了，她将这个画面深深铭刻在记忆里，她在心里设置了一个神龛，在那上面摆放着她一直膜拜的美之女神。

李小丫站在自己狭小昏暗的房间里，因为被父母安排嫁给一个陌生人，她理解但是依然产生了心绪的波动。她唯一的叛逆，就是在父母都入睡以后，就着昏暗的光线，肢体笨拙地穿着衣服模仿那个女人，那个父母不允许她接触的女人。

吴天泓站在房间里，她轻轻掀开衣服，却又飞快地合上。赤着脚站在冰冷的地上，凭借着记忆中的动作，轻轻地在镜头里晃动。她的动作是生涩又僵硬的，好像她的肢体是分隔开的，只凭借着某个螺钉勉强地组合在一起。这晃动很短，若不标明，看不出这是模仿瞳人跳出来的舞。

这一幕拍完，今天的戏份也就结束了。说是这一个院落里的戏份已经拍完了。明天开始要到另外一处院落去拍摄了。

展冲一直站在一边，吴天泓沉浸在戏中，没怎么搭理他。还是王为导演吩咐工作人员帮忙多准备一份盒饭。

等到吴天泓卸好妆，换上日常的衣服走出来，除了身材，整个人的动作和气质都不一样了，又变回了展冲所认识的那个吴天泓，不过更加开心些。她嘴角的梨涡非常明显，看见展冲，她跨着大步跑出来，立到了展冲跟前问“怎么样？”

“超级好，我从来没有看过你这样表演，太震撼了，学到了好多东西。”展冲一下子还没有适应这个熟悉的吴天泓，眨巴了好一会儿眼睛，笑容灿烂地夸赞着吴天泓。适应了之后好像就启动了某种开关，展冲开始滔滔不绝地说着吴天泓今天演的几场戏。

他是真的看得很认真。

这是展冲第一次见到这样的吴天泓，每一个动作细节都认真地塑造。从她念台词的方式、给人物设计的动作都可以体现出她对于这个人物的背景的认真研究，她这一刻表现出来的才是一个真正的专业演员的样子。

展冲学了一两个月的表演，虽然还是非常生涩，但是对于演戏该有的步骤总算有了些了解，他算不上内行，但是好歹算是个内行入门。他对于吴天泓的表演所能学到的东西就更多了，一个完全的有人格、思想和感情的虚构人物，是怎样通过表演带到他面前的。他所感受到的完全是震撼，超级震撼！

他终于明白为什么之前和吴天泓合作《赤龙刀》，他明明觉得吴天泓已经表演得很好了，她却只是说自己随便演演，通过演这一出戏休息一下。因为，她是真的没有做准备，没有努力地钻研白玲珑这个人物的内涵，只是照着接到的剧本简单地呈现出来而已。

比起他现在看到的李小丫，《赤龙刀》的女主角就是糊弄！不知道吴天泓在镜头背后花费了多大的努力，才终于短暂地在镜头里活成了另外一个女人。

展冲滔滔不绝地抒发着他的赞美，可是这些语句还不足以完全表达出他的心情。吴天泓听着他的话，笑得飞扬又得意。“说得这么好听，我都不好意思了。走，姐姐请你撸串儿。”

最后去吃消夜的不只是他们两个，还喊上了导演、摄像等。这么多人自然也不可能真的找一家大排档，一群人开着车跑到吴天泓常去的一家店，要了个大包间，在那里吃烤串儿。

吴天泓的基因很好，吴教授和李教授那么大年纪了，身材也没有走样得很厉害。吴天泓更加如此，她平时吃东西的时候不大控制，该吃吃、该喝喝，也还是能够保持上镜的好身材。

这次她少见地自我控制，只啃了两串蔬菜，然后和导演一直半英半汉地疯狂讨论着，她投入得连点烟都忘了。

展冲听英文听得太吃力，他也没怎么吃东西，稍微吃了两串，就一直聚精会神地听着两个人说话。一直听下来，也就听了个半懂。

他的眼睛一直注视着吴天泓，她很兴奋，兴奋得燃烧了起来。她身体里涌现出来的热力好像将周遭的空气都给烧着了。她的五官都是飞扬向上的，完全不知道疲倦，好像演了一整天的李小丫仍然不够，还要继续不断地说、不断地说，将她所理解的李小丫彻底地阐释出来。

这和她是不是喜欢李小丫无关，她只是兴奋于要从自己的身体里分化出另外一个人来。一个独立的，有着自己的想法、自己的动作行为的人来。那满满一卷准备拍她的李小丫的胶带完全不够用，她已经在脑海中描摹出了李小丫完整的一生，而那些少少的带子所准备记录的不过几十分钟。

这样的吴天泓好像无意识地引领着展冲通向一个神秘又快乐的世界，在那个世界里可以放肆地体验不同的人生。

这是展冲生平第一次预感到，演戏不仅仅是为了一份富足的生活，还有可能代表着刺激和满足。大概，这样的工作是真的会让人上瘾，带着十足的满足感。

展冲想要抓住这个机会，他想借由吴天泓的表演探索这个世界的一切。

等他们要走的时候，展冲找到了王为导演。“王导，我可以以后周末都过来探班吗？”

“可以啊，你来看女朋友不是很正常的吗？”王为乐呵呵地笑着。

“我……我不是啊，我不是的。我只是吴天泓的一个普通朋友。”展冲飞快地看了一眼旁边的吴天泓，果然不该自己直接说的吗？是不是被导演看出来什么了，他会不会跟吴天泓说什么？

吴天泓没有在意展冲的不自在，在旁边帮腔：“王导，跟你介绍一下，他叫展冲，是我认识的一个小弟弟啦，这么帅的男朋友我可没福气找得到。他刚刚开始学表演，就想在王导这样高水平的片场见识一下，是个好学的好孩子啊。王导，你就让他来嘛，他挺乖的，又不拍照又不闹事，还可以帮着免费打杂。是吧，展冲？”

王导在他们俩之间看了几眼，吴天泓笑眯眯的，展冲却是有些心虚地低下头去。王导人挺好，笑眯眯地没多说什么就答应了。

一群人吃过饭就散了。

这个点地铁都已经停运了，展冲算了算打车回学校的费用，还挺贵的。他不想再麻烦吴天泓，他猜疑自己应该是表现得太明显，让王为导演随便就看出了他的情绪。如果吴天泓也发现就太尴尬了，她是有男朋友的。

这么想着，展冲索性在附近找了家青年旅馆入住，想着随便对付一个晚上。

第二天，展冲很早就起来了，他整理之后就到了吴天泓告诉他的另外一个拍摄地点。

今天饰演吴天泓的丈夫的也是一位很有名的青年演员，蒋舒平。他年纪也不大，在片场感觉也不过是个普通人。他到得挺早的，身后跟了一个小助理，自己也没有完全空手。

蒋舒平进了片场之后笑着跟已经在忙碌的工作人员打招呼，看到展冲居然也认出了他，还笑着冲他招了招手，主动聊了几句。听到展冲解释缘由之后，很哥俩好地拍拍他的肩膀，鼓励了两句。

可是，蒋舒平也是一个专业的演员，等他化好装再次走进片场的时候，整个人的气场都不一样了。

这大概就是专业的素养所赋予的氛围吧，他穿着喜服、架着眼镜走出来的时候，并不算多么英俊吸睛，但看上去就是特别的与众不同。他之前和吴天泓演过一个简短的定亲场景，彼此并不算熟悉。

可是，今天一开场就是两个人的对手戏，他们的对手戏不多，也就两场。一场是洞房花烛，一场是告别。

这个角色在电影中的戏份很少，蒋舒平只需要待五六天就可以了。

先拍的是分别戏。丈夫是一个热血的革命青年，听闻了“九一八事变”的消息就决定前去参军。

蒋舒平背对着吴天泓站在客厅里。他在做一场激昂的演讲，紧皱着眉头，爆发着狂暴的热力。他狂热地看向门外，他有如一个战士。阳光被梦幻地聚集到他的周身，还有灯光师的加持，让他看上去高大又梦幻。

吴天泓没有抬头看他，她将目光看向了背阴处的虚空。她没有开口反对或者支持，感觉好像根本就没有听见一样，沉默地做着一块背景板，姿态就和听到父母安排他们结婚的时候一样，脚还是在地上轻轻擦着。

分别的镜头也有，只是两个人的角色没有一起拍。蒋舒平的角色一个人拿着少量的行李，从门里走出来，表情深情款款，他叮咛了两句，然后自顾自地大跨步离开了。

拍完这个，才是吴天泓，她还是沉默的，默默地梳着妇人的发饰，双手交握，如同行礼，面对大门站着，好像生生钉在了地面上。只有她的目光是在告别，投向远方，如泣如诉，千言万语。可是视线的焦点是错位的，她不看着丈夫，看向了不知道哪一处。镜头的推拉帮助她完成了这样的一个视线。

她是在告别，在自己的世界里对着自己的某一段人生告别。

两个人另外的一场重头戏是天黑后拍摄的，画面火爆异常，那是洞房戏。

在狭小的房间里，大部分工作人员都已经出去了，只有两个演员，还有王为导演等几个不得不在的工作人员。

展冲也觉得尴尬，他从来没有看过这样场景的拍摄。但是蒋舒平和吴天泓好像并没有很在意，他们虽然还不太熟悉，嘴上说话都很客气，脸上难免带着尴尬，但是还是认真地听着导演讲戏。听了之后，两个人商量了一下，带着距离试了试动作，然后就准备开拍。

展冲没有在房间里，他站在导演身后，看着导演的显示器。

这个场景连着切了好几个镜头，因为空间狭小，没有办法容纳这么多方位的机器，两个人演了好几次。

两个人先是坐在桌子前，他们对饮。吴天泓所扮演的李小丫近乎蜷缩起来，她的动作是僵硬的。对面的蒋舒平所饰演的丈夫无疑更加具有气势，他一直在说话，说是无意中在市场见过一次李小丫之后，就为她倾倒。他介绍了一下自己，说话的语调热情洋溢。

李小丫的头一点点抬起来，她的眼睛不时地看向眼前这个男人，看着又移开，然后又会移过去，慢慢地，她看向丈夫的时间越来越长，最后还简单地问了两句。

丈夫自己不断地说着，他没有问李小丫的事情，没有问她到底想了些什么。所以她又沉默了，沉默地作为一个倾听者。

好像一开始的生涩和尴尬慢慢地融解了。

房间是昏暗的，只有床边的柜子上一根烛火。李小丫鼓起了勇气，她主动地，颤抖着走向了自己的丈夫。他们相携走向了床架，她借助那一根红烛，认真地打量着眼前的这个男人的脸。

她将自己的丈夫压在身下，靠着微弱的光尝试着看身下的那个男人，看清他的表情。

可是丈夫拒绝了，他冷硬地翻过了身子，吹熄了蜡烛，将李小丫完全压在了身下，他大幅度地动作，生硬地、大力地，整个镜头似乎都在被他的动作带着晃动。可是身下的李小丫，看到的却只是黑暗中一个看不清的身影。她的私处被破开，她的尊严被剥离，她被一下又一下地入侵，入侵却只能承受。

破开她的那个人在呻吟着，他自顾自地发出了满意的声音。

可是李小丫仅仅是躺在床上，手紧紧地揪着身下的床单，不时地发出难以忍耐的闷哼。

激情之后，丈夫圈住李小丫沉沉睡去。李小丫被他的身体压住了，无法动弹。她没有入睡，轻轻抬起了胳膊，她努力地伸长了指尖，够向了窗户，却怎么也够不到。

这两场对手戏，吴天泓饰演的李小丫几乎都没有台词，她所做的仅仅是扮演一个姿态，她要通过无声又细致的动作将李小丫这个角色的内心呈现出来。

吴天泓显然是做了许多的准备工作，她的眼神、她的动作、她所带出来的氛围都带着一种被压抑的僵硬，僵硬却又渴望，渴望却又懵懂。一次又一次地演绎，通过不同角度的镜头，带出同样的伤痛。

这种无声的收敛，却在高分辨率的镜头记录下展现出了声势浩大的张力。那个叫李小丫的人物，内心难以描述的伤痛在胶片上汹涌。

之后还有两场戏，不过展冲没有再看下去，他跟王为导演打了个招呼，表达了自己的感谢，不想打扰在一边酝酿情绪的吴天泓，一个人先回了学校。

在《瞳人》剧组探班的经历，成了展冲努力学习的动力，他感觉起来和以前又不一样了。他似乎尝试着去寻找他应该投入进去的感情，像他的那些同学一样，怀揣着对于未来的期许，对于演戏的一种喜爱。

展冲确实一直在努力，可是他的努力是全然功利的。他进入一个又一个的剧组，想的不是可不可以提升自己的技艺，而是赚钱、累积经验，为了在将来找到更好的工作。

可是吴天泓让他看到演戏是一件多么有乐趣的事情，她那么投入地笑着，不是以前那样带着些许无所谓的、慵懒的样子，她不知疲倦地投入着激情。那样的快乐，有生命力，美丽得耀眼。站在片场里的吴天泓，轻而易举地吸引了展冲的注目，她完全蜕变成了女神。

展冲也从来没有想过，镜头前虚拟的角色居然会有那样鲜活的生命力，好像那个人是真实地生活在某一个世界里，那个镜头仅仅能够记录人生中的短短几个片段。

其实，展冲觉得他对于吴天泓有着欲望，可是这样的欲望能够克制——在看不见她的时候。吴天泓对他来说，不是一个纯粹的被喜欢的女生的形象。他的感情复杂，掺杂了很多别的东西。吴天泓似乎是一个离他有些距离的美丽的神像，就像那个“瞳人”的意象。

吴天泓印在他的瞳孔里，象征着他所没有了解接触过的全然的美丽，他带着仰望的视角，近乎神圣地看着那个人。他好像是神话里那个追日的夸父，追逐着那个耀眼的身影，不知疲倦地奔跑着。

一开始就是这样，这部电影更是这样，吴天泓为她打开了一扇通向刺激又美丽的世界的大门。

却又不仅仅是仰望的。

吴天泓对他有着日渐增长的吸引力，一天一天，他的目光越来越难以移开去。

他站在场边，深深地看向她，通过这种纯粹的吸引力探索到更大的世界中去。他觉得眼前的人越发地耀眼了，站在光芒的中心，无意识地散发出来的魅力勾走了展冲的心魂。

在他的瞳孔里，他美丽的心上人被那个世界所散发出来的光芒包裹着。她如此诱人，诱惑得他无法把她放下。女神站在光影之下，朝他轻轻勾了勾手，他就必须要大步地向着那里冲去，向着光、向着女神，大步地奔去。

第四年

颠覆

《瞳人》上映了，因为有大导演王为的名气支撑，片子得到的关注度很高。片子很快就过审，赶在劳动节的档期上映了。

王为导演带着吴天泓和团队进行了不少宣传，他用一些很专业的术语来描述这部电影。这些采访展冲也都看了。他虽然没有参与《瞳人》的实际演出，但是他几乎是看着这部电影是怎样诞生出来的，他有一种与有荣焉的感觉。

《瞳人》火了，街知巷闻，影片上座率极高，票房上也没有同期电影可以竞争，网络新闻的头版头条都在讨论这部电影。

只是，火了也不都是好事。因为电影含有大量的具有情色意味的镜头，这部片子被讨论得极其热烈，不少人都是带着一种隐晦的笑容冲进电影院，然后心满意足地走出来。

展冲也去看了，首映式。吴天泓送了他一张票。

展冲坐在电影院最好的一排位置上，他看着吴天泓饰演的李小丫风情万种地在大银幕上绽放。她真正释放了自我之后，她借用了心目中的瞳人用剩的化妆品，第一次为自己化了一个简单的妆。她借不来瞳人的大烟，虽然那烟是用李小丫的钱买的，她卷了一点烟草，学着瞳人的样子，点燃。李小丫并不抽烟，只是她见那个女人抽过，她瘫在炕上，点一支烟卷，忍着咳嗽，快速泛起的浓烟，将她的身影笼罩在朦胧的烟雾里。

李小丫抽不起大烟，那个女人也再抽不起大烟了，她的身体也被大烟毁了，瘦到了病态。李小丫抽了一口就抽不下去了，她的身体并不能够适应烟的味道。她抽一口就会咳嗽，她就这么点燃了，拿在手上，在暗沉沉的夤夜里，望着烟升起。她摇晃着，用撩人的姿势褪去了自己的衣服。

李小丫再一次跳起了那支舞蹈，动作流畅，她的每一根线条都是美的笔画，这些线条柔和地交织着构成了美的本身。

吴天泓本是一个线条柔和的美人，她不那么瘦，带点丰腴的肉感。可是为了拍好这个角色，她瘦了有快十斤，导致她在镜头下瘦到了病态，舒展在大银幕的时候筋骨清晰可见，它们部分地凸出来，绷起了皮肉，看上去有些硌人。可是，王为导演执导的灯光和镜头就如同魔法一般，奇迹般地让那些瑕疵都盛放成了有缺陷的完美。

她的肩胛骨那两块突出的骨块，就如同停驻的蝴蝶一般，当她舒展手臂舞动着的时候，那一块小小的骨好像在朦胧的光影里彻底蜕变为一对蝴蝶，对舞在她的身边。在电影的神奇光影里，在那个巨大的银幕上，她的身体是那么的美丽，勾起了全场的呼吸共振。

她看上去并不像是九天上的仙女，她美丽却不脱俗，是行走在红尘里的佳人，满身尘埃，带着烟火气的真实，还有美丽。展冲可以感觉到他不是唯一一个人，坐在漆黑的放映大厅里，屏住了呼吸，目不转睛地看着吴天泓的一颦一笑。

后来，躺在宿舍的床上，展冲回想着吴天泓在银幕上所展现的身体，他感觉到了下半身不自觉的膨胀，热的、鼓的、胀到生疼。他抬起了胳膊，把滑到嘴边的名字给堵了下去，不敢说出来，只是想。

幸好，展冲不断地对自己重复着这个词：幸好，幸好，幸好他是被黑暗所包围的。在这天然的掩饰里，他的欲望不会彻底地暴露出来。只有他自己知道，他被那种美丽给诱惑到了，无可掩藏。

经过王为指导摄影导演拍出的这些隐晦光影交错的、极致的镜头，在王为的剪辑之下，李小丫被生动地展现到银幕上时，展冲还是忍不住了。他近乎膜拜地对着银幕上盛放的性感用眼神致敬。

后来，他又去电影院看了两次，偷偷去的，压低帽檐，买到了靠后的位置。这回倒不是为了性感，而是想要认真看看吴天泓的表演。他知道吴天泓花了很多的心思，她曾跟他说，许久没有这样为着一个角色兴奋了。她想让李小丫活过来，透过她的身体让这个女人活过来。

他去过现场，曾经看着吴天泓拍出这些场景，这些沸腾的欲望都不会长久地被保存在他的头脑里。他没有遇到这一幕，但是他遇见了另一幕的拍摄。

李小丫送走了丈夫，她独自生活着，她被生活的困顿和寂寞的感受双重折磨着，让她难受得几乎无法动弹。就是在这个时候，李小丫发现了小时候遇见过的那个女人，她已经年老色衰，生活的沧桑让她脾气暴躁，带了一身的病痛。她在街边乞讨。

李小丫发现了她，看见了那个女人。虽然她已经被折磨得变了形，可是李小丫还是一眼就把她认出来了。李小丫在晚上又一次梦见了小时候见到的那一幕情景，在夜晚坐起了。她第一次，小心翼翼地褪去了衣服，在房间里起舞。

这个场景拍摄的时候，展冲正好看见了。

那个时候已经很冷了。之前，吴天泓也拍过一些尺度较大的镜头，但实际上她身体上的重要部位是被遮掩住的，没有如同那个镜头一样完全裸露。

吴天泓虽然平时作风大胆，但是她也还是第一次拍摄这样大尺度的镜头。虽然电影中的裸露镜头只是一种情色的暗示，并不涉及具体的性交行为，可是她的每一个动作都在表现着性。

她尽力活跃着气氛，做着心理建设，让自己在这么多人面前裸露身体的场景看上去不是那么尴尬。

王为导演也很注意，他将她安排在一个小房间里，尽量减少镜头前的工作人员的人数。可是，她始终还是紧张的，她久久地缩在房间的角落里捧着剧本自语。她不断地读着，她做着一些她为了李小丫这个人物设计的小动作，她尝试着将自己完全地融入李小丫这个人物的心境中去。

当王为导演开始拍摄，她演绎着那个从梦中惊起的镜头，她生涩地、艰难地褪去了衣衫。

展冲并不是工作人员，王为导演一向也是不安排他的。当吴天泓站在镜头之前褪去衣衫的时候，展冲下意识地转过身去，他看出了吴天泓的不好意思，他不愿意让她为难。如果知道他作为一个朋友，旁观了这个场景会觉得很难过吧。

可是他没有忍住，他终于还是遮遮掩掩地回了头，透过王为导演的镜头看到了那个场景。

那是他第一次看到吴天泓毫无遮掩的身体，她看上去瘦得可怜，好像冬日里的风吹过就可以把她摧折了。她很明显感觉到了冷，肤色自然地有了反应，泛起一种单薄的刺眼的青色，看上去很是凄凉。

可是，美还是在见到的那一瞬间冲击到了他的心底，看着吴天泓，他的瞳孔在那个瞬间放大了，大到把美人满满地盛装下来。

他隔着屏幕看着吴天泓的身体，就算外行如展冲，他也觉得，这个镜头拍摄得明显不好，吴天泓太在意镜头，她下意识地遮挡着一些关键部位。

可是，就是这样生涩的画面，就因为那个人是吴天泓，就这么成就了展冲眼里的诱惑。他只看了一眼，然后就转过头去。可是，身边的王为导演没两分钟就喊了停。这边一喊，吴天泓的小助理马上冲了进去，给她送上一大杯姜茶，然后用大大的羽绒服将她包裹起来。其他工作人员也接着走进去调整。

这一连串的动作下来，展冲依然没有移动，他背对着导演的镜头，深深地呼吸，努力地将那个冲击性的画面带来的战栗抚平。

王为导演和吴天泓讲戏的时候，她的身体还是在簌簌地抖动着，上下的牙齿轻轻碰触，连说话都有些困难。

展冲只觉得尴尬，他不好意思说自己看到了什么，但是吴天泓的样子又让他看着觉得很难受，这种狼狈的样子似乎不应该出现在吴天泓的身上。

他最后期期艾艾地问了一句：“你还好吗？”他看上去比吴天泓羞涩多了。吴天泓点点头，挤出一个安抚的表情，她还在抖，几乎说不出话。

那场戏拍了许久，吴天泓重拍了好几次。她要克服的困难有很多。王为导演要求很高，普通的戏份都会要求极其精致的表演细节，这一次的重场戏，他毫不放松地用各个方位的镜头拍了很久。等这场戏拍完的时候，吴天泓的脸上都泛上了浅淡的青灰色。

她的动作几乎已经是僵硬的了，被特意找来的小助理搂在怀里。

可是效果很好。那一场舞动是李小丫真正释放自己之前的一次预演。她压抑了太久，在灰色的生活里渴求着那么一点瑰丽的惊艳。

瞳人的出现，那个瞬间点亮了李小丫的生活。她褪去了自己的衣裳，回忆着，回忆着很久以前她曾经见过的那个女人在月色下放纵地舞蹈，那么美，那么艳。听说，贵族小姐可以用上一种镜子，一种明晃晃的、可以看清楚人的镜子。李小丫曾经在店里见过，可她用不起。

李小丫是一个谁也看不见、谁也不在意的人，连带着她用的镜子。镜子是母亲的嫁妆，先给大姐用，然后一个个传过来，传到李小丫这里，镜面早就已经花了，破旧不堪。丢到路上连看的人都没有，盯着镜面，也只瞧得出朦朦胧胧的影子。没有人会为了李小丫花钱，她是谁啊？李小丫罢了，她只是李小丫。

她尝试着跳舞，她想起了小时候，大家闲坐时也曾听到神秘的声音。父亲隐秘地呼喝："不准听！都把耳朵蒙起来！"然后赶她们去睡。

姐妹几个蒙住了耳朵，可是被子那样薄，声音翻过了篱笆，还是隐隐传了过来。

李小丫终于忍不住了，她想要知道那是什么样的声音。她借口起夜，从床上爬了起来。就着铺陈了一地的月光，小小的孩子，循着隐秘的声音，往那一处走去。

家里养了两头猪，也养了好几只鸡，半夜里，依然哼哼唧唧的，发出些窸窣的声音。经过父母的房间，李小丫也听见了声音，不过没有母亲的，只有父亲的，父亲的喘气、呼吸，从父亲压抑的呼喝中，李小丫听到了和神秘的声响所类似的节奏。

她好奇地停了停，还是打算去看看。

扒到了篱笆那里，她踮着脚往隔壁望去。

她看见了一个女人，一个美丽的女人光裸着身子站在月光之下，银月的光芒流淌在她的身上，蜿蜒过她的丰乳，下体的密谷，带出了流水的轻响。那分明是水声，溶溶月色经过了她的身体，都成了流水，潺潺的水流顺着她的身体倾泻而下，她是月光浴中的美人。

她的肤色极其白皙，白得好像发光一般。那身体上带着点点红痕，如同路边的红花，点缀着她曼妙的身躯，是舞动的诱惑者。

李小丫不知道怎么形容，她听人说过的最好看的女人都是住在天上的，好像是穿着云做的衣服，行动间烟雾缭绕。她没有见过。虽然没有见过，可是这个女人和故事里的仙女不一样，她分辨得出来。

虽然不一样，可是一样美丽。她尚不知道如何言语，却也记得这个女人的身体，她白色点缀着红痕的肉体就这么烙在了她的眼底。

她后来也没有见过瞳人，却记得这支舞。她也曾经跳过的，在出嫁前的那个晚上。她觉得害怕。家里的姐姐回来了，回来看看她，曾经那么美丽的三姐姐，她最亲的姐姐，回来了。姐姐变得很瘦。

父亲把姐姐送给了一个四十多岁的军阀做小妾。姐姐明明美丽，可是父亲身份低微，攀不上贵人，只好将姐姐送给人家做小妾。难得回来一次，姐姐穿着最好的衣装，却也掩盖不住她的瘦骨嶙峋。等到进了妹妹的房间，她褪下衣服，身上是满满的伤痕。

好害怕，李小丫看着曾经的三丫，怕得难受。她瑟缩着，想着要逃跑。她不知道婚姻是怎么一回事，可是听到的、看到的，都让她害怕。在姐姐去梳洗的时候，她一个人在房间里走动，她想要逃，却又不敢逃。

她跳了半支舞蹈，没有褪下衣服，跳了一半的舞蹈，动作僵硬。她求姐姐："让我逃，好不好？"

"逃不掉的，逃不掉的，这都是命。"姐姐一下又一下地温柔地抚摸着李小丫，她微微笑着，笑中带着眼泪。

什么是命？李小丫那时还不大知道，听着是个很苦涩的词，姐姐们总是这么跟她说。结婚了，她终于明白了生命很苦，对她来说，最可怕的还是枯，枯燥的枯，枯萎的枯。她在无望的等待和煎熬中再次见到了她的瞳人。瞳人已然老去，伶仃潦倒，可在李小丫的瞳孔里，瞳人依然未曾剥去神秘的美丽。

第二天，她出了门，将那个女人捡回来。她所有的美丽都不见了，被尘土遮蔽，只剩寥落。可是李小丫看她，却只见幻象——她尚且年少，十几年前的小姑娘，从残旧的缝隙里看过去，看到的那个美人。世事迁移，李小丫只记着曾经的佳人。

吴天泓将挣扎的舞蹈还原了出来。她被寒冬冻出来的青紫色的皮肤成了最佳的还原，青色的身体挣扎在屏幕之前，那种绝境中迸发出来的迷醉的痴狂，感染了整个摄影棚。

展冲一直守在那里，他看着吴天泓拍摄这一场戏，可是他再没有了最初那一眼所感知到的惊艳。具体是什么心情，他也说不上来——佩服、心疼、仰慕等情绪混合着，交缠在了一处，如同藤蔓，把他的心包裹起来，卷进了混乱的枝枝蔓蔓里。他很长一段时间都没有忘记那天的拍摄。

作为演员不仅仅是银幕前的光鲜，为了一个完美的镜头需要付出这么多的努力。

吴天泓舞蹈的戏份总共导演了四场，其中两场是裸露的。为了衬托后面那一场痴狂的情绪高潮，吴天泓费尽心思拍摄的这一场戏份被剪得还不到一分钟。

可是这一分钟的镜头投在大银幕上就只剩下了完美，是足以被烙印在电影史上的完美的影像记忆。

吴天泓本来就在演戏上极有天赋，不然她也不会在十五六岁的时候演电影出道，还拿回了一个最佳女主角奖项。之后，她的表演不能说差，但是和她应有的水准比起来发挥就有些差距了。许多作品，她都没有这样花费过心思了。

展冲去探过好几次班，他知道吴天泓是怎样捧着剧本研读，他甚至听到吴天泓的父母谈论过她在家里对着镜子练习，为《瞳人》中的李小丫这个角色设计动作，并且找了许多的背景资料进行研读。

李小丫这个角色太生动了。展冲在现场断断续续看她一场接着一场拍下来的时候，他都不住地惊叹吴天泓演得极其出色。生涩的拘谨、伪装出的古板、深夜的盛放、畸形的爱恋、不舍、畏缩、痛恨……那么复杂的情绪都透过她的灵魂和肢体，生动地再现出来。

展冲看得出吴天泓花了多少心思。按照斯坦尼斯拉夫斯基的理论，演员应该要活成角色的样子。很多演员都有自己并不适合的类型，或者是因为长相，或者是因为生活境遇的关系，几乎没有人能够完美适合所有的角色。

吴天泓虽然演过偶像剧的女主角，但是她的长相并不是甜美乖巧类的，反而是一种裹着糖霜的明艳。她的原生家庭环境不错，还是在京市，从小就享受着锦衣玉食，周围的人也一样，她没有体会过多少贫穷的滋味。可是《瞳人》中的李小丫一直生活在和她完全不一样的环境里。

电影里，吴天泓演绎出的李小丫带着一种完全不同于都市时尚的性感，对不同背景的人而言，他们表现性感的方式也是不同的。在这部电影里，她的行为也带着一种浓厚的年代感，她的一举一动似乎都带着穿越历史烟尘而来的朦胧，她不像在模仿过去，而像是生长在过去的时光里，透过镜头的光影将历史拉回来，定格在大银幕上。

他透过她的表演，看到了她花费了多少心思，去设计这个人物的表情和动作，她看了多少的资料和影片来研究这个人物。

她带着李小丫从未婚的黯淡少女，演绎到成熟压抑的已婚少妇，最后抛却了迷惘独自艰难地行向了远方。她将李小丫从青涩到成熟，从迷惘到坚定都给展现了出来。

吴天泓笑、哭、怒、怨……那么多的情绪都经过了细细的研读。她的剧本比刚刚拿到的时候厚了许多，空白处已经写不下她的笔记，她只好将各种笔记和资料写下来，夹在剧本里。到了最后，那一摞的剧本卷了边，脱了封面，比她刚刚拿到的时候厚了一倍。

可是，这些努力都被她无比美妙的肉体散发出来的诱人光辉给掩盖了。展冲坐在电影院里听到了好几次身边的男性同胞用暧昧的笑声给吴天泓的表演做评价。

《瞳人》确实火爆，不过火爆到了最后成了心照不宣的“黄色”代名词。

他记得那一场吴天泓和一个女演员合作拍摄的戏份。原作中对于这一对的关系用极其隐晦的言语，描绘出她们之间不同寻常的性关系——李小丫和瞳人是带着主仆关系的性伴侣，李小丫匍匐在了瞳人的脚下，做了欲望的奴隶。年代久远，作者写作的年代还不算开放，使用的语言隐晦含蓄，但对于露骨现实的描述，如同床边的纱幔，遮不住什么，影影绰绰间更多了一种令人心痒的朦胧。

电影对这一段做了很多的改编，王为导演很大程度上改了剧情，有对市场的妥协，最主要的还是他自己对于小说的后半部分非常不满意。

李小丫和瞳人的大段剧情被删除了，加入了其他人物。李小丫的痴迷只持续了一段时间，然后在浮浮沉沉的迷醉间，她逐渐清醒了，然后自己走出了这一段情欲的迷障。这是一个积极的结局。

有人猜测：是不是为了过审所以不得已改变结局呢？王为导演在某一次宣传的时候对于改编原来的故事的问题做出了回答。

“不是审查的原因，”王为导演摆摆手，“我读这小说已经是很多年前了，当时觉得很有意思,它很有画面,很有……”王为导演一下子想不到合适的词语，他挥了挥手,做了一个握拳的手势朝前打去,一边的吴天泓很有默契地接上:“冲击力！”

王为导演很肯定地跟着点点头说:“有些很……很 attractive(迷人的)哦,不,吸引眼睛的……points（点），地方。我看的时候也……不肯定，嗯，虽然我看出来这是一部很有……很有风格的作品。一个是语言的问题，它不适合剧本。另一个问题，更重要，它……它的想法太……太令人难过了。”

说完这几句他不太确定地看了看身边的吴天泓，吴天泓笑着接过了话筒：“这个问题我和导演曾经交流过，我对于导演的工作非常尊重。王为导演是自己编写的剧本，最开始完全是英文的，导演的中文并不好。他和一位朋友合作把这个故事改编成中文剧本就花了五年多的时间。王为导演告诉我，当初他读到这个故事的时候，觉得他特别不喜欢这个故事的结局，一个女人的觉醒仅仅是身体上的吗？她的精神呢？她所遭遇的悲剧仅仅是因为男权的暴力控制，或者是缘于男权世界对她的天然排斥吗？这个故事本身的表达也许和作者的经历有关，她所想写的也许只是一个女性的情感故事。可是王为导演从这个短小的故事里发现了关于女性自我认知的可贵的发展，但是这种可贵的发展被作者中断了，仅仅停留在了对于身体的美好有了认知的阶段，然后就此沉溺于性，甚至于放弃了自我。可以说，主角的女性意识是无意识的觉醒。王为导演觉得很可惜，所以他改编了原来的故事，他认为不是悲剧更加值得铭记，比起这样有冲击画面的小格局悲剧，一个展现更加广阔的社会图景且有深度的喜剧，更值得留存于世。

“所以，王为导演让李小丫的身边出现了另外一个人，一个真正认识到了所有这一切的瞳人。她曾经出国留学，然后回国投身革命。她的戏份并不多，但是，就好像是一面镜子，一面告诉李小丫人还可以怎么样的镜子。如果说李小丫的一生是用女性主义书写的朦胧诗和意识流，那么这个瞳人就是明火执仗的标语和短句。她只有不多的台词，但是很明显地影响到了李小丫，最后，李小丫才会走出童年时开始的迷障，走向真正的自己。至于李小丫究竟去了哪里，观众朋友们倒是可以自己想象了。”

这段话很长，读起来也有些费劲，可是展冲还是看了两遍。他在尝试更加深入地理解这样一部电影，读懂这些画面背后所表达的东西，它们是那么有意思。

可是，这些王为导演用不流利的汉语极力试图解释清楚的、吴天泓花了那么多的时间和导演长时间交流出来的影片背后的意义，还有他们和无数的工作人员精雕细琢出来的可以称之为艺术品的影片，被银幕上昏暗的烛光映照出来的肉体完全掩盖了。

王为导演删改了原来的结局，也是为了增加影片的可观赏性。原来小说中的瞳人和李小丫的关系，只剩下了一点隐秘地印在窗上的影。通过蒙太奇的作用，瞳人这个原本确定无疑的女二号变得更像是李小丫幻想中的女神，她的重新出现可以只是李小丫的想象，当然也有可能是真实存在的。

他玩了这样的拍摄技巧，在光影的虚实间游走。什么是真实？什么是虚妄？一切都是想象，真实的只有欲望？还是一切真实，肉欲和残酷交织构成了镜头下的片段？

这个原因和其他这样或者那样的原因共同作用，李小丫和瞳人的镜头只隐晦地在电影银幕里断断续续闪现了两分钟左右。可是就是这两分钟晦暗的剪影挑动了网友们的神经，他们使用各种各样的工具试图构造出清晰的版本，然后四处传播。

这样的事情还有很多很多，几乎没有人关注《瞳人》到底讲了些什么，没有人想听王为导演花了五年的时间写出来的英文剧本，再花了一年的时间勘景、筹备，他花费了这六年的时间透过电影想要表达出来的究竟是怎样的想法，又是什么样的冲击感染到了他，让他最终选出了这个剧本。

也没有人去问吴天泓，她为什么要选择这样一个剧本来表演？在表演的过程中她到底付出了什么？她究竟花了多长的时间才能让李小丫真实地在银幕上活上两三小时？她究竟喜不喜欢李小丫……

展冲对此无能为力，他明白吴天泓的想法，他欣赏她的努力，他深深地感动于她对诠释李小丫这个角色展示出来的专业和认真。可是，他做不了谁的决定，他只能无能为力地旁观。哪怕是他自己，也不得不承认，在一开始的时候，他也有过诸多的杂念，以至于身体跟着有了反应。

这部电影上映之后，吴天泓过得并不好……

甚至也一定程度上波及到了吴教授和李教授的工作和生活。在学校里上课的时候，他们表情都很严肃，俩人都不再和同事、和学生多交流什么，下了课就直接离开，步履匆匆。

艺术学校里总有些不那么单纯的运作规则。另外，他们的学生中，有许多人也会在毕业后进入业界，其实对于这样的影片，按理来说要比普通的观众更加理解。可是，有些学生知道吴天泓是他们的女儿后，依然对着他们指指点点。

展冲这边也有几个和他关系不错的男生还偷偷地跟他讨论。“你不是出道就和吴天泓一起工作吗？而且，还有感情戏……”他们嘿嘿地笑着，“分享一下啊。”

展冲皱皱眉头说：“哪有什么好分享的，就正常工作。天泓姐挺好的。”他的心里却久久地不能平静，甚至是带着隐痛，他既心疼又痛苦，他不愿意吴天泓在他们的嘴边这样被糟蹋了。哪怕他也在大银幕前无法抑制地沉迷于她美好的身体，可是那样的感情他只愿意永远地珍藏在心中，不要说出来。他不想吴天泓和她的李小丫在这个世界的污蔑里变得如此肮脏。

可是，他所能做的仅仅是让自己不要和他们一起做出评价。

过了两天，事情愈演愈烈，各种负面的新闻也纷纷涌现，吴天泓的身上莫名其妙地被贴上了性感卖肉的标签，媒体谈起她的电影和事业都变成了这样的评论：什么她的事业下滑，曝光度下降，不得已拍卖肉电影博出位之类的。

展冲私下看报纸看得双手颤抖，他很想发怒，却又不知道该对谁发泄。博出位？吴天泓在意过吗？王为的电影是什么级别的呢？要是事业下滑就能够拍到王为导演的电影，那估计有大把的明星排着队等着事业发展不顺，来换一个机会呢。

一丝不挂又怎么样呢？她不过是表演，她不过是通过这样的方式表现着人物。看得懂吗？一群看不懂的人叫嚣着她的伤风败俗，他们懂吗？

他好像隐隐懂得了这个社会，明白了李小丫这个人物。

展冲早就决意将自己对吴天泓那种朦朦胧胧的心动给遮掩下来，所以他努力保持着遥远的距离，只在电影上映的时候给吴天泓发了一条短信：天泓姐，你的新电影在电影院看起来比镜头前更加好看，李小丫演得特别好，这个角色让我很感动。

吴天泓简单地回了他一条“谢谢”，就没有更多的交流了。

展冲痛恨那些媒体，却又不得不依靠着它们。他除了上课和练习台词和形体的固定时间之外，隔一段时间会在网上搜索一下有关于吴天泓的消息。看个标题，再用力地将界面关掉，隔一段时间又无法克制地点开。他不愿意让其他人知道他一直关注着吴天泓的消息，如果遇到一些想要购买的报刊，还会去学校周边不同的报刊亭买一份，看完了关于吴天泓的消息之后再将报刊丢掉。

过了两周，展冲终于无法忍受了。他看了一篇八卦报纸，说是吴天泓的男朋友因为不满她的表演，向她提出了分手。

展冲努力地控制着自己的心情，他知道这篇文章并不一定可信，他曾经和杜斌照过一次面，他也听吴天泓谈起过杜斌。虽然他觉得杜斌未必会这样对待吴天泓，可是他的内心深处，那无法抑制的零星的情感在他的心里燃烧成片，他有种不道德的兴奋和期待——如果吴天泓恢复了单身，如果她是自由的，那么……

可是，展冲对于吴天泓的感情并不是单纯的爱慕，他怀有一种不常存在于男女两性感情中的敬仰之情，这让他把在自己的心里偷偷地将吴天泓的身份改为“女朋友”的做法都定义为痴心妄想。

吴天泓在展冲的心目中形象复杂——她是憧憬，她是爱人，她也是女神，是展冲在每天的学习间隙会不时泛起的想念，也是他晚上陷入美丽梦境时所呈现的最动人的幻象。若爱一个人，大概会有欲望，想到那个女人，就会濡湿，从晨光中醒来，胀大到疼痛。展冲是这样地想着吴天泓，同时，展冲也会有向上的冲劲，她让他想要更好。

她站立在城市的背景下，聚光灯的光圈中，喧嚣之上，风情万种。

可是，哪怕吴天泓站得那么遥远，展冲依然会有那么一点点小小的期待：如果，如果这篇报道是真的……

他努力忽略自己此刻这种不太道德的情感，开始忧心如果杜斌真的也站在那些禽兽一般的媒体一边，那么吴天泓的心情会是怎么样呢?

展冲越想越觉得不放心，他犹豫了许久终于还是打了一个电话给吴天泓，电话过了很久终于还是被接起来了：“Hey（嘿），展冲。”

电话那头的吴天泓一副很没有精神的样子，虽然她只简单地说了一句话，可是展冲还是敏锐地发现了。他将吴天泓的一举一动、每一句话都放在心里回味。虽然只是轻微的声音波动，可是展冲还是辨认了出来，他的心也跟着抽紧了，他感觉非常心疼。

他又偷偷忏悔自己的行为，他怎么没有第一时间去安慰吴天泓呢，还有在她这样难受的时刻却还心思龌龊地想着怎么样能够与她交往。

“天泓姐，你还好吗？”

“嗯，还好。谢谢你打电话给我啊。”

展冲知道自己应该顺势挂上电话，吴天泓听上去并不是很想和他多说些什么。但是，展冲实在忍不住，他仅仅在电话里还不能觉得安心，他想要见一见吴天泓。

“天泓姐，我请你吃个饭吧。”

吴天泓想了想，同意了。她在电话那头笑了笑说：“我现在不太方便到公众场合，但也想要出门。你去我开的火锅店里好吗？我让他们留一个包间。”

展冲很快就答应了，他们约好晚上六点一起吃晚饭。

展冲当然不会有足够的经济实力买车。他从小穷惯了，在京市这么一个经常堵车的大城市里花钱打车，他都舍不得。他此时仍是一名公众人物，只好胡乱给自己化了个妆，戴了一顶鸭舌帽把帽檐压低，然后戴了一副低调的墨镜。站在镜子前面看了看，觉得这个样子应该比较保险了。

在用到化妆品时，他微微出神。吴天泓知道展冲的家境不好，每次借着展冲生日的由头送他实用的礼物，算是帮助。在他第一年过生日的时候就送了他一套男士护肤品，第二年则送了他一整套化妆工具。送的时候还挺潇洒地拍了拍他的肩膀说：“小弟弟你可要记住了，在演艺圈混呢，是一定要保护好自己的门面的，折腾它一次之后一定要记得给它多送些补给。”

后来更熟了一些，吴天泓送了他这套化妆品，当时语气中还带着调笑的意味：“你素颜都这么好看，送你这套化妆品也不知道是对还是错。想想你要是学会了把自己化得更漂亮一些，你估计都要在街上被堵得走不动道了，只能学着上天了。”

展冲选择了搭乘地铁，他在高峰到来之前就先上了地铁，他在目的地之前两站下了车，就当作运动。等他到了吴天泓开的火锅店“火热”，时间依然比他们约好的早很多，展冲想了想还是走进了火锅店里。

等他到了包厢里的时候，吴天泓居然也坐在那里。

她对着窗，眼神甚至都没有聚焦，目光看向了极其遥远的地方。但是京市的都市丛林里长了太多过于高大的楼宇，装了玻璃的幕墙，真要看出去，可能看到的只有倒映在玻璃幕墙上的人脸，四面八方，都是那一张脸。这些楼宇挤在她的窗前，将她聚焦的目光打散开来，分散在空气里。她的指尖夹着一支烟，久久不记得要拿起来吸一口，只是夹在手上，任由烟袅袅升起。

展冲看到她手边的烟灰缸里已经放了好几支烟头了。

他叹了一口气，走到了吴天泓的身后。他轻轻抽出她夹在手指中的烟，放到烟灰缸里摁灭掉。“天泓姐……何必非要这么早跑来，自己点二手烟给自己闻啊？”

吴天泓一抬头，笑起来。“想新剧本呢，都忘了正在抽烟。”然后她拿起手机看了一眼，“哟，肚子饿了啊？来这么早。”

其实还好,但是展冲还是笑着点了点头说:“天泓姐,你开的店,你肯定熟悉。你快点单吧，我可饿了。”

吴天泓点点头，按了按桌上的铃，将服务员叫进来。一下子点了十几个菜。然后抬头看了看听到她报出菜单的展冲，很明显有些坐立不安，偏又绷着脸装不在乎的样子，忍不住扑哧一声笑了出来，于是指着菜单对服务员说：“你把这个还有这个都去掉吧。嗯，这个丸子热量高也不要了，然后我看看啊，嗯，这个牛肉也热量高，只要一盘就好了。嗯，这样下单吧。”

换展冲有些不好意思了，他犹犹豫豫地说：“天泓姐，本来就是我约你出来吃饭的，你爱点什么你就点呗。”

“本来我们就只有两个人，也吃不完那些，我都是逗你的。你这种做法才是对的。小弟弟，要保持啊，在这个圈子里保持本心这种高难度的行为就靠你这样的小年轻啰。”吴天泓随意挥挥手，重复一句，“保持下去，这样真的挺好的。”

一看话题好像严肃了起来，展冲还没有做出反应，吴天泓先转了话题：“不过，小弟弟你跟姐姐我这儿实诚一点没事，你在外头可别表现得这么明显。演技太差，需要多练练，不然你都不好意思顶着我爸妈的弟子旗号出去混。”

“天泓姐……”

“我爸妈说你特别用功，每天早起练台词，现在台词进步老大了，是不是？”

展冲不好意思地点点头说：“是吴叔叔和李阿姨人好才夸我呢，跟你比起来我还有的练呢。”他想起今天来的目的，努力想把话题往《瞳人》的方向引：“我看了你的新电影好几遍，李小丫演得特别好，台词更是厉害。”

吴天泓看样子是不太想谈，只笑眯眯地说：“哎哟，这夸奖我喜欢听，也不枉我从小练出来的童子功呢。”

然后她就开始问展冲一些学校里的事情，脸上写着津津有味几个字，只是她左边的梨涡压根看不见。展冲也就顺着她，两个人谈论一些学校里的八卦什么的。

“谈恋爱了没？戏剧学院的女生很多都是奔着做女演员去的，漂亮的不少吧。没找个女朋友啊？”

“没有。”展冲摇摇头，他偷偷地瞟了一眼吴天泓，看她正在涮菜，表情没什么不同的。虽然早就知道了，可是心里还是忍不住难过，但是他脸上的表情还是正常的，只说：“哪有戏剧学院的姑娘乐意跟我在一起啊，都是帅哥，我这样没情趣的，怎么会有姑娘喜欢啊。”

“还能比你帅啊？我可是不信！我第一次看到你的时候可差点没被迷晕，这么好看的男孩子就是娱乐圈也没几个啊。再说了，我们戏剧学院多数学生都是冲着舞台去的，长相嘛，也就一般，像你这样帅的新时代花美男很少见的。说你找不到女朋友，我才不信。你这是眼光太高了吧？”

展冲也不反驳，他静静地陪着吴天泓。吴天泓话慢慢少了，她喝的酒却多了。

有一段时间，她直接放下筷子不再涮菜，也不说话，就是喝酒。展冲知道她心情不好，也不拦着她，就让她这样喝，喝到醉倒。

展冲还没时间和多余的钱去学习开车，他将已经醉倒的吴天泓扶住，叹了口气。她看上去很难受，一直想吐。展冲拨了拨她的头发，伸出一只胳膊轻轻地从前揽住她的肩膀，将她揽到了自己的怀里，另一只胳膊安抚性地拍着她的脊背，一下、一下，帮着她顺气。

吴天泓始终皱着眉头，她削得细碎的头发落下来遮住了她的大半张脸，几缕发丝垂落时，扫在他的指尖。浓烈的酒味将她常用的洗发水的香味遮住了大半，但还留了些淡淡的余香，在他揽着吴天泓的时候，香味升起，萦绕在他的鼻端。

展冲冲动地停了一下，他低下头，闭了闭眼虔诚地吻了一下她的发心，他对着已经没有意识的吴天泓坚定地说："吴天泓，你没做错，你的李小丫把我迷住了。"

不知道吴天泓是不是迷糊中听到了这句话，她藏在眼里的泪水溢了出来，顺着她柔和的脸颊流过，一线泪痕留在了脸上。泪水落在展冲的胳膊上，泄露出一丝伤痛。

展冲想她大概不会想让人看到现在的表情，就装作没有察觉，让她身体前倾着，靠在他的胳膊上，另一只手则放到她的身后，轻轻地抚摸着她的背脊。

这个姿势久了，大概是有些让吴天泓难受了，她小小地挣扎了一下。展冲好像受到了惊吓，他察觉这个姿势不能再维持下去了。他拢着吴天泓，换了个姿势，将她带到自己的怀里抱着，然后半起身去够桌上的电话。他打了个电话给吴天泓的母亲："李老师，你好，我是展冲，我现在和天泓姐在一起。"

李教授听到展冲的声音感觉很高兴，但等她听到吴天泓的名字的时候，她又轻轻地哼了一声。看来吴天泓刚刚说的是真的，这一段时间，她在家里也承受了极大的压力。

"李老师，天泓姐她，她可能是心情不太好，喝了点酒。这会儿她已经睡过去了，我觉得把她送回公寓可能不太合适，把她送到你们那里去好吗？"

"好的，麻烦你了，展冲。"李教授没说什么，只是简单地表示了同意，然后立马挂断了电话。

展冲将服务员请进来，让她们帮着他将吴天泓扶下去，扶到出租车上。

他帮吴天泓戴上了自己的墨镜，刻意打乱了头发，将她的脸遮挡住大半。她这会儿不舒服，新鲜的空气会对她的状况有所帮助，展冲没有给她戴口罩。

展冲自己戴了口罩，又在头上压了一顶鸭舌帽。他将后座的窗户打开了，让外面浑浊的空气能够顺着这个缝隙流进车内。虽然有着汽油的刺激，又有着灰尘的土腥，可多少起了一丝风。窗外的光也少了遮拦，从那一线缝隙里透进来，将他的脸割成了三块，一块明亮，两块暗沉。城市的霓虹灯交织着闪过他的面庞，那一点漏进来的灯光没能点亮他的五官，除了恰好被光照到的眼睛闪着亮光，其他的五官晦暗不明。

展冲依然像刚才那样，将吴天泓温柔地搂在怀里，他还不忘谨慎地将她的面容遮挡住，把她的身体藏在他怀里。

他所能做到的不过是在这么一刻，告诉吴天泓说，她的戏很好，为她打气。在她闭上眼睛昏睡的时候，轻轻说一声：你的角色把我迷住了。然后在她脆弱到已经无力睁开眼的时候，将她轻轻地拢在怀里，将自己暖暖的温度传到吴天泓的身上，仅此而已。

京市的交通永远是不能指望的，对于这一点，展冲从来没有如此感激过堵车，让怀里人的温度能够在这走走停停里保留更长的时间。虽然他付出了更多的钱，却难得地不觉得心疼。

到底还是到了，展冲让车直接开进了小区，准备将吴天泓直接送到楼底下。

拐了个弯，远远地，他就看见两位老人相互倚靠着站在楼下。

展冲看着那两个身影，眼眶微微地湿了一点，他的内心升腾起一种罪恶感。两位老人焦虑地等在这里，他却只是自私地奢望这种时间能够延长。

车停了，李教授先打开了出租车后座的门，她仅仅和展冲简短地打了个招呼，道了声谢，然后就专注地关心已经陷入昏睡的吴天泓。

她嘴上不断地抱怨着："这么大的人一点都不懂事，喝这么多酒……也不知道听劝，说了不要拍、不要拍，这会儿好了……这么大的人只知道给人找麻烦……"可是她还是轻轻拨了拨女儿的头发，温热的手探向女儿的额头，感觉没什么事，手指忍不住戳了女儿一下，然后在展冲的帮助下将吴天泓扶出车子。

吴教授在他们扶着吴天泓的时候，将车钱付好，然后走过来，从另一边代替展冲，扶住了吴天泓。他对着展冲笑了笑说："展冲，你别管了，我们会带她回去的，今天晚上谢谢你了。"展冲点点头，他转身离去了。他们住的地方离学校很近，他走回去就可以了，他一边走着一边依恋地回头，看着吴天泓在父母的搀扶下消失在楼道口，然后一层层接连亮起了橙色的光，直到橙色的灯光都熄灭了，他才转过了头。

第二天，展冲在练习的时候接到了吴天泓的短信。她简单地道谢，说是一切都好。

其实并不好，《瞳人》的热度还在持续地发酵，不断地有新的话题涌现出来。

媒体还在不断地挖掘，似乎还要找出吴天泓更多的话题来。说来说去也逃不过社会对女性的普遍指责，一时之间，她交过几个男朋友、有抽烟这种不良的个人习惯都成了网络上的热搜信息。她公开承认的、没承认过的男（性）朋友被列成了一张表。

展冲都上榜了。

他和吴天泓一起参加综艺的照片被刊登出来，他以为掩饰得很好的手势，还有俩人的几个眼神，好像都显示着他们之间有着什么。媒体嗅出了味道，举着话筒找来了学校。对着镜头，展冲毫不避讳地说着："吴天泓老师是一个很好的前辈，是一位非常出色的演员。她教了我很多东西，我很感谢她。"这是他第一次叫她老师。对于媒体会来，展冲早在看见照片的时候就有了心理准备，他把想要公开说的话在心里盘算了很久。

"那你对于吴天泓出演《瞳人》这样的作品有什么看法呢？"

"演技很出色，吴天泓老师出色地完成了作为一个演员所应该完成的工作。我觉得李小丫这个角色的完成度很高，我看过这部电影后，非常地感动。我非常佩服吴天泓老师，希望可以见到她更多的出色作品。我也希望大家多关心一下吴天泓老师的表演和电影本身，好吗？"

不过，展冲的这一番话没有多少人关注，第二天的报刊的头版头条完全被王斌宇的出言袒护给占据了："你们是不是很无聊？吴天泓做错了什么？脱衣服？她又没有跑去演三级片！那就是剧情需要。讽刺的人是没看过电影，还是没看懂？看过了，是觉得她演得不好？还是说你们就是脱光去跑圈也没人看，所以叽叽歪歪地感觉很嫉妒？无聊透顶！"

他并不是娱乐圈的人，说出话来全无顾忌，用词大胆。

第二天娱乐圈A周刊的大标题就是：王少挺身而出支持前女友，疑是难忘旧情！展冲的话也出现了，在最后一段：吴天泓的另一位好友，三年前××选秀出道的选手展冲也对吴天泓表示了支持。据闻两个人在剧组的时候就关系亲密，在去年的宣传活动中的互动也非常抢眼。

展冲将这一篇报道丢到了一边，并不在意。

也没有多少人在意在文章结尾出现的他，大家都围绕着王斌宇甩出来的话题，开始讨论两个人的关系。

展冲在晚上的时候接到了吴天泓的电话："展冲。"

"吴天泓……姐。"

"我看今天的报道了，谢谢你的支持了。"

"嗯，没有。我说的都是真心的。"

"我知道，谢谢你啊。不过，你真的是不该搅和进来的啊。王斌宇就算了，他反正不在乎这个，你不行，虽然现在还在读书呢，但将来也要出学校回圈子里工作的，要跟媒体打好关系啊。你这么搅和进来，也不知道会不会影响你。你下次就回避说跟我不熟就行了，别傻傻的，问什么都回答。"

"你……你是不是特别伤心？"展冲犹豫着，吴天泓的话里透露出了不寻常的焦灼和难过。她从来都是神采飞扬的，说话的口气都很强硬，从来没有透露出过这般的软弱来，听上去就灰心，这让他心里很是担忧。

"说什么呢？没事的啊，这些媒体，乱七八糟的，我都习惯了。别担心那些没用的，姐姐强悍着呢，他们说两句不能把我怎么样。我领你的情，不过，你别再把自己搅进来了，好好读书吧。这就够了。"

俩人再扯了几句，就挂了电话。

吴天泓说不用担心，可是展冲不信。他看着挂断的电话发了一会儿愣。他想到了那个晚上，吴天泓砸在他胳膊上的那一滴眼泪，还有她这会儿担心会不会连累他，那意思就是她现在处境不好吧。

也有好的消息传来——《瞳人》入围了今年的那克威电影节。最佳导演，最佳编剧，最佳女主角，最佳女配角，最佳音乐……足足有六七项提名。不管最后抱回来的奖杯有几座，《瞳人》的入围已然宣告这部影片成了世界影史不能回避的经典，它优秀的强势表现一下子就盖过了其他所有的花边。

好像一夜之间，所有的人又换了一个说法，《瞳人》成了无可复制的经典。不过太阳转了一轮，所有的人又都不再是俗人，都称自己早就发现了那些藏在影片中的细节，其间有赞叹光影变化的，有动情解读人物的，有对表演技巧赞赏有加的。于是，对这部电影的褒奖又成了主流。

他们一夜之间换了面孔，好像之前那些色情的遐想不是他们想的，好像那些对于绯闻的关注没有他们的贡献。一夜之间，那克威电影节的入围，改变了所有的一切。

不过，吴天泓没有太关注到话题风向的逆转，她当时已经随剧组登上了前往那克威的飞机。

展冲给她发了短信，继续埋头学习。

国内没有电视台完整转播那克威电影节。不过这一次《瞳人》的强势入围到底是引起了国内许多人的关注，毕竟王为是全球知名的美籍华人导演，而吴天泓更是土生土长的中国明星。不少国内的新闻媒体派了记者过去。各种各样的图片和新闻滚动式地穿越海洋，被传送到了展冲的手机屏幕上。

展冲透过屏幕看见吴天泓罕见地穿了一条欧式古典风格的裙子，绣着繁复的花纹，后背还挂着披风，与女王登基所穿的华服极为类似。没错，她就是过来登顶的，她要成为世界女演员的巅峰王者。

按道理她应该胖回去了，毕竟拍摄《瞳人》的时候，她瘦到不正常的地步。但胖是胖了些，没有那么柴，可是依然很瘦，骨感的身材在华服下支棱着，远没有恢复到她最为美丽的时候。她的头发依然很短，被发型师涂了摩丝往后梳，有一种强烈的现代感，也带着强大的攻击性。这样的发型和身材，配合着这样的裙子，有一种诡异的冲突感，哪里都不协调，哪里都冲撞着——

可还是被惊人的美丽给协调到了一起！

她的嘴角洋溢着笑容，那笑飞扬着，拉起了她的唇角，她是等待登顶的女王。

对于拿奖这件事，大概早已胸有成竹，除了这一身类似登基礼服的“战甲”，她还选择了一顶王冠作为头饰。钻石的王冠在她黑色的短发间熠熠生辉，璀璨夺目。

吴天泓是那个晚上当之无愧的明星，没有人胆敢遮挡她的光芒。她用裙装包裹着她价值上亿票房的肉体，不是修饰，反而是遮挡。她本身已足够美丽，任何的添加都是损耗。她武装起自己，气势逼人。

《瞳人》也跟着登顶了。

在那克威电影节的颁奖典礼上，《瞳人》斩获了最佳影片、最佳导演和最佳女主角。

吴天泓听到了她的名字。她站起来，银色带钻的高跟鞋踏上了柔软的红毯，披风随着她的走动，在她身后飞扬着，她就这么高傲地一步步走向了领奖台。她站在菲林世界的中心，高高举起了奖杯。这是对她的奖赏。

她为了李小丫，瘦到脱形，站在风雪之中打磨出了最为经典的角色。然后，在一路的议论和压力中前行，所有的人都在诋毁她，他们将她精心打造的演出蔑称为“卖肉”！

卖肉?!

她不敢相信自己所接收到的消息，她觉得世间的纷乱言语都化作了利剑，一剑一剑往她的身上割去。

可是，如今，她站在舞台之上，捧起了那克威电影节的奖杯。

那一瞬间，所有的相机都对准了她，吴天泓站在那里微笑。她所遭受的一切都得到了回报，她于此刻称王!

颁奖典礼之后，吴天泓还在这里逗留了一周多，她要接受采访、拍摄照片等等。此刻的她，俨然是一流的国际巨星。

回国的时候，吴天泓是雀跃的。奖杯是可以妥善地进行托运的，吴天泓却将这个奖杯存在了她的登机箱里，随身带上了飞机。在下飞机的时候，她第一时间找了一个没有人的角落，在助理的掩护下将奖杯拿了出来。

吴天泓的右手托着奖杯，将它放在胸前。那个沉重的奖杯并不好握着，在这个高度，她一直维持着将它托举在胸前的姿势是艰难的。可是她依然做着这个动作，她持着它，好像是拿着盾牌一样。

她高高地昂着头，难得地没有自己拿行李，而是将它们都托给了随行的助理。

吴天泓特意带着两三个助理去了那克威，虽然她并不太需要她们帮她处理各种事务，她喜欢保有独立的空间和行动，但是她还是带着她们。

两三个助理默契地跟在她的身后，让她能够如同一个女王一样，在那个小小的奖杯所散发的金光的加持下，光芒四射地走出这个机场。

吴天泓觉得她又变回了从前的吴天泓，她不再惧怕这片土地，不再畏惧前方如狼似虎的媒体人，她有足够的底气让他们再度拜倒在她的脚下。

她们排成了一个小小的楔形队列，昂首阔步地走出了机场。机场外，本以为会出现的媒体没有出现，等在机场外的人，熙熙攘攘的一大片。这些人和从机场走出去的人拥抱，亲吻，甚至哭泣，可是其中并没有迎接她的陌生人，没有媒体，也没有其他人——

没有鲜花，没有尖叫，没有挂着花花绿绿的牌子的话筒，没有闪着光的摄像机，甚至没有她最近几个月刚刚熟悉起来的质疑和嘲笑，一切都没有。好像是她熟悉的那个世界都消失了，不见了。

只有吴天泓的经纪公司的老板刘渝徽站在那里，那是她刚进这个圈子的时候认识的朋友，是她的姐妹。她们之间的关系更像是合作而不是老板和艺人。

刘渝徽走上前，她的个子不高，还有一张看上去永远带着笑的圆圆脸。可是她现在不笑了，她的表情带着一种可笑的严肃，一种不太会出现在她的五官上的表情，这让她的五官看上去诡异地扭曲着。

她个子不高，比起脚踩着高跟鞋的吴天泓，她实在是太矮了，不能够将吴天泓搂在自己的怀里。刘渝徽上前几步，撞上了吴天泓的身体，将她瘦瘦的身体扣在了怀里。

“渝徽，怎么了？发生了什么事？”

“你领了那克威奖这几天，我们接到了电话。你，因为《瞳人》被暂时封杀了。”

吴天泓的耳边出现了一种奇怪的嗡嗡声，它们不断地轰鸣、炸响。她的左手抠着她的奖杯，那是金属制作的，虽然她用尽所有力气，可是指尖依然不能突破金属的防御。只有她的手指，顺着奖杯的纹路，扭曲了，扭曲成了惨白！

惨白！

原来，比讽刺更加可怕的是消失。所有的一切都消失了，它们不再纷扰，只是拒绝了她的进入。

吴天泓住到了父母家里，她关掉了自己的电话，不出门，就这么呆呆地坐着。好像直到这个时候，她才认识到自己居然是这么的脆弱。她过去的生活太舒服了，从没有经历过风雨，这一点风吹草动就将她击倒了。她总觉得自己厉害，又厉害又坚强，现在才发现，她的坚强都是虚妄，不过是没有经历过磨难的伪装。

她不断地告诉自己没事，可是她还是没有动弹，她可耻地依靠着自己的父母，龟缩在这个易碎的壳里。

展冲来看过她两次，每次吴天泓都是呆呆的，也没有怎么搭理他，只对着他虚弱地笑笑。坐不了多久，展冲就走了。他学校里的功课也忙，并不是总有时间到吴教授家里来。一直以来他都是和吴天泓发信息联系的，现在吴天泓的电话关了机，发信息联系她这一途径好像也走不通了。

杜斌差不多就是这几天出现的，出现的时候有些衣冠不整，他瘦了不少，但是脸上还带着笑。

自从《瞳人》上映之后，杜斌就没有和吴天泓联系过。吴天泓的父母都小心地不提他的名字，没有人想过杜斌还会出现在这里。

所以从猫眼里看见杜斌的时候，吴天泓的父母都很诧异，不知道他怎么会出现在这里。

两位老人喊着吴天泓：“天泓，快出来，杜斌来了。”

吴天泓惊讶了，她猛地抬起头，只觉得自己是听错了，为什么杜斌会来呢？她撑起身子，推开门，远远地看着客厅的门。

杜斌进来，也没怎么和两位老人打招呼，直直地冲着吴天泓冲过去，这个举动让吴教授的眉头皱了起来。杜斌张开手臂将还在懵懂中的吴天泓一把搂进了怀里说："天泓，我们可以结婚啦！"

这句话吼出来，三个人都愣住了，不知道要做什么反应，杜斌的出现莫名其妙，相比这句惊天动地的发言好像也不算什么了。

杜斌解释说，他一直在试图说服他的父母，可是家里长辈的态度很坚决，他们不愿意承认吴天泓这样一个儿媳妇，因为她那个时候的名声实在是太差了。如果吴天泓嫁给了杜斌，就好像他们的儿子捡了破鞋一样，一个全世界所有人都知道的……破鞋。

那个词太难听，杜斌当然没有说出来。他不说出来，所有人也都明白他是什么意思。

他终于说服了自己的父母，好像披荆斩棘一样，穿过了艰难险阻，站到了她的面前，如同光辉的骑士，或者说是英俊的王子，历险而来，拯救落难的公主，而公主在不久之后将成为他的新娘。

其实呢？王子拯救公主的时候，公主正因为诅咒而受苦。没有人知道她愿不愿意成为王子的新娘。白雪公主中毒倒在棺材里，睡美人因为诅咒而深眠，长发公主没有离开过她的高塔……吴天泓呢？吴天泓只能感激了。

这个时候有个人如同英雄一样地从天而降，对她说："做我的新娘，我们结婚吧！"

这段时间，她感觉被所有人抛弃了，她就好像是不存在的人。她有时候都会想，她是不是真的把自己弄脏了，曾经那么喜欢的李小丫，那个让她燃烧了所有热情的李小丫，被扭曲到面目可憎，让人害怕。吴天泓一度不想提起这个名字。

这个时候杜斌出现了，他说要娶她。

吴天泓看着杜斌的时候可能看见的已经不再是一个男人了，那是身披着圣光的英勇骑士。她根本不记得了，不记得她跟楚渊说过他们只是玩玩，跟展冲说过自己不那么爱他。甚至一开始会接触《瞳人》这个项目，也是因为她想逃避杜斌强硬的追逐。

她已经完全陷入了被救赎的安慰里，在安慰的迷幻中，还有她深深爱上杜斌的幻想。

吴天泓都已经沦陷了，身边的人更是疯狂。他们欢呼着，欢呼着这伟大的，从天而降、不离不弃的爱情，杜斌就是吴天泓生命中的骑士！

吴天泓的身边只有一个人还有点理智——米妮。

“吴天泓，你清醒点！你这是做什么？杜斌说的话能信吗？你之前怎么说的？不喜欢，不是很信他，就觉得想要拖拖看。然后呢？他消失了，一点信息没传过来，说是家里断了联系，你信吗？你不觉得这话特别假吗？然后突然出现了，莫名其妙地跑过来就说要结婚?！你们之前谈到这一步了吗？没有！没有！没有！”

米妮最近跟楚渊吵架了，这次吵得很厉害，两个人都说了分手。她恋爱谈得认真，相应地也伤得重，最近又没有接到什么通告，就放任地把自己关了起来，玩自闭。她自己一身的伤，是不愿意见人的，后来听到了吴天泓被封杀的消息，也就发短信问候了几句。

这两天，她又接到了吴天泓的电话，说是让她过来参加婚礼，想请她当伴娘。这个电话把她从封闭的状态里拉了出来，火急火燎地赶到京市来了。

她整个人都在上火，感觉嘴巴里都藏了个火机，给她燎出了一串的火泡来。

自己恋情失利的伤心、吴天泓“发疯”的焦灼一起刺激着她，让她整个人都不太正常了。她恨不能跳起来把吴天泓摇上几下。

可是吴天泓没听这个。她笑了笑，拉住米妮的手，把自己整个人埋到米妮的怀里去。她是坐着的，米妮站着，她弓着身子，脸埋到了米妮的腰腹上，晃了晃：“妮儿，妮儿……我就难受，特别难受。我都不知道，我居然会沦落到这个世上都没几个人要我了的地步。我怕呀，我怕我错过了杜斌，什么李斌、张斌……通通找不到了。我怕……”

“你没出息啊，吴天泓，你怎么这么没出息？”

“我是没出息啊！我弱爆了！”

“你到时候会后悔的。”

“我要结婚了，妮儿，我要穿婚纱了。你就不能祝福我吗？”

“祝福你和杜斌？我脑子又没发抽……”

“妮儿……我帮你看了一件伴娘服，挺好看的。你陪着我走红毯吧，你别管那个，你就让我作，让我抽风。别的都别管了，你就陪我走红毯吧，成吗？”

“嗯。”

“那你快，跟我说句好听的！”

“吴天泓，你要开心起来，好好过。我穿上你选的伴娘服，我陪你走红毯，我站在你后面，一直站着。成吗？”

“成！妮儿，我爱你，爱死你了！”

“嗯，我也爱你，特别爱你。”

两个姑娘就这么抱着，互相安慰着。她们从前都是骄傲洒脱的，总瞧不上这些闺密间的搂搂抱抱的小动作，叽叽歪歪的私房话，更不屑去做、去说。如今，也不在乎了，就这么贴在一起，搂着彼此，你一句我一句地聊着。

阳光被窗帘挡住了大半，房间昏暗，她们就这么依偎着，脸上干巴巴的，一滴泪没流，只是不笑。谁都不笑。

吴天泓穿上了婚纱。

白色的古典婚纱。她本来想要一款鱼尾的，她觉得那样很性感，如今也不好说了，她做不了主，什么都得听从杜斌妈妈的安排。

杜斌的妈妈对她本来就不满意，说定结婚后，两边家长一起坐着吃饭见面的时候，就明晃晃地把不满意写在脸上。吴天泓和她的父母只能赔笑，什么都不能说。

情况比她想象的还要糟糕!

吴天泓也就坐着听着，她这一辈子好像都没有这么压抑过自己的脾气。可是那里坐着的是她的婆婆，再大的脾气也只能压着。她在饭桌下去抓杜斌的手，没抓到，只牵到了一片衣角。这个动作被杜斌感觉到了，他放下筷子侧过头看吴天泓，看看她想做什么。

吴天泓使了个眼色，杜斌一片茫然。她只好微笑着摇头。她在桌子底下自己握住了自己的手，十根手指头绞在一起，扭成了一团，好像绳子一样，放到腿上，无形中好像把腿和椅子绑到了一处。

她不能动弹，就这么坐在那里忍耐着。

吴天泓觉得自己成了木偶，只会装出微笑点点头，她穿上了杜斌的妈妈给她挑好的婚纱，她的头发也再没有剪过。

为了爱情！

为了婚姻！

为了杜斌！

杜斌是谁啊？杜斌是吴天泓的骑士啊！他从天而降，将她带出了泥淖，他拯救了吴天泓，他是骑士啊！

神圣！光明！伟大！

等婚礼那一天的时候，红色的地毯两边是按照杜妈妈喜好摆放好的鲜花，她站在地毯的这一头。往前看去，那边站着杜斌，她看不清楚脸，只看见了强烈的光。明亮的光就罩着杜斌的头上，除了她和杜斌，其他的光源都被熄灭了，看着真是光辉灿烂。

吴天泓微笑着挽上了父亲的一边胳膊，两个人并排朝着杜斌走去。

头发还不够长，不好盘起来，只能打上大量的摩丝，将头发梳得服服帖帖的，一丝不乱，就这么贴在脑后。

头发的长度很是尴尬，发梢正好停在她的脖子处，处理过的僵硬的发丝梗在她的颈后，随着动作晃着，蹭得脖子有点痒，难受。她只努力地往前伸着脖子，让发梢不要贴到脖子上去。

面上，什么都没有显出来，她就这么笑着朝杜斌走去，虚假的光圈一路跟着，将她罩在一个小小的圈里。

她的婚礼，展冲没有参加。

那是国庆的时候，学校自然放假，不过婚礼定在了海市。他借口说生活费不多，就不去了，只在电话里说了声：天泓姐，你要好好的。

那天，京市的天气挺好的，天高云淡，阳光温柔，他坐在校园里，端着书在那里看着。

估算着典礼的时间到了，展冲放下了书本，抬头看看天，抿了抿嘴。

展冲想象了一下吴天泓结婚的样子，想不到，怎么都想不到。他的心里是难过的，有一种缓缓流淌在心里的难过。这种难过就好像溪水，缓缓流过，泛不起波澜，一眼就可以看见底下泥沙，带不来万物崩塌、一切归无的壮烈。他任由这样清澈的、缓慢的难过在心间流淌，甚至都不太能够哭出来。

他没有奢望过得到，也就无所谓为失去痛彻心扉了。

道理是这样，可是那难受游走了一路，带出了一条水泽，虽清浅却悠长，汇聚之后也入不了江河湖海，只是在他的心里漫起一片水泽。

展冲发了一会儿愣，还是什么都没说，他低下头继续看书。不过手用了用力，将书的纸页都捏得皱了起来。

第五年

别后

展冲这一学期过得很充实，他的成绩进步了很多。好几次他和同学合作出来的作品都很不错，期末成绩单上各科成绩都挺好看。

第一个学期他勉勉强强得了一个全数低空飞过的成绩，所幸的是没有补考。到第二个学期的时候，他进步到了七十分左右的平均分。还是不太出色，但是没关系，他想得开——他知道至少自己对于考试已经不会恐惧了。虽然一切都如此困难，但最后还是可以过关的。为了拿到好成绩他必须付出更多的努力。

第四个学期，最值得夸耀的是展冲和同学合作了一出戏，他饰演一个颇具争议性的角色。

他们排的是一出民国戏，展冲当反派男四，演一个在梨园里唱青衣的汉奸，为敌军传递情报。为了演好这个角色，展冲课余时间就跑到隔壁的京剧系去旁听、旁观，他努力地学习相应的动作和唱法，也看了不少的书。

展冲长得很男儿气，但是五官精致好看，化了装之后，也是一个漂亮的名伶了。再加上他的性格有些内向，将他比较轴、很有毅力的内在性格给掩盖了。他之所以被分配到这个角色也是因为他的外表和角色最为契合。不过这出戏剧只是学生编写的，并不能够保证每一个角色的完整性，大多数角色的属性都非常单薄。

展冲饰演的这个角色不算出彩，不过人物设定还是比较有意思的。

可是展冲不放弃——他读了无数次的剧本，做笔记、做研究，努力从字里行间探寻出人物的行为逻辑，通过历史背景写出人物背景来。他一个字一个字地推敲着自己的台词，时不时改上几个字，看怎样才能在不改变意思的情况下表现得更加合适。

到最后演出的时候，这个普通的配角成了最出彩的。一步一动都婀娜多姿，明明是个男人，偏偏腰如细柳，一颦一笑都带着飞扬的媚色。

他的表情、台词好像都带着欲语还休的留白，展冲为这个没有以前也没有以后的角色设计出了背景，虽然没有足够的时间让他演绎，可是他将这个自我完善出来的故事融入到舞台的表演细节里。

等到他演完了，在全班同学和老师的面前走下舞台，他在后台卸妆时长长嘘了一口气，将脸埋在双手后面，笑了。

这种前所未有的满足感让他分外愉快。虽然这仅仅是一出没多少人看的、还很不完备的戏剧，可是站在台上的时候，他真的感觉到了他所想要塑造的那个角色的灵魂，虽然只有一点，可这零星的存在就足以让他觉得愉悦了。

只是遗憾，好容易塑造出一个人物，却只是短短四场戏中的配角，没演尽兴就匆匆谢幕了。

展冲在舞台上的天赋一般，他不太适合这种表演形式。不管是长相、肢体动作还是表现方式，在舞台上的展冲只能算作平常。他之所以能取得较好的成绩，只因为他从未停止努力。

展冲是这一届唯一一个保持从入学到现在，每天只睡四五个小时，没有一天休假，将所有时间都用来学习的学生。哪怕是过年的时候回了老家，也不愿意让爷爷奶奶操心，展冲会跟着老人一块儿早睡早起，可是醒着的时候，除了陪长辈，看书、练台词、练形体都没有放下。

虽然舞台对他有些限制，可若从事影视表演会是极其出彩的。他长得也好看，这样的长相和现有的演技已经足以支撑他在聚光灯下散发光芒。到了这个学期，他的同学、老师都认为总有一天，展冲会成为一个耀眼的明星。

在第四个学期结束的时候，他的平均分终于拿到了八十分。在他的同学中间，这个成绩不算特别好。

毕竟，有些课程需要长期的训练。艺术门类需要人文素养的支撑，而人文素养却需要花费漫长的时间，在生活中逐渐熏陶、培养出来。他和同学差了许多，这其中的差距不是他这两年拼命努力就可以弥补的。

而且，在这所学校里努力几乎是所有人都必须做的事，并不值得夸耀。虽然展冲玩命一样地拼搏，也难以完全填补他和其他人之间的差距。

在五月的时候，系主任把展冲喊到了办公室，说是了解了他的情况之后，想介绍他去一个剧组试镜，演一个角色。虽然他们学校对于学生到剧组工作的时间有所限制，但并不是完全杜绝的，特别是他们大三、大四的时候。

这出戏的导演恰好是学校里的讲师，就留了两个角色给学校学生，让表演系的老师推荐。

展冲谢过了老师。

他在六月的时候去剧组试了镜。

这是一部历史正剧，是讲中国近现代的故事，叫作《没有硝烟的战场》。虽然剧中的人物不是直接对应着开国元勋的，但是也是根据有名的历史人物原型创作的。剧情主要讲的是解放前夕的故事。视角比较特别，没有对准正面战场，而是描述了解放前夕，国共两党在文化、经济等领域所爆发出来的冲突。

导演姓侯，是学校里的老师，虽然没有给展冲上过课，但听说他是东戏的学生的时候，脸上的表情很是慈和。这个角色是导演预定好要留给学校推荐的学生的，展冲来试镜不过是走个过场。

这个剧组的编剧刘平非常地有名，多次获奖。这部剧因为视角新颖、投资大、班底好等原因也很被看好。

展冲在这部剧中饰演一个年轻的学生，与国共两党都有关联，想法有些复杂。因为种种原因，剧本描写的群戏很多，几个重要的角色都是由国内数得出的实力派演员出演。展冲试镜的这个角色也算是一个戏份比较多的大角色了。这么好的团队制作班底，不少人都想要加入。

说实话，导演和制片一开始都不太看好展冲。他长得太好看了，而且还不是传统审美喜欢的那种带点粗糙感的男性外表，他好看到精致。表演经验却不算丰富，之前的影视成绩也不大好，要把这么重要的角色交给他是不太放心的。

不过，展冲到底是东戏推荐来的，而且吴天泓的父亲吴彤还跟侯导是同事，这件事在私下也打过招呼。有这么些关系掺杂在里面，当然是要用展冲的，稍微差一点也无所谓了。实在不行，到时候把他的镜头剪掉些。

真的试戏之后，展冲倒是给了他们一个惊喜。

展冲很快就知道自己拿下了这个角色，仔细想想就知道这是学校推荐的功劳。只是他成绩不算是特别好，也不知道这个推荐名额怎么会落在他头上。推敲一下，只怕是吴教授和李教授俩人在其中使了力。

签了合约之后，他申请了暑期住宿，留在学校里，自己对着镜子练习，把剧本读了一遍又一遍还不够，还找了不少历史书和视频资料在宿舍里看。等到八月的时候到了海市，正式进了组。

看了两年左右的书，展冲的阅读速度和理解水平都提高了，他准备得很不错。

七月的时候，展冲拿到剧组合约之后，马上就去拜访了李教授他们。

吴天泓结婚之后他也还是会去看看，进组之前特意买了东西去他们家里跟两位教授打了个招呼，告诉他们说自己马上要到海市去拍戏了。可能是因为展冲在吴天泓拍了《瞳人》之后的那段时间里，不仅没有表现出疏远，还一直支持吴天泓，李教授和吴教授嘴上没有说过什么感激的话，但是俩人对展冲的态度更加亲切了。

展冲也很感激两位老师的好意，隔一段时间就去看看。可能也不带什么礼物，就帮着做做饭，打扫一下屋子。两位老人从心里将他看作了后辈。

只是拜访归拜访，他没打听过吴天泓的消息。

《没有硝烟的战场》这部戏备案以后，两位老人就知道了。他们知道展冲的经济条件不是太好，经纪公司早不管他了，去读书之后就更没联系，他在圈里人脉也不多。展冲的经济基础薄，又没什么收入来源，偶尔当个平面模特赚一点，还要寄些回家给老人。

要不是之前两年运气极好地找到一个投资门路，好歹每个月得点钱，不是读书四年的学费、生活费都成了问题。在这样的条件下，他自然是没多余的钱去维持人脉关系了。原本吴天泓引见给他认识的那些朋友，只有两个还有点联系，联系得也不多。

吴教授和侯导演关系不错，在他那里把情况打听得清清楚楚。两个人自己嘀咕了一下，没怎么跟展冲唠叨，分别在学校使力推了一把，让展冲拿到了系里的推荐名额。

这些事，两位老人商量了一下就决定了，也没和展冲多说，反正他们也就是间接助力，他本身的表现就很优秀了，没必要让他多记个人情。跟展冲说了反而白白让他心里揣个事，想着还人情，徒增他的心理负担。李教授反复交代他一定要好好表现，这个机会非常难得。还特别提醒他一定要注意一下刘梓璇，如果有可能的话，尽量和她拉近关系。

两位教授对这个机会这么上心，除了剧目本身的制作班底出色外，还因为他们收到消息，说是刘梓璇也会在《没有硝烟的战场》导演组工作。

刘梓璇当然不是总导演，她太年轻了，她在剧组担任的是执行导演的角色。可是，没有人能小看他，她是个很厉害的角色，以前是东电的学生，导演系的。国内最牛的导演系就是东电的这个。

读书的时候，刘梓璇导演了几个短片，其中两个得了大学生奖，才华是不用说的。虽然她毕业不过两年，到现在，还没有拿出过任何成熟的商业或者非商业作品，可是没有人怀疑她的将来。

刘梓璇出众的天赋并不是她被讨论的原因，光是这样的成绩充其量也就是让人对刘梓璇的未来有些期待，还不值得让她在此刻被高看。

刘梓璇受重视是因为她是刘源的女儿。刘源是业内实力最为雄厚的影视制作和经纪公司华影的董事长。就凭这个身份，就没有人会怀疑刘梓璇的将来。

之所以让展冲注意刘梓璇正是因为这一点。展冲选秀出道的时候跟老东家大渔签订了五年的合约，到今年也应该到期了。如果能够和刘梓璇搭上关系，进而加入华影——这对展冲来说，是一个巨大的飞跃。

刘梓璇不是华影的管理层，不负责艺人事务，她可能并不能让展冲因为这么个配角就签约华影，可他若是能给刘梓璇留下不错的印象，以后在取得片约这方面总不至于艰难。

其实，吴天泓父母私下也向展冲打听过他的合约。

展冲是选秀出道的，他们参加比赛的前五十名选手都被要求和举办选秀的电视台有关系的大渔签了五年的长约，不签的话就连前五十名都没有办法进。

大渔在业内还算出名，可到底不及华影这样有实力的大公司，每年能够开的戏、发行的唱片都不多。再说了，就连华影这样有相当实力的演艺经纪公司也不会一次性签下水平不平均的大量新人。比赛虽然比的是唱歌，可是像展冲这样凭借着长相升入前十的也不是个例，毕竟粉丝投票的比例才是拿分进阶的最大头。

本来，公司的资源就少，不能保证每一个新人都被好好培养，绝大多数的人都被放弃了。演艺圈并不是一个好好培养就能打造出出色的演艺人士的地方，更何况许多选手的素质并不出色。

展冲的潜力还好，但是他并不是一个马上就可以投入演艺活动，为公司带来效益的新人。再加上公司的老板比较轴，控制欲也强，他对看得上眼的艺人自然是不错，可是其他艺人简直连看一眼都为难。

论起比赛之后的发展，展冲还算是可以的。再怎么说他也拍了五六部电视剧，虽然很多都是男七、八号。其中戏份多的也就三部电视剧，还有两部上了星。他没能够吸更多的粉，但也稳固了一批粉丝。特别是新一届的选手们从选秀出道之后，展冲和出道的同期选手一比，前途更加应该被看好。

但是老板不愿意，他和当时第二名的那一位的关系相当不错。老板投入了相当多的资源去捧这一位，不知道的还以为第二名是老板失散多年的亲生儿子。

有了亲儿子，自然有干儿子，也有亲戚家的小孩。按这个算法排下来，展冲大概是隔壁家那个只需要笑一笑就可以维护关系的路人小朋友。

本来嘛，公司资源少，大家日子都紧巴巴的也可以理解。共用经纪团队，基本是自助讨生活，公司不能帮忙搞到外部资源，就算心里不乐意，这样的情况也是可以理解并且被接受的。穷嘛，可最差也要实行共产主义，大家平起平坐资源共享，这样好歹还能靠着感情维系关系。

可是，就是这样的情况下，公司还非要来一个不公平排位，这谁愿意受着啊。

有点门路的都走了，赔钱就赔吧。展冲没找到愿意接手的下家，私人是无论如何赔不出钱的。对于这样的情况，也就只有忍了。好在忍了五年，他总算可以脱离苦海了。

可是，圈里要是没人接手他的经纪约，那也是一场灾难。

展冲见过吴天泓的经纪公司恒星的老板刘渝徽，那个人挺好的，他觉得如果去找刘渝徽，再加上吴天泓帮忙牵线搭桥，这事说不定能成。

他今年除了打电话给吴天泓拜年之外，还打过一个电话给她，是在公司跟他聊续约的时候，请她帮忙说一下和恒星签约的事情。

电话里吴天泓倒是没拒绝他的请求，沉默了一下，只说让他先不要着急，但是也一定不要再跟大渔续约了。至于恒星那边先别急，等一等说不定有别的机会。

再然后就没了下文。展冲心里有些急，但是也不好意思再打电话过去催。横竖他还没有毕业，到底是按捺住了自己的心急，按照吴天泓的吩咐等着。

不知道是不是吴天泓跟父母提了两句，李教授这会儿倒是把话说开了。

“恒星的情况我们还是很清楚的。渝徽是个好孩子，人挺好的，每次见着人都笑眯眯的，对手底下的艺人也不错。可是她到底是根基太浅了，公司经济实力也一般，每年勉勉强强也只能开一部电视剧，营收大致保本，也留不住什么人。可就是这么的，一个公司也还有好几个艺人呢，每个人每年排主角戏都不一定排得上一部。有一句说一句啊，渝徽喜欢制作一些青春、古装偶像剧什么的，艺人大多也是往这个类型找的，新人比较多。她也算是能捧人了，演公司戏的大多都红了，可是僧多粥少啊，这种类型的艺人接外面的戏不容易的，就都抢着要拍自己公司的戏，竞争激烈。而且，渝徽更加擅长的还是戏剧策划工作，她对艺人管理不大拿手，很难帮艺人争取到更好的外面的戏剧资源。”

李教授想了想，还是用自己女儿举例子：“吴天泓，你知道的，又傻又轴。那孩子最开始闹着要拍戏，我们都不乐意，只是她偏要犯拧，死活要吃演员这碗饭，说是要独立什么的。其实就是浮，浮得很，觉得这个工作刺激、好玩、来钱快，没有真的去悟表演这回事。她刚刚出道那会儿就认识了渝徽。渝徽呢，比她大几岁，那个时候还在跟组当制片，也是年纪轻轻不知道天高地厚。两个人一拍即合，渝徽开了演艺经纪公司，吴天泓都没想，就跟渝徽签了约。吴天泓就是图省事，不乐意要人管着她。渝徽也开心啊，吴天泓不要她帮着争资源，说出去手底下是签了最佳女主角，也算有个招牌了。你非要说她们两个是老板和艺人关系，不如说是朋友更合适。哦，后来吴天泓还出钱买了公司部分股份，她确实算是半个老板了。”

展冲还从李教授口中得知，吴天泓出道是个意外。他们一个老朋友，正好要找一个有个性的年轻女孩子来做女一号。到他们家玩的时候，看到了吴天泓，觉得再合适不过了，就这么定下了。两个教授最开始觉得无所谓，让她去试试，就当玩，也算给朋友帮忙。而且，女儿在老朋友手底下工作也不怕出事。

谁知道吴天泓那么有天赋。那个角色也贴合吴天泓的个性，凭着本色的出演，她出道的第一部片子就帮她拿了个最佳女主角的奖杯。这下好，金光一晃，各种赞扬声一起，把年轻气盛的吴天泓团团围住，她就觉得自己能上天入地无所不能了。

吴教授、李教授俩人好歹也算是半个圈里人，他们知道圈里那些规则，也明白吴天泓这次拿奖，运气好的成分居多，自然不愿意让女儿进圈工作。这娱乐圈又不是他们家开的，万一出点事可怎么办？可是，谁也拦不住吴天泓，没办法只好另外想办法。

嘴上反对着，可是吴天泓闹得厉害，他们私下也去拜托了自己的朋友和学生，给吴天泓找些工作，让她能维持着圈内人的身份，又不会在工作环境里受什么委屈，能一直干干净净地活着。

因为家里护航，吴天泓自己又争气，从她加入“恒星”开始，她既没有也不用靠着老板刘渝徽来为她安排工作。再加上，吴天泓后来长大了，人明白了很多。她自己也积攒了一批人脉，又没什么非要力争上游的想法，凭着自己打出来的招牌和资历，找到不错的工作做下去没什么问题。

吴教授、李教授他们心惊胆战了两年后也安心了。一家人对于她在演艺圈的工作都不太当回事，大概是直到《瞳人》上映之后，他们才那么深刻地认识到吴天泓是一个公众人物。

有这么一段不堪回首的过往，加上吴天泓也已经退圈嫁人了，李教授出于种种心理因素，一直都不愿意提到吴天泓在娱乐圈的事情。

这次说到了吴天泓，大概是想到了她不太体面的结束方式，脸色看起来也不大好看。她端起桌上的茶杯喝了一口，说道：“你跟她不一样，你考虑的东西要多些，你必须依靠公司帮你搭建一个更好的平台去争取优质的资源。当然，你的态度比吴天泓要端正多了。”

这边讲完了，李教授的话题又回到了刘梓璇：“我倒是没见过这个孩子，不过老吴是教导演的，他和北影导演系的老师也有交情。刘梓璇读书的时候就听过两次这个孩子的名字，特别有才华，对待工作也很认真，学校老师给她的评价都不错，这孩子就是不靠家里人，以后也会有出息的。你一定要好好表演，这个机会很难得。虽然说是让你要注意跟刘梓璇搞好关系，但是听她的传闻，你与其去讨好她不如认真把角色演绎好，这样刘梓璇会对你更加有好感些。”

这次演的是一个正剧，展冲要饰演的是一个学生叫宋彦文，他是国民党高官的儿子，在解放前享受着丰裕的物质生活。他和一名热爱共产党的女学生发生了感情的纠葛，而他所尊敬的老师也是共产党的一名地下党员，他在历史的洪流中，会受到两种不同信仰的冲击。站在历史的节点上，他要做出自己的选择。

刘平不愧是国家一级编剧，他编排这样的故事游刃有余。他极其擅长驾驭群戏，书写多人的大场面，每个人的台词都有讲究。

虽然展冲饰演的宋彦文仅是一个配角，台词、场次都有限，却有血有肉、活灵活现。留给演员的表演余地也非常充足。

展冲从两个教授那里回来以后，更是上心，对这个角色细细揣摩了很多遍。他把刘平编剧之前写的原著小说找出来看了两遍，跟宋彦文相关的人物、事件都摘出来，仔细做了笔记。

他又把剧本翻出来，两相对照，看看都改了些什么，删了什么，将笔记又重新完善了一番，最后归纳出一个人物传记。

这还没有完。他还找出了刘平编剧和侯导演之前的作品，看了看前辈演员们的精彩演出，对于当时人物的行事风格和说话方式做了些理解和归纳，并且了解了当时的历史背景、人物生活背景等补充资料。

等进组的时候，除了给导演交了一份人物分析，他手上带着的台词本上都已经密密麻麻写满了笔记，对于其中感情的解读，需要做的动作的提示和分析，都记得清清楚楚。他这些设计也不都是自己想的，他花费了许多的功夫搜集、整理资料，案头工作都准备了很长时间，这才忐忑地进了组。

这种正剧的剧组氛围果然是不一样的，比起他之前拍的那些偶像剧，剧组的氛围一眼过去就觉得端正、肃穆。这也正常，剧组的演员年纪都比较大，自然是没那么活泼了。

有许多老演员的戏是展冲从小就看过的。当他们从他面前走过的时候，展冲连气都喘不顺了，不停地站起来或者停下，对着路过的老师弯腰九十度地深深鞠躬，毕恭毕敬地叫“× × 老师好”。

他们倒是不会这么倨傲，没有摆出不可一世的架子，而是态度很亲和，笑眯眯的，并不为难人。但是身上的气场到底不同，导演一喊开始，站在聚光灯下端出几个架势来，在旁边看着的展冲自觉地就在他们面前挺不起腰来。

饰演展冲父亲宋永琛的老演员陈深，标准的老戏骨。展冲和陈深老师演的第一场戏不过是站在一边看父亲给自己的兄长宋彦霖打个电话。这位兄长在戏里算是反派的男二号，他的脾气暴烈，忠于党和国家，可是看不惯家里行事，自己申请入伍，行军打仗，早已离家多年，和家里几乎是水火不容。

陈深饰演的父亲宋永琛在外面呼风唤雨，位高权重，可是面对怎么也不回家的儿子却又无可奈何。这次正好借着公事要给宋彦霖打个电话，展冲饰演的宋彦文就陪在父亲的身边。

宋永琛手上持着一串念珠，一边捻着，一边拨了这个电话，打电话的手都是微微颤抖的，可是电话打出去，声音不自觉地又高了几分，像是在给自己壮声势。等公事说完，宋永琛终于忍不住了，说话的声音就软和下来，说出来的话还是没有服软，可是声音近乎讨好。

宋彦霖的扮演者是李跃，和吴天泓算是一期的，年纪也差不多。看着有点凶，但是态度极好。明明这个镜头并没有带到他，他依然站在场边，尽责地表演对台词，把该有的反应传达给陈深老师。

他演的宋彦霖不理会父亲，没说两句电话就决然挂断。陈深演的父亲马上僵住，久久持着听筒，失声。到底性格坚毅，不会因为这么个电话就落泪，只是这种僵持下，他脸上的表情却让人根本不敢看。

展冲站在一边，看着陈深的表情，实在受不了，心里转过了数个念头，也不知道这会儿该怎么将这个眼神接下去，索性微微转头，微微合眼做出不忍心的表情来。

等这出戏演完了，陈深笑眯眯地拍拍展冲的肩膀说："小伙子，不错，继续加油。"展冲听了却没多少欣喜的情绪，面对前辈的鼓励只觉得羞愧。实力完全被碾压，他站在陈深面前，实在是一点底气都没有。

饰演男主角沈唯的恰好是蒋舒平。他走进剧组的时候看到站在他跟前微微躬身的展冲，想了不过一秒就笑开来："我们见过是不是？你是……是吴天泓的朋友吧？你在吴天泓拍《瞳人》的时候经常来探班的。"

"是，我是展冲。蒋老师，很高兴能跟你合作。"

蒋舒平笑着摆摆手说："这剧组里老师多，我还排不上，占你便宜，让你叫声哥就行了。"寒暄了几句，他轻轻问了一句说："吴天泓，还好吗？"

展冲低下头说："天泓姐结婚之后我就没好去打扰了，相信是不错的。"虽然想通了，事情也过去一段时间了，经历了时间的冲刷，展冲也看淡不少。可是乍一提到"吴天泓"的名字，他脸上还是条件反射地带出点黯然来。

正好演他大哥宋彦霖的李跃走过来。他早就认识蒋舒平，关系也不错，是要过来打个招呼的。蒋舒平不再跟展冲多说什么了，只低声感叹一句“可惜了”，转过头跟李跃寒暄起来。

李跃的性格和他的表情一样闷闷的。展冲跟他又不认识，一直站在一边，话都不敢说。蒋舒平人很不错，看展冲身体线条绷得紧紧的站在一边，主动拉着展冲给李跃介绍：“这个男孩子长得好看吧，我以前拍《瞳人》的时候，老见他去探班，可认真了。我当时就想着这么好看一个小孩不当演员太浪费了，今天就见到了。”

李跃给面子地翘了翘嘴，音调低平：“你好。”

展冲被教导过，虽然他是不抽烟的，可是兜里是揣着一包好烟的，看李跃跟他搭茬了，手里还捏着烟。展冲马上从兜里掏出烟盒来，递送给他们。两个人都笑着抽了一根，蒋舒平瞅了眼他笑了笑就点着了，李跃抽出来说了声“谢谢”，多看了展冲一眼，就没多余表示了，顺手把烟别在耳朵一边。

之后和李跃演了第一场戏。

说起来那一场戏恰好是展冲进组以后拍的第一场有台词的戏。剧组分了两个组拍戏。

A 组是蒋舒平和女一号的戏份，B 组是展冲和李跃的对手戏。这场戏表现的是兄弟俩几年没见，一个是铁血军人，一个是纨绔子弟，恰好坐在了同一班飞机上。

B 组的导演是刘梓璇。

一看到行程表上写的是刘梓璇导演，展冲就有些紧张。另外，他许久没得到站在聚光灯下尽情表演的机会了，心里除了紧张，又有些跃跃欲试的期待。一般人都会喜欢保留自己拍的第一部作品，好歹是第一次嘛，总是值得纪念，要拿出来回味一下。

可展冲不是，他根本就没敢看，一到有自己的地方就快进，只觉得丢人。那时候真的是什么都不懂，又嫩又拙，他的表现只能用可怕来形容。

现在他进学校进修过了，狠狠练了两年，就感觉自己虽然境界上还差很多，但好歹是拿过武功秘籍的人，怎么都要好好露一手，一雪前耻。虽然比起组里的老戏骨还是差了成千上万倍，可是和李跃这样的青年演员站到一处，哪怕胜不了，也还指望着能够相互交手几个来回，特别是在刘梓璇面前。

可是见到刘梓璇之后，展冲又觉得很难相信。她跟展冲想象中的样子完全不同，瘦瘦小小的，偏偏有一头蓬松的长发，把她小小的脸遮掉了许多。她的五官精致，整个人小巧可爱，真的好像是洋娃娃。光看外表，感觉不出她是那么厉害的一个人。

就是脸绷着，没什么表情。

两个人的第一场戏是在回南京的飞机上遇到了——展冲先上了飞机，等到飞机即将起飞的时候，李跃饰演的宋彦霖才走进机舱。两兄弟四目相对，展冲忽地站起来，还稍微踉跄了一下，鞠了一躬："哥哥。"

这个动作自然是展冲自己设计的。宋家是名门大族，虽然兄长宋彦霖和家族理念不合，但是两兄弟之间并没有多少矛盾。不过，因为两个人的个性不合，感情并不怎么深厚。可是，亲厚不亲厚另说，家庭的教育和教养影响他们的行为。刘平编剧所编写的宋家虽然并不是完全真实的家族，但是原型谁都看得出来是改编综合了原国民党的四大家族来的。根据资料，虽然四大家族中的人受过西式教育，但是这四大家族仍留有原来的封建家族制结构，对于其中的伦理关系颇为重视，宋彦文见到兄长宋彦霖必须要站起来问好，请兄长先行入座。

只不过乍见多年没有遇到的兄长，再是冷淡的关系也难免心情起伏，这站起来自然就崴了一下。

展冲抛过来的这么一个包袱，李跃接得无比自然，他认真地看了看自己剧中的弟弟，皱了皱眉头，粗着声音斥责一句："毛手毛脚，坐下！"一派军人风范。

然后他大马金刀地坐下来，两腿微微叉开，整个脊背离着椅背还有一段距离，绷成了一条笔直的线条。展冲也跟着变换姿势，两腿并拢，双手置于之上，也不敢靠在椅子上，不偏不倚，不敢左靠或者右靠。

李跃又静默了一会儿，这才开始说台词："你最近还好吗？"

“谢谢大哥关心，我还好。”

然后，宋彦霖又安静了一会儿，这才压着嗓子问：“家里人都好吗？”

“家里都还挺好的……”宋彦文这会儿又看看兄长，小心翼翼地靠近一点，低声说，“母亲时不时提到您，每次提到都忍不住流眼泪。”看看宋彦霖的反应，皱着眉头，身体不自觉地有些放软，接着又小心地补充，“父亲虽然没说，可是也时常提到您，会看着您的照片叹气。”

宋彦霖没有理会，直接闭上了眼睛，示意这件事不愿意再听。这一段拍到这里导演喊了“咔”。

导演一喊，李跃倒是露出了第一个笑容。“不错，下过功夫了。”然后打量了展冲一眼，“你是不是戏剧学院出来的啊？”

展冲不知道他为什么这么问，老实地点点头。李跃拍拍他说：“你别紧张啊，我看你的动作、台词什么的，都带着戏剧味。”

展冲一下子不明白这句话要怎么解释，只跟在李跃后面一起去看镜头。这么一看回放展冲就明白过来了。

戏剧表演和影视表演还是有些不一样的。戏剧表演中，观众坐在下面，没有镜头的放大，这种观影环境对戏剧演员的动作要求不同，要夸张些，念台词的腔调、动作表演的节奏都和影视表演不太一样。

展冲经验不足，他不能及时将这种不同调整过来。幸运的是，他因为个性比较腼腆，一直以来都不太够得上戏剧表演的标准，表演多少有些收敛，但是对经过镜头处理放大的影视表演来说，他呈现出来的表演效果还算合适。

大概是久违地又一次站在聚光灯下，展冲知道这其中的差别，就是经验不够，没有把握好表演的度，说不上浮夸，却稍微有些过了，特别是他设计出来的那个微微崴了一脚的动作细节，就显得有些夸张，还不如没有来得好。

刘梓璇倒是没说什么，她抬头看了看展冲，微微点了点头，只简单地说：“下一场要收敛点。”展冲的脸微微红了一下。

然后她转头对场记交代说：“过吧，准备下一场。”

下一场还是同样的场景，飞机到机场了，两个人要下飞机了。从空姐收回两个人手中饮料开始演。

空姐这时走过来，将两个人的杯子收走，李跃饰演的宋彦霖脸半掩在报纸后头，他依然粗着声音说了一句“谢谢”。这边的展冲饰演的宋彦文是个纨绔子弟，看到空姐忍不住勾着嘴角笑了一下，然后将杯子递送了出去。这些都是展冲想好的动作细节，可是听到那句“谢谢”，还是发现自己还没有完全想周全。

这些最基本的礼貌是教养的体现，这种教养的形成和人从小受到的教育有关。展冲因为家里条件，这方面的教育多少有些缺失。不是说他不讲礼貌，只是这些行为并不经常被家长强调，所以他不习惯自然而然地表现出来。但是，有教养的宋彦文应该这么做，这种细节是展冲没有考虑周到。

展冲听到李跃这么说，便也跟着说了一声，至于宋彦文似乎该有的语调则完全不记得了。

等到俩人起身准备离去的时候则更加狼狈。宋彦霖是个军人，但是他受过良好的教育，很有教养，在准备下飞机的时候一边说着台词，一边将报纸收好，然后把飞机发放的毛毯也快速地叠好。只是他脾气暴躁，折叠出来的成品多少有些粗糙。这一系列的动作发生得很快，也过于细致，剧本上自然是不会写的，依靠的是演员对细节的把控。

这一段的剧本里并没有安排李跃的动作，只写到让宋彦文饰演的弟弟小心翼翼地打量着哥哥的神色，想要跟他商讨家里的事情。几次开口，都被哥哥饰演的角色挡了回去。

展冲对于这一段自然也是想过的，语气也很到位，可是看到李跃的动作才想起来似乎应该整理好这些东西，这是教养的体现，开始慌慌张张地照着做，至于要做成什么样则完全不知道了。

兄弟俩站起来，宋彦霖自然地站得笔直开始整理自己的仪容，整衣服、扣扣子、正帽冠，一系列动作行云流水，一如职业军人一般，然后大跨步离开。展冲这一段倒是想过了，他优雅地站起来，随手也整理了一下衣服，风度翩翩，只是多少有些心急，不断瞅着自己的哥哥。

宋彦霖完全不给他这个机会，自己飞快地离去了，走到出口处，也不回头，只抛下一句："快回家去，别乱跑！"

跟在后面的宋彦文跟了两步，停了下来，脸上带着浅浅的惆怅，轻轻叹了口气。看到美丽的空姐，还不忘冲着她勾了勾嘴角。宋彦文年少轻狂，是个不谙世事的纨绔公子，对于感情不深的兄长自然是没有太多的怅然感触，一扭头还是习惯性地勾搭一下美丽的小姑娘。

等这一段拍完，刘梓璇依然让他们过了。展冲还是和李跃一起看刚刚拍下来的镜头。李跃点点头，展冲却没有。他自己拍的时候发现的那些问题，经过镜头放大，越看越觉得局促不安，只觉得屏幕中的自己笨手笨脚，丢人丢到了极点。

他这才知道自己到底是太过于稚嫩了，对于人物的理解和演绎还远远不够，当然不能说他的表演真实、有说服力了。这些简单的他所没有想到的细节往往就反映了他和实力派演员之间的实力差距。这种被碾压所感觉到的冲击，让他触目惊心，却又不像以前一样觉得无能为力。到底是练习了两年，他这会儿兴致勃勃，只想着再改进，多学点东西，总想想办法能反击几招回去。

展冲看李跃已经走到一边，点着烟准备休息了，他演得自然是极好的。可是这一段展冲自觉失败极了，想要重新再拍一次。他要是重拍，自然是要李跃配合的，但是让他去拜托表现得有些冷漠的李跃又有些张不开嘴。

展冲最后还是下定了决心，走到李跃跟前说："李老师，刚刚那一段我想要重拍一遍，可以吗？"

李跃看了看他说："重拍？刚刚那个很可能就是备用镜头，不会播出来的。而且，你表现得不错，挺好的。"

展冲朝着他鞠了一躬，坚持地说："不好意思，我觉得有些地方还需要调整一下。拜托您了。"李跃冲他笑了一下，拍拍他的肩膀，把烟头摁灭了。

跟刘梓璇打了个招呼，刘梓璇抬起头看了展冲一眼，酷酷地点点头，一句废话不多说地吩咐场记："刚刚那个镜头，再拍一次。"

这一次，展冲自然是注意了很多，场记布置场地的这几分钟，他又把这没有台词的一段在心里过了几遍，仔细地推敲了一番。再来的时候，他有了经验，自然有了余力调整，说“谢谢”时带些轻佻的浅笑，一边的宋彦霖看不惯地轻哼一声，这边宋彦文尴尬地收敛一下，还轻轻挪了挪位子。他最后折叠毯子的动作自然又流畅，拿毯子站起来的时候好好摆在座位上。

等这个镜头拍完，刘梓璇却跟他们俩说了一句：“再拍一次。”前面拍得一般的时候刘梓璇都拍过了，这会儿不知道怎么却又让他们再重演一次。

刘梓璇对着展冲点点头，严肃着脸跟他讲戏：“你要收着一点。我知道你有很多想法要表达出来，可是你做得太急了。你的情绪转变得太快了，这不自然。你得收着一点。电视剧和戏剧不同，它要长些，是通过对一个个片段的剪辑，然后拼接出来的作品。你要明白，你所饰演的角色，不是在一个连贯的舞台上在短时间内塑造完成的。你有很多的场次来丰满人物，每一个场景表达的东西不一样。要有连贯性没错，但是你不能把所有的东西都在一个场次里堆出来。你要学着收一点，懂吗？”

展冲把这几句话在心里咂摸了几遍，好像懂了些，模模糊糊的。

刘梓璇看他一脸思考的表情，就把刚刚的镜头又播了一遍，指着他们俩的镜头告诉展冲说：“你看，你这个地方试图把这个人物的特性都表演出来，他要仰慕兄长，惦念家里，还要记得表现风流潇洒。可是这么短的时间内，你还在为兄长忧心，转眼就没心没肺开始搭讪，你这个人物的情绪变化得太快了，这很不自然。你想要丰满他，却将他的人格分裂了。”

刘梓璇这么指出来以后，展冲再看一遍，脸上带了些愧色。他一门心思想着怎么样才能出彩，怎么样将人物塑造得丰满，可是想得太多了，将所有的动作都安排在同一场戏里，表演的痕迹太重，看上去太不自然了。

旁边的李跃没说什么，在刘梓璇给展冲讲戏的时候就很配合地站在一边，等着重新开拍。看展冲苦着脸站在那里，鼓励性地拍拍他的肩膀说：“别急，慢慢来嘛。”

展冲“嗯”了一声，两个人再一次开始拍摄。

这一回总算是过了，李跃开始准备下一场，展冲走到一边看着剧本候场。这次在刘梓璇面前表现成这样，大概是要辜负李教授他们的期待了。展冲无奈地叹了口气，将心思又放回到剧本上，开始一边读一边思考着接下来该怎么演。

第三场的时候，展冲适应了不少，也不那么紧张局促了，轻松些后状态也开始转好。

不过这场戏也拍了两次，拍完下来之后，刘梓璇终于对他快速地扬了扬嘴角说："不错。"

这样的紧张还持续了两天，展冲和几个主要搭档的关系好了不少，也学到了许多的东西，驾驭宋彦文这个人物也渐渐进入了驾轻就熟的状态。

他下戏的时候试着接触过刘梓璇，但是她比较高傲，除了这出剧，其他的事都不太愿意谈。展冲两次试着提一下这个话头，甚至只是聊聊天，都是还没张口就又吞了下去。一方面是他的人际交往技能还不算好，另一方面也因为刘梓璇颇难接近。

展冲觉得他只怕是要辜负吴教授和李教授的期望了，他大概是拿不到经纪约了。不过想那么多也没什么用，老老实实拍好剧倒是更实际些。

就这么在剧组里拍了一个多月，展冲觉得特别满足。他在剧组里，每天都可以学到新的东西，收获大得很。剧组里的前辈看展冲认真、努力，也愿意带着他，不时也指导他几句，剧组里的关系颇为融洽。

那天，展冲拍了一场和陈深前辈的对手戏。

陈深老师饰演的宋永琛见势不好，想要安排几个子女率先前往美国。大女儿和女婿已经在家人的安排下启程，登上了前往旧金山的飞机。他之前刻意托了关系，由司令直接下令将宋彦霖从前线战场调回了海市，协理地方事务。比起别的，儿子的安全更加重要，放到他的眼皮子底下，有什么意外也能支应。

但是，回到海市的宋彦霖依然不肯回家，甚至多次申请，再次前往正面战场。只是抵抗不了父亲的势力，不得不服从命令，留在海市。

宋永琛又一次联系宋彦霖，让他回家，想跟他谈谈前往美国的事宜。

宋彦霖义正词严地拒绝了，他语带讥讽地回着父亲，表达了与党国共存亡的决心。和大儿子争吵之后，伤心难过的宋永琛在小儿子宋彦文的搀扶下回到了家里。

陈深一手持着佛珠，坐在书房的太师椅上。他仰着头，眼睛合上，长久无言。虽然没有眼泪流出来，但是随着镜头推近，脸上的肌肉耸动，分明就是强忍着眼泪。

陈深开口，现场收音的话筒里收到了他带着颤抖语调的话：“彦文啊……你哥哥伤了我的心啊。”

展冲饰演的宋彦文本来毕恭毕敬地站在父亲的身后，听到这句话，泪水马上就落了下来。他上前两步，不忍心转到父亲的身前去，依然立在身后，同样带着颤抖的语调喊了一句：“父亲。”

“彦文啊，你去收拾行李，准备到美国去。你姐姐已发来电报，说是一切均已打点妥了。你先去吧，你离开了，我才能少挂心些。”

宋彦文这一段时间一直在和学校里的老师和女主角姜梦媛进行接触，他对进步思想有了一定的认识。虽然没跟父亲坦白，可是他一直在进行着激烈的内心斗争。这一次听到父亲这么说，喉头滚动，几次试图张嘴，看看眼前的父亲，终于从牙缝里挤出两个字：“父亲……”到底还是没有把“听从您的安排”说出来。他流着泪说出一句：“父亲，我不想出去。”

宋永琛一瞬间觉得极其震惊，他瞳孔睁大，猛地站起身，转过来看着儿子，气势上升：“你……你说什么？”

宋彦文本想说真话，看着父亲的样子，本来想说的真话转口成了争辩。他低着头，不敢看父亲，明明个子更高，看上去却分外弱小。“儿子，儿子不敢抛下父亲。若是……若是……”他知道宋永琛虽然贪财恋权，到底对国民党极其忠诚，不敢将党国破灭这几个字说出来，只好含糊过去，“儿子，愿与父亲和党国共进退。”

宋永琛平息了那一瞬间的暴怒，看着平静了许多。只是眼睛依然发亮，狠狠盯着面前的儿子。“彦文，你说真话。”

父子两个在书房里争吵了起来。

这出戏，展冲准备了许久。他遭受了两种不同思想的冲击，本身正处在矛盾之中。对于父亲，宋彦文怀有敬畏、尊重、孺慕、不认同等复杂的情绪。这个人物本身的个性与宋永琛和宋彦霖不同，他从来都不是一个个性激烈的强硬派；相比较而言，宋彦文温文、软弱很多。在面对强势的父亲时，宋彦文应当是不会主动地将自己内心的真心话和父亲说的，他的第一反应是隐瞒和掩饰。

这场冲突戏应该是爆发的，但是因为宋彦文这个角色的个性，冲突爆发得比较温和，他一直都在回避。哪怕是吵架，他的分贝依然不高，争执也有着他本身的温和个性，还有在父亲面前的顺从习惯。

展冲一直记得和陈深老师合作的第一场戏，自己毫无招架之力，对于陈深老师的表演一点回应能力都没有。之后，展冲和陈深老师也合作了几场戏，不过都是跟在老师的身后做个活动的背景板，两个人直面交流的戏份很少。

剧本中这个宋彦文的角色设置是宋家被娇宠长大的小儿子，因为是老来得子，宋永琛并没有给他太大的压力。另一个方面，就是宋永琛对于这个儿子虽然骄纵，但是关注度也相应较低。

这样的人物设置也是刘平的精明之处，既符合了人物逻辑，便于对人物性格的多角度刻画，另外也合理地削减了宋彦文这个角色的戏份，让这个人物立体、完整，却又只占到了配角的戏份设置。

另外，展冲对于这样一场少有的和陈深老师的对手戏，暗地里是欢欣鼓舞的。他在酒店的房间里，一个人默默地对着镜子练习了许多次。这场戏的台词本上，每一句话的旁边都写着展冲的标注。到了现场以后，他不敢请陈深老师这样的艺术家陪着他走位，一个人默默地走了许久。

倒是陈深老师的态度很好，他非常负责和敬业地提出和展冲练习，两个人场外也相处得很融洽。

这样的功夫花下来，这出有着冲突的对手戏居然一次就过了。

听到导演喊“咔”，展冲还沉浸在情绪里没有出来。也不敢相信自己居然能一次通过，整个人傻愣愣地呆了几秒。倒是陈深老师先恢复了正常，他拍拍展冲的肩膀，笑得分外和蔼。“小伙子表现得很不错，很好，继续加油。”

展冲自然不会自恋地想陈深老师是真的觉得他的演技好到可以夸赞了，很明显，鼓励的成分居多。可是仅仅是这样，就已经让他欢喜得如若飘浮到云端之上，之前那些辛苦通通没有白费。

展冲站起来，郑重地向老师和导演鞠躬道谢，嘴角还是轻轻绷着。直到坐下来，端起剧本，将脸埋在剧本后面，才忍不住龇出两排大白牙，偷着乐。

转天，下午的时候，展冲正在准备另外一场戏，突然接到了一个陌生号码打来的电话。电话响过了三声，展冲才接起来，意外听到自己奶奶的声音："冲娃子，冲娃子……"奶奶那头的声音嘈杂，听着像是哭了。

展冲一下子急了，他怕打扰到别人，就往外面走。"奶奶，奶奶你别急啊，慢慢说，慢慢说……"

"冲娃子，你爷爷早一段时间不是双抢[①]嘛，之后就一直不舒服，我让老头子在床上躺几天缓缓。可今天早上我去叫他，他就哼哼着说是起不来了。"

"那爷爷送去医院没有啊？"

"隔壁的王爷爷帮着送县里的医院去咯，医院说，说……老头子怕是会死呢。"

"是什么毛病啊？"

"心肌梗死。"

"那医院怎么说啊？"

"医院说县里设备不全，只能做基础的。说是让我们转到大医院去，做什么什么检查。冲娃子，奶奶可弄不懂这个，怎么办啊？"奶奶在那头又补充了些医生的话，只是医生说的是什么她也都没听明白。老人受教育水平低，估计就是医生说了，她也弄不清楚。

"奶奶，你别急啊。你先把我爷爷往城里送过去啊，我争取马上请假赶回去。钱也不要你们操心，我来凑咯。"展冲口里这么说着，心里在盘算着应该将爷爷往哪家医院送，然后这大概需要多少钱。另外，还有一个麻烦，就是床位。这么急忙地转到大医院去，也不知道大医院还有没有能住的床位。

这边戏没有拍完，他还没有收到全款，之前的积蓄都投资了朋友的火锅店，

① 这里指农村夏天抢收和抢种庄稼。

算是入股，每季拿点分红，勉强够生活。但是多的也没了。

展冲先进剧组里请假，这边想着该找谁借钱、帮忙。

他出道说是五年了，但是朋友并不多，现在最要好的两个都是跟他一起参加选秀出道的朋友。大渔公司不那么厚道，资源给得紧巴巴的，选秀进去的几个艺人自然不可能全员和睦，没有为了争夺资源打起来就算是讲情面了。

现在他和大渔的合约即将到期，他没有办法从公司借钱，公司同事也没多大可能。

玩得好的两个朋友，有一个没人管，合约倒是有，不过状态算是退圈了。他找了一段时间工作，找不到，干脆跟展冲借了钱，开了家火锅店，能养家糊口，可也算不上多富贵。只是到底能够把展冲应得的分红，按照学费和生活费的形式供给他，有时候生意差一点还得少给些。

另外一个倒是在圈里挣扎，不知道算不算三十六线，只能靠偶尔的走秀，还有酒吧驻唱的工作挣钱，要说他是圈内人也行，说不是圈内人也有道理。自然，经济上也很一般。

圈里认识的人倒是有办法也有钱，可是展冲又张不开嘴。毕竟借钱这种事情，如果跟对方没有熟到一定程度，确实让人不放心。

这个时候，展冲就想到了吴天泓，她是展冲最能开口借钱的朋友了。这个时候没什么好顾忌的了，能够解决问题才是最重要的。

侯导演听展冲说要请假，还皱了皱眉头，很不愿意。毕竟，展冲也不是什么名演员，他这几天都有戏份，还要为了这样的小演员打乱一些知名演员的安排，是有些……

倒是旁边的刘梓璇帮着说了几句话，侯导演这才同意。展冲很是感激地道谢，然后急急忙忙地赶往酒店去收拾行李了。

在去酒店的路上，展冲给吴天泓打了个电话，将事情仔细说了一遍，然后请吴天泓帮忙。

展冲这边说完，吴天泓马上就答应下来，没多说什么就挂了电话，说是之后联系好了再给他打个电话。

展冲回了酒店，马上通过柜台订了最早一班从海市出发的飞机。收拾东西的时候就接到了吴天泓的电话，说是她通过朋友，在都城的人民医院订了一个床位，让他跟家里联系，从县城的小医院转到都城的人民医院去，那边的设备是齐全的。

展冲道谢后，又几经周折跟奶奶取得了联系，说好了要转去的医院，拿上一个随身的小包就赶往机场。其实飞机还早，只是展冲心里急，想早一点到机场。

到了机场，确实还早，他带的东西少，托运都不用办，他拖着一个小行李箱坐到了候机大厅里。

距离展冲上一次上电视已经过去两三年了，他没什么名气了，就是坐在那里也没人过来搭理他。但他还是找了个角落的位置坐下，掏出手机开始查一些关于心肌梗死的资料。他对于心肌梗死没什么了解，具体有什么症状、应该怎么治疗、相关的护理应该怎么操作等信息都要先搜集好。

展冲是时尚绝缘体，他这三年过得忙忙碌碌，没什么工夫研究潮流，经济上也不怎么宽裕，用东西颇省。现在拿着的还是入学之前就在用的旧手机，按键的，外表老旧，毕竟他连个手机壳都没给套上。虽然他挺爱惜东西的，但毕竟时间长了有几个键按得太多已经不灵敏了，查东西查得别别扭扭的。

在他边查边记的时候，前面站了一个人，拍拍他的肩膀。展冲抬头一看，居然是许久不见、刚刚通过电话的吴天泓。

吴天泓头发已经很长了，她头发毛毛的，如果不打理，就这么垂着怕是难看。所以她去拉直过，这会儿看着乌黑柔亮，如同锦缎，垂在脸庞。这样的造型意外地磨灭了她的张扬和锐利，让她显得分外柔和，真有了点温柔小少妇的韵味。

她戴着一副大大的墨镜，眼睛被遮住了看不清楚，嘴角挂着笑，不过没有梨涡。她的身材依然保持得很好，跟刚刚结婚的时候差不太多，还是偏瘦。

按说，她的变化不大，还是那个样子，一眼看过去就能认出来。可再一看，展冲又说不上来，总觉得她跟换了个人似的。大概是因为从没见过吴天泓的长发造型吧。她这么看着有点陌生，倒是真有点普通的少妇该有的形象。

展冲愣了两秒，然后才回过神来。“天泓姐，你怎么来了？”

“哦，听你说得挺严重的，我还是跟过去好一点。”吴天泓微微侧着头，在他边上坐下了。

展冲细细打量她，只觉得不对劲。这可不是朋友会做的事，就是再好的朋友，也不会说都不说一声，搭个长途飞机飞几小时去看一次没见过的对方的亲人。吴天泓在结婚以前就很注意和异性交往的尺度，在没有戏拍的时候虽然和异性相处很是融洽，但是并不会留出让人遐想的空间。她现在都结婚了。

况且，这件事都不能算是暧昧，没有一定的关系是不可以做的。

展冲想要开口问，可是吴天泓没给他机会，拿出了手机，低着头默默地上网，嘴角抿紧，脸冲着反方向，一看就知道不乐意说话。

上了飞机，两个人的座位并没有连在一起，吴天泓也没说什么，自己挎着包坐在头等舱的座位上，任由展冲跟她打了个招呼，朝着后面的经济舱去了。

等到了都城，两个人直接打车到了都城人民医院，反而是展冲奶奶找了车，这会儿还没到医院。展冲在医院门口找了个地方，将吴天泓安顿下来，又不敢请她回去休息，还得靠着她联系医院呢。他拜托吴天泓在医院看着，自己去了旁边的超市买需要的东西，做好照看两位老人的准备。

等到晚上，奶奶终于跟着车到了医院。吴天泓是托了朋友联系到医院床位的。虽然没料到她会一起过来，但是她来了确实帮了许多忙，进进出出，找医生诊断之类的琐事也安排得很好。她的交际能力比起展冲强得不是一星半点。两个人都在陌生的环境里，吴天泓显然能够争取到更好的条件。

这边忙到了深夜，展冲的爷爷终于在接受了紧急治疗之后，在病房里住了下来。展冲奶奶是和村里的邻居一起送老爷子过来的，忙了一天，也累得不行。展冲不可能让奶奶守夜，到医院边上最好的酒店里开了两间房，将奶奶和同乡大婶还有一直陪在医院的吴天泓都安排着住进去。然后还让酒店安排了消夜送过去。这里处理好了就又回到医院守夜。

这一天忙忙碌碌的，展冲都算不清楚，他到底跟吴天泓说了多少句谢谢和对不起了。吴天泓的表情倒是一直都淡淡的，该笑就勾勾嘴角，不然就低垂着眉眼，没多大的情绪起伏。展冲需要什么帮助，她就及时地伸出手来，到了亲人相见的场合又轻轻退后，并不掺和。

展冲也猜不透吴天泓究竟在想些什么，隐约觉得吴天泓好像砌了个壳把自己藏了起来，以前的那个人被封住了。只是这种慌乱的特殊时刻也没有多余的心思去顾及吴天泓了，在医院里接受治疗的爷爷需要得到更多的关照。

这不是一个谈话的好时机。

第二天早上，展冲奶奶很早就到了医院，替下了展冲，说是让他回宾馆去睡一觉，补补眠。展冲点点头表示知道了，奶奶想到吴天泓，就拉住展冲问。这倒是不好回答了，展冲自己都说不清楚吴天泓究竟是为什么会出现在医院里，他觉得莫名其妙。只好含混过去，说吴天泓是他一个很熟的朋友，从他拍第一部戏开始就帮了他很多，她的父母还是自己学校的教授。

奶奶也觉得怪怪的，想再打听，被展冲岔开了，只说自己想要回宾馆补眠。

刚刚出了医院的大门，在一家面馆里居然撞见了吴天泓，她还是戴着遮了半张脸的大墨镜，差不多是一根一根地挑着碗里的面条，一边查看手机。

展冲走进去，也要了一碗面条，端着坐到了吴天泓的对面。吴天泓抬起头看了他一眼，埋下头继续挑面吃。

“天泓姐，这次真的要谢谢你了。”展冲再次诚挚地道谢，确实是要感谢吴天泓，若不是她，现在只怕还像无头苍蝇一样地乱转呢。

“没事，你爷爷能康复就好了。”

“嗯。”展冲看着吴天泓的样子，就知道她有心事，可是她摆出这样的姿态，摆明了就是不愿意说出来。想来想去，他到底还是没忍住：“天泓姐，这一段时间，你过得好吗？”

吴天泓下意识想要回答“不错”，到底是心事太重，又把话堵住了。

恰在此时，展冲要的面端了上来，腾腾地冒着热气，隔在两个人之间。

热热闹闹的面馆，充斥着各色的乡音，这实在不是一个倾诉心情的好地方。吴天泓埋着头，直接将这个话头忽略了过去。

展冲将碗里的面吃完了，吴天泓的面还依然剩下不少。面条在汤里发胀，汤已经没了，只剩下粗粗的面条，坨成了一团团，看着就让人郁闷。

看展冲解决了早餐，吴天泓恹恹地推开碗，和他一起走出面馆。展冲看她的样子，想了想，到旁边的小卖部去买了一包中华，本来想买包女士烟，但是这小店里没有，就是中华也没有档次高一点的。

展冲本来还觉得把这低档烟递给吴天泓，有些不好意思，还在犹豫的时候，却见吴天泓摆了摆手说："我戒了。"

这句话又让展冲愣了愣，他记得吴天泓的烟瘾颇大，每天能抽半包以上。心情不好了，一根接一根地能够抽上许久，那次吴天泓约他吃饭，那一包间的浓烈烟味让他印象深刻。李教授对她这个习惯很不以为然，天天跟她念叨说哪个正经的女孩子这么抽烟啊，吴天泓却总是不听。

这会儿，这么多年的一个习惯，说戒就戒了……

展冲将烟收回口袋里，笑笑说："挺好的，其实你以前烟瘾有点大，抽那么多对身体挺不好的。"

吴天泓无所谓地点点头，往宾馆那个方向走。到了宾馆门口，吴天泓指指大门说："展冲，你进去睡吧，累了一个晚上了，等会儿还要去接班。我没怎么逛过这个城市，想到处走走，你有事打我电话吧。"

展冲点点头，目送她的背影远去。

他给自己又开了一间房，快速冲了澡，躺到床上。可是，陷进柔软的席梦思里怎么也睡不着觉，翻来覆去的都是吴天泓。她的身上压了许多事，虽然她没说，可是她的肢体语言明明白白地说着她过得一点都不好。

是怎么了？和夫家闹了矛盾？是不是杜斌欺负她了？还是说和婆婆处得不好？展冲翻来覆去地想着，那么多种情况都是可能存在的，他细细想来只是让自己格外忧心。除了担心、心疼，却又无能为力，就连说句话的立场都没有。

展冲愤恨起根本不熟悉的杜斌来。

那个男人将他心里那样珍视的女神娶回了家，将她从高高的神坛上接下，却把她推到了满是污垢的泥地里。她那些快乐的带着尖锐棱角的美丽似乎都消失了，看上去就是一个普通的忧郁妇人，让人感觉十分陌生。

不光是她的内在被不知不觉地替换了，就连皮囊似乎也没有被呵护珍惜。吴天泓刚刚结婚的时候心情压抑自然是瘦的，可是她养了这么久，若是生活愉快满足又怎么会还是这样瘦，脸色也是盖不住的蜡黄。这个模样，怎么会是一个幸福的小妻子该有的正常状态呢？

想到头痛，却又茫然地不知道该怎么办。他在床上辗转反侧，明明累得头晕，却还是睡不着，但是一点干涉的理由都没有，他闷闷地捶了一下床。

想着想着，展冲迷迷糊糊地睡过去了，脑子里翻来覆去地放映着吴天泓的样子，也不知道自己到底睡着了没有，是梦里见到了她，还是就这么记挂着她。

等到电话设置的闹铃响了，展冲这才醒来，发现自己还是睡了过去。只是头疼得难受，这睡了就和没睡似的。

没工夫耽误，展冲很快站起来，洗了个脸又往医院赶去。在去的路上，打了三份饭，还有一份病号饭。他知道邻居家的婶子也陪着一块儿到医院去了，一起住了几十年，不放心老人索性就跟了过来，虽然到得晚，但这会儿也在医院。这三份饭是给自己、奶奶还有邻居婶子的，病号饭是他专门查了爷爷吃什么合适，然后找了个饭店守着人家的厨师给做的。

展冲没有给吴天泓准备，他想着吴天泓肯定是不在医院的。提着几个饭盒也不好打电话，准备到了病房把东西放下再给吴天泓打个电话。

到了病房一看，却发现吴天泓也在那里。

因为要得急，吴天泓又是托人才要来的床位，要到的并不是单人病房，而是双人的。爷爷看上去精神好了不少，奶奶和邻居家的婶子都在那里，邻床的病人亲属也在，几个人间或着三三两两地唠嗑。

吴天泓坐了个椅子，扣着帽子，戴了眼镜，安安静静地坐在展冲爷爷床边的角落里，捧着手机也不知道在想什么。

展冲推门进去，问了问爷爷，然后打了一圈招呼，将饭送过去。然后将给自己点的那一份递给吴天泓。“天泓姐，我以为你出去逛了，没打你的饭。你先把这个吃了，还是你想吃别的什么，我再去叫？”

吴天泓笑笑说：“不用管我，你看好你爷爷、奶奶就行，我早晨吃得饱，这会儿还不饿。”

“都准备了。”展冲看爷爷已经坐起来自己吃饭了，奶奶和婶子也帮着劝了吴天泓两句，她们不知道该说些什么，看展冲在招呼也就端上饭碗自己吃上了。

展冲蹲下来，小声劝着吴天泓：“天泓姐，你心情再不好也得好好吃饭是不是？你早上哪里吃了东西啊。”

“我没什么心情不好的，”吴天泓下意识反驳道，糊弄了一句，“就是胃口差了点，吃不下多少东西。”

最后，她还是把饭盒接过来，有一口没一口地扒拉着。

展冲自己到医院食堂随便买了一份最便宜的饭，端回病房，和家里人聊着。奶奶和婶子也想跟吴天泓搭话，但是看她的装扮和气质，就觉得陌生，再加上普通话也说不好，除了寻常的打招呼也不知道该跟她说些什么。今天早上展冲只含含糊糊交代了两句信息，也说不清楚吴天泓和他的关系，更是不好随便说什么，就怕唐突了。只好随她坐在一边，自己打发时间。

展冲和这个房间里的人都熟悉，是个不错的缓冲，他带着吴天泓进入话题，胡乱聊了一会儿，好歹不让她一个人沉浸在心事里难受。

下午吴天泓也没走，就坐在那里，问她话就回答，不问就沉默发呆。展冲不好跟她说什么，看她这个样子只觉得心疼，心揪着，还得掩饰着不能表现出来，不能让爷爷奶奶看出什么异样，到时候担心。

毕竟，吴天泓已经结婚了，在通常的定义里，他若还对吴天泓有什么别样的心思就是不道德了。

晚上的时候，吴天泓等了这么久的电话终于响了，她赶忙跑出病房接起了电话。展冲的注意力也跟着转移了，他听到吴天泓压抑不住地低喊，似乎在和人争执。没说多久，她就按断电话。

吴天泓再进入病房的时候，表情更加不好看了。她勉强撑出一个笑脸，对着病床上的爷爷和边上陪着的奶奶打了个招呼：“爷爷、奶奶，对不住啊，我有点事，就先回宾馆了。爷爷您好好休息，我明天再来看您，奶奶您也早点回宾馆休息吧。”两位老人都客气地让她自己照顾自己，奶奶还站起来，拉着吴天泓的手叮嘱了好一阵。

展冲和家里人说了一声，陪在吴天泓身后走出了医院。

吴天泓步子迈得很大，低着头，死盯着地面，还是戴着她那副大墨镜。看那样子明显是气极了，却又不好当众发作出来，只能跟自己较劲。

展冲看她有几次都要撞上人了，一步冲上去，将她拉住。一时心急，抓住了她的上臂，这个区域颇为敏感，吴天泓自然而然地轻轻一颤，下意识地将他挥开。展冲没想到她会这么挥开自己的手，没及时松手，手掌顺着她细腻的肌肤纹理滑了下去。

炎热的夏天，吴天泓穿的当然是短袖裙子。她毕竟是明星，夫家的条件也不差啊，很注意身材肌肤管理，经常做美容保养。虽然三十岁的人了，可是肌肤依然是滑腻温软，展冲这么一碰颇有些意动，反应过来又觉得尴尬，把头一侧，只觉得耳朵都烧起来了。

吴天泓倒是先反应过来，她还是没什么表情的平平地说：“对不住，我心情不好。刚刚，跟杜斌在电话里吵了两句。”

展冲摇摇头说：“我送你回去吧。”

“天泓姐，其实你答应借给我钱，还帮我爷爷安排了床位，这都已经很麻烦你了。你真不用到医院里陪他的，我和奶奶还有婶子能照顾的。”

吴天泓摇摇头，轻轻说：“其实，也不是……我到外面走了几条马路，压根不知道该去哪里。这才又回到医院去的。给你压力了，是不是？”

展冲马上说道：“不是。”他想说你天天来都没关系，幸好理智帮他刹住了车，这话说出来怎么听怎么不对劲。展冲只好岔开来，说点别的。他勾着吴天泓聊天，可是五句话吴天泓差不多也就能答个一句，简单地“嗯”两声，也不知道她到底听了还是没有。

就这么过了两天，展冲爷爷好了不少，只要回去慢慢调理就行了。但是，考虑到县里的医院条件太差，展冲让两位老人在医院里留上两天。只是邻居婶子家里还有急事，待了两天就回去了。

好不容易将怕让孙子多花钱的老人劝下，剧组来了电话，一直催着展冲回去。作为剧组里资历最浅的演员，展冲确实没有底气一直拖着不回去，爷爷的医疗费还靠着剧组给他的薪酬来支付的呢。

这个时候还是吴天泓站了出来，她把展冲拉到了医院外头的小花园里。犹豫了一会儿，说："你先回去吧，你爷爷奶奶这里，我帮你顾着……"

"天泓姐，这不合适……我借了你的钱都没还你呢，你跟我又不是亲戚，还让你留在这里陪着，真的不合适……"

"展冲，实话跟你说了吧，我是跟我婆婆吵架了跑出来的。我……我不想回去，我要是回家我妈肯定又要跟我急。结婚以后……反正，我去哪里都不好去。正好你给我打了个电话……我……我这两天还不打算回去……"吴天泓到底还是含含糊糊说了，看看展冲，又补充了两句，"我也就是顺便的事，反正我也不知道该往哪里去。不过，你不要跟别人说我是跟你一块儿来的。我没有别的意思，只是说出来不大好。"最后，她又补上了一句。

话不用说得太明显了，吴天泓也没打算将具体情况说出来让展冲知道。这是看展冲为难，才把夫妻吵架这点事说明白了。

展冲就是再不愿意，但当下也找不到更好的解决办法了，反正爷爷再多也就住两天就出院了，结账也得靠吴天泓帮忙，只好麻烦她留在都城，自己搭上了回海市的飞机，匆匆赶回了剧组。

送走了展冲，吴天泓也没天天往医院里去。毕竟，她不适合和展冲的家属走得太近，若是让人知道了对两个人都会有影响。

吴天泓是和婆婆吵架了出来的——她当时心里茫茫然也不知道该往哪里去。因为展冲之前的电话，就冲动地买了到都城的飞机票，可是到了机场就有些后悔，就凭她和展冲的关系，这么贸贸然跟着去都城，显然是不明智的。但是……那边杜斌一直没有打电话过来，对这边吵了架拖着箱子跑出来的她，没有丝毫的担心。这样的淡漠，让吴天泓只觉得心凉，坐在全国大火炉之一的都城里，在最热的月份，手脚冻得颤抖。

结婚不过半年，吴天泓就后悔了。

一般的夫妻仍然甜蜜的时候，吴天泓却觉得日子难熬。其实，也说不上具体是什么时候有了这种感觉，甚至，也说不出来具体是为了什么事情。

非要说出个所以然来，大概是她遭受了长时间的家庭冷暴力吧。她并没有遭受言语侮辱，或者是经济上的控制盘剥，杜斌也好，他的长辈也好，都没有打过她……都没有，只是冷漠，还有精神上的蔑视。

过了蜜月期之后，杜斌又恢复了结婚前的常态，吴天泓开始长期地见不到他。在结婚之前，她和杜斌的恋爱模式就不是黏黏糊糊的，他们许久才凑到一起见上一面，即便是在一块儿的日子里，若有什么事离开就是了，谁也不去计较。严格地说恋爱了两三年，他们实际在一起的时间不过五个月。

他们结婚前的时光只沉浸在当时的快乐里，不去担忧未来。结了婚才发现，想得太少，落地到生活里，剩下的就只有憋闷了。

这也是一开始杜斌要求跟她结婚时她不乐意的原因。婚姻是这么草率的事情吗？婚姻可以在感情不深时就定下来吗？只是，后来又发生了那么多的事情，一下子，她千夫所指，整个人都溺在绝望的深潭里，是杜斌伸出来的手，把她拉起来了。她如同抓住浮木一般，抓着他，浑然忘了自己还泡在水里，仓促地决定了结婚这件事。

这是不对的，人都还泡在湍急的水里，眼前就只有这么一根浮木，若是不攀上，好像就只能沉下去。但是，触底又如何，她当时陷入的仅仅是浅滩，激流迷惑了她的视线，让她没能意识到，其实只要她愿意，她可以凭借自己的力量双脚着地。

哪怕艰难，哪怕真的呛水，甚至是陷入了激流中，那根浮木也不会是她唯一的救赎。如果，吴天泓能够坚定一点点，只要一点点——凭借着自己的力量站起来，她一定不会这么糊涂。说到底，会想到如果，就意味着残酷已经降临，那样，她才会去假设没有发生过的事情。

结婚半年，吴天泓醒了，她开始理解自己当初做了些什么。虽然走进婚姻的时候，她头脑混沌，可她依然保有一颗想要好好过下去的心，没有人结婚是奔着离婚去的。若是婚后的生活幸福一点，杜斌同样有着想要好好过下去的心，吴天泓大概是不会这么煎熬的。

婚后，公公在外面工作，除了钱进门，人是不进来的。她进门几个月，可能跟公公说过的话也不到一百句。杜斌把这个习惯模仿了个十成九，也不知道在外面做了些什么，除了家里，在哪儿似乎都是有可能的。哦，不像的一成，就是钱还不进门。

婆婆呢，打从一开始谈结婚的时候，她就一副耷拉着嘴角的样子。她看吴天泓的眼神就写着三个字——不满意，她的表情组成了“看不上”的字符。要不是杜斌一再要求，她才不会同意让吴天泓进门的。

吴天泓过了门之后，婆婆将自己过自己的宗旨发挥到了极致。她每天自顾自出门打牌、逛街、做美容，回到家里除了嫌弃吴天泓拴不住老公、生不下孩子之外，连基本的交流都不乐意做。

吴天泓对着婆婆的心情只有两个字：呵呵。吴天泓不知道她拍了《瞳人》这件事究竟错在哪里了，惹得所有的人都用那种嫌弃的、唾弃的眼光打量她，他们一遍又一遍地斥责她：你怎么能做这样的事？她一度疑惑，大概这事是真的错了。

吴天泓就是吴天泓，她或许会在一瞬间感到困惑，她终究是那个有顽强的自我的人。一旦清醒，她的自我能很快恢复意识，她就再次坚定地对自己说：“我没有错。”

可能这话不能在外面说，也没有人听她说的。但是，在家里，她想她能够试着放下自己拍过《瞳人》的事，到底是家人，没必要在家人面前还将这个莫须有的罪名扛在肩上吧。可是被她称为婆婆的，应该把她看作亲人的人不乐意放下，总跟疯了似的，执拗地把她拍过“三级片”这种莫须有的罪名扣在她头上。

吴天泓每次都跟她解释，但也是徒劳，解释之后，还是不打算理解。吴天泓也不知道她婆婆图的是什么，仅仅是为了站在道德的制高点上趾高气扬地指责她来获得优越感吗？

吴天泓尝试着和杜斌谈，让他多回家。她也想过要顺着婆婆，好好地交流和沟通。她逼迫着自己妥协，全面妥协——杜斌说让她不要烦他，她就不跟他吵架；婆婆让她安分守己，别和乱七八糟的人联系，虽然明明没有做那些，但她还是选择静静地待在家里，乖乖做个好媳妇，就连和米妮、刘渝徽见面都很少，不过是聊聊微信。慢慢地，她和在娱乐圈几个交情不错的朋友的联系也都断得差不多了。

看吧，她已经做到了这个地步——明明只是结婚，却好像把自己关在了牢里。

可是，不管怎么做，她的挣扎毫无意义。婚后的新家庭里，没有人理她，她只需要顶着她的罪过，做个永远做不好的妻子，用犯罪感和无意义的感恩作为枷锁，把自己铸在婚姻里安分守己。

吴天泓挣扎过两下，没用，就放弃了，照着她妈妈的交代，慢慢熬。熬着熬着，总有一天会接受她的。他们不理她，她就给自己找点事做，自在。她不需要出门工作，家务也不用她做，一开始看书、看电影，自娱自乐也很快乐，慢慢地，她被无事可做逼疯了，天天坐在家里，凋零枯萎。

可是过了两三个月，这些事都做腻了，揣本书打开就开始发呆，两眼发愣地看着外面的太阳东升西落。最长的纪录是，她足足有三天没有跟人说过话。吴天泓觉着，这么过下去，她有一天说不准会忘了说话，或者把自己都给忘了。

以前，她是短发，粗粗的，支棱着，看着就觉得有点野，不是那么淑女。但是，她不掉头发，自己照着镜子还觉得开心。

可是婆婆不喜欢，她在婚前就不愿意让她这个样子，非要她留长发，觉得这个样子看着才像个女人。吴天泓忍了，她逼着自己开始留长发，留得烦躁，却还是熬着，熬过了最尴尬的长度，看着也就好了。

只是，她开始掉头发。大把大把地，睡一觉起来，枕头边上要落上一片。

她觉得自己就像移栽过来的花木，移过来，水土不服，连个照料的人都没有，只能枯萎。

吴天泓也不想跟别人说什么。有一段时间，她郁闷得狠了，就把头发抖搂到地上也不清扫，以想要保留隐私为借口，把保姆阿姨拦在门外。头发落了一地，看着都可怕了，可是没有人知道，也没有人问。

明明房间这么大，里面住了这么些人，可是她还是在独自凋零。若有一日死了，怕是也没有人知道吧。吴天泓揪着头发冷笑，她想去把头发剪了，剪了就当做了个了断，可到底还是忍耐着。

她咬咬牙，又开始找人吵架，跟杜斌吵，和婆婆闹。她每一次争吵都是在争取，争取让人看见，争取让人知道，这个房间里进驻了一个她，还有这样的，这样的一个活人……

这一次又是和婆婆闹了矛盾。

婆婆天天跟她说要生个孩子出来，吴天泓听着是听着，嘴角却是十足的冷笑。生孩子？怎么生啊？杜斌天天不在家，好容易回一次家，回来了就能生吗？烟酒不离身的人，谁知道他是不是还在外头嗑了药，这样的状态，怀上了敢要吗？

婆婆又不是没有生过孩子的人，可是说出来的话就好像这个任务只要吴天泓配合就能完成一样。打从她和杜斌说要结婚开始，婆婆就冷嘲热讽地让她戒了烟，她抽烟就是形象败坏，那她的宝贝儿子呢？她管过吗？

没有，什么都没有。

况且，吴天泓真的不想生。生孩子只是为了完成婚姻这个关卡中的阶段性任务吗？有谁替那个孩子想过啊？生下来做什么，跟她一起看着这间屋子吗？数一数房里有几块地砖，数完了再看看窗边有几只鸟停下，叫了几声吗？一个孩子，有个没人在乎的背负着“罪孽”的母亲，而他被带到这个世界上只为了帮父母完成婚姻任务，真的有人在乎他吗？吴天泓接到了展冲的电话之后，她马上请朋友帮展冲要了一个床位。婆婆正好经过，话听了半截儿，又不知道误会了什么，唠叨着她沾了自己儿子的光，花了他们家的钱还不够，还要拉着狐朋狗友一起混，连个孩子都不愿意生。

吴天泓气不过，也不知道自己到底是哪里占了他们家的便宜。呵呵，杜斌已经连着一周不在家了，说是被他爸派到外地签合同去了，真去了吗？谁又知道呢！这样的家，到底哪里来的底气看不上她？

吴天泓跟婆婆吵架了，火一起，拖着箱子就出来了。

她只觉得憋屈，憋屈到即将爆炸。这不是她第一次冲出来。

吴天泓拖着箱子跑出了门，她先给妈妈打了个电话，她妈妈安抚了她两句，又劝她回去。大概，在她妈妈看来，她衣食无忧，又没受到身体上的虐待，充其量就是杜斌在外面跑得多了些。他是男人嘛——社会对男人的标准总是宽松，他天天应酬还能被说成努力工作、奋发向上的有为青年。至于婆婆，更加无所谓了，从古至今，婆媳关系都有问题。

大概，她妈妈还有一句潜台词没有说出来："当初早就劝过你了，不要拍《瞳人》，更早就劝说了不要入行，从来不听。"在所有人的定义里，她吴天泓就是有原罪的，从进入婚姻开始就背着原罪。这份原罪的存在表明——什么时候有人想要把这件旧事翻出来，她都得跪下道歉，接受惩罚。

凭什么啊？她究竟哪里做错了。她最开始出事的时候脑子不清醒，人人告诉她说你都是活该的，她大概有那么一段时间脑子不清楚地真的跪下了。跪着妥协，跪着退场，跪着去攀附一份"幸福"。

可是，跪久了总会站起来，站起来才是人的行为常态。这个站起来的姿态，又得罪了谁？不知道，真的不知道，可是人人好像都希望她有错，有错才有立场逼她跪着过活。

说起来，在《瞳人》从拍摄到上映之后，这么长一段时间里，所有的朋友中只有展冲，从头到尾没有说过她有错。他反而一次又一次地告诉吴天泓，你的李小丫演得特别好，我被那个角色迷住了。

没有人知道吴天泓在心里有多么喜爱李小丫那个角色。她承认她不是一个好的从业者，她没有对自己饰演的每一个角色都做到有职业道德地投入爱和热情。她不会每一次都耗费心神地去创造一个人物。每次都认真才是一个合格的从业者应该做的事情，但她不是，有时候只把表演当作谋生的方式，来了兴致才会仔细认真。

吴天泓的父母大概也只把她坚持进入业界，当成一个孩子的叛逆和冲动。其实事实并非如此，吴天泓是站在镜头前的时候，演那个叛逆女孩的时候感受到了她的呼唤。这样的叛逆她从来没有体验过，她想象着那个女孩的一举一动，努力活成那个女孩的人生，站在强烈的灯光下，只觉得如此欢愉。

吴天泓觉得，她好像从身体的某个地方孕育出了一个新鲜人物，活着一个从来没有经历过的人生，那种满满的成就感和幸福感让她感动到想要流泪。

那次之后，她很少那么投入地喜爱过一个角色了，可是那种感动一直萦绕在心头，她从来没有片刻的遗忘。

李小丫是她爱着的角色，她费尽心思将其从文字里剥离出来，拂去尘土，将其卑微又美丽的灵魂一点点通过演绎雕琢、创造出来。她想要一直一直地表演下去，仅仅将李小丫生命中的一部分展现出来，这是一种遗憾。

可是，吴天泓没有在亲人和朋友那里收获到同样的感动。父母为她担忧，演了这样一个大胆的角色之后，她以后的生活会怎么样？熟悉的朋友夸奖她说，你演得真好，然后忧虑地问，你这样值得吗？更有数不清的陌生人甚至是亲朋好友用鄙夷的目光看着她，无声谴责：就为了红，做这么羞耻的事情，怎么这么贱？

没有一个人和她有共鸣地想着：李小丫真是迷人，她把我迷住了。

展冲不知道吴天泓心里有多感激他，好像身边只有这样一个人——爱她所爱。可是展冲，仅仅是世界上一个无足轻重的人，改变不了任何事情。不管多么喜爱李小丫，吴天泓能做的只有将那个小小的姑娘封存在记忆深处，走向她和自己都承受不起的现实生活。

一个冲动，吴天泓买了机票，来了都城。她受不住了，她必须逃跑，跑到哪里都好，只是不要回去。

可是，不能不回去，她终究还是期待着做一个最平凡的俗人，想找个爱人一生一世。若是做得到，离婚最好不会发生。吴天泓终究还是个俗人，她仍然觉得人终究需要一个归宿，要是幸运，最好不经历离散。

婚姻是什么呢？好像是用法律编一根绳子，将两个完全陌生的个体，甚至是他们身后的家人，硬生生地捆绑在一起。焦灼着、甜蜜着、掩盖煎熬、佯装微笑地将两个生命磨平棱角，尝试着拼凑到一起。曾经多努力想要融合，剥离的时候就要加倍难受。每一次分离都是一次痛，哪怕不爱，依然会痛。

吴天泓等着杜斌的电话，等了几天，他没有打来。

终于接到了电话，杜斌表示他才刚刚到家，这才听说她离开的事。也不知道是哪里来的胆量，他居然还气急败坏地指责她，说她因着一点事就跑了，这么长时间还不回家。

细细想来让人绝望，她的存在这么可有可无，原来在这个新的家庭里，她的离开那么无关紧要。

吴天泓不愿意回去，无论如何，她都不能这么回去。如果这次的挣扎再没有人看见，她大概是会被绝望彻底吞没了吧。

如果要总结她的婚姻，吴天泓只有两个字——憋屈。她的挣扎都这么憋屈，远远离开，只是为了要个台阶，能够回去。如此，憋屈。

究竟是为什么呢？当初是为什么就选择了结婚呢？这个问题吴天泓问过自己很多很多次。

吴天泓最后还是回去了，大概算是她胜利了吧。杜斌低声下气地一天打好几个电话来求她，终于知道了她在都城，第二天就坐飞机来了，他带来了昂贵的礼物，说尽好话，求着吴天泓跟她回家。

杜斌跟她保证了第一百零一遍，说是以后尽量回家，不会天天泡在外面的。他说他爱玩，可是真的爱她，给他一点时间，以后他陪她一生一世。

这些情话听听就算了，他做不到又能如何呢？吴天泓总还是要跟着他回去的。

又僵持了两天，终于坐上了回海市的飞机。他们两个并排坐在头等舱里，吴天泓靠窗。

一上了飞机，杜斌就戴上了眼罩开始睡觉，睡梦中轻轻拉着吴天泓的手。吴天泓却怎么也睡不着，她看看窗外，又看看边上的杜斌，还有她被握住的手。她感觉自己笑不出来，对于这次获得的胜利也觉得茫茫然。

是胜利了吗？

吴天泓尝试着拉扯自己的嘴角，拉动了。可是，她压根不愿意看镜子，她知道镜子里的自己哪怕是笑着的，也是一脸的苦相，眼神冰凉。

下了飞机，看到婆婆等在机场，她脸上带着很虚假的笑。她的身前站着看上去非常威严的公公，真是许久不见。

公公就好像古代的君王一样，婆婆在他身后低眉顺眼，杜斌见到了爸爸，整个人就身形耷拉下来。公公挤出一个他能表现出来的最和蔼的笑容说："吴天泓，回来了啊。"

吴天泓笑了笑，很客气地说："麻烦公公、婆婆来接我。"

公公对于她的这个恭维表示很满意，手一挥说："走吧。"还没有到家，公公就开始在车上对自己的妻儿进行训话，吧啦吧啦说了一大串，吴天泓知道公公这些话都是说给她听的。她装出礼貌的笑容，听着公公的话。

其实，还是两拨人。公公虽然不在家里，但是大概发生了什么还是知道的，他试图在言语间拉近自己和吴天泓的距离，讨好她。这种客气的讨好，无意中就划分出了一条线，宣示着她还没走进这个家，另外三个人没太多的交流，却是一个难以分割的整体。

到了家里，杜斌下车拿东西，婆婆走在前面，吴天泓跟在后头，公公放下了他们，直接开车走了。

杜斌是真的在家里老实了好几天，出去的次数大幅度减少。因为儿子在家，婆婆也不怎么念叨吴天泓了。细细想来，日子好像过得还不错。

吴天泓就是觉得有点无趣，以后的日子要一直这么过下去的话，多少还是有点茫然——就是这样了吗？

在回到海市之后两天，吴天泓只说出去见见朋友，开车去了展冲拍戏的片场。这次出门倒是很顺利，说是见朋友，婆婆也没说什么，撇撇嘴，让她走了。

吴天泓前一天给展冲打过电话了，她陪着展冲的爷爷奶奶出院的，于情于理她应该去见一见展冲，将两位老人的状况再当面交代一次。这次住院的钱也都是由她垫付的，医院的小票也应该给展冲，让他之后有个数。

她通常在小钱上都帮着展冲出了，可是真的要大到一定数额了，她从来都是跟展冲明确算账的。她于人情世故上从来都成熟细致，展冲虽然经济条件一般，却也是有自尊的，没必要这样去伤害他。

已经很久没有到过片场了，片场的那种紧张的氛围刺激着吴天泓的神经，好像远远闻着，空气里散布的气味分子都要表现得有些不一样。她走进去之前，深深地吸了一口气。

前所未有地后悔，她好像从来都没有发现原来这种带着刺激的混合的味道这么好闻，之前为什么从来不曾珍惜呢？

她到的时候展冲正在拍戏，那是他和李跃的对手戏。李跃现在对展冲已经很友好了，会主动告诉他要怎么走位，要怎么照顾镜头，哪里表现得不好也会告诉他。两个人下了戏勾肩搭背的，好像真的是哥儿俩一样。

蒋舒平在一边候场。

他先看见了吴天泓，马上站起来，大步走过去，带着笑容热情地跟吴天泓拥抱了一下。“好久不见了。你好吗？”

“挺好。”吴天泓跟他很实在地熊抱了一下，“你怎么样啊？”

“一切都挺好的。”

展冲这场戏又没过，他和李跃就在那边听刘梓璇讲戏，然后自己试戏，等着再拍一次。

蒋舒平递了根烟给吴天泓，吴天泓摆摆手说：“我戒了。”蒋舒平没说什么，自己点了一根吸着，看吴天泓在望着展冲的方向，就笑着夸了两句：“展冲这孩子挺不错的，认真，资质也还可以，算是个好苗子。他将来会有出息的。”

“是啊。”吴天泓无意识地和蒋舒平对答，眼睛不自觉地瞟向了片场。平时她大概会和蒋舒平打趣两句：你才多大就这么老气横秋的。不过，她现在没有这个闲心——在聚光灯下，好像有什么吸引着她的注意力。

那边有不甚清晰的台词飘过来，她只听见几个词，能大致拼凑出意思来。这样就够了，她无意识地跟着喃喃，身体小幅度地摆动。若是说得好，她就轻轻点头，说得不好，会微微皱眉。

以为都放下了，其实连一点细节都没落下，全都记在心里。

蒋舒平看她这样，也不说话了，皱着眉头转过脸去，不大落忍。

她发现展冲拍完了，眼光投过来，看着这边。隔得有点远，她还是敏锐地发现展冲看着她。过了好几秒，两个人才迟钝地反应过来，相互挥了挥手。

跟展冲交代完情况，那边很快又有场记来找他，说是还有戏要找他拍。吴天泓打了个招呼之后，扭头就走了。来的时候还有点慢，走得倒是很快，三步两步上了车，头也不回，快速离开了现场。

她开出了好远，第一次想着：是不是生个孩子啊？大概，有了新的生命加入的话，就没有那么无聊了吧。

日子就这么悠悠地到了十一月。

杜斌的表现是真的好了不少，他出去之前会先给她打个电话，平均一周下来也就两个晚上回得特别晚。他好像做到了他的承诺，给他点时间让他慢慢改。

吴天泓那天起得有点迟，反正也没什么事做。杜斌昨天一身酒气地回来，把她给熏起来了，但是一句话都不跟她说，一直躲着她。吴天泓困了，也不想跟他说什么，坐起来看他进了洗澡间，又躺下睡着了。

起来的时候，第一反应是摸手机。看到手机之后，吓了一大跳。她的手机设置的是静音，没有铃声，看到屏幕才发现，几乎所有的熟人都给她打了个电话。

吴天泓打了个电话回过去，对方期期艾艾地，好像很怕刺激了她，不停地说些安慰的话。吴天泓只觉得莫名其妙，打断了朋友说的话，直接问："发生什么事了？"

"就是今天早上的新闻啊，"朋友差点没尖叫起来，"你还没看到吗？昨天有记者抓到了 ×× 和 ×××，他们和朋友在一起，搂着姑娘在酒吧喝酒，你老公也在一块儿。"

吴天泓应付了几句，就把电话挂了。这么多电话，都是因为这件事吧。

她没着急，先打开手机看新闻，新闻的文字倒是跟朋友说的差不多，配图有两张，一张是所有的人都聚在一处，在酒吧里喝酒，模模糊糊，只看得出有男有女。另外一张照片和杜斌没什么关系，是 ××，身边抱着一个女孩儿，亲吻着走在大街上。×× 也结婚了，是圈内人。如果不是有他和 ××× 这两个人在，估计杜斌就是搂着女孩儿在酒吧里喝到醉倒，也没人去拍下来。

吴天泓虽然才刚刚知道这个消息，但是她的脑子是清楚的。她在圈里待了太久了，吴天泓是知道 ×× 和 ××× 的。×× 和 ××× 都是出了名的夜店玩家，常年去夜店混迹。爆出他们在夜店里的事算什么新闻呢？

报道被公关过了，按照他们的传闻推测，只怕是拍到了他们嫖妓的照片。只怕是八卦记者收了钱，他们紧急公关，才把这一部分的隐情给瞒下来了。

既然这些人都是一起的，杜斌的名字也被提到了，只怕杜斌也是有事的。

昨天杜斌那躲闪的态度也有了解释。

吴天泓想清楚了之后，又发现自己思维短路了，接下来要怎么办呢？不知道，真的不知道。吴天泓愣愣地放下了手机，坐在床上发呆。

她首先想到的就是“离婚”。

吴天泓没别的，她只是觉得真的太脏了。

其实，杜斌之前说的什么应酬之类的，吴天泓不是那么傻，不是真的什么内情都不清楚。只是，没摆到面前来，就不去计较罢了。她骗自己，也骗杜斌，反正外面有什么事情都行，不要闹到她跟前来，她就当作什么都没有发生过。

她像一只鸵鸟似的，把自己的脑袋给埋了，跟自己说：哪有什么事啊？我什么也没看见，什么也没发生呀。

认识杜斌之前，吴天泓谈过三四段恋爱，她对于纯真的爱情没有那么期待。经历过感情，多少就会放弃一些幻想，经历越多幻想越少，吴天泓早不做能找到白马王子的美梦了。家里人又催得紧，对她而言，只要能找到一个条件恰当、性格合适、能够凑合下去的就是好的。吴天泓天性不爱被束缚住，杜斌从不会黏黏糊糊地跟她腻歪，两个人都彼此独立，让吴天泓觉得很舒服。

可是，当那些装作看不见的东西摆到她面前来的时候，吴天泓还是崩溃了，真的太脏了。

她觉得杜斌整个人都是污浊的，那些脏兮兮的东西会沾到她身上来。还有那些电话，那些可能随之而来的让她不能承受的可怜的、安慰的目光，都让她难受。

吴天泓甚至都不想给杜斌打一个电话，连打个电话都让她觉得难受，一想到和这个人有过关系，就让她恶心。

吴天泓也不知道该去哪里?

躺在床上,这床杜斌也躺过,脏。下地,这屋子里的地那个人哪里没有踩过?去洗澡，浴缸都是被用过的。

家里的一切都沾染着肮脏的味道，让她濒临窒息。

吴天泓呆愣了几分钟，跳起来，她简单地冲了一个澡，用力地搓揉着身体，一下又一下，身体被搓到红肿。她没有说话，沾水拍打了一下脸，脸上沾的都是水。

洗完澡，她换了一套衣服，拿着包准备出门。

出了房间才发现，原来偌大的房子里，一个人也没有。吴天泓原本想着，大概是所有的人都知道了,只是不知道该怎么面对她,所以才让她休息的,原来,一个人也没有。

吴天泓咬咬牙，冷笑出声。她转身回了房间，直接抽出箱子，将所有的东西都锁进箱子里，转身出了门。出来以后，她又不知道该去哪里。

吴天泓打了个电话给她妈妈，一接起来对面正在哭，一下一下地，哭得简直凄厉。她只叫了一声："妈。"

"泓泓……"她记事起她妈妈就没这么叫过她了，从来都是连名带姓地叫她，乍然听到她妈妈这样温柔，这样怜惜地叫了她的名字，吴天泓一直没流下的眼泪差点就滚下来了。

"泓泓，你说，你说你怎么这么可怜啊，那个该死的人怎么就那么狠……"她妈妈一下又一下地咒骂着杜斌，连他的名字都不乐意叫出来。哭得声音都哑了，依然骂得特别狠，好像被背叛的是她一样："泓泓啊，你回来住一段吧。"

"嗯，我把东西都搬出来了，我想回家，然后跟杜斌离婚，我跟他过不下去了。"吴天泓倒是没有太多的情绪，刚刚那个空空如也的屋子真的把她打击到了，整个人已经完全不好了，心如死灰。

这句话说出来，她妈的哭声戛然而止："泓泓，你……妈妈知道你难过，可是你不要这么说，太冲动了。你跟他谈过了吗？"

"一个人也没有，我今天起来发现，家里一个人都没有！我跟谁谈啊?!"吴天泓说出来，眼泪一下子冲了出来，声音终于带上了哭音，"离，一定要离。"

听了这句话，妈妈在电话那头差点没哭晕过去，一直在流眼泪。"泓泓，泓泓，我的泓泓……"可是，到底没说让她回来的话。她妈妈哭了能有十几分钟，终于缓过来了。"泓泓，你爸爸还不知道，他今天上午有课。你爸爸这两年血压也高了，不知道会不会气出个好歹来。"

吴天泓知道，妈妈是不愿意让她马上回去。妈妈接着在那边劝她："你婆婆可能也是不知道的，你不要现在这么冲动地说这些话。离婚的事……你先跟杜斌谈一谈吧。"

吴天泓直接挂了电话，她也没有直接说不行。她的第一反应就是离婚，可是这会儿气到发蒙，她也知道离婚不是这么轻易的事情。

但是，理智也只能支撑她到这一步了，然后就傻了，走是一定要走的。可是，该去哪里呢?

那边，妈妈肯定是不愿意让她离婚的，就是回去了妈妈怕也只是喋喋不休地劝她。想到回家，吴天泓突然觉得很烦。她的朋友有几个是住在海市的，可是结婚之后她们也忙，她联系得少了，关系也不再那样密切。这种情况下，指望这些朋友长期收留她也不合适。

可是米妮在这边，她可以试试找米妮。

吴天泓打了米妮的电话，没有人接。她大概正在拍戏，最近可能接了片子吧。

最后，吴天泓打车到了酒店。她要了一间豪华套房，住了进去，第一件事是放了一盆水，她要好好地泡一个澡。在那个家里真的是太脏了。

这个澡，她莫名其妙地就洗了一个多小时，等到水都凉透了，才做梦一般地睁开眼睛，又不知道自己刚刚想了些什么。

她洗了澡出来，习惯性地一看手机，婆婆给她打了三个电话，杜斌也给她打了两个。

吴天泓深呼吸几次，她刚刚想把手机丢开，把这些电话都忽略掉。手机又振了一次，是婆婆的，吴天泓想了想，还是接了起来。

电话那头的婆婆从来没这么温柔过："天泓啊，不好意思。我刚刚才知道这事……我现在到家了，你在哪里呢？"

"我在外面住几天。"吴天泓只是这么简单地说着，然后没有再多的话了。

"哦，我让杜斌去找你吧……"

吴天泓没有多说什么，直接选择挂了电话。然后，是杜斌打来的电话，吴天泓毫不留情地直接按掉。她将手机丢到了一边，再也不管，用被子卷住了自己的身子，发呆。

这么一发呆就到了晚上，她也不知道是什么时候睡过去的，大概就这么睡到了晚上。她也不觉得饿，只是难过。

她拿过手机，因为有太多的电话打来，虽然都没有接，可是也耗了太多的电。她看了看，许多是杜斌打来的，除了杜斌，更多的是爸爸的来电。

吴天泓想了想，给爸爸拨了一个电话："爸爸……"

"泓泓，在哪里呢？"爸爸在那边没哭，声音很温柔地问她。

"我在酒店里呢。"听着爸爸的声音，吴天泓的眼泪就这么猝不及防地漏了些出来，"爸爸，别担心。"

"吃饭了没啊？"

"没有……"

"你是不是睡觉了？一直都不接电话，爸爸和妈妈一直都联系不到你，很担心。"

"嗯，刚刚睡着了。"

"你先去吃饭吧，不要饿着了……"听爸爸这么说，听着那么温柔的声音，吴天泓直接哭了出来。

她根本就刹不住，在电话里拼命哭喊："爸爸，妈妈……"这样的叫法也不知道多久没有出口了，可是在一个陌生的地方，在这个痛苦的夜晚，面对着窘困的环境还有前路未知的恐惧，她只能喊着爸爸、妈妈，一声又一声，仿若仍是孩子。

两位老人没跟吴天泓说，在给吴天泓打电话的那个时候，他们就已经请好假赶到机场了。他们在当天晚上飞到了海市，直接开车到了吴天泓住的酒店里。

看到两位风尘仆仆的老人，吴天泓再一次忍不住地泪崩了，完全不注意形象，抱住了父母。

别说妈妈，连爸爸都哭到无法自持，抱着妻女眼泪流了一脸。

晚上，是妈妈抱着吴天泓睡的，她搂着吴天泓，轻轻拍着她的背，一下又一下。吴天泓将这段时间没有告诉给父母的憋屈都说了出来，她说杜斌总是出去，可能这样的事情不是第一次了。她说婆婆的刻薄，怎么都看不起她。她努力了好久，一直都想要融入进去，可是没有办法，无论如何都没有办法。

吴天泓回到房间里之后，其实眼泪就已经止住了，她没有再哭。她只是心酸，酸得发涩，究竟是怎么挑上了这个人的呢？为什么没有在结婚之前就看清楚呢？

反而是妈妈一直流眼泪，她见过了太多的人，在女儿结婚前看到了未来亲家的样子，看到女婿的一些表现，她多少猜到了女儿未来的婚姻不会一帆风顺。可是能怎么办？女儿那么大了，名声因为一部电影毁掉了，很多普通家庭也不愿意娶明星，能够找到这样一个条件合适的对象，也许过得难一点，可总比孤身一人要好。

听了女儿的故事，哪怕预料到了会有些难，可这些困难实实在在地发生了，还是心痛难忍。她开始后悔和自责，是不是非逼着女儿结婚，真的错了？她将女儿捧在手心里，嘴上骂得狠，心里却疼得紧，怎么舍得。

可是，想来想去，好像再怎么难受，也不能这么简单地就让她离了婚。离婚哪里是那么轻易的事情。一个离婚的女人的名声又有多难听……没错的，她没错的，这样才是对女儿好，只是现在有一道坎，她得帮着女儿翻过去，翻过去就好了。

李教授在心里自苦，自苦又自责，自责又悲愁，女儿说的每一个字仿佛都在扎心，扎得流出了血。可想想来的目的，好像要把流血的伤口自己扒开，扒开然后再补一刀。她还是咬着牙受了下来。

其实，劝女儿跟着杜斌回家，她怎么放心？

但是让女儿不要回家，她又怎么放心？

李教授的心里翻来覆去地挣扎，就是吴天泓睡着了，她也一直没有睡。

第二天，谁也没心思出去。两位老人看吴天泓不愿意出门，就自己出去，买了点东西带回来。

吃饭的时候，吴教授自己出了门。他让妻子陪着吴天泓，自己给杜斌打了个电话，把杜斌约到了饭店里。

杜斌并不知道自己被拍了照片，他知道自己做错了事，所以回家的态度有些不自然。第二天有个会要开，所以正常时间离开了家里，他倒不是刻意要逃避的。

吴天泓猜测得没有错，八卦记者原本拍到的照片要劲爆得多，记者向与杜斌同行的 ×× 和 ××× 这两个大明星敲了一笔钱，不过钱没到位，就发出了他们在夜店玩乐的照片。

杜斌当天并不是主角，一行六七个人，他就是陪着朋友过去的。等到了公司，也没有人马上发现这件事情，直到被一些圈内人爆出他是吴天泓的丈夫，这个消息才又传开。

等杜斌开完了一上午的会议，终于接到 ×× 打来的电话，告诉他这个坏消息，这个时候他再想控制消息已经太晚了。杜斌不是这么不懂事的人，他马上打电话给吴天泓，不出意外地没人接听，他又打电话给自己的妈妈，偏偏她今天早上约了朋友喝早茶，离家也早。

两个人都联系吴天泓，打了几个电话，杜斌妈妈才又告诉他说联系上了吴天泓，吴天泓已经离开家了。这个电话之后，再找吴天泓已经找不到了。杜斌接到了岳父岳母打来的电话，把他狠狠骂了一顿。他爸爸也收到了消息，把他骂得更狠了，当天晚上到家以后，直接把他骂成了一脸菜色。

杜斌翻来覆去一个晚上也没有睡好。他是爱着吴天泓的。

最开始和吴天泓相处，当然有虚荣的成分在。一个漂亮的女明星，谁看着不喜欢。吴天泓的前男友还是王斌宇这样有名的公子哥儿，这样的身份标签，让吴天泓成为他的女朋友当然是一件很有面子的事情。

那时候，他追求吴天泓是花了功夫的。追到手以后，他觉得和吴天泓在一起实在是太舒服了。

杜斌之前也交过几个女朋友，天天黏黏糊糊，管东管西，每周起码有五天要黏在一起。查短信，共享社交软件的密码，缠着他买东西，等等。每次谈过两三个月，新鲜感一没，杜斌就觉得厌烦。

和吴天泓相处的时光实在是太过于美妙了，她独立自主，不会太黏糊，相处的时候又很有激情。很早以前，杜斌就想吴天泓是他理想的老婆人选了。

杜斌不是一个坏人，虽然他是个富二代，但是作奸犯科的事并没有怎么做。

杜斌的毛病其实就是好面儿，然后喜欢在外面玩。但是，像他这样的玩咖，总归是要花钱的。杜斌也是有工作的，他在爸爸的公司上班，也拿工资，就是实际的收入自然比不上他的花销。

杜斌的爸爸当然很凶，但是嘴上凶，给钱给得也大方。就这样，杜斌交了一个带出去很有面子的女朋友，隔一段时间见一次，过一段浪漫的生活；平时就拿着钱在外头潇洒挥霍。倒是提前过上了所有男士梦寐以求的生活。

某一段时间，也不知道他爸爸是怎么回事，非要杜斌把婚结了，若是不结婚，就要断了他的经济补助，让他拿着工资过日子。杜斌玩归玩，但是正牌的女朋友只有吴天泓一个，他的心里也是真的有吴天泓的。听了他爸爸的要求，他就去向吴天泓求婚了。

吴天泓没有答应他，杜斌很明白是为什么。其实，他也是不愿意结婚的。吴天泓是他爱的人没有错，他想跟吴天泓过一辈子，只是现在他还没有收心。他对于这样的潇洒生活始终留恋，让他回归家庭他暂时还做不到。也不是不爱，只是爱的程度好像还差了一点。

然后就出了吴天泓拍摄《瞳人》的那件事。

《瞳人》播出之前，杜斌的妈妈对于他说要娶吴天泓是一点意见都没有的。可是电影上映之后，杜斌的妈妈就无论如何都不愿意了，她看吴天泓总是不顺眼。

可是杜斌非要娶吴天泓不可，他没有觉得吴天泓拍摄了这样的电影有什么大不了的。那么多人围着拍呢，又不是真的去演了三级片，有什么大不了的呢？

杜斌只想娶吴天泓。

只是他到底还是爱玩，虽然将吴天泓娶回了家，可是短时间内还是控制不住自己。慢慢改吧，反正吴天泓也不怎么管他，他可以慢慢改变的。这次出了事，他想吴天泓大概是要和他离婚了，心里七上八下，将过去的事回想了一遍又一遍，这才真的着急了。

吴彤教授给他打了电话之后，他马上就去了。杜斌知道等着他的不会是好脸色，他也没说什么，就在那里任由老人骂，赔着笑脸，伏低做小的。

杜斌对着吴教授再三做了保证之后，吴教授给李教授打了电话，让她将吴天泓带过来。吴天泓不愿意，无论如何都不愿意。

杜斌回去了。

之后，杜斌由父母领着，几次来访，只见到了吴教授和李教授，吴天泓一直躲着，就躲在房间里，连出门都不太愿意。

没有办法，吴天泓的爸爸妈妈一直陪着她，他们跟她说了许多许多。

一周之后，吴天泓终于被说动了，她答应去见杜斌。父母劝她再给杜斌一次机会，她理解他们的理由，只是理解了还是恶心。她给自己做了许久的心理建设：最后一次，再试一次。

吴天泓答应了见面，可是见到杜斌的那一瞬间，她还是变了脸色，直接往后退了一大步。她不能避免地恶心，真的恶心。

可是，再怎么难受，吴天泓还是答应回去了。虽然回去，她也不愿意和杜斌躺在一起，被劝说了几次，她还是搬到了隔壁房间住着。

做了无数次的心理建设，到了最后，吴天泓躺在隔壁房间，依然恶心。

明明回了家，一切还是回不去了。吴天泓不再爱说话，她像个幽灵一样，每天拖着步子在这个房间里飘过，连身体接触也开始躲闪。

久了，哪怕一开始存着愧疚，不管是杜斌还是婆婆都不能够忍受吴天泓这个样子，三天一吵，五天一闹。闹完了又恢复到静默模式，默默忍耐。

大家都明白，这一段婚姻基础不稳，伤痕太大，这残垣断壁上抹了无数次白粉，到底还是无法修复成本来的面貌了。只是双方因着各种各样的理由，依然还在默默地忍耐着，只等最后的重建或者彻底的消亡。

第六年

启航

“妈，我要离婚。”吴天泓在元旦的时候拖着行李，站在家门口，说出来的第一句话就是这个。

她出来之前和杜斌还有婆婆又闹了一次，她想着要个决断，可是杜斌显然不这么想。他一开始还觉得愧疚，吴天泓怎么说都会忍让着。不过，他的脾气也是不小的，多忍让了几次之后，哪怕是他的问题，他也不愿意再伏低做小了，直接顶了回去。

吴天泓清了东西回来了，杜斌自己生气，以为这不过是一次日常的争吵，压根没在意。吴天泓是一个人回的家。

婚后的生活本来就说不上愉快，压抑得狠；自打杜斌这事见了报，吴天泓和他正式闹崩，唯一的一点念想都没了。本来她生得貌美，又保养得当，只因为这段经历生生把她的朝气都给磨灭了，整个人看着就跟披着人皮的骷髅似的。

吴天泓和杜斌关系不好，这事不是秘密。就是先前不知道，自打杜斌和几个男星一起去夜总会的事见了报，周围的人肯定也都知道了。吴天泓的婆婆事多，两位老人早在见亲家的时候就门儿清了。

吴教授从来都没有看好过杜斌，演《瞳人》之前，女儿和杜斌还远没有发展到谈婚论嫁的地步，他也就不好说出来。杜斌真的开口求婚的时候，情况却又发生了变化。老思想占了上风——他不像吴天泓妈妈那样，把话说得那样直接，心里也觉得女儿当时拍了大尺度的片子，以杜斌这样的条件，还能不管舆论压力坚持要娶吴天泓，已经找不出第二个了，所以也就不再有更多的要求了。自己和家里人都是亏欠了他的。亲家就是事多了些，杜斌就是有些不大靠得住，能够结婚也是吴天泓有福气了。

就是抱着这样的想法，明知道女儿在婚事上受了委屈，也不好意思出头。

本来嘛，老一辈的人就是感情再怎么有问题也是不主张离婚的，情情爱爱这种东西说多了太虚，日子能安稳过下去才是最重要的。

吴天泓有离婚这个想法不是第一次。两位老人回去之后没多久，吴天泓又好几次打电话回来说要离婚。李教授听到了马上就骂了回去，让她消停点，骂完了就开始哭，哭着劝她，让她一定要忍忍。谁做媳妇的不是熬日子，熬个几十年，脾气熬没了，自己有了儿子女儿的，也成了长辈，年轻时那点锐气谁还记得？吴天泓没再说话，沉默地听了一阵就挂了。

挂了电话，两位老人相对坐着，两个人都是沉默。没有了女儿听着，李教授更是慌了，她流着眼泪，大概比电话那一头的女儿哭得更加凄惶些。

可是吴天泓打了两次，听到的全是这样的说辞，听不出来父母哭过了，他们只是一遍又一遍地说着：忍一忍，再忍一忍吧。慢慢地，吴天泓连电话都不打了。

其实，最后那次挂了吴天泓的电话后，两个人就商量着说是不是再去海市看看。可是李教授又犹豫，怕这样会不会让女儿仗了势——要是让她知道家里没人支持她闹，她也就不得不把气头忍过去，说不准还要好些。

学校里正好又有些事，两个人到底还是没去。就是每天晚上睁着眼睛担心那边到底闹得怎么样了，睁着眼睛困到眼泪不自觉流出来了，也还是没往那边去。

这会儿，见了好久没见的闺女，没料想她成了这个样子。

开年的头一天，比不上过年对中国人有喜庆意味，可是这日子也算是特殊了，到底是新年的开头。谁都想在这个时候开心些，也算是为新年开个好头。

偏这家不是，两位老人看着吴天泓就哭了，只埋怨自己怎么不早点过去。

吴天泓看着两个人哭，无力地合上眼睛，再重复了一遍："我要离婚。妈，你不支持我没关系，我不挂累你，我自己过。"

李教授一听这话，直接就剜心了，手就往吴天泓身上拍，拍到的却都是骨头架儿，这会子就哭得更难过了。"你……你怎么说这样的话啊，你是不是非得让我疼死啊你。你……你闹什么离婚啊，啊?!"

吴天泓还是那个表情，也不说到底受了什么气，只重复说："我要离婚。"

李教授还要再说，被一边红着眼睛哑着声音哭的吴教授给拉开了。"你让闺女喘口气，她刚刚回来呢。你别这么凶神恶煞的，有什么你跟闺女好好说啊。"

一家人随意吃了口饭，吴天泓就要出门。"我之前住的那套房子租出去了，我去跟人说收回来。我去清房子了，我决不在家里挂累你们，你们犯不着担心以后还得养着我。"

吴教授一把将她扯回来。"吴天泓，不赌气啊，咱不赌气。你就是要离婚，你也该住回来，爸爸妈妈怎么可能还让你住出去呢？你就是真的要把房子收回来，打个电话也就可以了，是不是？"

"我不住家里，我不挂累你们。我就是离婚了，也不用你们管。"吴天泓低着头一字一顿地说，"只要你们别把我坑死在杜家的族谱上就算看顾我了。你们就是铁了心要把我名字写上去，那我也要跑出来，跑不出来我就是碰死自己也留不下去了。"

李教授一听这话，当时泪水又开始往外流。平时训斥的话早骂出来了，这会儿却没了声音，看着女儿抗拒的样子，只觉得心被掏出来，狠狠地搓揉了好几遍。

"吴天泓，你有你的想法，我们有我们的想法，就算彼此想法不合，你也该知道我们肯定不会害你的。"吴教授流了许久的泪，泪干了也就镇静下来了。他这会儿不哭了，拉着站在那里一脸抵触的吴天泓讲着道理。

"吴天泓，我知道。你妈妈最开始一直催着你结婚。后来，杜斌说要娶你的时候，我们几乎是什么都没要求，就同意了这件事，当时我们都很着急。另外，杜斌出了事之后，我和你妈妈一直劝你忍耐，一直都没有支持你。你肯定是心里有怨气，怨爸爸和妈妈把你往外推。”吴教授拉着女儿，口里劝着，可是看着她那个样子，看着捧在手心里的宝贝成了这个憔悴的样子，劝她不要离婚的那些道理通通都被堵成了无理取闹。

最后，只将吴天泓扯到沙发边上，她还是僵着身子，直挺挺地立着。到了最后，吴教授张了张口，说来说去：“聊聊，聊聊啊。”

可是想了半天，到底没有开口。

李教授流着眼泪说话了：“吴天泓，咱别赌气，好好想想这事，成吗？妈求求你了，你好好想想这事啊。你现在三十岁了，没个工作。你说的离婚跟我说的离婚不是一个意思。你就知道签字，离婚，拿个离婚证的事。我跟你说的是你以后，以后几十年的事情。你拿了那个本子，你以后怎么办啊，你靠什么过啊？好，你有赡养费，你有积蓄，过了两年，你还能去工作，你不担心钱的事情。那你未来的感情生活呢？你这么大了，名声不好听，离了一次婚，你嫁给谁去啊？你将来准备怎么办啊？”

“我不要靠谁，我不结婚也没有关系。离了婚，我自己过。”

“你别赌气，行不行？我们现在说的是你未来的事，是你一辈子的事。谁的婚姻里没点磕磕碰碰的事啊，谁没有遇到点坎啊，咱不能为了眼前这个坑就把自己未来几十年都给埋了啊。这是跟你自己过不去。”李教授急了，她努力地跟吴天泓讲道理。

她自然是为着女儿好的。只是老一辈人总是觉得结婚才能有个完美的人生，若是这一辈子都没找到个伴儿，一定是不幸的。而社会的现实总是对女人残酷些，通常来说，离过一次婚，三十多岁的女人在婚姻中是没多少市场的。吴天泓是个明星不假，可是名声早就坏了，她很有可能再找不到一个愿意娶她回家的，就是有条件只怕也很差。

吴天泓现在是难受了，她想要抽身离开。可是做父母的，总要把她离开了婚姻这个大坑之后更加艰难的前路给她说清楚，让她不要因为一时冲动，埋葬了未来可能的幸福。

“我要离婚。不嫁人也没什么，找不到合适的，我就自己过，没什么过不下去的。我要离婚，我要离婚。”吴天泓没有动摇，她还是重复着，说来说去还是要离婚。

吴天泓不愿意再纠缠了，她根本放不下那件事，日子过得憋屈到极点了，对着杜斌和他妈恶心得想吐。她婆婆忍了两天就忍不住了，用攻击作为防御。摆出一脸看不起她的样子，天天拿话逼迫她，好像杜斌出去混是她的错一样，还嫌弃她没生个孩子。

就杜斌那样子，生什么孩子啊？难不成要孩子出来跟着她一块儿守着空房子长大？

吴天泓坚定地重复着：“我要离婚。我要离婚！”

看着她的脸色，两位老人谁都不敢再对她说什么了，让她进房里去休息，然后出门买菜，想要再买点什么回来。

两个人互相埋怨着离了家，吴教授不想再管了，李教授还想再劝劝。倒不是当妈的心狠，只是她自己就是个女人，她太懂女人在这世上生活的不容易。若是离了婚，他杜斌就是再多泡几天酒吧，一样可以再找个比吴天泓新鲜生嫩的小姑娘。可是，吴天泓呢？孤孤单单，再遇到一个年龄相当条件合适又愿意担当的和杜斌差不多的男人该是多难。

家里的女儿是生生从她身上剥离下来、拉扯着长大的，是捧在手心里珍惜的。从小的时候担心她的吃，操心她的功课，大了为她的事业谋划，所有的事都想在前头。虽然嘴上总是批评吴天泓，时不时就要跟孩子拌两句嘴，但是孩子真要有事，她心里比女儿还疼得厉害些。

这会儿心里怎么不苦？可是还得劝！她就怕吴天泓没忍下去，以后哭得更厉害。到时候又该怎么办，她的女儿到底该怎么办？

想着想着，除了哭竟然想不出别的办法。她除了为难自己的女儿，压着女儿继续忍下去，也想不到别的办法来帮女儿。

吴天泓没哭，她没什么力气，木讷讷地站起来，瘫到了床上，可是她脑子是在活动的。她的思维清楚又有条理。

哪怕是起诉，要花上几年的时间，这婚也是一定要离的。

另外，家里是不能住的，一定要搬出去，一定要。若是还住在这里，父母一定不会放弃对她絮絮叨叨说那些劝和的大道理，虽然无法动摇她的决心，可是絮叨到让她心里憋屈。

她没有流泪，不是不难受，而是这些事情早让她把眼泪都熬干了。她憋着一股劲在心里闷着，只觉得恶心，真是恶心。

吴天泓没听她父母的，这事真是多一天也不愿意拖。她先要把自己的房子给找回来，这样不用跟爸妈一块儿过。

房子跟人签了半年的租约，到了月底也快要到期了。吴天泓打了个电话给中介，想跟租户商量商量，她说了一下自己的状况。提出希望对方能够用这一个月找房子，不再续租了，若是对方能提前搬走，她不会扣着押金，并且会给出一定赔偿。

也算是运气，租客两月前换了一家公司，觉得吴天泓这个房子远了些，一直在看更近的房子。看到一个还算合适的，差不多就快定下来了，只是开始签的是半年的租房协议，还交了定金。租客舍不得交补偿金，就没有开口。这会儿听到房东说可以免掉这个月的租金，退还定金，还补一个月的房租给他，自然是愿意的。

过了两周，中介给吴天泓打电话，说租客愿意提前把房子退了。吴天泓打定了主意说要搬出去一个人住，两位老人肯定是不愿意的。

吴天泓现在看着身体、精神的状态都很差，还闹着说要离婚。家里有房子住，有人照顾她，可她又偏偏不肯，死活要搬出去，这不是折腾吗？最后是吴天泓拉着她爸爸，撑着精神谈了一次话：“爸，我累了，能给个地方让我喘口气吗？”

吴教授看着女儿恳求的神色，最后劝服了老伴，两个人陪着吴天泓过去收拾东西。

房子租给人那么久，之后吴天泓打算都自己住，清理不是简单的事。吴天泓急着要住过去，打算搬过去再慢慢收拾，两位老人不愿意，打了电话给展冲，麻烦他帮忙。

这两年展冲和两位老人关系处得好，家里有什么闲置的东西，凡是展冲能用的，都随手给了他，就好像真是亲戚似的。展冲要是没课的时候，也常来拜访，讨教一些问题，帮着做些简单的事。

展冲接到两位教授的电话才知道吴天泓回来了，他也有几个月没见她了。

在《没有硝烟的战场》拍完之后，他就匆匆忙忙赶回京市上学了。

《没有硝烟的战场》这部剧的拍摄周期很长，四十多集的剧集拍了快五个月。展冲这样的重要配角，也在剧组待了快三个月，结束了拍摄，已经到了九月初，学校已开学。

展冲走得匆忙，他就没再和吴天泓见上一面。等到片酬到了手，他马上通过银行转账将钱打给了吴天泓。等到十一月的时候，他自然也看到了杜斌跟着几个男明星一起泡夜店的娱乐新闻，这之后也和吴天泓通过信。但是，这样的事情到底敏感，他不敢多问，只含含糊糊关心了几句。

虽说没有过问，心里却一直挂着，气得很，又着急，只是少了立场，就连关心也说不出口。

这会儿见到吴天泓，展冲是震惊的，他感觉都能听到自己心碎的声音。

站在他眼前的吴天泓，看上去是那么的瘦，脸色蜡黄，最可怕的是没有了吴天泓所应该有的那种生气儿。若是将他暗暗爱慕的吴天泓比作一朵花，那这朵花是开在他将要攀爬的山崖上，时刻保持着向上的姿态，可谓国色天香。他虽不能将她采回去，但是日日仰望，只希望这朵美好的花能始终维持着这样昂扬的姿势。可是他没料到，他所珍爱的人居然憔悴如斯。

展冲对于吴天泓不像是寻常的男人对女人那样纯粹的爱慕，他对吴天泓的感情有恋慕作为底色，混杂着感激、敬佩、欣赏。纵然，这样的感情不同寻常，可是一如水晶般纯粹剔透。

展冲从前没奢望过有一日能牵到吴天泓的手，说到底他们相遇太早。早到他还没有对吴天泓产生太深的感情，有了深厚的感情之后却又没有能力站到她的身边。所以他带着祝福，目送着另外一个人牵起她的手。

他的珍而重之，却被另一个人肆意践踏。若是如此不知珍重，当初何必给她承诺。展冲第一次这样痛恨自己的无能为力，要是他大上几岁，更有本事，他一定不舍得让另一个人牵起吴天泓的手，他会好好珍惜，珍惜那朵在他心里盛放的倾世名花。

可是，吴天泓的父母都在这里，现在这个时间点也是不可以的，他若是贸然冲上去将吴天泓抱在怀里，会把所有人吓坏的。展冲克制着自己的冲动，他的手藏在厚重的大衣下，颤抖。

展冲对他妈妈的记忆一直和孱弱有关，她活着的时候身体就一直不好。他爸爸外出务工，爷爷奶奶还得到田地里去忙活，照顾妈妈的工作倒是有一段时间是由小展冲来做的。虽然没有帮人搬过家，但是他很明白要怎么才能对人好。

展冲想着房子被别人住过，怕吴天泓会觉得硌硬，买了两瓶 84 消毒液，里里外外消了三次毒，又开窗散了两天的味道。其间，他跑了两趟，买的东西得到了吴天泓认可。找吴天泓拿了钥匙，又问过吴天泓的意见后，把买东西、搬东西这种花力气的活都包了下来，一趟一趟地跑。吴天泓只要负责打包就可以了。

等到这些都准备好了，展冲将钥匙还给吴天泓。再帮着她将东西都收拾过去，劳心劳力，周到体贴，好像真是她男朋友似的。

吴天泓没心思感受这个，她正跟杜斌扯皮呢。她以前怎么也是个名人，以后也还是打算拍戏的。像她这样被封杀的情况是有先例的，避个风头被封上一两年，之后想复出也没什么问题。

若是因为离婚上诉，时间长，事情也会闹得大，她不想还没准备好复出，就闹出这么个新闻败坏形象。如果可以，她希望能够静悄悄地把这段婚姻处理干净。

婆婆一直都不满意她，想要抱孙子这事她也没做到；就是公公对她还不错，那也就是对儿媳妇的客气罢了，应该不会下大力气挽留才对。想来想去，他们若是离婚，来自杜家的阻力应该不大。

他们之间的麻烦更多是因为财务纠纷罢了。

吴天泓为了尽快结束他们之间的纠葛，她没问杜斌要太多的赡养费，也没非要跟他对半分财产。反正她没什么经济方面的压力。吴天泓有些积蓄，她也觉得自己过不了多久就能找着工作；做主角可能不那么容易，但是演配角挣点钱总是可以的，她不怕从头开始，只要能切割干净，她是无所畏惧的。

唯一求的，不过是能够尽快断绝她和杜斌的婚姻关系。维持和杜斌婚姻关系的分分秒秒，对她来说都是恶心。

可是真的操作起来的时候，并不顺利。

杜斌并不愿意离婚。他还是之前的那个说法，说他在外面不过是逢场作戏，心里爱着的还是吴天泓，让吴天泓再给他一次机会。就是吴天泓认为不会出来阻止的杜斌父母也站了出来，老一辈的人都有些这样的思想，劝和不劝分，若是能够在一起将就着过，就尽量将就着过下去。

杜斌说不离婚，也算是吃准了吴天泓不想上诉的心理，他前所未有地热情，一天要打来好几个电话，情话不用构思，张口就来，也不肯当面谈，就是跟她耗。大概想着，哪天吴天泓耗累了，不愿折腾了就回去了。

这么拖着，吴天泓都搬回以前单身住的房子两周了，眼看都快过年了，终于没了耐心跟他玩这种小孩子的把戏。这回她发了脾气，在电话里噼里啪啦将杜斌骂了一通：“杜斌，你幼不幼稚啊？你别跟我叨叨什么跟谁逢场作戏，别人爱看你作戏你就找别人去，跟我没关系，你另外找个人祸害去。你别以为拖着拖着我就能放过去，我还就告诉你这事完不了了，上法庭就上法庭，看看我们俩到底谁的名声更臭些？！”

那边杜斌又说了两句什么，吴天泓冷笑一声：“要不要我提醒你，你去夜总会的照片可是沾了 ×× 的光上了新闻的。都不用我出去抓你把柄，你就是妥妥的过错方。再说了，糊弄糊弄别人还行，我可不是好糊弄的，我不说破，你就当我是傻子？你那晚和那几个混子出去真就是找几个啤酒妹喝酒唱歌？我也是在圈里混过的，那几个畜生什么德行我可是门儿清，你们那一晚到底是唱歌喝酒还是召妓啊？！话说得太清楚，可就没什么意思了。惹急了我，可就不是上法庭要多分你钱的事了，估计等你被关进去，就是你妈在探监时哭着让你签字了。”

那边杜斌好像也骂了两句什么，用不着贴着电话听筒也能听得清清楚楚。吴天泓压根不理会他，声调反而平静了下来：“杜斌，我恶心透了，你和你妈，都让我恶心透了。你和你们家里要是还有让我回去的想法就干干脆脆歇了吧，我宁可从这楼上跳下去把你们送到社会新闻版上，我也不会回去当你老婆。我之所以还愿意跟你签离婚协议，不吵不闹，就是我记着我们当初的情分。你就干干脆脆做回爷们儿，我们签字两清，还能得个好聚好散的面上光，你说呢？”

这话是吴天泓忍得太久了才骂出来的，实际就是嘴硬。她不会为了离婚和他们闹到上诉，也不会真的跳下去。她要顾忌的事太多了，她得给之后的人生留一张好看的皮。

说什么死呢？她不会的，她还得好好活着，她的心里还有心气在顶着，说死太没有志气。

不管是不是她的错，但凡离婚，一个女人提出离婚，总会有人叨叨地说些什么。父母以及周边的好心人只会劝她忍一忍，说男人总有些这样那样的毛病，年少轻狂，忍一忍就好。忍到白发苍苍，男人总会回家，耐心宽容，终归能调教出一个好男人来。

恶心的人在她拍了《瞳人》之后就给她挂了个艳星的名字，都不用看也知道他们只会说是她不检点，只怕这回又抓住了把柄不停地说些闲言碎语了。有个人娶了她，就算是对她有大恩大德，恩同再造，愿意戴着绿帽子将她这种人娶回家，她不说三跪九叩天天焚香敬祷叩谢天恩，还为了点所有男人都可能会犯的错误离婚，简直就是不忠、不孝、不仁、不义、不贞、不洁，罪大恶极。

呸，凭什么？她吴天泓又没有收杜斌的教育费，为什么非要费劲巴拉地勉强自己原谅他，还要将他教好，等着他一身病痛老了残了再回家赖老妻？她恶心了两个月，婆婆自己把自己安慰好了，不怎么怪她宝贝儿子，还对着她唠叨，怨她看不住人也生不出孩子来。可是，她心里坦荡又能如何呢？

想得痛快，骂得痛快，她终究还得活着，甚至是在所有人的视线中活下去。

她本来就背着巨大的压力，最该帮她的父母却还在劝她忍忍。演艺圈的女演员不是那么好嫁的，再加上她三十多岁又离过一次婚，真要再嫁人确实是难些。若离婚时再闹出个大新闻，把名声再祸害些，她可能真的很难顶住，说不准到时候还只能回到杜斌家去。

若吴天泓是个温顺的姑娘，她也许会闹一次，为自己争取些好的待遇再回去，因为杜斌并不是那么不可救药。

他爸爸没怎么管过他，妈妈只知道宠着他，让他明明已经是个成年人了，某些方面就跟没长大的小孩子似的，却偏偏又觉得自己潇洒得不得了。他的本性并不算差。吴天泓就是现在也敢说，若是他一个人单独出去，大概是不会做那些事的，可是跟着别人混，就把持不住自己的行为了。

像这样的人，若是对他有耐心，好好教导，应当是能将他的毛病改过来的。说白了，他就是不懂事，没真的经历过生活，觉得这样的玩乐方式很酷、很帅，在朋友面前一定要有面子，贪玩了些。他还没明白责任和自制是怎么回事。

可是吴天泓没想着教他，她不属圣母教的，没那个心思。怪只怪她和杜斌当初都没太想清楚，错把玩在一起当成了搭伙过日子。吴天泓之前一直想跟他谈谈，可是杜斌不愿意，一直耍赖。吴天泓索性不把他当成年人沟通，直接开骂，只盼着这样激他会更有用些。

倒是没想到，这个激将法真的奏了效。离过年还有三天的时候，杜斌突然跑过来敲了吴天泓家的门，二话不说，照着之前的条件把离婚协议书签了，签好了就走。说是吴天泓什么时候要去民政局就给他打电话，他订的是大年三十回去的机票。

这倒是省了心，可吴天泓一点都没觉着开心。

她合上门，拿着那签了字的协议书，跌坐到沙发里，又哭又笑。笑，带着讽刺，她到现在才发现自己当初是有多眼瞎，居然……居然会找了这么个男人。披了张成熟的男人的皮，实际上却只是个愚蠢的男孩。她的恶心、犹豫、艰难、挣扎……所有这些复杂的情绪只是一场自己抽风后演给自己的黑色幽默剧。

所有的都是她自己找的。

米妮当初骂她，说她会后悔的。吴天泓却只是害怕，害怕自己错过了杜斌，就再也找不到李斌、张斌……结果呢？没有那些，有什么关系？

好些事回头去看，都不算什么的。

这一段时间吴天泓要离婚了，米妮大着肚子给她打了个电话。

这女人和楚渊闹了好长一段时间，不知道哪一次又滚到了一起，还滚出个孩子来。偏偏，又不想跟楚渊在一起，说是他们老吵架，觉得没有安全感。她舍不下孩子，决心自己带，楚渊是想孩子和爱人都要照看，俩人这时候正在折腾。

听到了吴天泓的消息，这女人打了个电话过来，说话的时候声音里都带着哭腔："早跟你说什么来着？你就是不听我的，非要折腾你自己……泓泓……"

大概是怀了孩子，激素水平发生变化，她特别容易多愁善感，说话变得很煽情，在电话里比吴天泓还先哭出来。

吴天泓还好，脸上是麻木的，好像没有太多的想法。她就这么木着一张脸，听着，心里一片酥软。也没什么难受的，她做人的眼光还不算全然失败，到这会儿，还有这么一个关心着她的朋友。

最后楚渊回来了，他抽走了米妮的电话，跟吴天泓道了歉。那边米妮好像还在吵闹着，想要把电话拿回来。

俩人闹腾的声音通过电话线传过来，有点吵，听着却幸福。

米妮很幸福。

吴天泓坐在沙发里，嘲讽地笑着，笑自己胆怯，笑自己自作自受，笑自己识人不清。笑了一阵，她的嘴角又耷拉下去，她拿着签过字的离婚协议书哭了出来，周围没有人，她可以放肆地哭，大颗大颗的泪水往地上死命地砸。

哭，是真的难过，因为对未来的担忧和恐惧把自己坑了，坑了足有一两年。什么都没有得到，恐惧和担忧倒是不需要再去担心了，却多了满身伤痛、一身疲惫，还有一栏不太名誉的婚姻记录，再加上一个未知的阴暗未来。

她哭哭笑笑，把眼睛折腾得红肿，嗓子竟也有些哑了。

第二天，她还是早早起来，认真洗漱，仔细装扮，将自己折腾成了天仙一般，换了一套性感的裙装，挎着材料去了民政局。

吴天泓没有那些没好好珍惜之类的念头，也不后悔。她只是想明白了，再怎么埋怨之前那个脑子进了水的自己也于事无补，“刑期”即将结束，不管“出狱”后面对的未来是比现在好还是差，一个崭新的开始就在前面等着她，她一定要光彩照人地走向自己的将来，不能输了气势。

至于杜斌，他和她再也没了牵扯，从此桥归桥路归路，总是两清了。他看着她觉得惊艳、惋惜或者是不在意，这些都与她无关了。

从民政局出来，吴天泓才给两位老人挂了电话，昨天杜斌过来签字的事情她压根就没说过。

李教授可是气到了极点，也不知道她怎么那么快就冲到了吴天泓家楼下，吴天泓回来的时候，她已经在那里等着了。她等在那里，抓紧了自己的手袋，也不进门，就瞪着吴天泓回来的方向，眼神里带着一股狠劲，好像恨不得一巴掌就把闺女打回娘肚子里去。

但看到吴天泓，她刚刚离婚的女儿——虽然瘦，一伸手还是一把骨头，可是那个精气神分明就是以前天天跟她吵架的女儿，用战斗一样的神态挑衅地对着她的样子。

李教授一句话都骂不出来了，她哑着嗓子丢了一句：“后天过年，早点过来帮着做饭。”然后噔噔地又冲回了自己家。

李教授求也求了，骂也骂了，她知道吴天泓就是为了躲她搬出去的，她也还是坚持劝劝女儿，最后女儿还是没听劝，本想责骂几句出出气，又见了女儿离婚后这么有精气神的状态，把话生生咽了回去，冲回家以后，自己把自己关在房里发泄了一整天。

其实一同过来的还有吴教授。刚才，吴天泓全部注意力都在站在楼下的母亲身上，都没注意到在树荫里的父亲。只见吴教授走过来搂住了女儿。吴教授年轻的时候个子挺高，架不住年纪大了，身形难免佝偻，身高缩了几厘米，现在竟和吴天泓差不多高了。他抱着女儿，轻轻地拍打着，一下又一下，就像搂着一个小姑娘一样。“没事，没事，离了挺好的。”

父亲离开后，吴天泓挂了第二个电话，她打给了展冲，她看出来展冲颇为关心她。

展冲那时已经回到家了，在老家的县城里帮他奶奶倒腾年货。他去年进账多点，以后的前途也算是看好。他就想着让爷爷奶奶也宽裕些，别老省钱。从京市大包小包扛了好些年货千里迢迢地送回去，毕竟县城里采买年货再怎么大方，东西也不是很齐全。

有些县城里能买到的，就还是在县城里买了，比如买了许多能存得久的食物，放在家里让两位老人留着慢慢吃。

展爷爷、展奶奶自然是不愿意的，拉着他不让他这么乱花钱，说他在学校里清苦，留着这点钱到学校里改善伙食。劝是真心实意的，可是眼里的快慰是怎么都藏不住的。

展冲笑着拒绝他们，拉着两位老人慢慢逛，买了东西就扛在自己肩上，不多久累出了满头的汗水，却也觉得欢喜又温暖。

在这人声嘈杂的背景声里，展冲将东西放下，艰难地接到了吴天泓的电话。她声音平稳，透彻又清亮："展冲，跟你说个好消息。我终于离婚了。"

展冲只觉得四周带着乡音的背景炸成了一朵朵璀璨的烟花，这个年有了前所未有的喜气，他毫不掩饰地回道："恭喜你，真好。"

说完了又觉得怪异，怕是没多少人在人家离婚的时候说这样的话的，一般说这话的人和对方的关系也好不到哪儿去。两个人同步地轻轻笑出声来。

"谢谢你，"吴天泓自然听得出来展冲是真心为她高兴，这是第一个为着她离婚笑出来的人，她的脸上也带出了笑意，她笑着说，"祝你新年好，也帮我给你爷爷奶奶带好，祝他们身体健康。"

"嗯，也祝你过年好。新年就要到了，新的开始也来了，一切都顺顺利利。"

俩人很快说了再见，展冲带着两位老人继续逛，脸上的笑却是怎么也收不住。

吴天泓却还是没有放松，她急切地要在新的一年到来之前，将一切都收拾出一个样子来。

新年，过的究竟是什么呢？大部分人都觉得是团圆。吴天泓今年要过个不一样的团圆年了，她在年前将自己和前夫的联系割裂了，她又一次回归到原本的那个家里，简简单单三个人，一个年。

新年，应当还有一个意义是扫除，将去年的秽物和不快都留在过去，给自己打开一个干净的新年来。

吴天泓开始在家里做大扫除。她搬进来的时间不长，展冲在她住进来的时候就帮着她将这个房子仔仔细细地扫过，这次打扫并不费事。她的角落里还没来得及沾染太多的灰尘。

可是吴天泓还不满意，她想把客厅腾出半间来。她这间房子买的时候就是做自己一个小窝用的，房子不算大，一室一厅一厨一卫，小小巧巧，但是该有的都有了。原本客厅的摆设自然是一套沙发组，配了个大电视。

吴天泓想了想，索性打了个电话给物业，请保安过来家里，把电视和电视柜都给搬走了，若是想要就送他们了。这样，她的客厅就空出了一半。

她还开车出门，准备去买个垫子，准备在客厅里弄一个形体锻炼角落，拉拉筋、练练形体，要把自己最好的状态给找回来。

把垫子搬进车里，往回开。正好，吴天泓路过了一家理发店，那不过是一间路边的小理发店，红蓝白的旋转柱在那里转着。她心思一动，抓了一把自己的头发：是不是该剪头发了？

吴天泓是最不耐烦留长发的。她的头发又粗又毛糙，为了保持长发的发型不知道要花费多少心思。可是，为了……婚姻，吴天泓还是忍下来了，不过是为着讨她婆婆一个笑脸，谁让婆婆更偏好的是传统形象的贤妻良母呢。

吴天泓自嘲似的笑笑，脸上的肌肉绷不住地往下松。她的头发也是一种忍耐的标志，她告诉自己，不要这么轻易地放弃。终于，什么都不需要顾忌，她可以随心所欲地照着自己想的样子拾掇自己。

这个时候的京市已经没多少人了，路边有许多的空位可以停车。吴天泓一脚刹车停在了路边，潇洒地走进了理发小店里。小店的老板，年纪有些大了。吴天泓到底是童星出生，虽然已经息影一两年了，店主也把她认出来了，也不知道这么个大明星是怎么会跑到自己的小店来的，一时间有点手足无措。

吴天泓笑笑，很无所谓地说："你好，我剪头发，剃个板寸，光头也行。"

说完了又尝到了放肆的快乐，自己这么不管不顾地折腾真是一件快乐的事。虽说一直是短头发，可是从来没有留过这么劲爆的发型。想想那个样子，真是想要笑出声了。

她闭着眼睛，不看镜子里的自己，想把眼泪也给憋回去。她任由这个师傅唰唰地动着剪子，嘴里飘荡出了一串串轻轻的笑声。

等师傅最后唤她，跟她说："吴小姐，那个，好了。你看看，这样行不行？"

理发师傅最后还是没敢按照她的吩咐做，直接给她理个板寸或者光头出来。师傅的手艺到底不好，年纪也大，时尚度差了些。他虽然尽了力，可是剪出来的童花头到底不好看，她又硬又粗的碎头发支棱了好些出来，看着更加不舒爽。

吴天泓看着这个样子开心，头一仰："别犹豫了，剃，都剃掉吧。"说完，她又闭上了眼睛，嘴角勾起来，左边那个藏着的梨涡浮了起来。

理发师傅不再犹豫，拿起剪刀又开始唰唰地剪。这还不够，他又拿出剃刀来，按照吴天泓的嘱咐，在她的头上刮着。

清凉的感触包裹住了她的头，从未有过的体验，凉得刺激，刺激得好想要大笑。吴天泓还是没睁开眼睛，任由全新的细微刺激蔓延向她的四肢百骸。

理发师没多久又拍了拍吴天泓，她这才睁开眼睛来。

眼前的镜子里，坐在这里的好像是一个完全陌生的女人。她的头上只剩下一层薄薄的青皮，看着十分搞笑。她忍不住地伸出手，摸了摸，带着头皮的温热的毛糙触感，痒痒的，却又如此新奇，新奇又带着一种野蛮的肆意。

真好，就算没有那么美，就算看着有些怪，可是能够这样——真好。

吴天泓心情很好，直接把一张大钞给老板，朗声说了一句："新年好。"然后大跨步地走出了小店。

她领了证之后，除了打电话，便是忙忙碌碌地做些什么事，这会儿想不起还要再做什么了。于是，她轻轻地趴在方向盘上，对着自己大喊了一声："吴天泓，一切都是新的开始了！新的！新的！"

一踩油门，她将那一地的碎发并着不堪的过去甩在了后头。

新年的时候，吴天泓这个样子进门，父母看了她半晌竟然什么都没有说。父亲走上去抱抱她说：“新年好，帮你妈去端盘子，我们就要吃饭了。”

三人坐下，一人面前摆了一杯水酒，三人一起举杯，碰在了一块儿。吴教授率先发言：“新年新气象，我们举杯，祝愿新年好，一切都好，越来越好。”

新年后，展冲回学校报到后，迫不及待地前去拜访吴天泓。

吴天泓穿着运动装给他开的门。她剪了头发，刚刚剃的头，长得比平时快些，短短几天，竟然跟疯了似的往上冲，几乎每天醒来，看到的都是不同的样子。可是短短的头发下面青灰色的头皮还是没被遮掉，坦白说，这个样子不算好看。

她已经是三十岁的人了，又经历了这么一场糟心事，皮肤状态不太好，还没有化妆，加上这个具有冲击力的粗野发型、看不出身段的衣服，脸上还挂着因为刚刚做运动流下的汗水，可是展冲还是看呆了。

好像他从前记忆中的吴天泓要在那个灰暗的厚壳中再生，发散出更加耀眼的光芒来。她挣扎着突破了那层看不见的壳，满身伤痛，可是看着展冲的时候，唇角不自觉地上扬，预示着曙光在前。

最让人惊艳的始终是她的目光。展冲终于又见到了，看见的时候才知道自己曾经那样怀念过。看着这样的，曾经数次见到又消失，终于又再度重现的目光，他明明站在对面看着它，却依然怀念着。

那种目光坚毅、勇敢、洒脱，好像汇聚着世间最耀眼的光芒，装点得吴天泓如同女王。

看着这样的吴天泓，展冲觉得随吴天泓的步入婚姻而深埋在内心深处的颤动，仿佛再一次复活了，鲜活而强劲，他可以听到胸腔内的心脏有力度的跳动声，让他周遭的空气都随着心跳而震颤起来。

展冲在这一刻仿佛知道了吴天泓离婚之于他的意义。

之前，吴天泓结婚的时候，展冲连争取都没有做过。一方面是他还没有能力，他没有把握能够给予吴天泓幸福；另一方面是他还没有认清自己对吴天泓的感情浓度，他也不知道自己对吴天泓的喜欢能够持续多久。

这一次，仿佛是上天又给了他一个机会。

展冲并不是觉得吴天泓的离婚是老天要促成他们两个人在一起，只是再次面对单身的吴天泓，展冲真心觉得如果不争取一次的话，将来他一定会遗憾和后悔的。

毕竟，她就是结了婚，他也没有忘记过她。他的心里一直有她的影子，不去碰的时候还好，碰了难免牵肠挂肚，心肝脾肺肾被搅在一起捏了个遍。只是，他强忍着无法言语罢了。

展冲现在有了理由，他想争取看看——借口需要吴天泓帮助，没事的时候就会去吴天泓家里，和她一起努力走出伤痛。他也不急，吴天泓到底才刚刚离婚。

展冲要做的，不过是陪伴。

他知道吴天泓心里的伤痕还没有完全愈合，他不急，就让她慢慢养着吧。他就这么在她身边久久地陪着，反正，他只要守着不让另一个人走近就好。

大四了，展冲这个学期的任务主要就是准备毕业作品，他需要完成一个小品。东戏的毕业作品看得比较重要，展冲暂时也没接到什么片约，就想着先好好完成这最后的作品，为自己四年的努力画一个句号。

吴天泓暂时没有收到合适的片约。

离婚，虽然是吴天泓自己选择的，可是这样一个人生的重大失败，多少还是让她的心情受到了冲击，连带着状态也非常糟糕。她也不急着托朋友进剧组演戏，一个人在家里练习形体和台词，努力恢复到之前的状态。

吴天泓按着规划的步骤做着自己的事，她没说太多，只是有时候也会记着打个电话，或者看看消息。不过，吴天泓自己都离开圈子一两年了，这一两年里被婆婆管束着，和从前的朋友见面的机会也不多。

有的是不好意思去麻烦人，有的是人走茶凉，一时半会儿也没找到什么好的机会。

反正，她的状态还没有恢复到正常的水平上，也不着急。

她也时不时对着镜子演上一场，到底是许久没演戏了，很多动作都生疏了。可是，演技是她从胎里带来的天赋，雕琢多年，早已融入了骨血，难以剥离。那天赋仿佛是她生命里的一棵高木，在冬日里荒芜，只等一个春日，草木复苏。

二月的时候，《没有硝烟的战场》开始进行宣传。不过这种政治类型的剧集，是没太多宣传活动的，也就是电视台办一场开播会。本剧定档在三月的时候上映，正好是为了当年的两会所拍的献礼片。

展冲作为重要的配角，也被拉到了开播会的现场。在同剧演员之中，展冲的年纪最小，咖位也不大，又没有经纪公司和团队的打理，虽然长相上是最耀眼的，却也只能全程缩在一边，默默当一个陪衬的背景板。

展冲实在太没有名气了，他没办法像大明星一样借到名牌服饰来穿。这样的场合，这样的戏剧类型，如果穿他日常穿的休闲类服饰肯定是不行的。展冲以此为借口，找了吴天泓陪他去逛街，买了一身合适的西装。

吴天泓了解他，也知道展冲只是一个小配角而已，他穿奢侈大牌也不会有人注意，真要让他去买那些奢侈品牌的西装他也舍不得。所以在中档品牌的商店里，帮他挑了一件合身的有设计感的西装，让展冲参加活动穿。

可就是这样，展冲也紧张了很久。他之前不是没有经历过记者的提问，不过那个时候他比现在更加腼腆和放不开，这些耀眼的闪光灯和记者的关注，仿佛都不是冲着他去的，他甚至有种荒谬的感觉——像是偷了别人的人生一样。这样的错位感，让他迟疑了许久，也不知道如何说话。

四年了，过了这么久，哪怕离他想象中的成功还有很长的路要走，可是那扇门仿佛已经向他打开了。展冲急切地想要冲出去，告诉所有的人他已经不一样了。哪怕他穿着全场最便宜的西服，哪怕他是全场最年轻的一个。

站在台上——展冲作为一个成熟的男人，作为一个新生的演员终于重新登场了。

但是，没有记者给展冲这个机会，他所有的精心准备、夜不能寐的紧张以及埋藏在内心里的豪情通通化为了沉默的微笑，他站在最边上的位置，沉默，沉默。不过是暂时的沉默罢了，他没什么不平的。

展冲就这么微笑着站在那里，不急不躁。前辈发言的时候就偏过头去看，等他们说完了就真诚地抬手鼓掌。

也是在这个沉默的时候，有一个大好事找上了他。

刘梓璇也来了现场，她是副导演。这种剧组的幕后人员一般都只会派出导演，再多加个制片人做代表，所以，她虽然身份有点特殊，但是也没有特别站到中间去。她就和展冲一样，站在靠边的角落里。

在喧嚷嘈杂的环境里，刘梓璇看没有什么人盯着，找了个机会凑过来，小声告诉展冲，说她准备导一部戏，觉得展冲很适合男主角的形象。展冲吃了一惊，这惊喜来得太突然了。简直让他怀疑：刘梓璇是在跟他开玩笑？等他确定之后，只觉得喜悦从天而降，将他淹没了。

不过，毕竟是开播会的现场，之后又还有饭局，没什么工夫让他们两个细聊。就是在分开的时候，刘梓璇又找展冲确认了一下电话号码，说是过两天跟他联系。

展冲没等太久，果然接到了刘梓璇的电话，说是让他出来聊。

展冲到达餐厅的时候刘梓璇已经到了，她旁边坐着的人应该是她的男朋友——沙睨。展冲已经见过两次，但是没有说过话，他不在《没有硝烟的战场》的片场工作，只是在有时间的时候过来探班。

沙睨是SR视频的少东家，现在不仅管着SR视频的业务，还兼管华影的事。为此，圈里隐隐有过传闻，还有些不堪的说法，比如SR想要送儿子联姻求发展之类的。

可是真的见到沙睨，就觉得那些谣言十分恶毒，沙睨本人气度卓绝，一点都不像一个二十几岁的年轻人，好像是从千年以前穿越而来的读书人，温润如玉，谦谦君子。

不说长相，光是那份气质就自成一派水墨风景。

两个人点了一桌子菜，刘梓璇倒是不顾忌地开始吃了。展冲和她合作过，知道她不太擅长交际，一直就是这个随心所欲的样子，倒是有些纯粹的艺术家派头。沙睨一边宠溺地给刘梓璇布菜，一边和展冲寒暄。

他们俩给展冲带来的是一个从天而降的超大惊喜。

毕业两三年，不同于其他人，刘梓璇是从头到尾都没有闲着的时候，她虽然没有主导过一部影片，但是一个剧组一个剧组地串下来，跟的还都是名导，经验值也攒得不错。她本身又是个极其有天分的人，虽然这些经历是倚仗父亲得来的，可是谁也没有底气质疑她本身的实力。

刘梓璇的父亲刘源就提议出资，筹拍一部电视剧，拉个班子，挑头做导演。她的男朋友又是 SR 视频的少东家，两家公司都是财大气粗，跟刘梓璇的关系又太不一般。大笔的资金迅速到位，而且从项目的筹备到班底组建还有演员通通都由她做主。

刘梓璇找到的项目就是《刺》。

《刺》是一部很有名的朝堂武侠言情小说，虽然打着言情的旗号，可是在描述感情上所花费的笔墨仅有寥寥几笔。但是作者的文笔也是极其出色的，文风质朴，不过感情配对不算讨喜，在言情小说的粉丝圈内不算受欢迎。可是极其富有逻辑的争斗布局，以及曲折大气的故事剧情，还有超脱出时下流行的个人感情的格局，倒是吸引了不少男读者。

这本小说的名头虽不算太响，毕竟在它被归类的圈子里有些小众，曲高和寡了些，可架不住它的地位高，口碑极好。展冲也是听说过的，可是，他没时间读它。他安静地听着沙睨介绍这个项目，不时点点头，做不出什么评价来。

刘梓璇早就看过这本小说，当初就是她强烈建议父亲刘源买下了这本小说的影视改编权。对于这本小说的拍摄她也早就构想了很久。

小说的男主角卫宗谦是一个极其神秘却又充满魅力的人物，他的长相按照书里的描写该是惊为天人。他性格有些分裂，对熟悉的人腹黑毒舌，对敌人却又极善伪装，长袖善舞，在感情上也极其忠诚，是一个传统的受少女喜欢的高人气角色。可以说，他是这本小说的灵魂人物。

对于这样一个人物的选择自然是极其慎重的。

刘梓璇别的不说，对待工作总是认真的，并且她的出身给了她便利和优势，让她不用向各方面的势力做出妥协，她就很自然地拟定了长得好看、演技好、态度认真的选角标准。这么刷刷选选看下来，就没看见几个符合标准的。

现在圈里有些“小生荒”，排除年长的几个常青树，当红的女明星倒是有，但是数得出的年轻男演员太少。

受到日韩潮流影响，时下流行的是花美男，带着女相的男生，人气极高。他们在表面上看倒是合适，只是卫宗谦虽然面若桃花，但是书中描写他气度的文字是：气质如山顶皑皑白雪，站在那里好似萧萧的高木。这到底是和当下流行的花美男在底色上有些不同。第二点就是气度合适的也有几个，只是他们人气高，来钱来得快，凭着长相就可以出道，或者家里有些背景，对于演技这一块就有些虚浮了。刘梓璇对演技的要求极苛刻，难免看不上眼。

受小生荒影响，不少明明年纪要演主角的爸爸、叔叔的男演员，只因为保养得好，还是被拉来演年轻的男主角，和年轻的女主角在一起谈恋爱。刘梓璇努力了许久，终于得到这么一个自己挑大梁的机会，这本小说又是她格外喜爱的，要求自然高些，被推荐过来试镜的人都不如她的意。

摆在刘梓璇面前的选择很简单了——找新人。可是，这个新人也不是那么好找的，好容易挑到了合适的演员演男二、男三。可是刘梓璇也好，沙睨也好，公司其他人也都犹豫，到底不好全部都让没有经验的新人来演，还是想要一个有些经验的男演员出来，压压场子，带带戏。

她想了一圈，终于想到了一个合适的人选：展冲。

展冲长得很好看，让人惊艳的好看，又不是男生女相的柔和，任谁一看都知道他是个俊朗的男孩，形象和气质都契合了刘梓璇对卫宗谦的想象。

上次在《没有硝烟的战场》有过跟他合作的经验。虽然他的演技在剧组算是“出挑”——和一帮老戏骨合作搭台，他的演技自然是生嫩得有些出挑。但是实事求是，演技这个东西是需要天赋，但更需要时间和经历来打磨，他能够把剧中的人物塑造到如此地步，就他的年龄来论，算是很不错了。

另外，他的态度实在是让她不能不高看一眼。

刘梓璇知道自己的性格不好，嘴上说话也不好听，以前没少吃过亏。所以养成了个习惯，为了不说错话，喜欢观察一阵之后再说出来。她自然也观察过展冲，她扫到过他的台词本，态度极认真，这样的工作态度让她非常欣赏。

刘梓璇自己便是一个认真对待工作的人，所以她对展冲的印象很好。

但为什么一下子没想起来呢？其实也不知道是展冲幸运还是不幸运了，《没有硝烟的战场》到底是规格极高的正剧，从编剧、导演、演员到后期这一套班底都是最好的，所有人的最基本态度就是敬业。展冲年纪轻轻能够进入这样的工作环境中磨炼自然是幸运，可是这样的小环境下，他的这个态度就被衬托成了一个简单的“不错”，很难成为出彩的人了。

回到正题，刘梓璇把展冲想起来之后，就和男朋友也就是这部戏的制作人沙睨商量了一下。两个人又把《没有硝烟的战场》中展冲的表演片段拿出来看了一遍，两个人就和展冲通了电话。没有第二个候选人，两个人就看好了展冲。

天上砸下来这么一个大馅饼，展冲已经直接被砸晕了，虽然还没有看过剧本，可是二话不说就接了下来，还连连道谢。

出来的时候，展冲没回宿舍，先去了吴天泓那里。

吴天泓听到动静抬眼，却是展冲带着一张灿烂的笑脸站在那里看着她。

“吴天泓，我接到男主角了！”展冲早就改口叫吴天泓了，那个“姐”字不知道什么时候就给去掉了。

吴天泓眼睛蓦地睁大，跟着笑开去，她拍拍展冲的肩头说：“做得不错，真是太好了。”

展冲的嘴角微微地收起一些，也不知道从什么时候开始，吴天泓就带着这种仿佛对待弟弟一样的态度对待他。虽然感情上亲热了很多，可是这个态度仿佛又在拉远他们之间的关系。

不过，展冲没有介意太久，他愿意花时间改变吴天泓的想法，反正，她已经离婚了，他们又不是真的姐弟。

那天晚上，展冲没有睡，他兴奋得睡不着，花了一夜，一边看故事一边又拿起剧本看，看着看着居然更加兴奋了。

《刺》这本小说，说是言情剧，但是感情描写很少，格局很大，里面人物既有身居庙堂之高者，又有处于江湖之间者。他要饰演的卫宗谦是个让人印象深刻的角色。这样的角色能落在展冲的手里，真是从天而降的大好事。

剧本改编的难度不小，由于原本的故事叙述性的语言较多，而且人物关系复杂，故事纠结，多线发展，还用了许多的隐笔、伏线。看书可以用很多的形容来加深印象，人们如果不记得了还可以翻回去看，但是影视剧的节奏不同，如果铺了太多的伏笔，看到后来可能就会忘了或者干脆漏了。

另外则是故事主线发展缓慢，党派斗争、武林争斗，背景铺陈得太复杂，故事推进也不快，作为文学作品还好，但是作为影视作品必须得遵循电视作品的规律，每一集得有爆点。原来的发展不能丢，可是又要制造出高潮，表现出故事性来吸引观众，这样的剧本是不好写的。

出乎意料，剧本完成得却很好。

故事里的卫宗谦是一名杀手，从头到尾只出手过一次。

书中的杀手的定义跟以往不太一样。展冲对书里的一句话记得很深："杀手的工作有两个要点：一慢，一快。"它的解释是：慢在于布局，进攻的路线、撤退的路线都需要耐心，慢慢布置。最好是像针一样，虽然锋利伤人，却极容易隐藏；快，在于出手，不能迟疑，抓住时机，果断出击。

卫宗谦布的是天下最难的一个局，他这个杀手，要对皇帝出手。而皇帝除了是天下之主、身边防卫重重之外，他更是多年以前的武林盟主，正是凭借盖世的武功，号令武林得到天下的。卫宗谦要杀他是难如登天，却又不得不杀。

卫宗谦原是边境一个小国卫国的国主之子，少年英才。卫国虽然小，可是山清水秀，风景如画，周边山脉还盛产一种稀有矿藏，可以烧制玻璃。卫国女子心灵手巧，她们独有的卫绣独步天下。卫国多山地，男人多以狩猎为生。除了这些还有一项独有的技法就是制香。

凭着这三点，卫国虽然武力不彰，依然能够维持富足、平和的生活。可是在卫宗谦五岁那年，当今圣上谢昂立朝，国号为昭，天下一统。本来卫宗谦的父皇考虑国家积弱，提出以纳贡换取和平。

谢昂假意答应，却又反悔，集结了亲信高手潜入卫国，将卫宗谦一家谋害，然后引大军入境，接下来便是一场肆意的屠杀，将卫国完全纳入了自己的版图。

许多卫国人被打上了印记，沦为仆从，随意一个大昭的普通百姓都能够侮辱、奴役卫国平民。

这样的境遇，卫国人自然是不能甘心的，他们只能暗中集结，图谋反抗。

而被救下来的原来卫国国主的小儿子，原名叶谦，改国号为家姓，只留下一个谦字化名卫宗谦，便成了反抗大昭的头领。他藏身于大昭，隐忍十年，只为了谋划一场刺杀，布下一个局，图谋卫国光复。

卫宗谦前期从来没有参与过刺杀，他是凭科举考试进入朝堂，以文士身份作为掩饰，又因其谋略过人，长袖善舞，逐渐掌控了朝中局势，并且成为了圣上的亲信。他的师长，也就是救他逃离皇宫的恩人，同时也是卫国前任国师的女儿常璇玑成立了一个杀手组织，在暗中帮助他谋划布局。

直到小说的最后部分，卫宗谦才使出惊艳一剑，直取圣上首级。终于使得大昭乱起，他们多年所布置下来的局终于开始运转，卫国成功复国。

剧本中将整体的故事分割为一个又一个独立的事件，将书中简要书写的谋杀事件作为一个独立篇章的起点。而原本对于朝中局势的谋划则归于对案件的侦破和讨论中。

由于不好将杀人过程描述得过于详细，编剧用蒙太奇的手法将这一过程进行了模糊化的处理，同时又保留了古朴的武侠原味，剧本是真的不错。

这个编剧倒是花了不少的心思，没有改变书中原有的故事，但是又让故事更加符合影视剧的结构，颇为吸引人。

展冲想着，就把剧本翻到首页，看了看名字。剧本上写了两个名字：木楼和林韵。木楼是原著作者的名字，林韵这个名字就有些陌生了。

为了增强对观众的吸引力，故事增加了感情描写。

不过原来的女主曾小黎是一个平常的角色，她迷糊又爱管闲事。虽然木楼极力想要把这个女孩子描写成卫宗谦心里唯一柔软的地方，宛如救赎，可是这个女孩子到底是和书中的氛围格格不入，插在书里非常地生硬。感觉木楼也并不喜欢这个女主角，所以书中的感情描写不多，只有几句，很是敷衍。

这个女主角加的戏份多了，可是人物性格还是没有太多的改变，虽然多了些存在感，却是越看越烦，不过这也没有办法了。

展冲一夜没睡，第二天也没有一丝睡意，他觉得他能这么奋战三天三夜，他的眼睛亮亮的，好像在眼里点了两盏灯。他没有说话，只认真地一字一句地看着。

现在他不仅要练台词，还要继续排他的小品，等完成一天的事，又要冲回宿舍继续读他的小说和剧本。

花了一周，展冲把小说和剧本交替着看了一遍，又分别通读了两遍，他就开始写人物小记，做简单的人物设计。原书中架空的昭、卫两国争端改到了五代十国的年代，这只是简单地借壳，所以原书中所借用的唐朝的官制和服饰依然被保留了下来。他还要找几本相关的资料书再看一下。

不过，展冲到底是放不下吴天泓，他每天还会记得用微信跟吴天泓聊几句。这次的剧本就是个很好的主题，聊着聊着，他也多些思路。

吴天泓还是没有找到工作，虽然她有积蓄，之前也做了些简单的投资，回报率虽普通但足够她衣食无忧了，只是一直待在家里，做什么都不快乐。她没跟展冲抱怨，只是看她有时候和展冲讨论的时候发的语句，展冲就能轻易地联想到几个月前她到《没有硝烟的战场》探班的时候的样子。

她站在场边，看着剧中的演员，身体不自觉地做着细碎的动作，或者拧眉或者点头，好像自己是这戏中的一员。嘴上一句话都没有说，眼睛从来没有离开过，看得眨都不眨，生生快把泪水憋了出来。

展冲知道，吴天泓不一定喜欢那个角色，她只是怀念那种有工作可以处理的满足感。

又过了一周，他和刘梓璇碰了一次面，这一次他们是约好要仔细商量一下角色。同来的还有沙睨和两个编剧，几个人坐在咖啡店里边吃边聊。

几个人谈得很愉快，刘梓璇对于展冲所做的准备，还有他对人物和故事的了解程度感到很满意。原书的作者木楼，竟然只是个二十多岁的年轻女孩，还扎着马尾辫，嘴巴上点了一点唇彩就跑出来了，活泼生动。

木楼之前没见过展冲，本来还有点紧张，不知道自己投注了无数心血的卫宗谦会是什么样的人来演。她虽然是原作者，可是卖了版权之后，她就仅仅是一个编剧了。国内的编剧在剧组里是没多少话语权的，偏偏她遇上的是掌握了绝对话语权的刘梓璇，只能先来看看，再不好也能提前做个心理建设——不是不相信刘梓璇，只是放不下心。

见到展冲，真是什么疑虑都没有了，开心得差点没尖叫出来：眼前的这个男人长得如此俊朗，虽然气质不是卫宗谦那样的冷峻、严厉，可是只看他的外貌就觉得卫宗谦该是这样才对。展冲的认真以及他对角色的理解，都让她满意得不能更满意了。谈话还没有完成，她已经成了展冲的狂热粉丝。

另外一个编剧林韵倒是冷静很多，她是个很清秀的纤弱女孩。估计是明星见得多了，看到展冲没有两眼发光，很平和地就剧本的设计跟展冲进行了讨论。

话谈得差不多了，展冲瞅准了一个时机问刘梓璇："刘导，不知道演常璇玑的演员定下来没有？"

按照常理来说，常璇玑是剧中的女二号。她表面上的身份不过是都城里最大的酒楼的老板娘，暗地里的身份是杀手掮客和情报贩子。表面上，她只是个长袖善舞的风月场女子，实际上一直在暗中辅助卫宗谦，掌握江湖力量、收集情报，是一个极精明强悍的人物。

在感情上，常璇玑又是脆弱的，她是卫宗谦救命恩人的女儿，年长他五岁。痴恋着卫宗谦，为了他抗拒父母安排的婚事，流落江湖。可是，做了这许多事情，卫宗谦对她并没有儿女私情。

坦白说，对比存在非常尴尬的曾小黎来说，常璇玑这个人物要出彩很多。

按照书里的描写，常璇玑颜值惊人、风情万种、气韵天成，最美的不是那张脸，而是举手投足间的风韵。美人在骨不在皮，常璇玑美在气韵，往那里松松一站，就是风华绝代。

常璇玑的外表是个娇滴滴的美人，可是骨子里是最拧的，坚韧、勇敢、毅力非常人所能及。聪颖大气、城府极深、果敢坚韧，善良不懦弱，热情却不媚俗，是一个极富有魅力的人物。

她的戏份非常多，其实，若不是剧本里强行给曾小黎加了感情戏，以及曾小黎是和男主角产生情感互动的传统女主角，论及存在感，常璇玑才应该是女一号。

这样的一个角色自然是不好找的。

听到展冲这么问，倒是木楼先问了："你有适合演璇玑的人选吗？"林韵一听，飞快地扯了扯木楼的衣角，眼睛朝着刘梓璇瞥了一眼。

问话的是木楼，展冲倒是不好马上回答了，他笑着转头看向刘梓璇。她没发现两个编剧的小动作，就盯着展冲。展冲看到沙睆点了点头，这才说："嗯，吴天泓，你们觉得如何？"说完了，有点紧张地关注着对面的刘梓璇和沙睆的表情变化。

吴天泓是一两年前退圈的，是结婚，也是封杀。之前，圈里人也听闻了她老公出轨，不过没引起多大的波澜。最近听说她离婚了，关注的人也不多。娱乐圈的更新换代速度极快，她虽然有名，可是缺少死忠的粉丝，只怕不少人把她忘记了。再加上之前的封杀记录，也不知道现在还能不能继续拍戏了……

刘梓璇想了一下，马上点头："吴天泓，很不错，《瞳人》里面的表现很惊艳。"

沙睆倒是皱着眉考虑了好一会儿，终于盘算清楚了，他才对着展冲笑笑："吴天泓小姐是挺好的人选，一个月之前王为导演来内地电视台参加了活动，还多次提到吴天泓小姐，对她的表演评价很高。虽然没有专门发文，但是封杀也没什么要紧的了。就是不知道吴小姐有没有这个意愿。"毕竟他们想用吴天泓可以，但是这毕竟只是电视剧，也不是历史类，规格不算高。剧中的主演大多是新人，让吴天泓来演剧中的女二号，这其实挺不合规矩的。

展冲立刻想说有，开口前又慎重思考了一下："嗯，我和吴天泓是很好的……朋友。我觉得她是没有问题的。要不，哪天我们约着谈一下？"

事情很快议定，吴天泓和刘梓璇他们见了面，然后跟展冲同一天去试镜、试戏，说是要等结果，不过都知道这两个角色对他们俩来说已经到手了。

不管这部戏火不火，吴天泓和展冲注定不会忘记这一部剧了——不说别的，他们俩的运气实在是好到了极点。

展冲从天而降得了个第一男主角。对他现在这样没有职业经纪人打理的大四学生来说，简直就是奇迹。没完全毕业，就意外地当上一部话题剧的男一号，这运气再好没有了。

吴天泓一开始的运气确实差一点，她一个那克威电影节评出来的最佳女主角，却和一群新人一起演古装电视剧，题材备案打的还是言情和传奇，还只当上了女二号。说起来都不是退步，是直接从山上摔下来摔进了盆地里。

可是吴天泓不在乎，她觉得这样挺好的。这个角色她很喜欢，班底也很不错。再加上她现在最在乎的也不是戏份和角色排位了，她所求的不过是一份能够工作的满足感。

可是刚刚签约没两天，吴天泓的好运也到了。她接到电话约她和展冲一起去见面。

两个人一起到了华影影业在京市的总公司里。之前，他们商谈剧本等公事的时候都被安排在公司外面，没到这个公司来过。

两个人被公司的前台恭恭敬敬请进办公室，沙睨照旧坐在刘梓璇边上，正在哄她。看他们进来，马上站起来表示欢迎。另外三个看着很生气的女生也停止了说话，跟他们俩招招手。

等坐下来，听到消息的时候，吴天泓整个人都惊呆了，这突如其来的好消息冲击得她有些消化不过来。这喜悦多得就跟瓢泼大雨似的，兜头浇下来。

吴天泓是真的时来运转，刘梓璇这样的来历，居然都没能找到一位合适的女主角人选。其实，曾小黎这种类型的角色还是很常见的，只是木楼本身就不喜欢这个角色，对她花的心思不多，塑造出来的人物相比别的角色失色很多。

刘梓璇虽然是个新手导演，可是她底气足啊，后台硬的好处体现出来了。她眼光高，选角仔细，坚决不滥用。反正，她有底气，无须向资本妥协去接受看不上的演员。她下定决心要打造一部经典剧，服、化、道都是找的顶好的，要求演员给的档期也要长些。

刘梓璇她们这几天试着接触了几个女演员。有爱惜羽毛的女演员不太喜欢这个人设不想接的，有刘梓璇看不上的。好容易找到一个各方面都合适的小花，最后在档期上没有谈妥。这两年业界热钱来得多，轧戏就比较常见了。哪怕是不轧戏的，给出的档期也不会太长，人家当红的业务都忙，档期排得满满的，下一个组还在那里等着人进呢。

就这样，刘梓璇干脆跟沙睨提，把曾小黎这个角色给拿掉，改剧本，把常璇玑这个角色调成女主角。

沙睆觉得可以。倒不是考虑别的，吴天泓毕竟是拿过最佳女主角的人物，她的咖位不低。她本人虽然不在乎排位，可是业内的规矩也得守。这么考虑下来，如果吴天泓演了女二，做女一的压力也会很大。

听刘梓璇这么决定，林韵皱了皱眉头。她倒不是喜欢曾小黎这个角色，只是把曾小黎这个角色删掉，感情戏也不能直接由常璇玑替上，毕竟在设定中两个人不能有大段的感情戏份。删去了曾小黎之后，原有剧集中的感情戏的时长空出来了，无法补齐，随之而来的就是编剧长时间的加班赶工。也不知道刘梓璇是不是故意为难她。

木楼并不是专业编剧，她和林韵想的不一样，一听这个消息直接就欢呼了一声。曾小黎这个角色生硬又不讨喜就是因为木楼并不喜欢她，她一直想写的就是常璇玑。可是她当时连载的时候，责编不赞成她这个决定。

这类言情网站流行的女主角都是一阵一阵的，那个时候，曾小黎这样的类型颇受欢迎。木楼的《刺》一开始连载的时候，评分很高，但是人气一直偏低，很多读者觉得这个故事看起来有点累，她们更愿意追那些轻快的故事。

像这样的网文连载都是要打榜的，虽然网站责编给了推荐，但要是一直没有得到好成绩也不好交代。编辑就建议增加书中感情戏份，增多原本只是酱油角色很快就退场的曾小黎的戏份。

就是在这样的情况下，木楼生硬地安排了曾小黎这样一个女主角，让她成了卫宗谦心里的白月光。原本在常璇玑和卫宗谦之间那条隐晦提及的双向感情线被改成了单恋。

如今，大老板居然要恢复她本人的初始设定，木楼简直是开心到疯癫，刘梓璇立马就成了绝世知音。只要能把那个画风不搭的小丫头从剧里赶出去，加班什么的都不算问题。

总而言之，从天而降的馅饼就这么砸在了吴天泓的头上。虽然要修改的剧本还没有弄出来，这戏份该怎么加也还要构思，但是吴天泓饰演的角色不变，直接升格做女一这事可以拍板了。

几个人敲定此事以后，就散了。

对于吴天泓最终成为女一这件事，最开心的其实是展冲。当然，他是为了吴天泓开心，能够结束在家里闲坐的时光找到一份挺不错的工作。最好的是，这份工作是他们俩一起完成的。两个人能够进入同一个剧组，是他能够奢求的最大的幸福了，没想到还能再进一步发展成为剧中的情侣，一起演感情戏。

除了做毕业作品的练习之外，展冲正大光明地将所有的时间、精力都投在和吴天泓一起进行剧本讨论上。

吴天泓许久没有工作了，对于这部剧投入的热情很高，多次看书，然后和作者联系，查找相关的资料，一点点丰富常璇玑这个人物的设计。

她自然也觉察出展冲的态度有些不妥当，可是并没有说出来。这个机会对他们俩来说都不错，是不会放弃的，这时候挑破，并不利于他们以后的相处和交流。

倒不是说吴天泓对展冲有什么不待见的，关键在于吴天泓从来没有想过可以和展冲谈恋爱。可能是因为展冲一开始出现在她面前的时候，就是一个弱者的样子，不仅不强势，还急切地需要她的帮助。

吴天泓自然是喜欢并且欣赏展冲的，但是他一开始的弱势，被吴天泓定位成了一个需要帮助、人很不错的小弟弟。

对于和展冲发生感情纠葛，吴天泓有一种心理上的违背道德的感觉，虽然不强烈，但是那种感觉就横亘在他们之间，让她没有办法正视展冲。就好像吃饭的时候，牙缝里卡进了一根软刺。不影响什么，也不危险，可是你就是感觉得到它，梗得有些难受。

才离婚的这两个月，展冲总是出现在她的面前，有时候找的借口拙劣。他不会带礼物来讨好她，但是有机会就为她做点好吃的，食物也以滋补为主。做到这个份上，如果不蠢，总是能理解展冲的用意的。

吴天泓不大能接受这件事，一方面是她暂时不准备谈论婚姻，甚至是涉足感情，因为她觉得自己需要一点时间来缓缓；另一方面，展冲也不是她理想的对象。

但说实话，展冲的靠近让她觉得突兀又安慰。这样一个很不错的、长得很帅的男孩的追求，是对于她自身魅力的一个不小的恭维，虚荣心得到了满足，内心温暖舒适。

若是另外一个人出现，吴天泓或许会觉得更加合适。出现的这个人是展冲，她就总是觉得奇怪，多少有些难以回应的压力。

她觉得两个人不合适。

可是，尚且脆弱的她又无力去拒绝这样一个优秀男人的恭维，她沉默着，一边抗拒着一边接受着，矛盾着不知道要怎么样才好。

不过，吴天泓并不是一个思想很传统的人。她思考过为什么抗拒展冲的讨好，不过是所谓的离婚、年龄差距等等。其实这些，她自己就能找出反驳的理由。若是以前，她不会在乎，之所以会这样，一方面是没有调整好自己的心态，另一方面也是原有的自己被磨损掉了，她再不能跟以前一样洒脱了。

现在的吴天泓只能努力让自己不去纠结，她对自己说：别将展冲看成弟弟，只当作朋友吧。其他事情，何必说得那么绝对呢？他若对她好些，她总要回报几分，两个人就这么淡淡地相处着，并不挑破。

展冲做毕业会演的时候，爷爷奶奶离得太远，也看不懂，就没有到场。吴教授、李教授是学校老师，肯定是不方便以私人身份前去支持的，唯一到场的亲友是吴天泓。

展冲这个小品演得不错，演完了，向台下看去，看到坐在前几排的吴天泓鼓着掌冲着他微笑，心里觉得满足。

拿到毕业证，剧组还没有开机，展冲在吴天泓家附近租了个住处，往吴天泓那里走动得更勤了，几乎就住在了那里。两个人一起练形体、台词，讨论人物设计，交流心得体会，反正是同事，和导演以及编剧讨论，也多是两个人一起。

等到十一月中下旬，剧组开机的时候，他们已经这么日日厮磨地处了几个月。吴天泓面对展冲的表示，再不好意思有展冲“只是个弟弟”这样的念头了。

她还说不上多喜欢他，只是不像以前那样抗拒展冲了。

剧组总共要到五个不同的省份取景。因为书中涉及一北一南两个国家，还有一些战争场面，刘梓璇在勘景的时候就定了延国和牙山两个影视城，并且还定下了在云南的景区拍些战争场面。

他们先去的是青海省。

剧中的两个角色，卫宗谦和常璇玑之间的感情是隐蔽的，外人从未察觉，甚至连常璇玑都不知道卫宗谦的心意。这段感情如同冰封下的河流，表面被封冻着，看似平静，底下却是暗流汹涌。这一段长达十几年的感情牵扯，深厚浓重，不单单是男女之间激情四射的思慕爱恋，还包括为着同一个目的奋斗的战友情分，再加上从小一起长大的相知相交的总角之交。

这么纠结的感情，却是要瞒住的。因为卫宗谦表面上的身份是大昭的新科状元股肱之臣，常璇玑却是江湖草莽在街头卖酒，他们各自有着不同的势力背景，按照普遍的社会伦理来看，他们是不可能产生交集的。

为了保护各自的生命安全，也是为了一个共同的奋斗目标，他们不得不将彼此心中的感情隐瞒下来。

这样的感情说起来很有意思，写文章的时候也比较轻松。木楼说到这个设定的时候也是眉飞色舞，可是真的写剧本的时候才能体会这中间的艰难，几乎要去跟老板辞职，或者放弃这个设定算了。

影视是一种更加直白的艺术形式，他们想要明明白白地告诉观众这两个人之间是有感情的，这样观众才会为他们之间的感情所感动。要是缺少了这个认知，只能通过剧中的几句台词来猜测，这个感情设定就不能说适合影视剧了。

另一个方面，这种隐藏的感情设定也就意味着他们在一起的同框画面不多，许多直白的感情表现手法都不可以使用。就算是两个演员之间的化学反应再怎么火花四射，几乎是观众看到就觉得他们很有意思的程度，不能出现在一个画面上，也总让人觉得有点欠缺。

最后是林韵想出了一个法子，她利用书中常璇玑好酒、卖酒的人设，设计出了两个人在大年夜里——所有的人都回家团圆的时候，在城外的湖边饮酒相聚的戏份。

相聚的戏份能写的不多，这已经算是两个人难得的情感戏场面了。

刘梓璇收到剧本之后，就觉得很喜欢。她定下了青海湖作为拍摄场地，浩渺得看不到尽头的、浮着冰层的湖面，好像除了这一处，再想不出另一个能替代的场景。她马上通知正在牙山影视城搭造关键建筑景观的团队，去到青海湖边，再打造一个湖心亭的场景。

青海冷得早，湖心亭是在湖面没结冰的时候搭好的。先拍这几个场景，也是因为再过一段时间，青海湖边就会冷得不方便拍摄了。

十一月中下旬的时候，尚是晚秋，青海湖早已结冰。

展冲坐车来到青海湖边的时候，嘴张得老大，眼睛是闪着光的。他从来没有来过这里，见识过这样的景观。看着千里青海湖，他的心为眼前的美景所震撼。他一直在南方长大，南方多水，可是也没见过这么宽阔的湖面，一个人站在湖边，显得是那么渺小，一眼望去，恍惚以为面对着的是海洋。

湖面已结了冰，透亮的深深浅浅的蓝色被封存在冰面之下，成了染着蓝色的灰。虽然泛着灰光，却不显得脏，带有忧郁的神秘。这样的色彩和层次，如同梦幻。

他兴奋地冲向湖面，重重地踩了几脚。就算是吴天泓，显得比他淡定些，但也端着手机在湖边拍了好一阵。

可真的开始在这边拍戏就不那么舒适了，青海湖周边的条件不算好，他们落脚的小镇没有太好的宾馆。他们又有这么多人，根本不能在一个宾馆集中住下来，只好分散着住，这还是托了这个季节旅客比较少的福。当地的食物也说不上多好吃，剧组尽了力，但吃起来也就那样了。

结合剧中主角的背景考虑，他们不能在白天拍摄，几乎都是从下午开始，一直拍到晚上。青海湖边只拍五天的样子，可是全是大夜戏。

到了这个时候才知道太阳的可贵。下午的时候开始拍摄，他们是在拍摄现场目送着太阳落下去的。

太阳在的时候虽然不暖和，大概还能忍受，等太阳不见了，气温骤降，可是拍摄的时间还长得很，明明还站在冰上，却觉得沉到了冰河底。

周边的工作人员还能够将衣服往身上堆，偏偏他们两个剧中的人设功夫很好，因为内力深厚并不需要穿太厚的设计。就算能穿，也不会穿太厚，毕竟是要上电视的。现在，宽屏电视越来越流行，所有的人都被拉宽了。为了上镜效果好看，也得穿得比较少且贴身。

这种寒冷没打消刘梓璇的热情，她一个瘦弱娇小的姑娘，因为穿得太多，上半身看上去就跟一个球一样鼓出来，感觉要是边上没人扶着，就要摔了一样。可是她行动上一点也不慢，第一次做主运作一个完整项目，兴奋到要跳起。

一大早，她就拉着沙睨出门，早早等在青海湖边上，摆香炉、烤乳猪的时候也着急忙慌地插手，还是被沙睨稳住的。

她本身想法就多，对第一个完全由她掌镜的项目热情高到爆炸。剧本上主角他们潜伏在都城十年，湖边饮酒的戏写了不过三场，其他的也没什么太多好写的，拍个长镜头的远景剪进去也就好了。只是，刘梓璇不愿意，她各个机位、长短镜头都试了一遍。

还是沙睨站出来，要阻止刘梓璇发疯。刘梓璇正在兴头上，哪里肯让他，两个人就这么在片场吵了起来。一圈人都惊呆了。

虽然一起工作的时间不长，毕竟是新组建的团队，可是所有的人都对沙睨留了个“妻奴”的印象。

他来的时候给刘梓璇多带了两大箱子的东西，一打开，全是吃的。他手上有其他的事要处理，待在片场的时候一直在打电话。但就是打电话也还坐在刘梓璇边上，冷了帮着暖手，饿了递东西给她，千依百顺的。

全场寂静，就看着这两个人跟奓毛的猫一样，面面相觑不知道该拉哪一边。这两个人是全场话语权最高的老大了，又是一家的，拉谁都不合适。谁也没想过沙睨这样脾气的人会有这么生气的模样。

只有林韵一个人抬头瞄了一眼，带着笑刷手机玩儿。

争吵了五分钟，俩人又都停了。刘梓璇也不跟他闹，自己知道自己过头了，想了想，开始冷静地安排下一步，只是脸上的表情还是有点不对。沙睨走过去，拍拍她的头，跟给猫顺毛似的，然后，在她边上坐下了，脸上的表情比起刘梓璇不知道正常了多少。“你们都没事做吗？给下一场做准备。”

一眨眼又是那个温柔贵公子的模样，好像什么都没有发生过。

大家和身边的人对看一眼，按照吩咐各忙各的。

拍摄这部剧之前，吴天泓和展冲两个人都已经讨论许久了，该怎么做都是熟悉的。

就像两个人第一年到湖边喝酒的那一场戏。

吴天泓饰演的常璇玑压根没想到展冲饰演的卫宗谦会突然出现，她只给自己准备了两坛酒、两份点心，想在这里静静地思念远方的爹娘。先是吴天泓跪在地上。

青海省比较干燥，虽然冷，但是雨雪不多。之前只下了一场小雪，积雪留得住，但看着不厚。节目组又找材料做了假的雪花，铺在地上，摸起来没那么凉。

刘梓璇打了一个大远景，然后推着镜头向前，让展冲慢慢地走近，在吴天泓的身边跪下，拍了背影。这个镜头到这里就可以了，因为拍摄的是背面，之后要转换镜头再拍同一个场次的表演。

展冲和吴天泓商量过，他离吴天泓大概有些距离的时候，稍微停住了脚步，看看她，然后才走近，走近跪在她身后一点的地方，小心机地将她裙子的一角压在膝下，哪怕是只有一点点，也想要多接触她一些。

等镜头转到正面，刘梓璇在展冲停顿的那一刻打了一个上半身的特写镜头给展冲。展冲饰演的卫宗谦在那推近的镜头里忧伤地微笑，他的身体仿佛不自觉地微微前倾，渴望地、一瞬不瞬地看着那个背影，怜惜又哀伤，嘴角轻轻扬起，哪怕不能够靠近，也能够见到她的欣喜，天地茫茫，只一人留在他的瞳仁里。

他们俩坐在湖心亭里，按照剧本的走势，两个人饮酒吃点心，卫宗谦不想让常璇玑在这冰天雪地里喝凉酒，就将酒坛子抢过去，手掌贴在坛子上，运转内力，使得坛里的酒温热起来。两个人说着说着，说到悲愤处，卫宗谦毫不避讳地将常璇玑手中抱着的酒坛接过，饮了一口。

常璇玑拿回了罐子，低下头去，嘴里应和着，本来按照吴天泓和展冲两个人商量的，就用拇指轻轻摩挲便是很好的了。吴天泓心念一动，常璇玑喜欢的人就坐在边上，哪怕无甚暧昧，却还是滋生着欢喜。她偷偷看看旁边的人，带着一点羞怯的愉悦，转动瓶子，对准卫宗谦适才饮酒的地方，喝了一口酒，酒瓶抬高，掩盖了她羞涩的欢喜。

那里是展冲真的碰过的。

面前是冰封的湖，便是里面加多少衣服也还是冷的。展冲哪里来的内力，不过是做了样子，那个粗陶的酒壶自然也是凉的，只那一块，不知道是不是沾过唇，又被她摩挲过几遍，带着暖意。这暖意勾起他心里一阵一阵的痒意，也不难受。

带着湿气的温热如同羽毛，轻轻一扫，搔到了吴天泓的心里。她的脸，竟意外地红了。

吴天泓的脸还藏在坛子后头，心里暗暗地骂着自己被展冲撩得有点癫狂，这种几百年前就该耗完了的初恋的热情、心头的悸动，偏偏到了此时还会作用两下。这么想着，又有点愣，这是不是说……已经喜欢上他了？

那边刘梓璇已经喊了“咔”。

吴天泓瞥一眼展冲，只见他笑眯眯地对着她，眼里闪耀着星辰。两个人到了显示器前，看刚刚表演的回放。

效果很好——吴天泓的脸带了点红，羞羞的，她的那点笑、那点小心思在屏幕前放大，真如同一个含羞的小姑娘。她没瞥见的地方，展冲正在笑，是没想过会在剧中这个人物脸上展现的笑容，温柔隽永，仿佛轻轻一勾便引来了春风。

当常璇玑放下酒坛的时候，他的笑来不及收回，只能匆忙地偏过脸，连眼睛也移开了去。那是只有在绝对无人窥视的角落里，那个永远伪装的男人在面对爱人的时候，掩饰不住的真情流露，他汹涌的爱意露出了一点，只留了几秒钟惊艳的笑。

吴天泓有些惊诧，她没料到展冲的演技居然进步得这么快，他们两个讨论的时候只讨论了眼神和手部的一些细节动作。因为卫宗谦私下在面对自己人的时候是不会笑的，只有在朝堂上才带着客套的假笑。书中关于卫宗谦的表情描述不少，两个人就怎么表现朝堂上的假笑琢磨了许久，倒是没想过要在这里加上一个笑。

是展冲自己想的吧，一个短暂的无法收敛的笑容，传达出来的是澎湃的爱意，他见了爱人就觉得开心。看她也喜欢他，这小小的举动让他感动，不自禁地笑了出来。这是人无法遮掩的本能反应。就好像那句老套的俗语：有三样东西是无法掩饰的，贫穷、咳嗽还有爱情。

哪怕是两个人费尽了心思，想要将对彼此的爱意给藏起来，到头来却难以掩饰，这大概才是他们所需要表现出来的吧。那种无论如何克制和小心，如何地费力遮掩，都会让人察觉到的爱情。

展冲，演得很好。

刘梓璇也抬头，打量了一下两个人，赞赏道："很不错，这样，很不错。"

得到了夸奖，展冲还是下意识看了看沙睨。沙睨没有说话，光是坐在那里，气场就让人无法忽略。他没说什么，带着微笑轻轻点点头。

这出戏结束了，吴天泓的心情多少有点起伏。她不知道展冲望着她的时候，神情是这样的，那样的缠绵悱恻，也不知道这个孩子怎么会如此撩人，她一下子不好意思跟他说话了。

展冲也有些不好意思，他想着刚刚凑到吴天泓身边，两个人的间接接吻，还有她如同染着胭脂般的红粉的脸。和吴天泓不一样，展冲倒是真可以说得上比较纯情了，但是没有感情经验不代表诸事不懂。吴天泓那个样子让他心情愉快。

演戏还是愉快的，只是天气实在太冷了。

这就看出经验上的差距来了，吴天泓事前知道会有这样的拍摄环境，所以就准备了一件专业级的防寒潜水服。这是一个前辈告诉她的诀窍，穿这样的特殊服饰不会显得臃肿，但是保暖效果特别好。

吴天泓自然也和展冲说了，让他准备了几套。每天出门的时候就穿在里面，比传统的保暖服效果要好很多。这样，也不需要穿更多的衣服，不会受冻，身材比例看着也依然很好。

只是，古装飘逸，大大的袖口看着是很潇洒，但是会从口子里灌进风去，在风里站久了，穿着防寒潜水服也依然是冷的。

两个人现在都还没有签公司，自然也没有助理和经纪人跟在身边。两个人都带着很厚的大衣服，就放在片场边上的椅子里，拍完一场就穿上厚厚的羽绒服再喝一杯姜汤。

吴天泓有经验，她知道古装袖子大，又要保护衣服，不能太破坏造型。所以，她带的羽绒服经过特殊设计，跟罩子一样，没有窄窄的袖子，又是最高级的鹅绒填充的，穿上挺暖和的。又带了暖手套之类的小东西。

不过，展冲就不行了。他钱不多，平时花得很省，冬天穿的大衣服统共就两件，都是平时能够穿出去的衣服。所以他明明带了衣服，到了现场也不好穿上身，只能披在身上。另外就是衣服的材质也要差些，在片场明明顶着很厚的一件，却还是冷。

而且他还没有准备暖宝宝、暖手套之类的东西带在身边。

还好，沙睨体贴，他让场务准备了大钵姜汤，就在现场煮着，如果谁觉得冷就去喝上一碗。湖边没办法负荷太多的电，他另外还找人生了一个火堆，然后用帐子围起来，没工作的可以往边上凑。可是，不管是展冲还是吴天泓都是端着姜汤坐着，谁也不愿意多喝。就因为烦琐的古装戏服穿脱非常麻烦，拍摄的地方的厕所不仅远，卫生条件也差，老远就闻得到可怕的气味，逼得人就连厕所都不愿意去了。如果能够不去的话是最好的，所以拿着姜汤也多是捧着暖手而不是喝下去。

展冲每次下戏，都要捧一碗姜汤，往火堆边靠，冷得轻轻打战，脸色看着都不对了。

吴天泓开始还装作没有看见，自己看自己的剧本。这么两次之后，就看不过眼。她缓缓靠近，凑到了展冲的边上，看展冲还是有些抖，便主动将展冲的手捉进了暖手套里。

毛茸茸的暖手套，挤进了四只交握的手，一点缝隙都不曾剩下。吴天泓便把手往外抽。“我还好，我的衣服比你的厚些，这个手套你抱着吧。”

展冲不干，他笑着握住吴天泓的手，握得紧紧的。他确实很冷，带着薄茧的大手凉得可怕。“没事啊，我挺冷的，这么挤一挤就更暖和了。”

吴天泓坚决地把手抽出来，拿起剧本。“别闹了，还得看剧本呢。”

展冲站在她的身后，凭着本能地冲动，大着胆子赖上去把人半圈在怀里。“这样就可以一边看一边暖和起来，我们反正是演一场戏，合着看一本就可以了。”他做了动作却又把不准吴天泓的心思，眼睛转都不转，只盯着她的脸——她的脸肃着，没太多表情，只是不理他，也不推开。展冲心里有了底，就这么抱着，将她环得更紧些。

他的行为一天比一天大胆。通过这段时间的一点点试探，他知道吴天泓并不抗拒他。

其实，吴天泓想要推开，他的气息和味道就这么环绕着她，她的五感都能够敏锐地捕捉到他的存在。这样的存在无法忽视，让她分外不自在。她觉得别扭，别扭又有点舍不得推开他，只好那么僵僵地站着，也算帮他挡挡风了。

幸好今天的剧本之前看了好几遍，前期工作做得好，对于剧情很熟悉。否则，就这么个姿势，也不知道能不能看明白了。

虽然剧中的主要故事发生在十年间，这一年一度的相会是他们难得的相处时光，可是一场一场地拍下来，也没太多的剧情要交代。所以两名编剧只重点写了三场戏，别的都是略写了。

刘梓璇的意思也是如此，她不太想把节奏拖慢了，虽然是一部古装戏，人物的活动节奏之类的不一样，通常演员找的节奏要慢一点。但是，剧情的走势上可以更快，在往影片里注水拉长剧情的大环境下，刘梓璇甚至和编剧讨论后动手直接删了些支线，估计片子拍摄完成之后，剪辑还要剪掉不少内容。

虽然不知道会不会用上，但是刘梓璇还是让他们拍摄了对应年数的镜头，让他们自己发挥。

吴天泓和展冲对剧情烂熟，这一段时间，他们将人物的性格发展做了梳理。

他们两个简单地商量过后就已经知道该怎么做了。可能最后出来的只是远景，甚至可能完全被剪掉。两个人依然认真地表演着，试图通过一些小的细节来表现出每一年心情的不同。

打个比方，第一年，常璇玑会有些不适应。到了第二年，虽然期待，还有些拿不准。到了第三年，两个人已经形成了默契……

刘梓璇对于他们两个的态度以及表现都很赞赏，好几次称赞他们很有默契。

以影视剧片场的地位来论，导演在电影剧组是具有绝对统治力的，电视剧的剧组里，导演的权威会相应地被削弱。但是，就是有点削弱，导演的中心地位也不会被撼动。

这两年，资本更倾向于使用带流量、话题的演员，被资本倚重，地位自然提高，导演的权威也就下降了。虽然刘梓璇是不会遇到这样的事的，但是她也在这个行业的第一线努力了两年，对于这种情况，是门儿清的。

展冲和吴天泓让她很满意，尤其是吴天泓。吴天泓比她大些，资历是谁也比不了的，她手上还有货真价实的重量级的国际大奖，国内有分量的奖项也有一两个，野鸡奖更是不计其数。

刘梓璇对着她，其实多少有点心虚。她虽然一贯脾气不好，也不爱搭理这些人际关系，但是绝对不是一个什么都看不明白的二愣子。

她对吴天泓是有些感激的，也很是欣赏。

吴天泓不光是一直听她的要求认真拍戏，也给了很多不错的建议，职业水准不是一般、二般地高，职业素养和态度更是值得钦佩。作为一个大明星，她的工作态度也是出奇地好，走位、站位都是自己来，很有老一辈的风范。若真的思索一下，按照吴天泓的资历，将她算在同年龄甚至小上几岁的那一拨里也有些奇怪了。

刘梓璇不会把这样的夸奖埋在心里，她不仅这么跟吴天泓说了，惹得她咯咯直笑，私下也和沙睨嘀咕了好一阵，将展冲和吴天泓来来回回夸了好几遍。

沙睨笑一下，摸摸她的头，附在她耳边跟她说了两句话。

等到剧组结束了青海湖的拍摄转场到牙山影视城的时候，吴天泓和展冲发现沙睨喊了两个人在牙山等着他们。

来的是两个女人。

一个短发的，长相倒是普通，可是打扮就抢眼了。她非常会凸显自己的优势，衣服的细节很多，身上还挂了好几件首饰，但是就没觉得有多么的珠光宝气，这些首饰没将她平淡的五官盖下去，反而突出了自身的气质。

旁边一个长头发的女人就没有那么讲究，规规矩矩的职业装，剪裁倒是贴身。手上就一个婚戒，钻石都没有镶嵌的素金戒指。另一只手扣了一只看上去挺漂亮的陶瓷表。

展冲和吴天泓是跟着沙睆进到饭店的包间里，见到这两个女人的。展冲还有些莫名其妙，不知道要怎么反应。吴天泓看了看那个短发的女人，一下子就明白过来。

沙睆给他们俩介绍说："这两位都是我们公司的经纪人。"展冲马上了悟。脸上泛起兴奋的潮红，身形有些压不住的兴奋。他打量了下身前的两个人，直到感觉自己的腰被吴天泓拐了一下，才将脸上的表情给收了回去。

沙睆先介绍左首边的短发的那一位："王莎莎，我们都叫她 Allen（艾伦）。这一位是米露，米姐。"

吴天泓又轻轻扯了扯展冲的衣角，自己率先朝着 Allen 跨了一步。"我们认识的，是吧？ Allen， how are you（你好）？"看到对面 Allen 的脸色多少有些不自在，她却恍然未觉，上下打量她一眼，笑着说，"听说你转到华影带新人了？可惜没有再见过你，多聊几句。"然后主动伸出手，和对方握了握。

Allen 的不自在只有一瞬间，马上又恢复了正常。她脸上带着灿烂的笑容，和吴天泓握了握手，说道"天泓姐，这么多年没见，您越来越漂亮了。"

吴天泓松开 Allen 的手，又转向米露，同样的姿势和米露又握了一下。"米姐，好久不见了。之前还是你带着峰哥的时候，我在剧组碰见过你，那个时候就得你照顾了。"

后面的展冲得到了吴天泓的提醒，见机行事，也跟着和两个人打了招呼。

沙睆等他们四个人相互寒暄结束，安排几个人先后入座。他对于展冲和吴天泓都有好感，之前也都了解了情况。

吴天泓是不会没有人签的，她的履历表太好看了，只不过是之前退圈，还没有正式复出，需要推广包装。

展冲，沙睨是不了解的。他认真观察过展冲——是个很有资质的男孩子，长得很帅，工作态度也好，演技嫩一点，但是已经不差了。他所欠缺的是背景，如果有资金投入，将他好好包装一下，展冲是有大红的资质的。

虽然圈里这两年有些好看的男孩子，他们隐隐有冒头的迹象，在沙睨看来，素质是比不上展冲的。华影旗下的经纪公司签了几个更小的孩子训练着，还达不到推向市场的程度，只能让他们先演些小配角试试。

展冲不同，如果能签下他，马上就可以给他几个很好的大资源，将他捧出来。

沙睨是倾向于将展冲交给Allen带的，Allen更加会包装，手段灵活，人脉广。她之前在香港做经纪人，面对并不开阔的市场，她一个外乡人也不知通过哪条路子，没两年就将一个原本普通的女孩子通过几件大新闻直接砸了出来，闪瞎了诸多看客的眼。开头路数是邪了点，这几年也发展得不错。沙睨对Allen的手段是很佩服的。

展冲各方面的条件都成熟，只是欠缺市场营销。不管吴天泓签不签华影的合同，展冲的经纪约是一定要拿下的。

米露是华影的老员工了，看着是不显山不露水，也是个颇为厉害的角色。她没那么张扬的手段，可是好几个在娱乐圈呼风唤雨的艺人都是从她手底下出来的。不过，沙睨不想把展冲交给她带，他希望米露能够将吴天泓给争取下来。

华影挣钱的主要还是电影。沙睨给吴天泓的定位是有实力、有国民度，虽然资源差一点，但主流电影圈对她的认同感还挺高的艺人。这样的艺人华影自然也有，可谁家不想多签两个，好好打造一下，吴天泓在票房上还有上升的潜力。

华影经纪是华影集团的旗下子公司，艺人的经纪约交给几个经纪人团队打理。华影给经纪人相对独立的特权，她们可以选择艺人、给艺人争取相应的发展路线等等，公司一般不会干预，还鼓励这些经纪人之间，彼此正当竞争。

所以，沙睨心中是这么规划和盘算的，但是没有在面上露出来，这是给这两位经纪人的尊重。她们都是圈里的知名经纪人，眼光、职业素养肯定都是不差的。

沙睨的安排已经这么明显了，展冲不会看不出来。只是他还生嫩，没摸透沙睨究竟是怎么安排的，也不知道该如何表现，求助似的看看吴天泓。

吴天泓倒是知道这两个人，她和米露带的艺人是打过交道的，和 Allen 则直接有过来往，或者可以说有点小过节。只是这事来得有点突然，她一下子也没想清楚，就只找些话题聊，时不时引着展冲说几句，增进彼此的了解总是应该的。

除了展冲之外，在座的几个人都是人精，不会让话题冷场。一边说着，一边审慎地观察对方。

展冲的资料，两位经纪人来之前都是看过的，从资料上看挺不错的。实际接触之后，信心更足了些。除了展冲的表现，还不时看一下坐在一边的沙睨的眼色，不知道展冲能从公司拿到多少资源。

这种事情不可能这么一顿饭就做好决定的，几个人散了。

晚上，回到住处，过了没十分钟，展冲就跑到隔壁的吴天泓的门口敲门。“吴天泓，我跟你谈一下吧。”

吴天泓早就等着了，马上打开了门，将他迎进来，随手把门关了。

她似笑非笑地睨着展冲，嘴里打趣他：“不错啊，华影的两个金牌经纪人都来了，看来是准备力捧你了啊。势头真不错。”

“吴天泓……”展冲脸一下子就烧了起来。他也看出来了，饭桌上，Allen 和米露主要是和他说话，摆明了更想把他签下来。去年从解约时他就一直在找一个好的经纪公司将自己签下来，一直没有找到合适的机会。到了现在，简直就是爆发了，到哪里去找一个比华影更好的公司？

将来华影的持股人是刘梓璇没跑了，但是实际决策者应该是沙睨。从这个角度看，展冲能够得到下一任无可争议的两位当家人的支持，前途注定是大好了，把经纪约放到华影这事不需要考虑了。

只是，不知道该跟哪个经纪人签下合约，目前来看两个人都有兴趣签下他。

一个要考虑的因素是该选择哪一个签约比较好，这个问题展冲拿不准，他自问知道的消息没有吴天泓多，自己也算不上聪明。所以，要问一问。

另外一个要关心的问题是吴天泓，虽然主要攻克的对象是展冲，但是要把吴天泓一起签下来并不是一件多么困难的事情。

虽然吴天泓的年纪稍微大一点，女明星的黄金年龄又比较短。观众看明星，很大的程度上是将自己没有能够实现的梦想寄托在光芒璀璨的明星身上，吴天泓终究是结过婚又离过婚的，不管是不是她的错，她能让人做梦的余地毕竟小了。

另外，现在大数据这个概念越来越受重视，像吴天泓这样的并不是那么好包装营销，她可能不太吸收大量的狂热粉丝，在粉丝经济时代她所交出来的大数据成绩多少有些失色，从这个角度来看，吴天泓的潜力值比展冲要差很多。

吴天泓之前演文艺片居多，她的流量效果并不算好，但她是国内少有的几个拿下国际电影大奖的演员中的一个，好好打造她，是有扛票房的潜力的。她虽然在点击量上赢面小，却能拿下更好看的票房实绩。

展冲没考虑这么多，他觉得刘梓璇和沙睨对吴天泓也是欣赏的，如果吴天泓能够跟他签到同一家公司就好了。若是能够在同一个经纪人手底下工作，将来拿到相同资源的概率会加大，他们可以经常一起工作了。

吴天泓猜到了他的想法，这件事她自己也在考虑。

吴天泓再怎么说也比展冲多混了这么些年，业内要的是什么，她心里明白。坦白说，加入华影真的是一个很好的机会。看他们对展冲的重视，摆明了近几年想要发掘粉丝市场，展冲对华影来说是急缺的人才。吴天泓不是，她的市场潜力可能也不是太高，华影手底下有几位中生代的得过大奖的演员，实绩漂亮，在华影经营多年，地位牢固。她真的去了华影也不一定受到重视。

吴天泓知道自己的个性，虽然喜欢工作，但是最怕被管，是自由散漫惯了的人。真的去了这样的大公司，竞争压力大，规则束缚也多，真的不一定适合她的脾气、性格。

汝之蜜糖，彼之砒霜，她还得考虑一下这个面向自己的合约是不是有问题，但是展冲不需要想了，这对他来说绝对是一个好机会。

吴天泓很快想清楚了其中的关键，她问展冲："你自己是怎么想的？你愿不愿意去华影啊？对于这两个经纪人你是怎么想的？"

"我很高兴啊，若是能去华影肯定是很好的。我又有点怕，我听老师提过，说华影这种公司的内部竞争很激烈，我……Allen 和米姐听着都很厉害的感觉，我不知道怎么选啊。是都让我选？"展冲带着笑，他是兴奋的。他从来不觉得自己有多厉害，总是觉得自己还需要加油。

这会儿，突然知道自己成了国内最大的经纪公司看中的香饽饽，除了兴奋，还有一种对天上掉馅饼砸中自己这件事的无所适从，开始怀疑自己是不是在做梦。

"我看她们今天的意思，若是能把我签了肯定更好，但是，主要还是想把你签下来的。这个机会是挺好的。"吴天泓带着笑肯定了他，"恭喜你啊，马上就要大红了。"

她和展冲已经太熟悉了，恋人关系确实没说定，但是友情早就满到溢出来了。她也不掩饰："沙睆应该是希望你签 Allen，不过，我不喜欢她。你签了她有好处，但是你也别对她太放心了。"

展冲挑挑眉，等着吴天泓的下文。"Allen 好像是北方人吧，家里条件很一般，也没读多少书，很早就跑到香港去了。你也想得到，一个女生，独自一人，凭着自己在外地混出来有多难得，这个人是有多厉害。"厉害是厉害的，一个外乡的女孩子，不会粤语，不会英文，什么都不懂，这么厮杀出来，随便想都知道，这个人狠也是狠的。

吴天泓接着说："我那时候在一部电影里演一个女二，电影入围了香港大奖，我跟着去了香港。那个时候碰上了 Allen，她那个时候带着后来走红的那个小模特，也出现在现场。那个小模特那时候整容手术还没有做完，也没多漂亮，素质很差。都是公众场合，大家多少都顾一下面子啦，就是她……"

吴天泓话没有说完，可她的表情已经表示了她嫌弃的样子。吴天泓这个人是不太喜欢嚼舌根子的，人前人后都不怎么会去说人坏话的，看她一脸嫌弃地说那个小花，连名字都不肯叫出来，可见是讨厌到了极点。

“我们的电影没拿到奖。这倒是没什么，就是不知道怎么回事，那个小模特莫名其妙对着我们的男主角也就是胡海哥讽刺了几句，Allen 护短，在一边护着。那个女孩子不知道是哪根筋搭错了，看海哥就是不顺眼，突然出言讽刺他们不擅长粤语，就是外来户不知好歹之类的。几个人都听得火大。

“海哥不好跟个女孩子多计较，我却没有这个忌讳，直接几句英文喊了回去。那个小模特素质也是差，粤语说得都不标准，也别指望她还能掌握外语了，根本不知道她出言讽刺的底气是哪里来的。

“那个小模特这两年发展得还可以，她本身底子太差，只有一股子蛮横劲。就是这样的小姑娘，现在的口碑也不差。能够这么快把她捧出来，Allen 是真的不简单了。你如果签给 Allen，你的前途很不错的。”吴天泓虽说不太喜欢 Allen，但是也没怎么讽刺她，实事求是地劝着展冲。

没有和展冲合作之前，吴天泓知道展冲进步很大，不能用当年的眼光看他了。可是，展冲到底做得如何了，说实话，她心里是没有概念的。

对展冲的现状有了认识之后，再结合沙睆隐隐约约的态度，吴天泓可以理解华影为什么这么想把展冲给签下来。

华影旗下不是没有年轻长得好看的男演员。刘梓璇可以为了艺术家风范什么都不考虑，沙睆并不是这样的人，这个机会砸在展冲头上，肯定是华影的这些男演员不能适应市场。

展冲之所以被看中，大概就是他是一个可以很快推向市场的成熟的“商品”。

说简单点，明星可以被理解成商品。他们被打上纯情、美丽等各种卖点标签推向市场，经纪人做的就是销售，他们会决定明星身上的卖点究竟是什么。展冲各方面条件不错，就是还没有进入市场销售，华影看中他不在于潜力，更大的可能性是只要精美包装过就可以“卖”了，他不需要经过长时间的“生产过程”。

“米姐其实挺不错的，但是米姐适合做长线。”吴天泓没有把米露是为了签她找来的这句话说出来，她笑笑，“我们做这行，就不要太矫情。华影现在会给你的资源是最好的，你就应该配合一点。他们现在呢，需要的就是马上可以推向市场的男明星，你就别在现阶段想着长线发展了。其实，这对你也是好事吧。”

“那你刚刚又说你不喜欢 Allen。”

“我是不喜欢啊，但是她的职业素养很不错，对你的发展也有帮助。”吴天泓很认真地告诫他，“我只是让你留心，以后签了她也得留一手，不要对她太放心了。”

第七年

相恋

别说是展冲，就是吴天泓，面对《刺》这样铺天盖地的宣传架势也是吃惊的，只能在心里暗暗感叹大腿抱得真好，跟着刘梓璇拍戏果然是各方面都顺心如意。

电视剧明明才拍了一个月，能拿出来展现的东西几乎没有。只不过放出了几张人物定妆照，就可以在社交媒体上带几轮话题。

《刺》主打复国线的剧情，虽然是虚构的故事，打的是言情剧标签，但是正剧范儿十足。按照历史设定，剧中男性角色的戏份很多，女性角色除了女一号戏份都很少。片中的男二、男三、男四找的都是新人演员，好一点的也就演过一两个小小小配角。

可是这部剧能创造出同级别的班底和演员难以复制的奇迹——出人意料地吸睛，明明只是剪出说是片花都勉强的影片雏形，就已经打上了制作精良、良心剧组、年度值得期待的好片等标签。新生代导演、电影质感、一流班底、强情节、大场面、最佳女主角坐镇等确定的、不确定的优点标签都贴了上去，拍摄期间三天两头地上微博热搜。

吴天泓之前确实拍了几部经典的电视剧和电影，看到脸大部分人都认识，可是没什么死忠粉，在这个烧流量的时代号召力算不上大。再加上她销声匿迹一两年，讨论来讨论去，也只有之前被封杀、离婚复出的爆炸性话题好说。

按照道理来说，展冲能讨论的就更少了。

展冲说得出的片子应该是《没有硝烟的战场》中一个算作男五的重要角色，所做出的表演也只能说是不拖后腿。再说了，战场的整体评分很高，但是像这样的正剧面对的收视群体终究年纪偏大，掀不起太多的波澜。

可是展冲居然能够被炒到这么火。他是演员中受关注度最高的，他成了最被期待的新生代男演员，就在签给了 Allen 之后。几个月前上映的《没有硝烟的战场》中的宋彦文这个角色突然开始受学生群体和一些年轻白领的欢迎。好像，年轻的女网友们突然发现了展冲有一张盛世美颜的脸，他苦苦练出来的演技也让人觉得惊喜，突然地，他的粉丝数目成几何级数增长。

展冲虽然开了微博，不过他一点个人的东西都没有发上去，连个 V 都没有申请。Allen 给他把 V 加上，然后找了一个助理跟着展冲帮他处理微博。不仅帮忙修改展冲发布的内容，助理还开了展冲的专属工作微博来宣传。

她给展冲的定位是一个优质偶像，天生贵族，逆境成长。说起来天生贵族这类称号其实有些老套了，类似王子之类的都不如段子手受欢迎，大众更倾向于偶像具有亲和力，好像他们会有机会和偶像亲近。可是展冲不行，他大概不适合太过于活泼的那种，也不会发表任何的议论，更没有说段子的潜力可以挖掘。现在推出那种人设，将来上了节目，一下子就会露馅。

虽然天生贵族之类的宣传词非常老套，设定看着也不时髦。可是配合上展冲的身世，还有他的长相，这么宣传还是很吸引人的。

宣传助理不时让展冲发一段文字，拍个照片放出去。每一张照片助理都会帮着修图。他自己也时不时拍一张展冲的照片。比如在灯下看台词，带出一点微微的笑容。再发几张台词本的照片，做着满满的笔记。配上几句煽情的台词，就将展冲的人设慢慢地宣传起来，积攒着粉丝。

不知道 Allen 具体是怎么操作的，展冲虽然没有微博，但是名字上了好几次热搜榜，虽然时间不长，但也算是混了个眼熟。他的粉丝群体也开始被组织了起来，虽然人数算不上很多，但是公司已经开始对其进行管理了。

展冲对于操作的细则是真的不懂，但是他真真切切地有了一种他在走红的感觉。在片场工作的时候突然有路过的人发现他，冲着他尖叫。

展冲已经许久没有享受过粉丝的包围了，他刚刚走红的时候，有粉丝来了几次，他只觉得兴奋。但是，像他那时候没有什么本事和资源，拿不到太多上镜机会，只能够刷脸。等过一段，热度过去，连露脸机会都差不多没了。像这样的小明星注定了是不会被很多人喜欢太久的。

为看展冲来片场的人越来越少。最后，只剩下零星几个死忠的女生。

虽然人少，可是这几年一直都没有离开。她们就算不能来片场了，有时也会给他写信。展冲能够叫出她们的名字，只是到了学校之后，这种通信就断了。他有时候会将这些信拿出来看看，曾经还写过几封回信。

他一直没有放弃练字，早先字是怎么都丑，他只好慢慢写，一笔一画，一个字一个字地慢慢爬格子。慢慢地爬了满满一张信纸的字，给人寄过去。

虽然素不相识，但是这些热情的姑娘让他觉得温暖，在冷漠的公司、嘈杂的片场有人站在他的身后支持着他，这样的感觉真的很好。他很珍惜。

展冲缺少关爱，各种意义上的。粉丝虽然隔得远，可是她们狂热的喜爱也会让他开心。他想要得到爱，太不容易，而粉丝们的喜欢太没有理智，他总觉得当下的自己配不上这样狂热的喜爱，必须更加努力才对。

叫得出名字的几个老粉丝已经长大了，她们的感情也不像最开始几年那样炽烈，成熟懂事了不少，有两三个已经开始工作了。这会儿还是会给他写信问候，或者在微博上给他留言，祝福他一切顺利。

新粉丝的数量日益增加，她们尖叫着说“展冲很帅”“宋彦文演得很好”“期待他的卫宗谦”。

吴天泓也是，她的角色海报发出之后，很受好评，热度开始明显地上升。只不过她的粉丝没有那么狂热，或者用时下流行的话说，她没什么人气和流量，不是走偶像明星路线的。不过，她一直都是有粉丝的，只不过她总是在文艺电影和正剧里打转，喜欢她的主体是中老年群体，这些人是不会对着她狂热尖叫的。真要说起来，她的票房号召力之类的还是要更强一些，怎么说，她的国民度都是展冲这样的流量明星比不上的。

唯一的一部面向年轻人的作品是《赤龙刀》，还是和展冲一起拍的。那片子班底太普通，三个主角有两个演技差，剧本没亮点。哪怕是因此认识了展冲，吴天泓也必须诚实地回答那部剧完全就是坑。上映以后意料之中地没泛起一点水花，基本就是没人看，看了也不记得。

吴天泓到底没有签到华影。吴天泓有自己的底气，她不愿意背上太重的包袱，反正有奖项在手，实绩比同一期的女星好很多，没有人帮着她营销宣传，只靠着电视剧的宣传沾点光。再加上她的年纪、经历注定吸引不了那些少女的目光，她依然能说《刺》播出之后，她的人气就不用发愁了。

见过了这样的阵仗，所有的人都知道这一部剧只要品质不差，很大概率会成为现象级的爆红作品。

不得不说，展冲和吴天泓两个人都有压力。也不光是他们两个人，所有演员都憋着一股劲地工作着，他们想要尽力打造出一部配得上宣传造势的精品剧作来。

投资方出了这么多的钱，宣传他们不过是顺带，重点还是要捧刘梓璇，其次才是展冲。而刘梓璇在片场的态度，同样让他们压力很大，若是对不住刘梓璇的努力和片方捎上他们砸的这些钱，大概会惭愧终生吧。

刘梓璇是真的很努力，她对镜头的要求高到了近乎苛刻的地步。

虽然故事的一部分主体是江湖，但是书中对于他们的武术描写，主要来自刺杀的场景。为了审核通过，太过血腥暴力的镜头不好在电视里呈现出来，所以武打的镜头并不算多，主要还是文戏。

仅有的这几个动作戏的镜头，刘梓璇也没有放松，她走的是写实的路子，虽然吊了威亚。

但是为了让武打的动作看上去真实又刺激，刘梓璇调了很多的小景别镜头，对着演员实拍。一个动作拍了许多帧，然后尝试通过剪辑拼到一起。看上去只有一两分钟的内容，真的分镜却拍了几十个。

为了拍出动作镜头的真实感，刘梓璇是下了大功夫的。她对演员也特别狠，从来都下得去手，也不管对方到底是谁，也不会因性别、年龄等的差异而区别对待。

吴天泓虽然一直保养得好，但是毕竟已经年过三十，休影一两年，之前拍功夫片、动作片的经验也不多，身体的柔韧性到底是差一些。可刘梓璇没有在片场里对她多照顾些，只说做不到就请替身来。

吴天泓也犟，她出道以来还没用过替身呢。她那种家庭出来的，真用上了替身，总觉得羞耻。这种老派的坚持，就好像是她骨子里长出来的骄傲一样，她始终不愿意打破。

可是这些动作对她而言，实在太难了，但她还是不放弃，咬着牙坚持着。一次不行就两次，两次不行就三次。回到酒店还要坚持拉筋，把身体的柔韧度通过密集训练补回来。

就那天，简单的一个吊威亚翻墙的镜头，刘梓璇就能要求吴天泓吊上好几次，只为了能够剪出干脆利落的动作镜头来。

两个人这么僵持着，受苦的还是吴天泓。每次拍完动作戏，吴天泓的身上都要青紫一大片。不过哪怕是伤得再痛，吴天泓始终不肯放弃，也不愿意用替身。

有时候刘梓璇看着也皱眉头，看着她的伤想要开口说些什么。

再看看一边神色焦急却始终不发一言的展冲，敏感的女导演最终选择什么都不说，她猜测：吴天泓也是较劲吧——和自己的年龄和状态较劲。因为各种各样的原因，她拒绝着岁月对她身体的剥夺，这对她来说，是一场战斗，独自一个人的战斗。对战士来说，什么样的理由都不能让他们停止战斗。

除了常规的吊威亚的镜头，还包括对战的旋转和跳跃等，全都是吴天泓自己上镜实拍。为了达到刘梓璇的利落、干练的动作要求，她跟着武指走了不知道多少遍，练习了许多次，然后再翻来覆去拍了好几条，最后才拍够让刘梓璇剪出一组适当的动作镜头。

有次，在她拍完一组重要的武打戏份之后，刘梓璇喊“咔”的瞬间，吴天泓松了一口气。她的身子整个吊在威亚上，一点多余的力气都没有了，就这么垂着不动。

在一边候场的展冲第一时间和工作人员一起冲了上去，扶着她，将她半扶半抱地接到了怀里安置。展冲一低头就可以看见吴天泓头上的汗水，还有她喘气的声音，细密的汗水顺着她的脸颊流下，湿了他的衣角。

等到晚上，展冲买好了跌打酒去敲吴天泓的房门。吴天泓已经洗过澡了，穿着酒店的睡袍，看到展冲随意地勾勾嘴角，就让他进了屋。展冲随手把门带上，看着吴天泓一直扶着腰，别别扭扭的，就知道她伤得有些重。

看到这个情景，展冲也不管吴天泓的反对，挥了挥药瓶，半强迫地让吴天泓趴在床上。他轻轻地撩开吴天泓的衣袍，后腰一片骇人的青紫。展冲心疼地皱着眉头，手上蘸了药酒轻轻给吴天泓推拿着，一点一点，用手推揉着，让药效散开去。

可他一句都没有劝过，再怎么心疼他也始终没有跟吴天泓说“要不你就别拍了”或者“你还是使用替身吧”之类的话。吴天泓自己明白，她一直很清醒，知道自己要做什么，是不需要其他人多说的。

虽然两个人的原生家庭天差地别，一开始的条件也完全不同，可是对于选择做的事从来都很认真，在这方面也算是殊途同归了。

他的手在吴天泓的腰上轻轻推着，气氛就开始有点不对了。

因为这部剧的人物设置，吴天泓特意吃胖了一点，要饰演颇具风情的性感美人，太过骨感的身材是无法表现的。

要说胖其实也不对。现在的观影设备越做越宽了，一不小心就会把人拉胖，这也逼得圈内人的身材越来越瘦。吴天泓相对于普通人还是瘦的，只是跟圈内人比起来就有了一种丰润的肉感。

展冲打从心里认为，带着肉感的吴天泓是状态最好的样子。

明星总是会花许多时间和金钱保养，借用各种手段将他们的青春延长。吴天泓之前心情不好，各种状态也不佳，但休养了一段时间之后，她的状态完全回来了。

展冲的手就这么贴在她的腰上，纤细的腰肢，却又软嫩滑腻，细腻的软肉在他的指缝间滑动。之前，看到她腰上的那一块青紫，心里只想到了心疼，没想到其他的。

这会儿才发现，带着青紫痕迹的腰肢，在温润的黄色灯光下，显出了极大的色差，在他掌下的细嫩的软肉仿佛正莹莹发光。

展冲这才觉得自己的手热得发烫，他低头看看吴天泓，却发现她早就将脸埋在了枕头间，一动不动。

展冲轻轻弯下身子，靠近她的耳边，轻轻叫她的名字："吴天泓。"吴天泓这才低低地应了一声，可是脸依然没有抬起来。

看这个情景，展冲只感觉除了燃烧的手部，整个身子似乎也被架到了火上。他犹豫着、迟疑着是不是应该继续，比如说，吻下去。想了想，展冲什么都没有做，他站起身，低低喃语："药擦好了，你好好休息。我……我先回房间去了。"

说完了，他头也不回地跑了，跑出房门，这才长长地嘘了一口气。

吴天泓没有说话，也没有阻拦的动作，甚至在展冲离开之后，她依然维持着那个姿势一动不动，只是嘴里低低甩出一句："笨蛋……"

说完了却又冷静下来，在没有人的房间里，她肃着一张脸。空调间里的暖空调都没有办法将她周遭的被冻住的冷空气消融掉。她趴在那里，想着什么。

合作拍戏的这一段时间之后，他们的关系越发暧昧了，彼此都知道对方的意动，差不多整个剧组的人也都知道了，有时候还会在旁边打趣两句。可是两个人谁也没有率先捅破这一层窗户纸。或者说，吴天泓这一方的态度更加保留，她没有明确拒绝，只是总有些冷淡。

她还没有积攒好和展冲在一起的勇气和决心。

甚至，她都还没想清楚——她是不是真的喜欢展冲。

《刺》开拍之前，她想到的一直是明确地拒绝展冲，虽然说不出口，冷漠一点他总会自己放弃。可是在片场相处时间长了，两个人演绎着情侣的角色，在镜头前表演着隐晦的暧昧，在镜头后亲密地相处，幕前幕后都是催生感情的温床。她心软了，可能是入戏太深，可能是台下太暖，她总舍不得拒绝。

可是，电视剧拍摄的时间再久也不过是几个月罢了。

他们之间呢？要一直走下去吗？她没想好，各种意义上都没有想好。

吴天泓轻轻摸了摸腰部，那里还留存着展冲用手揉开药油的滑腻触感，空气里也弥漫着刺鼻的味道。酒店里的浴衣松散地系在她的身上，除了内衣裤，她的身体有一小半裸露着，虽然房间里开着暖气，微暖的风还是吹不去她四肢上泛起的细细的小疙瘩。

他却跑开了，吴天泓拢一拢衣服，又嗔骂了一句："笨蛋啊……"

她的表情上泛起一点笑，又变得木了，她想着刚刚离开的男孩。真的是个男孩，都说青春期少年的脑子总是超乎想象的色情。大概吧，她没认识过几个小男孩。

展冲在吴天泓心里一直是个干净努力的孩子，带着让她艳羡的却早被自己抛下的认真和朝气。偏他这样对她，行止间从来克制，像个成熟的男人。

吴天泓一直把自己定位成展冲的姐姐，她对于他一开始是有些同情的，然后就是欣赏，下意识地会去照顾他。

不知不觉，那个孩子长大了，小树苗长成了挺拔的高木，站在那里看得出一个男人的轮廓。不过，他依然年轻，那张脸上连一点坑洞都没有。

吴天泓认识了他这么多年，多少知道一点他的情况，他家境不好所以对自己小气得要命，几乎不会用任何护肤品，因为贵。所以，认识的第二年，两个人关系熟了之后，吴天泓每年都会送他跟皮肤护理和化妆有关的东西——好歹是个明星，靠着脸吃饭的，怎么都要注意一点。

吴天泓见过他的行李，他真的只用着这一套化妆品，其他的什么都没有。

可是，他的脸上依然是一点坑洞都没有。哪怕熬了夜，第二天有了黑眼圈，休息两天就又好了。展冲和她是不一样的，他不需要每天做一套程序复杂的保养程序，用昂贵的护肤品来挽留时间。他的青春还在，青春帮他把所有的美好都留着。

吴天泓到了夜里总是容易累，尽量早点休息。可是再怎么疲惫，基础的护肤程序从来没有省略过。她知道自己熬不了，熬一次就要养上几天。她在擦着护肤品的时候摸着脸上浅浅的纹路，它们终究还是遮不住的。

年岁上来了，生活又不是那么如意，这些纹路终于渐渐蔓延到了她的脸上。那些昂贵的护肤品也没有办法完全抹去它们的痕迹。

还有她腰上的伤。当演员久了，或多或少都会带一点伤痛，特别是演武侠片之类的影片，难免会在动作幅度过大的时候伤到身体。年轻的时候，或许这些并不是问题，当时扭了伤了，忍一忍或许也没有多大的事。

可是年纪大了就不一样了。

明明她也还算年轻，可是这些伤痛也逐渐不能靠着毅力忽略过去了。她腰上陈年的轻伤居然会在多年后爆发，被仔细照料过后，躺在床上依然还是会发作，那隐隐的暗痛就是明确地告诉她："你已经不再年轻了。"

吴天泓扶着腰，到底不敢什么保养程序都不做就这么躺着睡。她休息了一会儿还是坐起来，做那一套烦琐的程序，脸色终究没有暖过来。

不管腰上的伤有多疼，第二天还得要正常拍摄，这是演员的基本素养。带她入门的导演，她父母这些老一辈的工作者都会教育她——几个月就可以拿到许多人工作几年才赚得到的，又得不吃不喝才能攒得下的薪酬，为此付出更加专业的工作态度，以及为了呈现出最佳的表演效果，而忍受工作带来的一些伤痛，这些都是作为演员的最基本素养。

按照行程单，她应该八点钟起床，到片场去等戏。等到了片场的时候，展冲已经化好装了。

他看到吴天泓的时候笑了笑，随即又撇过脸去，耳根有点发红。吴天泓却不再那样，看着他的脸，轻轻叹了一口气，绷住脸。到底不想表现得疏离，还是带出了一点浅浅的微笑来，唇角的弧度几乎可以忽略了。

展冲的戏份比吴天泓的要多一些，他是朝堂势力的焦点。而吴天泓饰演的常璇玑主要是江湖势力的戏眼，她的戏份也很重要。他们二人的交集不过是零星的几次夜谈，还有两个人都会出席复国势力的秘密集会。只是，这样的集会为了隐藏实力，他们也从未碰过面。

就因为这样，不管是吴天泓还是展冲都认为，要在有限的场次中表演出两个人的感情才是难点。观众在观看节目的时候还是需要情感代入的，这样的纠结感情能够吸引更多的年轻观众。

为了表现好两个人之间的感情，吴天泓和展冲都花费了许多精力研究。

在剧本里有一个与两个人都关联紧密的事件。

常璇玑原名叫作任添意，她的父亲是卫国的前任国师任铭钰。任铭钰天纵奇才。在邻国大昭的新任君主谢昂登基之时，曾与之缔结了和平盟约。但是，那时身为国师的任铭钰隐隐觉得不安，上谏国君多加戒备，无果。

于是，任铭钰借口妻子怀孕，带着家人隐居到了偏僻的山村里，生下了任添意。在那个小山村里，他就开始招收一些有天赋的少年少女，教给他们文治武功，以防万一。

如他所料，七年之后，大昭撕毁盟约，向卫国进攻。任铭钰在国都被攻破的时候潜入皇宫，救出了最小的五皇子，也就是卫宗谦。

可以说任铭钰是卫宗谦的恩人和最尊敬的老师，他所学的本事都源于这位可敬的长者。也可以说任铭钰和他的夫人等同于卫宗谦的再生父母。

任铭钰一直致力于救国，可是不想让自己唯一的女儿也卷入危险之中，他一心想将女儿嫁给一个普通人。可是任添意不愿意，她也想为救助自己的祖国贡献力量；另外，她爱上了比她小五岁的卫宗谦，虽然两个人相差了五岁，是不能够在一起的，她却依然不愿意另嫁他人。

在这样的情形下，任添意在定亲的那个夜晚独自离家，闯荡江湖，改名为常璇玑。她先是做了杀手，后来成了掮客。她攒足了钱之后，在都城开了一家酒楼，作为情报收集传递的中心。为了保护父母的安全，也是为了掩盖父母的行踪，虽然心里惦念，可是常璇玑一直没有回去过。

对常璇玑和卫宗谦而言，任铭钰夫妇是极其重要的存在。

大昭从来没有停止过对卫国残余的反对势力的搜索，他们查获了任铭钰的位置，也知道他一直还在运作着大昭的反叛组织。他们向那个山村发起了突袭。

任铭钰和夫人以及当时在私塾里读书的学生无一生还。

消息传来，卫宗谦和常璇玑收到了他们的亲人丧生的消息。

吴天泓为了这一场戏排练了许久。因为收到父母双亡的消息的女主角当时正在招待重要的客人，她不能让客人看出来，要在极短的时间内爆发然后再将所有伤感情绪都藏于平静面具之下。

这个镜头一定是小景别，刘梓璇跟她细细讲过，镜头会从她的眼睛拉到整个面部，然后再是整体。具体要怎么样控制自己的肌肉做出悲伤的情绪，在镜头前表现出来，吴天泓必须做好准备工作。

到正式开拍那一天，天气难得很好，牙山的天空在冬日里铺满了阳光，温暖又舒适。场务在片场布置了一丛丛的花束，颜色绚烂，看上去岁月静好的模样。

下午的时候，这个场景正式开始拍摄。

吴天泓饰演的常璇玑，按照剧本需要招待一些非常重要的客人。她戴着一支精巧的金步摇，奶黄色的大袖衫下是桃红色的缠织花鸟纹的衬裙。包裹着她丰腴的身材，白嫩的皮肤在冬日隐隐透出来，在冷风中带点粉嫩的浅红，如同丰润的白桃一般。

镜头对准了吴天泓的眼睛。对面的小厮告诉她父母被杀的消息，她的眼睛睁大，完全地难以置信。然后泪水上涌。随着泪水流下，她张开嘴巴想要喊叫什么，却又决然伸手自己将喊叫捂住。整个人颤抖着，最终撑不住，晕倒在地。

下一个镜头里，她终于醒了。眼神茫然，转了一圈，不顾身边小厮的呼喊，她慢慢地立起来，镜头又推回到了她的脸上。她的眼睛湿润，可是眼泪始终没有流下来，她茫茫然看着镜头，那样悲伤的注视，让坐在镜头后的刘梓璇都忍不住跟着情绪涌动。她几次试着扬起嘴角，可是扬起又塌下，几次之后，终于带出了一个笑容。

常璇玑悲伤地笑着，对着小厮，实际是对着镜头轻轻地问："我看起来还好吗？"

"好……好的……"

"嗯。"然后常璇玑慢慢转身，先是微微摇晃，走着走着，走出了常璇玑惯有的妩媚步伐，在镜头中越来越小。这个孤单的背影，伴随着的还有常璇玑刻意抛在身后的笑声。

这个镜头到底是练了许久，一颦一笑极是到位。吴天泓又对这个角色上心，花了许多精力，入戏很深，自己投入了。再加上之前的细细思量，这个样子自然是表现得极好。

刘梓璇站起来，喊了一声“咔”。全场工作人员竟有几秒钟没反应过来，震惊了几秒然后自发地鼓起掌来。

吴天泓却愣愣地站在原地，半晌都没有反应过来。过了几十秒，那边却传出来她压抑的啜泣声，她竟然真的哭了出来。

展冲一直在边上看着吴天泓的演出，他也受到了感染，眼眶也跟着有些湿润。听到吴天泓的哭声，他抄起边上放着的吴天泓的羽绒服，快步走上去将她裹住，然后带着她回到场边来。他温柔地拍着吴天泓的肩膀，小声地哄着她：“吴天泓，你别这样，都是假的啊，都是假的……”

戏里的悲伤削弱了吴天泓的反应能力，她忘了将展冲推开，一下子靠在他的肩头微微抽泣。他那么高，不知不觉地也长了力气，当初那个看着还有些瘦弱的小男孩不知不觉也有了男人一般的宽厚肩膀。

她一时半会儿抽离不出来，靠着宽厚的肩膀不住地流泪。

刘梓璇在一边也被感染了，她用手把脸捂住，眼睛从指缝里漏出来，泪眼模糊地环视一圈。今天沙睨没有来到片场。她看着被展冲半抱着的眼泪有些收不住的吴天泓，最后把头仰起来，偷摸着跺跺脚。

刘梓璇没说什么，她站起来从片场的热水瓶里倒了一杯热水出来，站到吴天泓前面，将热水递给她说：“天泓姐，你演得挺好的。你休息一下，拍完下一场，我们就准备转场拍常璇玑回房的时候发现卫宗谦的戏份了。你酝酿一下情绪吧。”

吴天泓的脸一直低着，她终于推开展冲，靠着自己站好，慢慢地调整情绪。展冲伸出手，将那杯水接了过来，帮着说了一句：“谢谢。”

刘梓璇看着两个人的样子，心情有所起伏，她转过头，看看坐在旁边的两个编剧，林韵和木楼。木楼把嘴巴牢牢捂住，这会儿喜欢的人不在，只有她一个人哭得惨烈。林韵看上去平静很多，只是脸上一直有泪痕，她掏出手机，打着字，好像在和人聊着什么。

刘梓璇看着林韵眼角明明还闪着泪花，嘴角却逐渐染上些微笑的样子，心里起伏不定，终于移开了目光。她走回导演的座位之前，调整回惯常有的表情，指挥现场的场务、道具布置场景。

之后，穿插了另外一场戏，等到晚上，场景转到了道具组搭建出来的常璇玑所居住的房间外。

天色黑了，除了片场打出来的灯光，四周黑黝黝的。

吴天泓还是白天的那身衣裙，独自一个人走到了光下。灯光打得很暗，从镜头里看过去，人物的微表情看得并不是那么真切。

吴天泓并没有放松，她挂在脸上的笑容随着脚步一点点地消退，终于，她走到了房前。展冲从草丛里走出来，看着这个方向，轻轻地唤了一声："添意。"

两个人在暗淡的光影下长久地对视，目光流转千言万语，在光影中交换心中无尽的伤痛与仇恨。

常璇玑慢慢走近，推开了门，两个人走了进去。

下一场，恰好是在房间里。

在刘梓璇喊"开始"那个瞬间之后，吴天泓就开始哭，此时的常璇玑再也撑不住了，眼里的泪水如同刹不住一样疯狂地砸下来，她再也绷不住，身形颤抖，好像马上就要软倒。可是，她还是没有声音，她哭到即将崩溃，可是连声音都绷着不能发出来。

展冲对于卫宗谦的情绪模拟了很久，他此刻的情绪如此复杂——悲伤、仇恨、心疼，却又努力地将所有的情绪都克制下来。这个感觉很复杂，他试了许久都不满意。可是看着眼前的吴天泓，她哭得那么绝望，那个没有声音的抽搐的哭泣让他的心跟着绞痛起来，他终于完全沉浸到了卫宗谦的心境里。

他的眼睛在推近的镜头前宣泄着情绪，那样复杂的目光长久地倾注在常璇玑的身上，好像她的眼泪能够代替他将伤痛发泄出来。

他看着心爱的人哭到不能自已，还必须压抑着声音掩饰自己，终于忍不住了。他走上前去，一下子将她抱在了自己的怀里。相比起常璇玑抖动的身体，卫宗谦的身体肌肉是绷住的。

卫宗谦的右手托在璇玑的脑后，左手的臂弯勒着她，左手的手掌却紧紧握成一个拳头。

两个人看上去都是静止的，在镜头的放大下，却是一动一静。

刘梓璇指挥着镜头推近，他们的面孔出现在镜头里。常璇玑咬住了卫宗谦的肩膀，哭到绝望，好像永远也不会停下来。卫宗谦的眼睛却瞪得极大，他紧紧地抿着嘴，眼泪就酝酿在眼底。

他的右手动作是那样温柔，抚摸着璇玑，温柔地抚慰着。他的左手却用力地扭曲着，他的仇恨和伤痛就通过那青筋扭曲的手发泄着，表情几度扭曲，最后定格成了哀伤。

常璇玑终于哭到疲惫，她最终软软地倒在了卫宗谦的怀里。哪怕是倒下了，眼里的泪水依然没有停下来，她只是再也承受不了了。

卫宗谦一把将她抱起来，轻轻地放到床上。他看着晕倒的璇玑，再也忍不住，眼里的泪水流了下来，心痛混杂着心疼，让他再也无法掩藏心里的伤痛，唯有泪千行。

他握住了璇玑的手，用她的手将他的眼睛盖住，感受着她微凉的因为流泪而颤动的指尖在他的眼窝上轻颤。卫宗谦叫着他多年以前为璇玑取的小字："婠婠，婠婠……"

自从小时候卫宗谦给璇玑取了这个名字之后，他再也没有当着璇玑的面叫过这个名字。这个只属于他们两个人的私密的名字，被卫宗谦一次又一次地，哀伤地、温柔地唤起，在常璇玑昏过去之后。

卫宗谦将璇玑看得越重，越不愿意在这样危机四伏的情况下叫出这个名字。他一直希望有一天，当他们拥有一个安定的未来的时候，不用胆怯，不用掩藏，阳光正好，花开灿烂，他们可以恢复本来的名字、本来的面目。

那一天，若是到来，他一定对她至好，将这些年错失的甜蜜都补偿给她。他唤她婠婠，给她画眉，为她梳妆，告诉她："莫喝酒了，再喜欢也莫要喝冷酒了。实在馋了，也让我一盏盏为你温过，喝得慢些。”除了喝冷酒伤身外，她喝了酒之后，脸上飞起一抹红，特别地好看，他不想别人看见。

若是没有将来，他先一步离开，卫宗谦希望璇玑永远不要知道他的心意。这样，她也许会遗憾，但是会更加轻松地活下去。他总是板着一张脸，在她靠近的时候退开一步。

可是，感情要怎么抑制？他在心里一直不断地珍惜地叫着这个名字，这会儿再也没有办法藏住，一遍又一遍，重复地叫着这个名字：“婠婠，婠婠……”

常璇玑慢慢地睁开了眼睛，两个人的目光，在泪眼中对视着。

这一组镜头拍完，刘梓璇要指挥调整几个镜头的位置。

吴天泓和展冲都没下来，反正他们下一场的位置也是这样。两个人都哭得有些发蒙，现在还没有缓过来，两只手依然紧紧握在一起。

展冲新到的助理，是位颇有年纪的大哥。他很有在片场工作的经验，颇为机敏地抱着两件大衣过来，一人一件，让他们先行披上。

两个人对视一眼，这才觉得姿势状态有点不对，松开手，默默地调整状态。

刘梓璇对他们很满意，走过来给他们讲下一场戏。因为镜头的角度有些变化，所以他们的姿势也要相应地做一些调整。

接下来是两个人的对话，展冲眼中的泪也收了回去。他压低了声音，用最温柔的低嗓慢慢劝她，可是知道了亲生父母被杀的真相又怎么受得了？常璇玑又一次癫狂，她终于撑不住，再也无法按捺内心的仇恨，她挣动着，她的哭终于成了疯狂，她疯狂地扭着，又被强制性地按住，只好再次紧紧地咬住卫宗谦的肩膀。

卫宗谦双手死死地扣住她，死死地，眼睛好像燃烧着怒火，可是说话的声音依然温柔。他在常璇玑的脑后轻轻一击，她终于软软地倒下，倒在了他的怀里。

卫宗谦好像抱着一个小小的孩子一样，温柔地抱着她。他目光温柔地、怜惜地看向眼前这个姑娘，知道她已经晕了过去，再没有知觉，可是他还是这样抱着她。他慢慢将她放下，弯下身子，用指腹轻轻拭去她的泪痕。看着她哭到狼狈的脸，终于忍不住，他轻轻地在她的额上深深一吻。

他们在剧中的接触都是克制的，就连一个拉手都是节制的。这个吻可能是他们之间最为缠绵的动作了。

吴天泓自然是没有真的晕倒，她就躺在那里——她首先感觉到的是展冲手上的温热触感。他从小劳作，这几年开始演戏才放下了农活，可他因着年轻，对脸上的保养也不过是马马虎虎地例行公事，手的保养估计想都没想过，微粗的手感裹带着热气，昭示着不可忽略的存在感。

戏里，展冲演的是她的爱人；戏外，展冲是她的追求者。虽然她演着晕倒，可是思绪清醒，带着自己和戏中人物的双重体验，感受着展冲的身体慢慢接近，他们商量好的那个额头上的吻戏如约而至。

常璇玑的装扮并没有带刘海，光洁的额头裸露着。展冲的那个吻自然没有落在她的发上，而是真的贴在了她的皮肤上，哪怕隔着几层妆粉，那种湿润的触感还是真实地传了过来。

接触的那个瞬间，吴天泓本能地轻轻一颤，她控制着自己，控制着自己的呼吸和表情。等刘梓璇喊了“咔”之后，吴天泓面色正常，但是她尽量不着痕迹地避开了展冲伸出来扶她的手。

类似这样的对于两个人非常重要的戏份，展冲和吴天泓都处理得非常小心。他们想通过有限的接触表达出主人公之间的情感来。

除了这样的重场戏，他们还费尽心思和编剧一起商量出一些串场的戏份来表达这样的情感。

比如，两个人专门设计加了一场戏——两个人正巧在大街上擦肩而过。

常璇玑如同不认识卫宗谦一样，只是普通地走在大街上。谁也不知道他们相识，众目睽睽之下，他们俩不能有任何一点超出路人的关系。

常璇玑努力地克制着，但是瞥向卫宗谦的眼神里有温柔正在流转。她不断地将目光停到他的身上，留恋不止。她无法克制地靠近，闻一下他的味道，看到他毫不动容的侧脸，又忍不住地心酸，最后感情复杂地带出若有若无的自嘲和酸涩的浅笑。

卫宗谦好像什么也没看见，他依旧岿然不动。哪怕是常璇玑也读不懂他的内心，只觉得心酸——爱了这么久的这个人终究是不爱她的。她忍住泪水，看向他处，如常离去。

心酸之下，她没有发现卫宗谦的小指轻轻伸出，他偷偷地在常璇玑与他交错而过的时候钩住了她的袖角，在交织而过的人群中，留恋地钩着她的衣角。谁也没有发现，他的小指就这么牢牢地牵着，直到常璇玑可能会发现的时候，终于轻轻松开。

他状似咳嗽，将手捂到面前，沉醉地嗅着那几乎不存在的一丝丝香味，沉醉。闭着眼睛，带出一个同样酸涩的笑脸。

为了把握时间，两个人在下面走戏走了许多次，真的拍摄的时候，大景别小景别拍了几次。次次一气呵成，在片场看得木楼直接尖叫起来。

在卖出这本书的版权之前，木楼是非常担心的。

《刺》是她写的第一本书，总共连载了一年多。在作品连载之前，构思、查找资料不知道做了多少。网上连载到底和传统的写文路数不一样，必须每天发文才能够维持热度。

可是，《刺》的写法并不是纯粹的言情和升级流的网文的常见路数，它有许多的伏笔和人物，主线和支线交织反复，段落里需要埋伏的线索太多。木楼在每天发连载的时候花了许多心思，想了无数次，只为了要把伏笔在正确的地方埋伏下去，还不能漏。她只好列了一堆大纲草稿，发出去之前修了又修。还得保证一定的更新量，这样才可以稳定粉丝。

许多作者都说，作品是自己的孩子，对木楼这样的网络作家来说，这个孩子生得格外不容易。华影买这个故事的版权是花了大价钱的，那个时候还是大学在读生的刘梓璇几次上门，跟木楼本人诚恳地谈过很多次，她的想法最后打动了木楼，这才让木楼卖出了版权。

木楼在卖版权的时候就提出来要由她来改编剧本，但是刘梓璇拒绝了她的要求，她说得很有道理：小说和剧本的编排要求不一样。木楼还是不放弃，毕竟这本小说耗费了她太多的精力，交给别人做阉割、改编、处理就是不放心。

反正刘梓璇也说她暂时不会拍摄这部剧，因为喜欢这个故事，所以想要积累一些经验之后再尝试自己操刀，木楼还有时间和机会成为这个故事的编剧。为了亲手编排自己心爱的故事，木楼将原本的工作辞了，去学校学了一年的编剧课程，拿着证书，还有一段《刺》的小说改编成的剧本又去找了刘梓璇，正式成为《刺》的编剧。

木楼去找刘梓璇的时候，刘梓璇毕业一年，剧拿到了备案，但是离正式立项还早，剧本的改编工作断断续续，才刚刚开始。原本《刺》的编剧是林韵，还有另外一个编剧叫韩青清。林韵刚刚从学校毕业，并没有太多的经验。这位编剧就比较厉害了，经验丰富，甚至还得过奖。也不知道刘梓璇是为了什么，居然留下了本来就没什么经验的林韵和木楼一起工作，反倒让韩青清转而去负责其他的剧本。

可以说，木楼和林韵两个人是守着剧本一个字一个字地改出来的。木楼是恨不得一点不动，可是林韵不是，她到底不是书的作者，能够更加客观理智地看待剧本。剧本写出来就花了两年，其间为了改编，两个人还吵过许多次，又无数次地和好，都是因为剧本，最后成了铁杆闺密。

木楼写完剧本之后，也改行了，就留在华影做了一名专职编剧。

可以说，木楼的生命轨道都因为《刺》转了一个弯，她会对这部剧投入最深刻的感情。虽然做了无数的心理建设，木楼依然没有办法放心。守在剧组里，她越来越放心了。

虽然展冲的表现要稍微薄弱一些，他毕竟是个新人，而且他的个性比较内敛，幸好角色的爆发戏不多。演员要演好角色很多时候需要想象力和创造力，展冲放不太开，经验也不足，动作处理会比较青涩、谨慎。吴天泓的表现则是完完全全的惊艳了，她经验丰富，演绎角色游刃有余，每一个小细节的处理都完美、细腻，当她带着魅惑摇曳在屏幕前的时候，木楼都控制不住地怦然心动。

木楼真是越来越满意这两个演员了。不过她的满意不过是站在朋友和编剧的角度对两个人表示欣赏，饰演男二号的演员才是她真正的心头好。男二号叫谢添奇，高高瘦瘦，笑起来极其阳光。

谢添奇也算是一个新人演员，与腼腆的展冲不同，他非常喜欢开玩笑，甚至可以说是达到了搞笑强迫症的程度。和别人说话的时候，哪怕没有那么有意思，也要硬拗几个冷笑话出来。

他和剧中所要扮演的谢季不仅仅是同姓的缘分，性格也有很多相近的地方。有城府、情商高等等，可以说是谜之缘分。谢添奇在剧组非常努力，他的性格也让他成了剧组里的人气王，所有的人都喜欢和他开玩笑。

谢添奇从表面上看起来和谢季的慵懒贵气并不是很像，他就是一个阳光的大男孩。用木楼的话说，谢添奇笑起来的时候眼睛里就聚集了太阳光，高高扬起的嘴角凑成了一个弯月亮，两边还挂着深深的小酒窝就好像闪耀的星星。日月星光，世间最闪耀的光芒都集中在了他的脸上。

几个女人有时候会凑到一起吃饭。毕竟这个剧组里的男演员要多些，主要的女演员太少，导演刘梓璇、两个编剧加上吴天泓的阵容，除了其中有两个人相互间有些尴尬，不太对话，其他人的关系都很不错。

在木楼激动地谈论着谢添奇的时候，其他几个人都只是笑笑。其实天天看着，她们在谢添奇的脸上并没有找到木楼所描述的那种光芒，平心而论，还是展冲更帅一点吧，再说沙睨也是挺好看的男人，各有偏好。

木楼不在意，每一场有谢添奇的戏份，她都会激动地站在场边看着他，不自觉地心跳加速。这个男孩真的是太吸睛了。

开始拍戏了，谢添奇就切换了笑容模式。谢季这个角色对女主角常璇玑是有隐约的好感的，他喜欢她的聪明、漂亮和世故。不同于常璇玑和卫宗谦之间的禁欲式的牵绊，他和常璇玑之间上演着成年男女之间的你来我往。

谢添奇和展冲相比，可能心思没那么细腻，但是胆子大一些。打从一开始，面对不管是技巧还是名声都高出一截的吴天泓，谢添奇压根没表现出心理负担。他挂着若有若无的撩人浅笑，隐去了盛放着星光的小酒窝，一脸的勾人相。

等到刘梓璇喊了“咔”，谢添奇又能够随意地将放到吴天泓腰上的手松开，规规矩矩地改成绅士笑脸，又是一脸的阳光灿烂。轻松切换，毫无痕迹。

要是换了展冲，以前和吴天泓这般熟的时候，肯定拍戏的时候都不知道怎么放手，一旦拍完，直接一个九十度鞠躬，连连道歉。

业内类似于谢添奇这样性子的人还是更常见些。他的资质不错。但是也因为常见，吴天泓对于谢添奇没有留下太深刻的印象。比起智商，情商对演员在业内的发展是更加重要的，毕竟会做人处事的人更可能得到走到台前的机会。谢添奇这样圆滑成熟的行事风格是圈内的常态，展冲这样带点笨拙的生涩才更有记忆点。

比起吴天泓，展冲对谢添奇的印象可以说是特别好。他难得遇见和他年龄相近、人品又很不错的男演员，工作认真努力，懂很多他不太明白的东西，但是又不遮着、端着，装出一副不可一世的样子来。

同性的好友之间其实更容易找到话讲，比如男生间可以聊锻炼肌肉、篮球比赛等，比起异性，同性其实更容易变得友好。

展冲很快就跟谢添奇混熟了，两个人也友好地交流了几句八卦。这也导致谢添奇和吴天泓拍对手戏的时候，绅士手用得更加熟练，而展冲对着木楼的时候，会忍不住流露出那种有点打趣的微笑来。

过了没两天，剧组又爆出来一个惊天大新闻——刘梓璇答应了沙睍的求婚。他们作为恋人早已不是新闻了，据说交往许多年了。但是不知道为什么，一直没有结婚。

这会儿确定无疑了，是沙睍第二天来到剧组，请整个剧组吃了一餐饭，自己亲口宣布的消息。

真的接受了求婚之后，一直特立独行肃着脸的刘梓璇也绷不住了，脸上抑制不住地带着甜腻的笑。她也没有刻意，可是那种粉色的气氛就这么连带着飘散在剧组里。连带着谢添奇和木楼之间的气氛也跟着热烈了，他们虽然还在暧昧着，可是整个剧组看着他们的视线都有些打趣。

终于，谢添奇的戏快要杀青的时候，木楼眼里带着泪花笑着，敲开了吴天泓的门说：“天泓姐，谢添奇跟我表白了！”

木楼还残留着一点理智，她知道谢添奇是个公众人物，这些私人的事情不好公开来说。她的声音不大，可是那样的快乐怎么也抑制不住，她想要克制，可是幸福满满地从身体里溢出来。

明明都是二十几岁的大姑娘了，说这话的时候还忍不住孩子样地蹦了好几下。

木楼迭声说着："我太开心了！我太开心了！我实在太开心了！"

她冷静不下来，看着吴天泓笑。"天泓姐，我就是想告诉你。嗯，你和展冲也要加油哦！"然后她就踮着脚尖蹦走了。

吴天泓没有把门都合上，她留了一点，看着那个幸福的小姑娘。她走了一圈，又走了一圈，走到另外一扇门前敲开来，在房间门口站了一会儿又离开。她蹦到了另外一扇门前，敲开来，又一次播撒自己的喜悦。

多幸福的小姑娘，她不是长舌，也不是想要暴露出来，她只是太兴奋了，兴奋到控制不住。所以，她忍不住说出来，告诉这个世界，告诉所有人她的幸福，也要祝大家都幸福。

可是，吴天泓没有办法想象她的祝福成真，展冲和吴天泓之间的进度条倒退了。

吴天泓也不是对展冲无意，这一点展冲知道。吴天泓知道，身边那些没什么关系的旁观者也能够看出来。在气氛的烘托和怂恿下，展冲越发热情。

吴天泓只是不答应，展冲越是主动她越是不愿意答应。可是回过头，她就呆呆地坐在镜子前，把镜子里面的那张脸看了一遍又一遍。她伸出手，摸着自己那双眼睛，总是不自觉地想着："若是早两年就好了……"

她真的已经不年轻了——不是脸，是心。

脸还可以骗人，用化妆品遮盖，用保养品延续，她能装点出一张年轻的面孔，加上自己出色的演技，她可以直接去扮演年轻生嫩的十几岁小姑娘而不违和。可是，心是骗不了人的。

曾经那个无法无天，总觉得自己万事看透的、悠然洒脱的吴天泓好像已经不在了。

不用回到那么久以前，就两三年前，那个吴天泓都还是带着魂的。

若是早两年，吴天泓或许不会喜欢展冲——不过是个闷闷的孩子嘛，不是她喜欢的那种类型。她喜欢刺激，喜欢喧嚣，没有耐心去听一个孩子沉默的诉说。但是，那个时候的吴天泓不会害怕，不会想着他们之间横亘着的八年无法抹去的时光。

不过是八年而已，她足够优秀、足够强大，也足够美丽。她超人的信心和张扬的性格足够形成强硬的武装，将挡在前头的顾虑通通逼退。没有谁是她配不上的，只要考虑爱与不爱的问题。

两年后的吴天泓，她能够看见展冲了。她甚至迫切地需要一个展冲这样的存在陪在自己的身边，因为她跌得太惨了，咬着牙、绷着面、倔着骨，装出一副天下无事的样子，好像什么都没发生过。实际上呢？她惨得恨不能抓住所有漂浮过身边的存在来弥补自己受创的自尊，去维持这一张看上去完好的假面。

可是，认真地听到展冲的心声之后，两年后的吴天泓到底是不敢接近了。她的过往灰暗、前路阴晦，但是眼前的这个男孩前途大好、青春洋溢，他的未来是可见的光明与璀璨。面对这样的展冲，她不敢抓，也不敢靠。

甚至她会阴暗地猜测，展冲之所以现在对她示好，是因为他成长了，他还见过她最狼狈、最落魄的那个样子。他们两个的境遇是完全相反的，她在无所依凭地下滑，展冲却在无法停止地向上。他想要得到她，得到曾经仰慕过的女神，来满足他曾经的虚荣心。得到了，说不定就会抛下，抛下她走自己的路了。

两个人的位置已经倒置了。

她是真的喜欢展冲吗？是不是剧情的感染，剧组的温暖让人产生的错觉？是不是她太惶恐不安了，急于抓住谁？急于在离婚之后抓住一个条件不错对她很好的人，证明自己的魅力，然后失控地迷失在感情的错觉里？那么，她这样的虚情假意，是不是很对不起展冲？

展冲呢？展冲又是不是真的喜欢她？她出现在展冲最无措、最卑微的时候，那时候的她高高在上，展冲望着她的时候，眼里出现的大概是脑中的幻象吧。真实的吴天泓没有表现出来的那么强大，没有那么耀眼，她软弱又卑劣，心理阴暗、脾气很坏、年龄很大，是不是在一起了，他就会失望，然后离开？

他那样年轻，那样优秀，现在有无数的人看好他，将来会有无数的人迷上他，他的未来和她不是一回事。世人总把情侣比作比翼鸟，但可以飞得一样高才能比翼远行呀。她和展冲，早晚都是走不到一处去的，真心也好，假意也罢，或迟或早，他都要离开的，他们不会走到一起。

她还能再承受一次失去吗？不知道，真不知道。承受一次就已经很疼了，她不想再受第二次剜心之痛。

年轻两年，若是在一起之后，对对方失望了，那就失望吧，没关系，总可以有别的。又有谁知道未来呢？

可是现在呢？

她经历了一场失败的婚姻，足以将她所有的自信和骄傲都磨灭的婚姻。她总说一切都重来了，没关系，她早就不在意了。怎么可能？怎么会不在意呢？

婚姻是多么严肃的事情，或长或短，总是经过了思考和相处最后才能决定下来。真的从生命中剥离，怎么会毫发无损？

不经意地，她的心境被那一场婚姻磨到衰老。老到她畏首畏尾，不敢前进，脆弱得成了渣子。明明感情已经进展到了这里，她却还是惶恐不安，在最后的关头喊出了暂停。

太快了！太急了！太……环境不对，什么都不对，她需要离开展冲一段距离，好好思考然后理清混乱的思绪。

展冲虽然嘴巴不会说，但是他的经历让他学会了察言观色，心思非常敏锐。他依稀知道吴天泓在担心什么，可是他年轻，在他看来那些担心都是无所谓的。

他爱了吴天泓太久，吴天泓对于他的意义是不一样的。只是，这段感情的起始，他就不敢争取也没有立场去争取，只能错过。可是错过了第一次，他已经不想要再错过第二次了。吴天泓对他并不是不心动的，虽然这一刻抗拒着和他在一起，但是展冲绝对不会退让。

吴天泓害怕他走，可他自己知道：他是走不掉的。如今站在这里的展冲，做的每一桩事、有的每一点想法都带着吴天泓的印记。他是跟在她身后走出来的，若舍了吴天泓，他大概会是个不一样的人了。吴天泓是他的一部分，他是舍不下的。

展冲想起吴天泓结婚的那一天。他独自坐在东戏的校园里，忙忙碌碌，看着好像什么事也没有，但是直到所有的人都已经散去，他依然在那里。

其实身体已经酸痛到了极限，可他依然还在那里。因为他不敢停下来，停下来也许就会绷不住地难受，他不是不能承受失去，不是没有设想过失去，只是真的发生了，生理性的本能占据了主导。他的心空落落的，悲伤持续地发酵。

他没有和吴天泓联系，一直没有。

他早早地就想过要给吴天泓送出祝福，等到冷静一点之后就把祝福送给吴天泓。虽然他的感情无疾而终，也不妨碍他展现足够的绅士风度。可是，想了那么久，临到那一天他也依然做不到。

不管怎么努力，他终究没有办法平静，没有信心能够在电话里伪装成什么事都没有发生过的样子，做出开心的样子说："天泓姐，新婚快乐。"

那个想了很多天、很多月，甚至很多年会要打出去的电话，最后都没有拨。

没有说出口的不代表就没有受伤，他只是连表达受伤的立场都没有。

以前，没有人知道他喜欢她，没有人告诉他他可以喜欢她……如今，吴天泓是自由的，她的身边没有别人，只有他。若是他还不能把握好好爱她一次，他应该会遗憾终生吧。

展冲是不能放弃的。

终究，两个人一起工作的时间就要结束了，他快要杀青了。

展冲的最后一场戏是卫宗谦的死亡。这一场戏是重头戏，拍了两天。前面两天基本都是打戏和动作戏，是他刺杀大昭皇帝谢昂的戏份。

终于，卫宗谦成功了，持续了十年的任务得以完成。可是，卫宗谦也因此受了重伤，他即将死去。

刘梓璇在最后这一天，把两场感情戏放到一起拍。前面是卫宗谦和常璇玑的告别，最后，是卫宗谦一个人在火场里的死亡。刘梓璇很看重这一场戏。

吴天泓的戏份还没有结束，虽然她的总场次比展冲略少一点，但是她有几场戏是要去云南拍的。所以还得多待几天，跟着剧组转场过去。

等拍完了她和展冲的最后一组镜头，吴天泓其实就可以暂时下戏了。她在牙山影视城的戏份也都拍完了。

可是吴天泓没有走，她甚至没有卸妆和换下戏服，跟着展冲转场到了最后一场戏的拍摄场地。

卫宗谦伤得很重，他一身的血污，甚至不能站起来。

他没有什么话要对死去的仇敌说了，该说的都已经说完了。他是个好的领袖，也没有什么话要对一起奋斗的同伴交代了。十几年前，他就是孤身一人，无父无母；两年前，亲如父母的师父师母也已经死了，没有亲人会为他流泪。但是，他还是想要活着，如果有可能的话，一定要活下去。

哪怕不能活下去，有一句话总要对一个人说；哪怕说不出口，也想要看上一眼。他只欠了她的，欠了许多话没有说，欠了许多事没有做。

他知道她所在的方向，他只是想看看她，这一生最后的那一眼想要看着她，把她好好地记住了。

人们都说生命中的最后一眼是带着执念的，若是有足够的执念，哪怕到了奈何桥，喝了孟婆汤，入了轮回道，那执念的印记依然无法磨灭。他可以带着这印记转世投胎，寻到她，守着她。她不记得也没关系，他记着，他念着，他去爱她。

展冲的灵魂分成了两半，一半是卫宗谦，一半留着展冲的意识。他控制着身体服务于卫宗谦的意志，匍匐在地上，艰难地挪动，双手抠在行宫的地板上，拖着身体往前挪动。

他的头微微抬起，好像看到了一个人。

打光师就站在前面，给室内的景色打上了强光。这刺眼的光就在她的身后，让她看上去好像是假的。

可是展冲知道，那是真的，那个人——吴天泓就在那里。她站在那里，看着他，深深看着他，好像在流泪一般。

她的手颤抖着想要伸出来，却似乎是被什么阻止了一样，伸出去却又放下了。但是眼神是没有办法阻挡的，她的眼神凝注在这个点上，带着眼泪地看着。

展冲不知道是自己的冲动，还是卫宗谦的灵魂终于占据了主导。他忘记了在之前千万遍想象练习过的动作，恍惚着朝前伸出手来，嘴角带着淡淡的笑容。

这行宫里已经起了大火，可在那逃出升天的唯一道路上，那人就站在那里。他看着她，深深看着她，伸出了手来。

卫宗谦经常在自己心里唤常璇玑：“婠婠。”这是他给她取的小字，只属于他一个人的甜蜜蜜的名字。他时常在心里念着，唤着，却只在她面前叫过一次。

这一刻，他本该沉默的，还是开了口——发不出声音来，周边的浓烟将他的声音给夺去了。但是他看着站在那里的人，不知哪里来的力气，颤抖着撑起了身子，用发不出声音的嗓子一遍又一遍地唤着：“婠婠，婠婠……”

吴天泓站在那里，这里没有她的戏份，没有任何一台机器带到她的影像，她不过是个旁观者。可是，常璇玑的情感太强烈了，如同海啸一般，吞没了吴天泓的理智。

她操控了吴天泓的身体，让她颤抖，让她流泪。她无数次地想要伸出手去，回应他，拉着他，帮助他，可是她不属于这里，她没有立场去拉住他的手。

她看着心爱的男人的灵魂寄居在展冲的躯壳里，用他的眼睛说着：“想要在一起，想要在一起……”常璇玑知道他在叫她，一遍又一遍，用灵魂唤她的名字：“婠婠，婠婠……”

她被刻在他的灵魂里了，就是转世投胎，名字更换，那也是不会忘的。她居住在他的灵魂里了。

那是他为她取的名字，没有第二个人叫过的小字。

书上说：“婠，体德好也。”在他的心里，她一直是个美人。在所有的人看来，常璇玑都是一个美女，可是直到这一刻，看进了他的眼睛，她终于明白自己在他眼里究竟是如何盛放的美丽。

他不知道哪里来的力气，撑起了手，朝着她伸了过来。他们明明隔得那么近，她只要上前两步一伸手就可以紧紧握住他的，明明那只手就在她的眼前，颤巍巍地晃动着。

他用口型一直叫着：“婠婠，婠婠……”叫得常璇玑的心都乱了，给吴天泓留出了一线喘息的空间。她透过自己被泪水染得模糊的眼睛看到了那个人，和展冲重合在了一起，那一双眼睛亮亮地看着她，带着点笑意，那个口型那么像："泓泓，泓泓……"

小时候，父母曾经这么叫过她。等到大了，只有最亲近的人这么叫她，泓字在舌尖绕一圈再点一下，普通的名字却带出了缠绵。可是这个陌生的名字听着又那么熟悉，明明眼前的人还是展冲，他的脸那么熟悉，他叫的好像是她。

吴天泓又一次颤巍巍地试图伸出手来，冲他伸过去，对他说："是我，我在这里。"

是不是回应晚了，他的手一点点沉了，他的身躯到底还是塌了，可是他的脸还是仰着的，他一直一直看着这个方向，唤着："婠婠，婠婠……"抑或是："泓泓，泓泓……"

直到连嘴唇的张合都做不到了，眼睛也还是没有闭上，他那样温柔眷恋地看着她，触及她的骨相和灵魂，描摹了千千万万遍。明明熟悉到闭上眼也可以描摹出每一个细节，但是舍不得闭上眼睛，到了最后，他还是舍不得合上眼睛。

是幻觉吗？是幻觉吧。幻觉也好，也要看着，看到生命的尽头，看到灵魂离体而去。

吴天泓如同被定身一样，傻愣愣站在那里，与他对望着，目光缠绵。她目送着他的离去，眼里的泪水一颗接着一颗地砸落下来。

终于，刘梓璇的"咔"传到了他们的耳朵里。所有的人都动了，他们两个却有些呆。

好像在短暂的戏里历经了漫长的岁月一般。

吴天泓带着慌张和道不明的失落，她看着展冲爬起来，愣愣地站在原地避开了他的视线。明明她是躲着他的，虽然全世界都知道她的心思，可是她明明是躲着他的。只是刚刚，她藏不住了，她知道她藏不住了。

明明不是她的戏，明明没有机器对着她，可是她好像也真实经历了那一场臆想中的生离死别，以至于痛彻心扉。

入戏太深。

下了戏，她下意识地就想要逃。

可是刘梓璇叫住了吴天泓，她让吴天泓看一看现场的镜头回放。如同吴天泓的预料，展冲的表现非常精彩，他的动作非常符合当时的设定，因为伤势太重，又起了火，他一点激烈的动作都不能做。

他的感情却无法遮掩，通过表情的细节，他汹涌的感情倾泻出来。吴天泓站在这边，隔了一块屏幕看着回放，明明隔了那么多东西，但是她还是又回想起了站在展冲对面，和他双目对接的震撼。那一刻，她似乎真实地感受到了常璇玑和卫宗谦的存在。

“我觉得这个镜头堪称完美。”刘梓璇看着镜头说，“展冲的演技不错，但是还说不上非常出色。我知道他准备得很认真，但是按照他现在的水平还是没有办法正常再现这个镜头的表演。我觉得他能达到这个表现水平都要感谢天泓姐你的旁观和他的对戏，帮助他入戏。这个镜头我不准备再拍了，就用这一套吧。”

吴天泓也不知道怎么接好，局促地说了一句：“啊，谢谢。”

刘梓璇也没有在意地说：“你再补拍一个镜头吧。不用那么投入，也不需要跟他有多余的互动镜头。你看，展冲最后这个动作很明显是回应你的伸手，他有一个抬起来的动作。如果没有一个对象在这里承接这个镜头，观众可能会觉得不好理解。所以，我想拍一个你的镜头剪到这个位置。”

刘梓璇接着说：“你记得，你只是卫宗谦在临死之前所幻想出来的一个形象，不需要和他有太多的情感互动，带点笑就好了。”明明刘梓璇只是在讲戏，可是吴天泓难免有些窘迫，她觉得刘梓璇好像是在暗示些什么。

她简单地点点头，等着现场的工作人员布置现场。

这个镜头确实也不算复杂，她只用站在展冲对着的方位，含着眼泪微笑就可以了。

戏剧有时候就是这样，哪怕刚刚的表演出乎意料地精彩，但还是要服务于整出戏剧，不能因为哪一个动作或者表情做得极其到位就不顾整体安排保留下来。

这个镜头补完，牙山的摄影就结束了，展冲也要离组了。剧组给他开了一个杀青会，大家挤在一处吃蛋糕。

作为女主角，还是在现实生活中颇为暧昧的女主角，吴天泓被大家推到了展冲的旁边，跟展冲一起切蛋糕。可能是围观的人颇为热情吧，展冲的胆子也大了起来。

他拿住了吴天泓的右手，将它包住，认真地切着面前的蛋糕。

展冲看上去胆子很大，放得很开，可是吴天泓知道，他很紧张。他的两只手上都是汗水，将她的手也变得黏糊。

展冲的手显示，他曾经的日子并不好过。指腹微微粗糙，手指也不算好看，长期的工作让他的指节有些粗大。他小心地合拢手，注意不要将吴天泓握疼了。吴天泓想要躲开，他就加点力气，拢得紧一些，不让她躲开去。

可是看着胆大，他暂时还克服不了看起来害羞、不会说话的毛病，脸撇向一边，眼睛死死盯住面前的蛋糕，怎么都不看她。他的笑容也有些僵硬。天气明明还很冷，简单的切蛋糕的动作也能让他流出一脑门子的汗。

吴天泓不愿意让他没面子，挣了两下也就随他去了。

其实，她心里也有些期待，这么多人围着他们，送出来的都是善意的祝福。

若是世上的所有空间里都只留存着这样的时间就好了。可是，终究是不行的。

吴天泓看到 Allen 已经来了。Allen 很忙，她手底下还有好几个艺人。但是，她一直没有忽略展冲，她这三个月往剧组来了有几次。她倒是不会守着展冲在剧组拍戏，她往这边来了也多是待在酒店里处理公务。她会和展冲聊几句，也给他送了几份剧本来。

Allen 确实厉害。《刺》这部剧还没有播出，什么时候会播也还不知道。展冲作为一个伪新人，却隐隐有了未播先红的趋势，这都要感谢 Allen 的操作。而且，她居然能找来不少的剧本给展冲看，然后带他去试镜。

Allen 的手段和规划不一定让吴天泓和展冲喜欢，但是她付出的努力是没有什么好指责的。她这次在剧组待的时间比较久，有几天了，她已经和展冲说好，明天一早就走，要去做些准备，之后还要去参加试镜。

今天她难得地来了片场，自然看到了这一幕。刘梓璇就站在一边，什么表示都没有，还透着赞赏的态度，Allen自然也不能说什么。可是，她的表情明显有些不对劲，她缩在墙角里，皱着眉头、抿着嘴，在一众友善的表情中，格外地扎眼。

吴天泓知道Allen究竟是为什么不高兴，她对展冲的将来寄予厚望。他长得好看，职业技能又好，现在又演了大制作，将来很可能是她手底下发展得最好的艺人。

Allen对于展冲的定位吴天泓也知道。Allen希望将展冲打造成为优质的偶像演员。在演员的前面，他首先是一个年轻的男偶像，他的感情是要谨慎处理的。无数的女孩看着他，她们幻想着和他发生关系，这样双方都明知道不会发生的幻想就好像一份契约，明星不去捅破，她们付出狂热的感情，忘我地投入支持展冲的活动中去，只要展冲能让她们做梦——这就是娱乐圈所特有的等价交换的法则。

展冲的身份特殊，他的感情必须小心处理。

若是一个大家都接受的女艺人就罢了，偏偏他喜欢的对象居然是吴天泓。别说作为被看好的新人，一个普通人都不会希望自己前途光明的儿子找一个比他大上八岁、曾经有过婚史的女人。

何况，他是一个男偶像。男偶像是不该谈恋爱的，若是真的要在一起，那也应该是偶像剧里会有的女主角，漂亮清纯、可爱动人。他们站在一起好像是公主和王子一样。

只有让粉丝继续做梦，偶像的身份才可以继续维持下去。

大概世间的道理总是有舍有得的：吸引了不合常理的热度，享受了无尽的追捧，挣钱变得轻而易举，相应地也要接受违背常识的限制吧。

Allen在角落里的表情如同一根针，扎破了围绕在吴天泓面前的美妙幻想的泡泡。原来，这个剧组不过是个乌托邦，只有美好。而乌托邦就注定了不可能长久地停留下去。

她在很多人的脸上看到过类似的表情。好像吴天泓将所有的一切都潇洒地放下了，可是当新的感情发生在眼前的时候，她才这样清醒地明白，许多东西都被剥夺了，被永远地夺走了。她无法逆转时间，修改命运，只能接受这样的伤痕刻在她心里——然后任由伤口溃烂，或者，将它坚决剜去。

吴天泓还没有完全想好。不等她想好，时间持续流转，第二天总要到来。天亮的时候，展冲就要去奔他的新前程，朝夕相处的时光到底是要结束了。

第二天，吴天泓早起的时候发现了门边的一张小小的字条：Allen一大早拉着我去赶飞机，说是有一个试镜会在京市，我们要赶最早的班机过去。我不吵醒你了，再见。

土，真土，这年头了谁还用纸片传信息啊。虽然心里这么想着，吴天泓却又下意识懂了——展冲大概是觉得用这样的方式要更加慎重吧。这么想着，心里有点甜。这样沉默的、没有一点甜言蜜语的道别，反而让她有些开心。

可是，这个点走，真的是为了赶试镜会？要真的是这么着急害怕迟到，那不会还住上一个晚上吧……试镜会肯定不是今天上午吧。

吴天泓想着Allen站在角落里那皱着的眉头，就想把手中的字条丢出去，但想想罢了，还是收回手来，将字条细细折叠好，放到了随身小包的内袋里。

晚上，展冲发来一条消息：试镜会一切顺利，你也要好好加油。云南蚊虫多，记得多带些防蚊虫的东西。各种常备药品也别忘了。我可能不会回剧组了。加油。

都加油吧！

剧组要一起到云南去不是一件简单的事情，那么多的东西和人，要过去确实挺难的。有些人和展冲一样，戏都已经杀青了。刘梓璇也安排了副导演带了一些设备和人早两天先转场过去了。

等吴天泓跟着大部队一起到了云南的时候，天已经黑了。

这一段主要是在卫宗谦死之后的战争场景。卫国的军队在暗地里集结成功，趁乱对大昭的军队发起了反攻。

常璇玑没有时间停下来静静哀悼她那为了这一场战斗牺牲了生命的父母和爱人，拼死厮杀扛起这一面大旗，这才是她选择的悼念家人和爱人的方式。

刘梓璇要求吴天泓演绎得更加疯狂一些。“虽然知道这是错误的，可是为了这一场胜利，常璇玑已经失去了所有的亲人和爱人，她会有想法在战争中结束生命是很正常的。当然，她作为重要的将领，这个时候必须要冷静，她还有自己的责任要扛。你的疯狂不能真的是朝着危险的地方去或者做出很狂热的行为把所有人带入危险境地。这种内心的痛苦和平衡的度，你要自己把握好。”

吴天泓点点头。

虽然是拍战争戏，也不可能把所有的战役都拍出来，只选择了几个重要的场次。可就是这样，也拍了两个多星期。

木楼写战争戏的时候是花了功夫的，虽然是网文，但是卫国的所在地就是按照云南省来描写的。云南省多山地，它的地理环境比较特殊。针对这一点，木楼还查阅了很多的资料，并且来这边做过实地考察，这才写出不同于常见的平原地区的战争场景来。

刘梓璇也很认真，不然不会要求所有的演员为了拍摄战争的戏份再一次转场。

但是，这样的认真也坑苦了演员们。云南省的山地高原地形让他们的活动不如在平原地区自如。地形条件这样恶劣，还要穿着沉重的战甲，被指挥着做出各种动作，排列出各种阵型来。

每次刘梓璇一喊停，群演也好，主要演员也好，都瘫了一堆，实在是动弹不得了。

吴天泓也累，可她依然坚持着，甚至对于脱下沉重的铠甲有些不舍。说到底，拍完这几组镜头，这个片子就要最后杀青了。

她有点舍不得。

最后一场戏是吴天泓的。拍摄的是常璇玑的离开，离开这座城池。

卫国复国成功了，卫国的城墙上插上了卫国的旗帜。一切都是新生的。

卫国年轻的国君挽留常璇玑，请她留下来。这里该是她的家，山山水水都带着她的印记，她回望了一眼，摇摇头，走了。她爱这里，却不敢留在这里。

她所有的一切，爱过的所有人都为此消失了。一切都是新的，残破的墙还留着鲜血的痕迹，新砌好的砖石补在了曾经的缺口上，带着崭新的味道。全都是美好的，却没有什么是属于她的了。她看着这座城池，总觉得心疼。

常璇玑久久看了一眼，转身走了，她说会在山下开个酒寮，就在那里住下去，守着城池，守着她的国，他们的国。那里是家，曾经是家，可是家是什么，当是归处。家还在，没人等她了，她再没有归处了。

天下之大，凄凉仓皇，渺渺然，只有她一个人了。

最后一个镜头给了离开的常璇玑。她孑然一身朝着城外走去，慢慢地走着，留下一个背影，最后融入了茫茫群山。满目青翠，花开遍地，只有她一身雪白，这也是她第一次梳了一个妇人的发式。

没人了，无所顾忌，她猜不透很多事，也想不明白许多事，不过她也再没办法去问清楚了。那就不清楚吧，她就当作自己已经嫁过一次了，以后，再没了常璇玑，只剩下了任添意，做了卫夫人。

就让她给自己编织一个梦吧。

她在心里将自己嫁了，做了未亡人。从此以后，一座小屋，一坛梨花酿的酒，她守在那里，守着她的城，做完一个梦。

这个镜头并不难，不切近景，从一个中景拉远就好。甚至不用吴天泓也可以的。

吴天泓还是亲自上阵了，即使她做出再出色的表情，摄像机也是拍不到的。

吴天泓将自己代入了常璇玑的情绪中，走着走着，眼前是模糊的——她什么也没有了，她所有的都已失去了，而未来尚且难以把握。

这部戏好像一个短暂的乐园，她在这个乐园里将许多顾忌都忘记了，偶尔才会想起，全心投入。可是不是这样的，她流着眼泪走向了结束。

是为着常璇玑的，好像也是为着她自己的。她哭得有点茫然，带点颤抖，执着地向前。

好像除了向前也不知道要怎么走了。

“咔！”刘梓璇喊了一声，她站起来，率先拍了拍手。

片场响起了欢呼声，吴天泓已经是满脸的泪水——这个故事结束了，这个女人的一生结束了。

一张纸巾递到了她的面前，她抬起头看见了展冲。他风尘仆仆，可是脸还是帅到让她移不开眼睛。就好像那个让常璇玑一见惊艳的卫宗谦出现在了她的面前，冲着她微笑着：“别怕，你还有我。”

那一瞬间的冲动涌上心头，她伸出手抱住了眼前的这个男人，她搂住了他的脖颈，紧紧的。

吴天泓也不知道展冲是怎么知道的，怎么就在那一个瞬间懂得了她的心情，出来的时间恰好，在她正觉得想他的时候。

常璇玑的故事结束了，她过了一生，谁也没剩在身边，连爱人爱不爱她也不清楚。她演绎的故事也结束了，好像剧组里的人都得到了幸福，只是缺了她的那一份。

每一次，一份工作结束了，就该和角色说再见了。创作者大概很难再体验一次相同的角色了，如果是喜欢的角色，那么会更加舍不得。她觉得舍不得，真的舍不得。她舍不下常璇玑，真的舍不下，偏偏常璇玑不仅仅是一个她喜欢的角色，还是一个意外的惊喜。

她从未设想会与之相遇，那时的她狼狈不堪，正在勉强支撑，所有的都是茫然。她之后要做什么？不知道。然后，她们相遇了，交错的时空中，常璇玑让她沉睡的那一个部分苏醒了。她格外舍不得。

在一切都拥有的时候，等待是一种放松。可是当无可依凭的时候，等待是一种茫然。

一时好几种情绪都涌上了心头，那几步走着，她觉得难受。常璇玑和吴天泓的想法交叠在了一处。她抬起头，就看见展冲了。

展冲也伸出手抱住她说：“我在这里。”

吴天泓没说什么，抱着他，深深地吸了一口气说：“你怎么来了？”

“你今天不是杀青吗？我找 Allen 排开了工作，在这里待一个晚上，陪你。”他抬起头，擦了擦她的眼睛，“从没见你下戏了还一直在哭，这么难受？”

“嘿，有什么呢？一下子没缓过来。”吴天泓手搭在他的脖子上，“你没必要过来的。”

展冲笑笑，没多说什么。

乱七八糟的野花从吴天泓的后面撒下来，木楼开心地喊着：“呀！恭喜呀！”

吴天泓瞪她，在剧组这一段时间，自从搭上谢添奇之后，木楼这个姑娘就一直是这么个状态了。你瞪她，她也还是一张笑嘻嘻的脸，吴天泓不跟她计较了，自己这么大的人了，扑上去跟个小姑娘闹，实在是丢人。

展冲还抓着吴天泓的手，将撒在她头上的花瓣一片一片地摘下来。

大家凑到一起，吴天泓站在中间，展冲手里拿着手机，准备给他们拍一张杀青照。有些事情没有必要一一讲明白。这也是圈里的潜规则，谁都有些不想说或者不能说的事情，见到了不过当作没见到，都是心照不宣。

木楼还觉得没够，她伸出手，让吴天泓摆出来一个心形，对准了展冲的镜头。“杀青快乐。”

展冲冲着木楼竖起来一个大拇指，“咔嚓”按下了手机的拍摄键。

刘梓璇从后面扫了一眼说：“真难看。”她自己拿出了手机，推了展冲一把，说：“站过去吧，我来拍了。”

两个人站在了蛋糕前面，对视了一眼，往前看，剧组的工作人员都挤在那里笑着。导演举起了相机，镜头对准他们，好像所有的人都在微笑着。

展冲抬起了手，他将吴天泓揽了一下，拥在了怀里。

吴天泓还穿着那一身白色的戏服，展冲穿着现代的着装。两个人贴到了一起。

常璇玑的脸，还有卫宗谦的脸凑到了一处，好像很久以前的那一段感情在这里完满了。

多好。

这张照片没有被传出去，到底有华影的大小姐压阵，展冲已经签约了华影，没有谁那么不开眼。他们或者还有这么一小段敞开的，不会被干扰的时光。

两个人牵着手，在夜色里牵着手走着。

挺尴尬的，换了个身份，不知道要怎么说话了。

两个人过去的六七年里说过许多的话，说来说去大部分是关于工作的。那些跟感情有关的话总是在戏里说，说了许久，感动了镜头，打动了导演，也许还会让观众流泪。可是那时候总是隔了一层，到了这会儿才只剩下他们自己。

“我……我会加油的。”

“嗯。”

“你要不要说什么？”

“展冲，我还有点没出戏。我不知道我这会儿喜欢你，是不是因为这部戏。我们……我们试试看，成吧？”

“好，这就行了。”他紧紧握了握那只牵着她的手。

展冲大概是不喜欢这个回答的，可是他知道吴天泓。她是不会哄着他的，没有人的时候从来都是实话实说，她说她有些不清楚，那只是还不清楚，没有拒绝。那就这样吧，这样开始，慢慢相爱。

那一夜之后，两个人就分开了。

虽然人没有在一起，可是两个人之间的联系从来都没有断过。

吴天泓重新回到了恒星，她还是愿意在刘渝徽那里做。也许很多事情都得靠自己去争取，可是自主的选择也多了，她再怎么也是恒星的股东。

然后她还去了米妮那里，米妮的宝宝已经出生了，是一个很可爱的小公主。

小小的婴儿很爱笑，看到了吴天泓就挥舞起了小手，咯咯地笑着。

吴天泓小心翼翼地伸出了手指，轻轻地戳了戳宝宝细嫩的脸蛋。那么柔软，那么稚嫩，她很小心很小心，好像一用力，就会戳出水来。

没有，宝宝笑着，伸出手，抱住了她的指尖。

她的力气不大，抓着吴天泓的手指，好像那是个玩具。

米妮坐在一边看着。她的身材已经恢复了，比以前还要火辣一些，坐在一边看着吴天泓逗着小公主，一副很温柔的样子。吴天泓看得有些愣了，她没想过那样明艳艳的米妮会有一天看着这么温婉。

“你还好吗？”

“大概还算不错吧。楚渊现在每天都会过来，他是个挺好的爸爸。我想，差不多可以接受他做我老公了。”

“恭喜你啊。”

“你呢？感觉你要爆红了啊！最近天天看到那个电视剧的宣传。”

“挺不错的电视剧嘛，你记得看。”她沉默了一下，“我跟展冲在一起了！”

“真的假的?！不错啊，吴天泓，你这下手够快的。这么优质的小鲜肉被你吞下了，厉害厉害！”

吴天泓瞪了她一眼，低下头亲亲宝贝。米妮到底是吴天泓的闺密，世间一个奇女子，瞬间就悟了：“你别想那么多，这种优质股看上你了你就牢牢抓着！是他喜欢你的，你还有什么配不上他的？”

“不是这么说的。我还……没想清楚呢。”

米妮翻了一个白眼不再多说什么——随便她吧。

感情这种事情就好像一个迷障，外面的人看得清楚，讲得唾沫横飞，走在里面的人也还是迷惘。总要靠自己找到路径的。

她大着肚子却又拒绝楚渊的时候，吴天泓就是这么劝她的。吴天泓跟她讲过许多楚渊的好话，也跟她说过许多次，一个人带着孩子还是辛苦，难得孩子的父亲愿意负责，也是个很好的人，他们该在一起。

可是米妮不确定。

现在她想通了，她放不下楚渊的。哪怕吵得再怎么厉害，好的时候还是会很好，她不能因为害怕两个人总是吵架就把那些甜蜜都忘记了。她已经走出了自己的迷障，朝着幸福去了。

吴天泓呢？

她基本上可以说是没有和圈内人在一起过的。她演过那么多的电视剧，入戏也不是第一次，可是她总是可以出戏。她将自己的生活和光影里的人生分割得非常清楚。这样的吴天泓，演戏这么多年，单就这次出不了戏吗？

不会的，她不过是还没有想清楚，依然陷在她的迷障里罢了。

米妮抱着自己的宝宝在吴天泓走的时候抓起小手朝她挥着，说再见。等吴天泓走了，关上门，她亲了亲自己的宝贝：“宝宝，你干妈妈是个笨蛋呢！不过，妈妈也是笨蛋，爸爸也是笨蛋……宝宝以后，聪明一点啊。”

展冲进了一个组，是之前试镜通过的。这次演的是仙侠剧，叫作《云之巅》。这是一个挺有名的单机游戏改编的，很有名气，玩家众多，从备案开始就备受期待。

和他搭戏的女主角叫钟久久，是个挺有名气的圈内小花，长得挺清纯可爱的，因为一部青春偶像剧走红，挺受欢迎的。

虽然长得可爱，但是拍戏就没有那么有意思了。钟久久大概是小小年纪就一炮而红，人挺任性的。也是因为红，演员表先打了她的名字，就是靠着她卖剧的。她的演技不好也无所谓，一个简单的镜头就能拍三次，连累得展冲也觉得很难入戏。

不过，没有钟久久的拖累，他也是不好入戏的。他之前没有打过这个游戏，自从过了试镜会之后，Allen就很有把握地跟他说这个角色差不多就是他的了。那个时候他开始准备，游戏通关了两遍，剧情确实不错。

但是剧本就糟糕了。

内容被改得乱七八糟，加入了很多的人物。剧本语言也是支离破碎，毫无逻辑。他尝试着做人物分析，做出来了，可是试着读剧本却总觉得别扭，这个人怎么会这么说话呢？他想不通，只好硬着头皮照做。

他想要找人讨论这个，可是整个剧组就没有太把这个剧本当回事的人。一个个长得很漂亮、很帅气，穿着飘逸的衣服，感觉上就只会站在镜头前面摆造型。

他现在算是明白吴天泓在《赤龙刀》剧组拍戏的想法了。以钟久久为首的演员们，甚至连剧组都不常待。作为一个当红的小花，场下的各种活动、走穴颇为频繁。差不多也就只拍正面镜头，卖她那一张精致漂亮的脸。好像她还同时拍着另外的两部戏，就这样还有各种活动剪彩、看秀，甚至干脆就是没什么事跑开去休息，那也没什么人说她。

展冲虽然被看好，到底也只是有了趋势。钟久久脾气不好，展冲这边不来讨好她就表现得很是任性，各种看不太上，在配合上也非常消极。

那边有记者过来探班，问到了男女主角。

他们在剧中是有感情戏的。作为仙侠剧，转世投胎，几生几世的并肩，成千上万的时光流逝不过浓缩到了一句台词里。他们之间的感情戏相当地缠绵，两个游戏人物的感情戏可是感动了相当多的游戏粉丝的，自然这也是电视剧的表现重点。

钟久久的配合却始终敷衍，经常抢展冲说话的机会，为自己争取表现机会。

展冲看着“面”，到底不是真软弱，对于钟久久这样的人心里烦得不行。

不过 Allen 想给他找的几个华影的电影组目前还没有开始。这部电视剧相当受关注，有众多的粉丝基础。别管制作水平之类的问题，公司的宣传不错，已经引发了几轮讨论，怎么看怎么是一个推人走红的不错选择。

Allen确实看重展冲，也很看好这部电视剧。她手下管理的艺人很多，事也忙，每次过来剧组待的时间都不长，照看过之后又匆匆忙忙走了。每次来了，也跟前跟后的，和剧组里的各个演员、工作人员都打打招呼。

看着 Allen 这么费心费力的，展冲挺心软的。他也是成年人了，知道剧组的规则，跟 Allen 说不仅费事，也没用。

他什么都不说，顺从地听着 Allen 说出来的话。就连比较熟络的一位助理，在 Allen 走后都会说：“冲哥，你是不是太听话了？”

展冲笑笑，没有多说什么。

有些受不了的地方他都闭了嘴，可是心里到底不是那么平静，他就打电话给吴天泓说。

吴天泓现在签了一个试验性质的舞台剧，是她朋友组织的。她因为之前的影响，现在接戏多少还是有些难。

她接了个舞台剧，没钱，而且天天工作很辛苦，但是满足。

吴天泓知道，展冲其实没想做什么就是发泄一下，抱怨两句，她也不用劝着。就是这么聊着，真的感叹：他长得太快了。

之前认识的时候，他还是一个连买礼物都不知道该怎么做，说话都只会最简单的几句的男孩儿这会儿长得这么成熟了。

听他口气，也知道他没想抱怨什么，也没有觉得不公平，反而能很冷静地看待这些事情了。很多时候他说剧组那些糟心的事情，只是想和吴天泓抱怨一下，两个人一起在电话里笑笑就好了。吴天泓知道展冲多少有点郁闷，就也把自己遇到的一些奇葩的人说一说，跟他说些经验，也挺好的。

吴天泓进了另外一个剧组，开始扮演新的角色。这次演的是舞台剧，不过因为是带有试验性质的小剧团，人物没有常璇玑那么丰满。不过，舞台剧这种艺术形式本身就很有意思，对人的演技要求也高，她努力地练习着，没有更多的时间去想念常璇玑，那个女人的灵魂早已消失了。

她已经进入了新的剧组，开始演绎一段新的人生。

可是打开手机的通话记录，出现最多的就是——展冲。他们每天通电话，找到了话题，不断地说着话。

有一天，她约了朋友去逛街。

看到了五年前，她曾经和展冲一起逛街去过的那家商店。她突然想起展冲穿上那件衣服让人惊艳的样子，好像是从画里走出来的男孩子。不过，他没有买，再怎么好看，就是舍不得。

当时没想什么，只觉得这个孩子身世有些可怜，另外也会稍微抱怨两句——不大气。虽然想到了他的身世又能够理解，可是还是忍不住地想他不太大气。那是完全不同的人生境遇带来的不同认知。

她可以理解展冲，但还是下意识地按照自己的想法去评价：太不大气了！

现在回想起来，却觉得有点心疼。他穿那件衣服那么好看，她再也没有见到过能将类似的衣服穿得那么好看的人了。

吴天泓拉着朋友走进了店里。

她指尖滑过一排排的男装，抽出了一件颜色相同的衣服。

不一样了。板型还是那样，不过细节上的不同相当大了。吴天泓看了看这件衣服，想着：展冲穿了应该会好看吧。

“小姐，请问您要来一件这个吗？您需要多大码？”

“嗯，拿一件吧。M码就好了。”他应该是这个码，虽然个子很高，但是那么瘦，只能是这个码数了，若大一点反而会显得有点空荡荡的。

展冲吃东西也不大多，他也不贪嘴，没有表现出对什么吃的特别有欲望，所以也不知道他最喜欢吃的是什么。火锅吗？几次吃饭都是去吃火锅。当然的吧，他是川省人啊。下次还得跟他多吃几次饭，尽量多喂他一些。他作为艺人是还挺好看的，可是一个男孩子到底是瘦了些啊……

店员走了，朋友撞了撞她，把她从发呆的状态里捞出来，笑着凑到她耳边问：“怎么，有新男朋友了？”

“是啊。”她随口承认，弯着嘴角笑笑。

大概，是真的喜欢上了吧，最近总是会想到他。想起这个人的时候，就会不自觉地嘴角上扬，没照镜子，但是想得到自己的表情，一定是很甜的。明明不会沉浸在常璇玑的想法里，却还会想到他。

不过，吴天泓没想着在电话里面说。她下定决心，之后见面告诉他，顺便把这件衣服也送给他。

也让他等了许久了。

再一次见面已经是七月了。展冲的电视剧都已经拍完了。

拍摄的时间并不长，不过差不多现在电视剧制作都是这样速战速决的了。选个大 IP（知识产权）什么的，拍摄周期短，找几个当红明星出演，配合着炒炒话题什么的，就能卖得挺好。

Allen 暂时没给展冲找什么事做。因为《刺》已经预定好了暑期档，这部剧的宣传期要留长些。

刘梓璇的第一部剧肯定要争取到最好的资源。在拍摄的时候后期就已经开始同步制作了，事先就预定好了最火的电视台的火热暑期档。上档速度快，还没有影响到制作效果。

七月的时候，两个人被召集到一起参加各种宣传活动了。

天气热，展冲这一段时间闲着呢，Allen 也不光是给老板夫人面子，她也等着这边宣传启动，剧情开播、宣传启动后展冲的名气上升，让他能接到更好的角色。Allen 就安排他各种健身、声乐之类的课程，健身课程是让他身材更有型，拍封面也会更加好看，声乐之类的课程则是让他多练习一些技艺，将来参加节目也能够展示展示。

展冲许久没见到吴天泓了，两个人都忙着。

他这次到得早一点，打发走了几个助理，一个人就这么等在地下车库里。

每次有汽车的轮胎摩擦地面的声音响起，他就低头看看手机。终于，他收到了来自吴天泓的信息：“我到了。”

从阴影处走出来，他望了望，准确找到了吴天泓的车。她还是老习惯，不喜欢带人跟着，自己开车过来的。

看到了展冲，吴天泓按了开锁键。“啪”，展冲将门拉开了，冲着她笑。

为了演好那一部舞台剧的角色，吴天泓的头发留长了一点，拉直了，但也不算很长，只到肩膀。看到了逆着光站在车边的展冲，她也跟着抬头笑了。

展冲大概经过了一些科学的身材管理课程，总感觉壮了不少，他的肩膀宽厚。高大的身材遮住了半开的车门，将地下车库本来就昏暗的灯光又遮住了不少。

他这么站着，没有做什么动作，语言却直白：“吴天泓，我想你了。”

吴天泓伸出手去，她解开了安全带。在车里，她伸出了胳膊，环住了展冲的脖子，将自己的身体吊得半悬起来，贴紧展冲的身体，主动吻了上去。

这是展冲第一次在生活中亲吻一个女人，没有摄像机对着，不需要进行表情管理。他没想过滋味会这样好。温柔和甜蜜如同海浪一般的席卷而来，丰沛的感情顺着津液传递到了他的四肢百骸，将他整个人都吞没了。

她柔软而丰厚的唇瓣贴着他的。吴天泓的唇舌率先滑入了他的口腔。他傻愣愣的，不知道要做什么样的反应，她的唇舌就为他做了示范，扫过他的每一寸口腔，探索口腔中的每一点领地。

幸好，展冲是个极好的学生，他很快就伸出了舌头模仿起来。

两个人的舌头交织着，展冲的手移到了吴天泓的身上，将她搂得更紧，加深了这样的一个吻。

两个人密切地贴着，热气蒸腾，那是不同于夏日空气的热力。

七月的温度很高，半封闭的地下停车场颇为闷热。吴天泓自己开着车来的，车里的空调开着，里面带出了凉气。

凉风从车里一波波涌出来，外面的热浪却像从火炉中喷出来的一样地蒸腾着，两边冲击，带来了微妙的错乱感。

久违的恋人就在冷热交织的地方，交换一个漫长而亲密的热吻。

第八年

绯闻

吴天泓睁开了眼睛，她习惯性地动了动身子，却发现被困住了。她马上意识到，困住她的一定是展冲。

展冲的睡姿总是这样的，他从后面将人抱住，一定要把人圈到自己的怀里。这还不够，他的腿还要横过来，架在她的腰上，手脚并用地将人完全锁住。

他从后面握住了她的乳。

不管是不是穿了睡衣，他的手总能准确地找到她的乳房所在的位置，将它握在手上。吴天泓到底是个女明星，身材保持得很好，有点瘦。她的胸围算是比较突出的，没有大到夸张，不过绵软的一团，很挺，不戴胸罩也会立起来。

她的一团绵软被展冲的大手握在手上，艳红色的乳珠如同绯红的花蕊。他并不去压着它，虽然他的手那么大，好像一使力就可以将那一团绵软给湮灭了。但是他是温柔的，从后面伸出手来，自动地探寻到这一团绵软，轻柔地持在掌心里。

她不觉得多么难受，只是多少还是会难为情。特别是一开始的时候，到底是敏感的地方，这一处一被拿住了，她就会惊醒。在深寂的夜里，晃一晃身体，或者会直接把他的手拿掉，或者将他从昏沉的睡意里唤醒说上一句。多睡了几次，也就适应了。反正跟他说了，前一句答应得好好的，可是一旦他睡熟了，总是会变成这样的姿势。

他不是刻意，不过是无法控制的本能。后来，吴天泓见他睡得那样沉，也狠不下心去叫醒他。

吴天泓看着从窗帘缝里漏进来的南岛的阳光，自然地微笑，她将手抬起来，反手向后去摸，寻了一下，摸到了展冲的耳朵。她顺手捏了一把，说："展冲，起来了。"

"嗯。"展冲迷迷糊糊地回应了一声，拱了一下，身子却是不动。

吴天泓又捏了一下，并不重。展冲这会儿动了，他蹭了蹭身前抱着的这个身体，手微微缩了缩，捏了捏她的乳尖。身下的灼热随着身体的本能反应开始抬起来了。他身体自动前倾，陷入了面前滑腻的温软。

吴天泓转了个身，朝着他的脸上啄了一下，坐了起来。"快，起来了。等会儿我要搭飞机回去了。你今天也要走了。记得吗？爷爷奶奶还等着你回去过年呢。"

展冲迷迷糊糊睁开了眼睛问："你真的不跟我回去吗？"

"还早了点吧。"吴天泓顺口答了一句，她拿到了昨夜脱下的胸罩，一边穿着一边回答道。想起了什么，又偏过头去看展冲，他已经醒了，就这么看着她——这是他第二次问这个问题了。

之前说过一次"先不要回去比较好"，她没有解释很多，就说了这一句话。展冲听了点点头，也没有多问些什么，这会儿却又提起了。

吴天泓拨弄了一下自己的胸罩，走回了床边，双腿一跨，坐到了展冲的身上。她居高临下地看着展冲问："想让我跟你回去？"

"嗯，想的。"

"你不觉得太早了一点吗？我们才在一起多久，你就让我跟你回家？"

"……"展冲并不说话。吴天泓扶了扶他的脸，让他不要偏过去。她压低了身子，两个人鼻尖碰到了一起。"你，说话。"

展冲伸出手，环住了吴天泓的腰。他们住在酒店的高级套间里，虽然正值冬日，这边又是国境内最南的省份，吴天泓光着身子在这里走来走去并不会觉得太冷。

展冲还是将吴天泓搂着，换了个姿势，将被子拢到她的身上。“盖上一点，会冷。”吴天泓由着他动作，看着他又问了一句：“你怎么想的？”

展冲抱住她，他把头靠在吴天泓的肩膀上，表情藏起来。他沉默了一会儿，低低问她：“你为什么不愿意让家里人知道呢？你是不是都还没有告诉叔叔阿姨你跟我在一起？”他的手更用了力气，“你是不愿意让人知道我跟你在一起？还是说……”后面的半截话他没有说出来。

吴天泓没想到他这么敏感。他本来就是敏感的，对于别人的情绪察觉得很快。

吴天泓确实没有想好。展冲做好了和她在一起的准备，在他们在一起之前，展冲这个准备做了五六年，他一直喜欢她，哪怕之前都是暗恋，可是喜欢了就会有在一起的期待。

吴天泓是没有准备的，她一方面喜欢展冲，和他在一起的时光也很甜蜜，可她也会想着展冲比她小那么多，他的感情经历是一张纯白的纸，可是她已经经历了太多。

经历了太多人往往没有那么胆大，会胆怯会退缩，因为看过了许多，经历了不少的人，总会向着世俗靠近。她不爱做梦了，在展冲和她表明之前，别说结婚，她连恋爱都不想再谈了。

她实在是受过一遭折磨，对于这些感情问题就有些逃避。

还愿意和展冲在一起，已经表明了吴天泓的勇气。可是往后如何，她是真的没有想过。就说家里，两位老人都把展冲当成了干儿子一样，平日里时时关心着展冲的情况，也常常和她提起，这突然告诉他们这干儿子想要转型做女婿，总觉得有点奇怪。

去年《刺》开播，两位老人自然也看了。她妈妈打电话给她，还补了一句：“幸好这个片子里你和展冲没什么感情戏，不然总有些别扭，哈哈。”吴天泓都不知道要怎么接茬，支支吾吾就过去了。

她拒绝让展冲以男朋友的身份见她家里人，是觉得时间还短。另一方面也是因为她从没有去构想过以后，她没想过自己的将来里会一直有他。吴天泓并不拒绝，毕竟当下她挺喜欢这个男孩，这个经由她变成男人的男孩子，跟他在一起很快乐。慢慢地，她自己感觉得到感情在逐渐加深。只是——

等等吧，她想，等等吧。等到感情再深一点，也许他就会自动地被列入她将来的计划里。

吴天泓没料到她掩藏着的潜台词被展冲察觉到了。他之前只是没有说这个，吴天泓说还早，他就点点头不再多要求什么，等在她身边。现在，忍不住再问一遍，应该是缺乏安全感吧。

展冲是很认真的。他那样缺乏爱的一个人，遇到爱一定是特别认真的。吴天泓任由展冲搂着她，他坐起来，被子滑了下来，露出了光裸的背脊。她却被裹着，被他拿被子卷在自己怀里，护得严严实实。

心里软了一下。她越来越容易对展冲心软了。她想了想，还是抬起手。“展冲，我也不骗你，我是真的觉得还有些不确定。嗯，可能是真的因为在一起的时间还短。但是，我也不该忽略了你的感受。这样好不好？我们分别回家过年，我这次回去跟家里说好不好？我告诉他们你是我的男朋友。这样你会觉得好受些吗？”

她感觉到抱着她的人微微颤抖了一下，看来她想的是对的，展冲真的是觉得不安了。她像哄着孩子似的拍拍他的背，每一次展冲有什么动静了，像是哄孩子一样的动作往往能将他安抚下来。吴天泓跟他商量着：“对不起，是我没想好。你再让我多想想吧。以后，有什么事你也别闷着，就跟我说，我们一起讨论。你是我男朋友了，不用什么都闷着，想说什么就说什么。”

“嗯。”他点点头，突然坏笑一下，“那……我们再做一次吧？”

吴天泓直接拍了他一下。“乱说什么呢？等会儿悠悠就来接我了，你不也要赶飞机吗？”

“我们不知道又要到什么时候才能见面了。今年不会一起做宣传了，都不知道能够见几次面。我现在就开始想你了。”

“没办法呀，我们做这个行业就是这样啊。不过，我没有你忙，我要有时间了，就去看看你，好不好？”

“好。”他抱着吴天泓一翻，压了上去。他的手去解她刚刚穿上的胸衣，将那被包裹起来的软嫩重新释放出来，含在口里吸着。他抬起头又问了一次：“再做一次吧，好不好？”

他越来越放得开了。

去年他们见面的机会很多，自从那个停车库里的热吻之后，吴天泓也放开了。一个多月的宣传期，他们又没有接别的工作，两个人几乎是每天见面。见到了自然就贴在一起，磨磨蹭蹭的。

展冲也不是没有听着周围的人提过，可是他到底是第一次恋爱，从来都是规规矩矩的。吴天泓吻他是主动的，做爱同样也是。

比起展冲，吴天泓放得开多了。到底经历过。

这一个多月的亲密总容易擦枪走火，都是成年人嘛，也能理解。

吴天泓自己不大计较，可是她想，展冲的第一次总该慎重些，她不愿意和展冲在宾馆里发生关系。

那一天正好是《刺》的开播。上午跑了一趟SR视频的总部。

SR视频是《刺》的主要投资方。少东家是制片人，未来少奶奶是电视剧的导演，SR视频自然是要大力宣传的。开播这一天，SR视频特意准备了一个开播大典，将所有人集中起来，提前举办了一个庆典仪式。

庆典录完，两个人没了别的事情。吴天泓拉拉展冲说：“怎么样，今天去我那里？一起看今天晚上的电视剧？”

展冲自然说好。

两个人依偎在一起，看完了电视剧，点评了几句，播着广告，要放片尾曲的时候，吴天泓从展冲的怀里钻了出来。她贴在展冲的耳边说：“太晚了，就在这里休息？”

展冲怎么会不明白她的意思？现在不到十点，对这个大城市来说，怎么也算不上晚。他觉得自己的四肢都僵硬了，不知道要放在哪里比较好，只是急切地点头。

他听出来了，他傻愣愣的反应取悦了吴天泓，她笑笑，俯身过去，在他的脸上吻了一下。“我先去洗澡，你自己看看电视。”

展冲真的老老实实地坐在沙发上，看电视。开着电视，看了许久，也不知道到底看到了什么，只见到五颜六色的屏幕闪烁着，交替放映着不同的图像，嘈杂的声音响了起来。

一开始还能听出来，电视里正在播放的是《刺》的下集预告和片尾曲，然后呢？不知道，什么都不知道了。展冲没有兴奋，也没有期待，他根本就是什么想法都没有了，紧张到难受了。

也不知道这么发呆了多久，吴天泓走了出来，她拍拍展冲说：“你也去洗洗澡。”带着沐浴后的香气，身体被一件大大的浴袍包裹住，什么也看不见。

展冲还是吞了口口水，从沙发上弹跳起来，闷着头朝着浴室撞去，腿居然自己绊了下。身后是吴天泓有点坏心眼的笑声。

这是一个洗得无比认真的澡。展冲站在花洒下面，用沐浴乳认真地洗了五次，皮肤都被他搓得泛红了。他认真地洗干净自己身上的每一寸。等到全都清洗干净了，他站到了镜子前面，看着镜子里的自己的脸，拍几下，很好。

吴天泓显然准备好了，梳妆台上摆着崭新的刮胡刀。他看到了，拿起来，在自己光滑的脸上又刮了两圈。

所有的事情都检查了两遍，他才走出浴室。房间里，响起了温柔的乐曲，他慢慢地走过去，见到了吴天泓。

她穿了一件露背的玫瑰红的纱质蕾丝内衣裙，此刻背对着展冲，好像正在处理桌上的香薰蜡烛。

衣服的背部只有两根绳子吊着，下面露得很低，直至露出了她的腰窝，甚至是一点点臀线，那些许的若隐若现诱惑着人继续探寻的欲望。裙子带了一点小小的蕾丝边，如同盛开的花朵，从花心里露出她两条笔直的细瘦长腿来。

她此时半弯着背，饱满如同蜜桃一般的臀部对着展冲的方向微微翘起，本来就短的裙边，随着她的动作微微地飞扬起来，隐隐地露出了其下的动人私处。

展冲慢慢地走过去，他伸出手，从后面抱住了她。低下头，顺着她的下颌线往下探索。

这样的视觉美感冲击着展冲，他觉得自己的下面开始烧起来了。他的脑子糊成了一团，从视频讨论里学到的那一点粗浅的章程成了一堆乱麻，只剩下了本能还醒着。

他开始乱七八糟地在吴天泓的耳部、颈部、胸部探寻着，他的吻如同一簇簇小小的火焰，一点点地将她的热情点燃，热力把他急切的心情传递过去。

他将她按到了床上，慌乱地吻着，如此的激动，却又不明白路径。他不知道怎样是适当的节奏，也不知道如何是好，一切都是慌乱的，只依凭着最原始的本能动作。

到了最后，还是吴天泓主动将脸已经涨成了红色的他给反压在床上。

房间里跳跃着的烛火，还有墙壁上昏黄的小夜灯，让她的表情都进入了展冲的视线。他什么都看得见。

虽然昏黄的灯光让眼前的景象有些朦胧，可是他看得到所有的一切。他感受着吴天泓的力量，乖乖地躺在那里，起伏着胸膛，发出了暧昧的声音。灼热又急促的呼吸表现出他的情感来。

展冲赤裸裸地躺在那里，注视着吴天泓在昏黄的灯光下，将身上的一切都剥去了，她同自己一样也变得赤裸。

她脸上的表情有些不好意思，她也很少做过这样的动作。她居高临下地看着展冲，看着他涨红的脸，脸上带起了笑。她拿起了他无措的两只手，将他的手放在了自己的胸上，按揉着。

不用她继续吩咐，展冲就知道应该怎么做了。他的手就这么活动着，关注地看着吴天泓的反应，调整着自己的动作。

到底是现代人，就是没有谈过恋爱，那也大致会知道大概的步骤。他没有看过太多的影像或者文章，毕竟有太多的事情要忙。

可是知道知识和真正的体验是完全不一样的。好像有一个崭新的世界对着展冲打开了。他从未进入这样的世界，如此新鲜，却又如此美妙。他真切地感受到了身体上的愉悦。

还是不够，这样还是不够。吴天泓的动作不够满足展冲的欲望，那样的动作让他欢乐，欢乐却不满足。

他想要自己去探寻那个神秘的世界，那个美丽的伊甸园。伸出手，他和吴天泓连接着换了一个姿势，他伏到了吴天泓的身上。捧住吴天泓的脸，他虔诚地吻她："让我自己试试。"

"好。"

在暧昧的光影交织里，他们的身体交叠在了一起，密密实实，一直没有分开。

直到吴天泓倦极了睡去，展冲却还有些精力。他回味着刚刚发生的一切，将吴天泓揽到了自己的怀里。

两个人的呼吸交叠着，香氛的味道，还有刚刚产生的情欲的味道混合着，空气似乎都沾染上了他们的味道。

明明已经累了，那个晚上他还是做了梦。在梦境里，展冲抱着什么在路上奔跑。他好像跑了很久很久，跌跌撞撞，只有怀里暖暖的软物给了他温暖，那个暖物动了动自己的身体，在他的怀里亲昵着。展冲再次紧了紧怀里的温软。

恍惚间，听到有人叫他的声音。他睁开眼看见了吴天泓的侧脸，阳光已经出来了，虽然雾霾很重，可光也透了进来。

天已经亮了，桌上的烛光已经熄灭了，墙上的小夜灯还是点亮的。昏黄的灯光，还有从窗帘的缝隙里漏进来的阳光混合在了一起，照出来了吴天泓的样子。

她的身体裸着，上面带着浅浅的红痕，是他留下的。

吴天泓的乳被他握着，人贴在他的胸上，露出没被盖住的那一段柔滑的脖颈。他欺身上去，看到她熟睡的脸，温柔地叼住了她的耳朵，把她含醒了，迷蒙着嘟囔一声，被展冲偷走一个吻。

尝到了肉味，展冲就开了窍。特别是最开始的几天，他无论如何都学不会满足和克制，怎么都觉得要不够，一定要缠磨着吴天泓，拉着她尝试各种各样的方式，需索她肉体上的亲密。

他恋恋不舍地跟在吴天泓的身后走动，兴起了就抱着人亲吻。他好像怎么都要不够，有点距离都觉得难受，他不断地尝试，不断地探索，透过她的身体进入了一个广阔的崭新的世界。那里新奇又美妙，怎么都觉得感受不够。

吴天泓有过这样的体会。当初她刚刚进入这个世界的时候，她也是这样。所有的感觉都那么神奇，神奇又美妙。看着展冲，她知道的，知道他的渴望。所以她也陪着他，任由他通过自己的身体长成一个真正的男人。

她其实心里也是欢喜的，她喜欢感受展冲对她的渴求。他认真地看向她，瞳孔里只映出了吴天泓的样子，他的目光如此的真挚，真挚地表达出了他的欲望。他的欲望正在燃烧着，他那么喜欢她，喜欢到日日纠缠也还是觉得不够。

那好像是对她魅力的恭维。从他的纠缠中，她能够清楚地明白——他喜欢她，很喜欢很喜欢，喜欢到整个人都在燃烧着。

只是这样的日子不能一直这么过下去的。Allen 过了两天，亲自过来把展冲带走了，她没有跟展冲说什么，却看向了吴天泓，那个目光让吴天泓觉得很不舒服。吴天泓偏过头回避了她的目光。

《刺》红了，很红。

男二号的谢添奇都跃升成了国内的一线小生，更不要提作为男女主角的展冲和吴天泓。

两个人在微博上的粉丝数字疯狂地上涨着，各种各样的投票都排在第一。

吴天泓拍完了舞台剧之后还没有接到工作，正在看剧本。不过她不着急，有不少剧本寄到恒星去了，她所面对的选择项非常丰富。

面对走红，吴天泓还挺淡定的。她是在这个圈子里多待了几年，虽然狂喜了几天，但是也还是保持着平常。她对于走红没有太多的想法，钱够用了，有名气当然是最好的，这样她所能挑选的范围就会更广。不过这个圈子从来捧红踩黑，红这个词汇不代表必胜，甚至风险还更大，一步没走好可能就染了黑。

还是保持平常心，继续努力来得比较好。

拍摄几部能被人记住的作品才是最稳妥的。她借着声名，挑选自己喜欢的剧本。

不过展冲不一样了，他没有吴天泓这样的自由，公司看重他，下了大力气培养，就连粉丝都被专业地管理着，被组织起来为展冲制造声势。展冲的社交媒体也得到了管理，他本身的工作内容就更是被看得紧了。

他变得非常忙碌，就好像是陀螺一样的，被驱使着不断地转动。一天最多可能要跑四五个城市，拍摄杂志、广告。一个衣服都不会挑的男孩，秋天飞去了巴黎看秀。

他的脸迅速占据了电视、电脑还有公交、地铁、马路上的各个广告版面，探头往外一看，看到的都是他的脸。或者微笑，或者魅惑，所有的一切都在宣告着，他已经红了。

红了当然好，就跟做梦一样好，好到展冲都没有太多的实感，恍恍惚惚，好像真的是在做梦。

突然，他就不一样了，所有的人都会捧着他，看向哪里都会有人对着他尖叫。相应地，他也被困住了，哪里都去不了了。他想吴天泓了，也去不了，随便去哪里都有人盯着。

账号上的金额成了一个又一个的数字，一开始拿到《刺》的酬劳的时候他还会兴奋地跟吴天泓打电话，从来没拿过这么多的酬劳，看着真是快乐。到后来什么都不想说了，那些金额让他没有实在感。

展冲一开始不理解为什么会有彭翰宇、汤璇、钟久久这样的人，不就是红了一点吗？怎么就那么不可一世呢？

等到他自己真真切切地成了当红明星以后，他才知道这样的存在实在是太好理解了。

那么多人的崇拜和喜爱唾手可得，也没做什么特别的事情，偏偏就有那么多人冲上来狂热地尖叫着："喜欢你啊！！！啊啊啊啊啊，好帅啊啊啊！！！"

这样疯狂的喜爱真的会将人的理智给烧毁掉，感觉自己是那样厉害，好像传说中的传奇一样，举手投足就能创造出奇迹。你看，不过是随意地走过，就有那么多人哭着喊着说喜欢，多么强悍！

他若是想，随时都可以变成他之前讨厌的那种人，像是彭翰宇、汤璇还有钟久久这些人。

到底还是没有，他是从最低处爬起来的，他之前过得比人艰难，习惯性地做好事情会变得糟糕的预设。他对于走红始终没有太多的实感，总觉得是在做梦。这两种情绪交织着，让他始终清醒，清醒又慎重。

展冲的走红也让他和吴天泓的相会变得不容易了。

他们又开始了好久不能见一面的日子。

吴天泓后来也接了工作，她又开始拍摄电影了，这次演的是警匪片，是根据一本当红的推理小说改编出来的。

两个人在不同的剧组里面。不过吴天泓的时间稍微多一点。男主角因为要出国公干所以请假，得了两天的假期，她去给展冲探班了。

展冲最新接拍的也是电影，是一部比较普通的现代爱情喜剧，成本不大，算作试水。

吴天泓先去了片场，看到的是人群，密密麻麻地遮挡着现场，根本就看不见展冲的影子。她也不能挤进去，将人看清楚。她全副武装，开着租来的汽车，抬高身体远远地从外围朝着片场里面看过去，只看到展冲的衣角，轮廓也是帅的。

看了半天，吴天泓径直去了宾馆。给展冲发信息问到了他的房间号码，在隔壁订了一间。等了许久，她拿着剧本睡熟了，半夜两三点才听到敲门声，一拉开门就是展冲。

他刚刚回来，感觉下巴上都有点胡楂了。还没等她看清，展冲张开了胳膊将她整个人揽到了怀里抱紧。

“很累吗？”

“嗯，超累的。”

吴天泓没说什么，直接把他甩到了床上。展冲沾着床就睡着了，吴天泓看看他，帮着他洗了洗脸，擦了擦身体，将各种程序做完，然后躺到了他的身边。

睡着，睡着，展冲的身体自动靠了过来，将她圈在怀里，他的双手还放在了她的乳上。吴天泓笑了笑，让自己靠着展冲更紧些，手叠在了展冲的手上。

第二天起来，展冲已经去了片场。她的身边放着一张字条：不想吵醒你，睡得那么香。这次没办法陪你了，希望之后有机会吧。想你。

吴天泓收起了字条。他的字又好看了一些，说不上有风骨，但是棱角分明，有点陌生了，不过吴天泓看得很是开心——展冲一直都在努力啊！

展冲最后都没能够找到机会去看她，他实在是太忙了。Allen给他找了许多的活动，去活动的路上展冲都是在看剧本做准备的。他跟Allen说好了不会轧戏，拍完一部再接另外一部。已经这样了，看剧本做准备的时间也还是不够。

幸好圈里面赶场的人开始多起来了，用替身的、台词记不住的人多了，展冲少看了剧本真的算不上大事。

展冲从一开始就是吴天泓和她父母带出来的，受了老派的教育，一直遵守最传统的演员做派，对于剧本是万万不敢不看的。剧本看完了，他还有很多别的事要做，一点空的时间没有。他们每天都是通过电话来联系的。

吴天泓也不是总能找到机会去看他。到底是重新走红了，她也有许多的工作要做。

到了年底，他们终于可以碰面了。

年底有着各种各样的颁奖典礼，别管是不是权威。到底是找个机会被各种明星拉过来亮个相，颁奖也好，怎么也好，主办方和明星还有粉丝是三方受益。

年底的各种颁奖礼是绝对不会错过展冲的。

《刺》是今年的绝对热门，这样的电视剧当然是备受期待的。

寒假到了，展冲拍摄的仙侠剧《云之巅》在寒假档开始上映了。本来以为他的声势已经到头了，谁知道还能够更盛。展冲自己喜不喜欢这部电视剧不管，《云之巅》使得他彻底打入了中小学生的市场。

不要轻看这一批小粉丝，他们往往是最狂热的。毕竟是年轻，不够理性，充满热情，若是喜欢上了什么就是最狂热的。

这些孩子在课余时间里看着展冲所有的视频，不错过每一次他出席的活动，将他的每一帧画面都剪辑出来。

虽然如此，比起和钟久久合作的《云之巅》，展冲和吴天泓合作的《刺》的影响力更加持久、正面。

《刺》被称之为国产良心精品剧目，版权已经卖了好几个国家了。虽然《云之巅》还在播出，播映出来的大数据也非常好看，可五颜六色的特效制作和乱七八糟的演技、剧情使它远远比不上《刺》的制作水准，也比不上《刺》来得深入人心。看着是热闹，但是大部分的颁奖典礼还是期待着吴天泓作为展冲的搭档和他一起走过红毯。

吴天泓的工作结束了，最后一次两个人共同出席的年会就订在了南岛。展冲还有点其他的杂事，要晚两天才有假。吴天泓倒是没什么，就留下来陪了他两天。两个人又一起留了三天，再怎么挤时间，他们俩的度假到了今天还是要结束了，明天就是新年了，过年总要和家人一起。

新的一年，也不知道能够有多少的时间相处啊。

展冲压着吴天泓闹了一回，吴天泓也没有真的拒绝他，到底是舍不得的，两个人的分离也不知道要持续多久。

等闹完了，两个人又贴到一起冲了个澡。吴天泓赶往机场的时候，头发还是半湿的。展冲也要回去了。

等到了大年三十零点的时候，吴天泓给展冲打了个电话：“嘿，新年快乐。”

“新年快乐。”

“嗯，你等会儿，有个人想要跟你说话。”

展冲还没有反应过来，吴教授的声音响起来了：“展冲，新年好啊。”

“吴叔叔，新年好。”

两个人又沉默了。沉默的起始，展冲的心里就冒起了快乐又刺激的泡泡来——吴天泓跟家里说了吧。两位老人一定是知道他们的关系，不然怎么会在认识了七年之后沉默呢？

一定是知道了吧！

展冲在心里想着，要怎么开口呢？说他会好好地照顾吴天泓吗？会不会说得太急了呢？

“展冲啊，有时间来家里坐坐吧，我和你阿姨也想跟你聊聊。”

“好的。”

不过，一直没有机会，他没有过去，甚至他都没有太多的时间和吴天泓见面。

太忙了。

疲惫、压力以及种种负面的情绪压着他，展冲真的觉得累到难受。生理、心理上都达到了倦怠的极限。展冲不知道这是第几次跟 Allen 吵架了，一开始还不懂娱乐圈的路数，什么都听她的，直到他再也承受不起，身体都吃不消了。可是，就这样，他依然没有时间去休息。

Allen 不关注这个，她只要求展冲保有热度、话题就行，乱七八糟什么新闻通稿都往外面发，好的坏的，随手翻看一下自己都变得烦躁了。

Allen 确实是宣传的一把好手，展冲去年就成了当红炸子鸡，或者说当红的小鲜肉。她总能找到观众最感兴趣的点，将展冲的包装形象推送出去，让他还能够更红。可是，展冲真是不喜欢。

有些事配合是应当的，但是有些事就做得太过头了。夸他长得帅，通稿发两回就差不多了，结果出席一次活动要把跟他一起的男演员、男歌手全都踩一遍，夸他帅到天上少有、地上再无。热度是有了，话题是有了，形象也有了，黑粉也跟着多了。

前年的时候有一档亲子真人秀大火了，各个电视台抓住了商机，突然发现民众居然这么喜欢看明星们做些普通人做的事情。找到了这个大家喜闻乐见的收视热点，各个电视台纷纷发力，各种真人秀项目纷纷上马。

去年的时候，公司和电视台合作，投钱合作出品了一档综艺秀节目。节目是从韩国买的版权，制作团队也是韩国的，原版的韩国节目就极红火了。公司花了大价钱打造这一档真人秀节目，跟拍的团队和器材都是最好的，常驻团队也准备打造一个最顶尖的电视节目作品出来。节目人员都没有定下来，通稿就已经铺天盖地把网络淹了两遍。

所有人都被拉出来猜了一遍，又讨论了许久。展冲当然也被讨论了好几次。

Allen当然不愿意放过这个机会，她知道这个消息的时候马上就跟公司联系，说要留一个名额给展冲。但是展冲自己拒绝了。

Allen当然是不甘心的，这么好的一个机会——展冲是华影的艺人，被力捧着，公司当然是要偏向于自家人的。上了这个真人秀节目，他最起码可以免费做几个月的宣传，每周都是热点。

像这样的真人秀节目没有具体的剧本，但是人物设计的台本肯定有。展冲之前的形象打造是通过电视剧人物以及他的通稿等完成的，如果能够上这个真人秀，好好打造一下，就是凭打造出来的性格特点，展冲又能吸收一批粉丝。

另外，这个节目的总冠名是一个知名度很高的快消品牌，已经定下了一个集体代言。

如果展冲愿意参加的话，不谈那些还只是预想但最终肯定会得到的好处，光是这个代言就很值得争取了。

两个人为着这个工作大吵了几次，展冲怎么都不愿意。他本身就不是那样热络的性格，也没什么幽默感，要他好好做人做事他还是能做到的，如果真去了真人秀就是一个背景板。

很多时候，Allen说得都对。如果是些许小事，展冲也就不跟她争吵，听着就是了。但是这件事不一样，他实在是做不下来。这不是在屏幕前勉强自己一小段时间就可以做到的事情。

Allen不同意，她是一个极其强势的人，“争”差不多就是她的处事哲学，不做到比勉强自己更努力的程度，她就没有今天，她就得不到自己想要的东西。大概是她从小争习惯了，凡事都拼搏对她来说是再正常不过的事情。

在她看来，展冲的理由简直就是不可理喻——这么多的好处摆在前面，就为了这么些小事而放弃，完全是故意跟她对着干的。

展冲看着Allen也是觉得不可以理解，说了不合适就是不合适，为什么一定要参加呢？拼搏确实是必须的，可是为了没有必要的事情去勉强自己，还会牺牲很多别的时间，根本就是得不偿失。

他的拍摄行程全都是满的，之前《刺》播出之后，Allen给他接了一部现代爱情喜剧电影试水，女主角又是一个坑，恰好是之前合作过的汤璇。这就算了，今年一开年Allen给他接到了一部作为华影今年重点项目的大电影里的重要配角。

比起那个小成本的现代爱情喜剧的男主角，这个大电影的配角明显重要很多，展冲要花费很多的时间做准备。

这么多工作，还有杂志拍摄、站台等要消耗掉他大量的工作时间，准备时间根本不够。他甚至连休假，处理一下自己的事情的时间都没有了，整个人已经被过大的压力还有疲惫给折磨得难受至极……都这样了，居然还想着要他去参加根本一点都不合适的真人秀？而且录制周期还长。

展冲这一次说不让步就是不让步，不管Allen怎么跟他讲，他就是不愿意。

最后双方各让一步，Allen不逼迫展冲接这个真人秀，她另外再看。但要是

Allen 能够找到一个没那么多任务的，不太需要他表现的真人秀节目，那展冲就必须得参加。

展冲心里不以为然，要是真有平淡的节目，找这些明星干什么。他想了想就答应下来，他觉得 Allen 应该是找不到的，也就点了点头。

年假过了两天，他就开始做拍电影的准备，准备两周后进组了。

电影的拍摄和电视剧一点都不一样，他的戏份不算太重，可是一开始也跟得很吃力。

这部电影的导演胡铭非常有名，是国内排名前几的大导演，到了片场之后脾气冲得要爆炸。最可怕的是，胡铭的嗓门和脾气一样爆炸，在片场随便喊一声，脑袋好像就要跟着蒙上一蒙。

可能有才华的人都有个性吧，之前的刘梓璇，这次的胡铭都算不上好相处。他出了片场理智回笼的时候还会拍拍展冲的肩膀，说小伙子不错，很有前途。片场一上戏就是感性主宰，成了彻头彻尾的戏疯子，把展冲吼到怀疑人生的地步。

幸好电影的拍摄基本是封闭的，若是展冲的粉丝团看见，只怕是要跟导演拼命。

展冲倒是无所谓，在他小的时候，命运几乎就没有关照过他。对于胡铭这样的暴脾气，其他年轻演员可能觉得难以忍受，展冲一点都不觉得委屈。只要胡铭不把他开除出剧组就一切安好。

跟展冲同组的还有一个年轻的男生，姓张，长得也很好看。他是一个刚刚毕业的新人，演技很差，准备得也不好，他就是靠着他爸爸的资源进到组里来的。胡铭却一点照顾都没有给小张，照样把他吼得头晕眼花。

小张受不了了，把如此好的资源随手一丢，气冲冲地走了。

胡铭也不怕，他底气硬实，牌子响亮，多的是人求着他，走了这个投钱的，自然还有别人补进来。小张走或者留，胡铭是一点不在意，看人走了也不留面子，毫不客气地狠狠说了许久，将骂人的话吼得连剧场的保洁大妈都知道了。

果然，第二天有人迅速进组补位，一点时间差都没有。

展冲比较一下后果，忍受胡铭的唾沫星子忍受得更加愉快了。他戏份不算多，待在片场候场的时间多。

可能是因为恋人是吴天泓吧，许多圈子里的为人处世规则，展冲都是跟吴天泓学的。他没觉得自己哪里特殊，给自己的定位从来普通，很认真地想要经营好剧组里的关系。不过展冲本来就有点内向，他不太擅长和人自来熟，只好用笨法子。他每天交代助理多带点吃的用的之类的小东西，到了片场之后给同剧组的演员和导演都送一些。然后隔几天买点水，整个剧组都送，一般的后期群演也没落下。

他不是主角，要尊重前辈，不可能太频繁地送东西，只是表达心意。

他说不出花来，就花钱买点友善，只图剧组里的人对他有个好印象，别在哪里刁难他。

若是有对脾气的，就聊上几句。更多的时间，还是在一遍又一遍地看剧本，花更多的时间做准备，让自己的演绎到位。

这些琐事其实是吴天泓教他的。Allen 虽然自己会做人，但是没这么细致周到，很多时候她都是自己一个人打拼的，她自己八面玲珑，做这些事情都如同本能。展冲这么大一个人了，还有什么不清楚的啊？

可是，展冲真的是不会自觉去做这些。他穷怕了，总是特别害怕花钱，喜欢将现在所有的东西牢牢抓住。吴天泓有时候会笑他跟仓鼠一样，有囤东西的癖好。

说起来，他和 Allen 可能出身差不多，两个人的想法却差了许多。他没有那么狠，要务实很多，相应地，魄力不够，也没有那么多横生的欲望。也许，是他对世上的许多事还少了经历。

Allen 做事情也许让吴天泓看不太惯，什么事都拼到了极致，自然也就比较狠。她压根不去想自己的境遇可能变差这件事，她所有的一切都是自己一步步搏出来的，她只愿意死死攀着继续向上的机会，决不会低头看自己脚下所攀爬过的深渊。

展冲不一样，从性格来说就不一样。

他红得也太快了，一下子所有的境遇都改变了，被不同的人推着走到了这一步，这让他更加害怕了。他总觉得自己还没有落地，好像是浮在空中的，对此越发地惶恐。他有时候会自己怀疑，怎么会这么幸运？是不是这些真的都属于他？这样的怀疑促使他毫不松懈，态度如常，他只想尽力讨好命运，不要再一次给他翻盘。他日常花得很省，基本就是能不用尽量不用。现在忙得天昏地暗，他回宾馆之后，除了给吴天泓打电话，依然坚持看一些投资理财的书，把这方面的常识补上。他想要抓更多的钱在手上，要是问他准备怎么花，他又茫然。总之是极爱钱，把着才能安心。

他觉得自己不是本性抠搜，也知道自己现在赚得很多，同时明白自己时来运转、星运不差，未来前途应该不错。可是展冲就是忍不住地心慌，哪天如果他不红了，被雪藏了，运气没了……展冲不自觉地抠，他控制不住。

他出道到现在也有八年了，刚刚尝到了一年红的滋味。之前的七年虽然比在小餐馆端盘子好上不少，但是到底不富裕。乍富之后，他甚至做了好几晚的噩梦，这些钱和名声都是虚无的，天一亮千金散尽，他还在那个小村庄苦苦求生。

梦醒了，一身冷汗。

也是因为小时候的出身的关系，展冲总觉得自己演富人、贵公子、霸道总裁之类的角色都会心虚，只能勉强自己去装。演戏都这样了，更别指望他在生活中有足够的品位和时尚眼光之类的了，抠搜得很，只求实用舒适。

Allen 看展冲的品位不怎么样，衣服就专门请人买的。一套套地帮他配好，收在一起，哪怕是没有人跟着也出不了错。

就如此，Allen 索性理好了他的衣食住行，展冲听话就行。她没有费心思去了解展冲。

吴天泓到底和展冲比较熟，她知道展冲是什么样子的。展冲和吴天泓在一起的时候，很少会送礼物。他也不是那么情商低，该送东西的时候也是送的，几个重要的节日还有生日都记得清楚。只是，受出身局限，也不知道挑选礼物，从来都是什么实用送什么。关系不一样，吴天泓总是挂心些，慢慢就发现了展冲的这个问题。

在一起后人的心态就慢慢改变了，以前听听展冲的故事也会觉得同情，不过也没太多的感触。这世界上需要付出同情心的人太多了，而且，谁还没点糟心事。但是，当这些事真的发生在亲近的人身上，这些不自觉流露出来的小细节都能让她心疼，也就是嘴硬不跟人说，可是说话的语气也总会温柔些。

看着他送的东西，知道他平时的为人处世，不用说什么，恋人却总是能想到很多，到底是放在心上的。展冲那点不浪漫的体贴总让她的心麻麻痒痒的，总想要好好抱抱他才行。

吴天泓若是和展冲待在一起，不仅不会问他要些什么，若是发现他有些省，只会轻轻伸手将展冲的头发揉得乱七八糟。若是不在跟前，下一句开头一定会多说一个乖字，语气放得轻柔些。

她告诉展冲，虽然他交际能力弱一点，那就多花点心思做些实事。也不是真要帮别人做些什么，只是多少要打造一个好点的口碑和形象。

展冲这方面的悟性差点，但是对吴天泓的话还是听的，慢慢地也就习惯下来，每到一个组里，都注意做些这样的小事来跟周围的人打好关系。

拍了一周的样子，Allen 到剧组来找展冲，顺便给他送来一个消息："我帮你找了个适合的真人秀，这回你能参加了吧？"

展冲惊讶得差点没跳起来。Allen 知道他对参加真人秀有些抵触，先告诉他，这是一个明星旅游真人秀，叫作《花开在旅途》。整个拍摄只要二十天，不准花自己的钱，旅费由电视台提供，只能提供普通人的额度费用，对明星来说算是穷游。同行的还有一个男明星，并另外五个女明星。具体是哪些人，电视台不愿意透露，要制造效果，说是之后再让他们直接碰面。有个特殊要求是让展冲做导游，他要照顾另外几位女士，安排整个团队的行程，负责预订酒店之类的杂事。

展冲皱了皱眉头，他和Allen争吵久了有经验，总觉得Allen可能话没有说尽，有些事情还瞒着他。

他也不说什么，低头细细思考了一下。这个真人秀好像没有什么不能接受的。这样的旅游节目应当是不需要他非要有什么突出的个性的，只要好好照顾其他的旅伴，听上去也不是很难。至于穷游嘛，他是真的没什么所谓的，吃的穿的差一点压根不算事。

听Allen的意思，这个节目也是国内制作真人秀的始祖电视台买的韩国企划制作的，形式很新颖，制作平台都很有保障。凭以上这些要求，Allen应该是会同意的。至于导游，这个大概是Allen去跟电视台要求的，这样他的镜头会多一点。

上一次非要推掉Allen帮他接的所谓的必火综艺，展冲多少也有些过意不去。他虽然埋怨Allen没有为他考虑，没有想到他的性格不是很适合综艺，但他明白，不管Allen的安排有没有问题，这个节目对展冲来说真的是一个很好的机会。

展冲最后点点头应了下来，看他答应了，Allen很快地转身就走。

晚上，展冲跟吴天泓打电话的时候就说了，说是四月的时候会参加这一档节目。电话那头的吴天泓听了展冲的话，就开始哈哈地大笑，展冲问她，她也不回答，就叮嘱他要好好表现，细心一点。

展冲缠着吴天泓说："吴天泓，你跟我多聊一会儿呗，我都有两个月没见到你了，我们两个都在组里。要是我真的去参加了那个真人秀，那么多人跟着，好像连手机都得收走，我连跟你说话都做不到了。我们多说一点啊。我们把之后说不了的都说完了吧。"

吴天泓在那头笑得更欢乐了，一边乐一边断断续续地跟他说："你有什么想说的啊？你说吧……"

展冲真的就喋喋不休地将在片场等待拍摄的时候，那些零零碎碎的感想都念叨出来了，乱七八糟，反正就是说。

其实展冲并不是话那么多，他只是喜欢跟吴天泓腻着，最好把她的时间都占了。他隐约地感觉到，吴天泓虽然答应了他许多的事情，将这件事也告诉了家里，可是对于未来还是或多或少有些顾忌。

可是，展冲很肯定，他不会再更改自己的心意了。他就是这么个俭省执着的人，他吝啬小气，付出感情这么耗费精力的事情，一次就足够了。能够抓住一个喜欢的人执着着，已经是幸运。

之前他将吴天泓当女神那样仰望着，却又见到了她从云端上狠狠摔下来的最狼狈的样子。也许是这一摔让他心态放得平和，或者就是普通的生活让他的心境改变，他不会再那样仰望地看着吴天泓了。她褪去了神圣的外衣，变得普通，带上了现世的温暖。他们越相处，他越觉得温暖，那是他寻找了许久，渴望了许久，才找到的温暖。

体会着这样的温度，他恍恍惚惚的，感觉想要流泪。

展冲不着急，他一点不担心。他就这么天天腻着她、缠着她，吴天泓最后总会放心的。他敏感地察觉到吴天泓越来越容易对他妥协了。

那边吴天泓也不挂他的电话，有什么要答话的就简单回应一下，听着展冲絮叨，也不嫌烦。虽然恋爱谈到现在，也过了大半年了。要是从《刺》开拍那一段暧昧时期算起，那也有一年的光景了。可是他们相处的时间太短了，不是他忙，就是她忙，严格说起来，他们还在热恋期。

吴天泓能领会展冲的意思，他们之间这点默契还是有的。她到底大了这么多，还经历了一段失败的婚姻。若是让她这么简单就放下心防——这也是开玩笑了，彼此体谅吧。

她听着电话那边的展冲嘴巴念念叨叨，时不时还传出翻页的声音，知道他一边跟她聊天，一边还争分夺秒地看着书。

吴天泓没觉得不尊重，或者说展冲不够重视她。她了解展冲——他心思重，从来没有放松过一刻。在这种情况下，他还是一点也不想放下电话，这样的方式反而让吴天泓心里熨帖得很。她也没闲着，翻起放到一边的剧本也跟着看了起来。

等展冲的声音低下去，吴天泓就不再听电话了，她果断地说了：“再见，你马上去休息吧。”她却还不睡，贴了一张面膜，继续看剧本。

展冲这部戏的戏份不多，他可能拍一个多月就可以结束了，之后要去拍几个广告。吴天泓不一样，她也是拍电影，但她拿到的这个主角班底还算好，只是剧本弱了一些。毕竟，公司弱一点，能挑的剧本也少。

吴天泓毕竟经历过一段挫折，心境和结婚前不一样了。她不那么混了，随着自己的心意做事，总是认认真真地准备着，踏踏实实经营自己的事业。毕竟能够得着机会做让自己心情愉悦的工作是一件很幸运的事情。

又准备了两小时，吴天泓终于做好了准备，也完成了护理程序，这才熄灯睡觉了。到了早上六点，她准点爬起来，又赶到片场去了。

吴天泓现在真的开始努力了。她没有签到华影这样的公司，终究是有些影响的，很多好的资源都争取不到。要说一刻没有后悔过其实是假的。展冲那样的环境和待遇到底耀眼夺目，他们是一对恋人，吴天泓也会想要跟他站在同样瞩目的位置。

可是他们现在看到的风景并不完全一样。

两个人都是从同一部电视剧开始的。展冲一飞冲天，吴天泓也再次爆红，开始重新攀爬，可她走得慢些。这种缓慢地爬升是一对比就能发现的。

吴天泓是个有些好强的人，她不喜欢这种追逐展冲的感觉。可是她更加不想被他人掌控着，强迫自己去做那些不喜欢的事情——她不想勉强自己。

做什么都要付出代价，展冲更多的憧憬是红，赚足够的钱，让自己和家人可以衣食无忧。吴天泓呢？她从来不缺乏那些，想要红，更多的也是精神上的需求，她没有那种非要万众瞩目的企图心，所求的一直是精神上的愉悦。

偶尔也会想，如果当初签了华影，那么她是不是可以和展冲的名字并列在一起呢？转眼，又笑笑，她这已经是魔怔了，这样是最好的——有几个奖杯撑在后面，身材没有走样，脸也还好，之前的《刺》还帮她赚了些人气，她或者不好去拍那些非常商业化、有关注度的片子，可是她总能找到自己想要拍摄的影片。多好。

说起来，之前的婚姻也还是给了她一些教训，虽然已经和刘渝徽烂熟了，吴天泓还是另外找了一个团队打理她的事务。

到底是公司老板兼闺密，这事还是刘渝徽跟她先提出来的。刘渝徽知道她跟展冲在一起之后，似笑非笑地冲着她笑："你还不知道 Allen 那个人啊？展冲这几年就是走顶尖偶像路线的，你就是自己没当过偶像，还不知道偶像的路数不成？你要不努力一点，说不准是要带累他的。"

吴天泓瞥她一眼，嘴里一声轻哼，到底上了心。她是不喜欢束缚，可是若是差得太远，将来……恒星能够满足她的要求，若是以前吴天泓也不会想着自己带团队。反正，她的接戏依靠的许多人脉、资源都是她自己经营的，靠恒星偶尔支应一把也能过得不错。

《刺》走红以后，吴天泓一下子体会到了成为偶像明星被所有人包围喜爱的滋味，有点陌生，也让她隐隐有些恐慌感。她控制不住了，不管是疯狂的粉丝，抑或是排满的行程通告，她全都无能为力。这些都超出了她原有的常识，不是她简单地照旧可以解决的问题。

就这么两个月，对比展冲，吴天泓知道自己做错了许多事情，就靠着她一个人和刘渝徽帮她临时找的几个助理，什么都做不好。

而且，吴天泓记得刘渝徽的提醒，她多少注意了一下舆论态势。

就比如 CP（配对）粉吧。剧播的时候，当然有人支持她和展冲在一起，不过数量不多。他们两个年纪差了太多，喜欢一下电视剧里的配对就差不多了，扯到现实的真不多。

吴天泓偶然看到了微博，顺着摸到了微博、贴吧和天涯这几个地方，她也会去看看她和展冲的 CP 粉们。可能也是想看到有许多的人支持他们吧，看着那些小姑娘从许多两个人一起参加的活动中找出她和展冲相恋的证据，就不自觉地笑起来。

有时候也拿给展冲看看，是不是他们真的表现漏了哪里？

其实 CP 粉们幻想的时候比较多，实际生活中他们没粉丝脑补的那样缠绵。有时候就是下意识的行为，他们两个人关系是真的好，就算不买营销和新闻，这种状态也瞒不住了。对手戏的一点点真情流露，宣传或者活动遇见的时候不经意的对视微笑，冷了递件衣服，热了递张纸巾，不过是最平常的小事。他们默契够了，感情有了，这些小事做起来自然顺手。这些真情流露的小细节自然也被捕捉到了。

这些举动昭示了他们两个人的私密情愫，他们不说，那些有心喜欢他们在一起的CP粉的姑娘自然觉得兴奋。有人支持自己的爱情，支持自己心里背负着一些压力的感情，这种感觉很温暖，看到她们，吴天泓和展冲还是开心的，反正不会觉得难受。

但是，Allen不会支持。

很快，展冲的粉丝就被引导到了另外的地方。一开始只是划清界限，让CP粉自娱自乐，到了后来两家的粉丝都成仇了，《云之巅》还没有播放，展冲和钟久久的CP就开始营销起来。比起炒作他和吴天泓的绯闻，还是他和钟久久的CP营销能带来更丰厚的价值。

吴天泓没有买通新闻稿，没有人或者媒体帮她管理形象，可她拦不住对手买。也不知道是不是哪家的同行酸她接到了常璇玑这个角色，绝处逢生，买了一堆通稿给人洗脑，说她又老又丑，甚至就连她的演技都能被质疑。

这种宣传形象，展冲的粉丝哪里会愿意自己的偶像和吴天泓扯上关系。

就是没有被这些奇怪的传闻洗过脑，在她们看来，吴天泓也是万万配不上展冲的。吴天泓是谁啊？年纪又大，穿着不正经，居然还是有过婚姻经历的老女人。都说娱乐圈复杂又肮脏，也不知道这人爬过多少人的床。简直是又老、又贱、又骚。

展冲呢？千好万好，话少一点是有涵养，小气一点是可怜又务实，家境贫寒是励志传奇。内涵不讨论，光凭着他的脸也可以再战几百年。展冲做什么事她们都能找出千万个理由来为他辩护。在传闻中，展冲是从头发丝看到脚后跟，都找不到缺陷的完美人设。

另一个传出恋情传闻的钟久久呢？

清纯又美丽，演绎的角色从来都是干干净净的可爱小姑娘。许多人都将演绎的角色当真了，好像演员演出的角色什么样，本人就是那个样子的。

钟久久下了戏以后跟哪个老板滚了床单，粉丝不知道，知道了也不当真。她站在那里远比吴天泓能让她们做梦，两个人对比着，怎么看都是钟久久像穿着粉红公主裙的小公主，吴天泓也就适合演演站在一边的恶毒王后继母。她们喜欢的是王子和公主这样的冒着粉红色泡泡的幸福的幻梦。

看着吴天泓和展冲在一起，既没有办法满足她们喜欢的王子和公主幸福地在一起的结局幻想，也没有办法做明星爱上小粉丝的灰姑娘的美梦。

若是钟久久和展冲的片花发布等来得晚一点或者早一点，粉丝未必会这么急切地想要把这两个人扯在一起；就因为吴天泓和展冲被拉到一起让她们绝对不能接受，所以急切地想要找人出来，尝试着用自己的力量将这个可怕又讨厌的女人驱离男神的身边。

她们大多年纪小，充满激情有活力，从不觉得自己的话会真的伤到人，反正本着成全自己的心意，就算真说点什么，千千万万人都在做，哪里就会是自己真的伤了人呢？既然如此，天天咒骂吴天泓骂得起劲得很。

对于粉丝的管理，展冲一开始是不大关注的。还是吴天泓有时候会摸到粉丝群里看着玩，两个人再一琢磨才觉出展冲粉丝群的不对来。他也有找过 Allen，跟她说这样不行，可是 Allen 振振有词："我是你的经纪人，你跟谁在一起不归我管了。可是你红不红，接到什么通告，上什么新闻就跟我有关系！"

反正粉丝喜欢看展冲跟钟久久的传闻，那就多发通稿。至于吴天泓，又不是华影的艺人，管她呢。

展冲跟她争辩了几次也就累了。

吴天泓看着那个曾经小红过一段时间的贴吧，慢慢因为争吵和剧情的热度消退逐渐变得冷清，还是笑。

这些真的没什么所谓的，粉丝始终只能隔着滤镜看着台上的明星，经过了不知道多少次的变形，都不是真的。她和展冲的关系不是以那些粉丝的盼望去转移的。

可是 Allen 的做法到底让她心里有些不安。也是这件事爆出来以后，吴天泓迫切地想要找一个合适的经纪人，时代不一样了，她的形象是需要更好地经营。

吴天泓有足够的专业能力，她所欠缺的就是这样的一个团队，一个帮助她打理这些琐事、能够好好管理形象的团队。不管是为了自己将来的发展，还是为了将来能够长久地和展冲在一起的可能性，这个团队也是不能少的。

吴天泓自己带了团队，不过只是为了掌控欲。她找了一个年纪偏小的团队，虽然不太成熟，但是很大程度上是听从吴天泓的安排。

这件事之后，她意识到需要找到另外一个人，有些专业的知识，能够填补她的思维和知识空白。

吴天泓没跟展冲说，她也要参加这次的节目《花开在旅途》。这个通告是她的新经纪人帮她接下来的。

经纪人是个叫李悠悠的姑娘，年近三十，说起来也不算小，但是打扮得就跟二十出头的小姑娘一样。她圆圆脸，喜欢穿裤装，戴帽子，走路的姿势看着很正常，偏生能被她走出脚踩弹簧的姿态来。

李悠悠不是什么资深的经纪人，但她在学校里学的就是艺术管理，完全是专业对口的。毕业之后，她进了恒星给恒星的一个新人小姑娘当助理，当了三年。那个小姑娘算是恒星力捧的小花，条件很好，上升速度很快。坦白说，刘渝徽能把她挖出来确实是有眼光的，但同时，也有种庙太小盛不下的感觉。

这种承载不起的不舒适感不独独是刘渝徽有，那个新小花也有这样的感觉。她到底不敢得罪掌握自己现有合约的经纪公司，却仗着自己在走红，开始作天作地，对着比她等级低的助理欺负得很起劲。

李悠悠作为助理，当然也被这位娇小姐欺负了。

那天，娇小姐发脾气，心情不好，就刻意刁难，要李悠悠去帮她买东西，要求提了一大堆，林林总总地加起来不知道一辆车能不能拉回去。

吴天泓这个时候就坐在隔壁，她听见了，不过装不知道，压根没起身。

人家就是刻意找碴儿罢了。这样的人多得很，吴天泓和她又是一个公司的艺人，这时候出去阻止了娇娇女不仅仅是名声不好听，而是她们两个真的有什么矛盾，最后也是让刘渝徽为难，她还挺想把娇娇女留下来的。

吴天泓皱了皱眉头，并没有说什么。她对于李悠悠的遭遇没什么反应，这个女孩子还没有什么能让她注意的表现。

过不了半小时，李悠悠扬扬得意地弹跳着进来了，她抱着大包小包，里面装着娇小姐本以为她这一天都买不齐的用品。吴天泓都有些惊呆了，她原本以为这个姑娘应该会要花很长时间才对。

吴天泓抬起头看看她的脸，李悠悠也不是那么圣母，她的表情明显是气愤，但是又有着掩饰不住的得意，两种表情交缠在一起的样子让吴天泓忍不住轻轻勾起了嘴角。吴天泓持续看着李悠悠——她走进去，表情很快就变成了低眉顺眼的平静，并不会为了生气而把愤怒发泄在工作环境中。

娇小姐没了挑头，哼了一声，把李悠悠打发走了。

李悠悠把东西放下，然后把门一带，转过头脸上明显是嘲讽。她没料到吴天泓就站在那边，很有兴趣地打量她，忍不住问："你怎么这么快就回来了？"

"哦，我跟了她两年了，猜到她大概会有什么要求了。常见的、能放的我就备了几样在房间里。然后，我记忆力好、方向感强，对交通工具之类的也熟悉。而且，我也习惯了，每到一个需要停久一点的新地方之后，我就会把周边的商店之类的地方都记住，需要什么会方便一些。"

吴天泓点点头，其实也没什么了不起的方法，只是这个姑娘性格不错，思维很清晰，能抓住重点，擅长于管理归纳，做事也算比较努力。她觉得李悠悠挺好的。

不过艺人没事也不会老在公司转悠，吴天泓和娇娇小花旦见面的机会很少。之后偶尔在外面碰过两次，每次李悠悠给吴天泓的印象都挺不错的。

在她想找个经纪人帮忙打理的时候，脑子里居然出现了李悠悠的样子。

吴天泓跟刘渝徽打商量，刘渝徽直接就傻住了。刘渝徽对李悠悠基本没有什么印象，她肯定不是经纪人，应该是没有做过类似工作的，手上没握着什么资源，也不知道吴天泓为什么会找李悠悠做她的经纪人。

不过吴天泓倒是很坚持，她不需要一个太强势的经纪人，她喜欢自己管自己。她要找的经纪人应该是一个思路清晰的人，最好脾气性格比较好，能够跟她相处融洽，可以帮她处理好顾及不到的事。另外，若是对方年轻一些，能够给她提供一点思路就更好了。

吴天泓想是这么想的，可一直没有发现合适的人选。这会儿遇到了李悠悠，吴天泓觉得很是对自己的胃口，她就开口找了李悠悠。

李悠悠能够成为经纪人也觉得非常兴奋，她忙不迭地答应下来。之后，她的工作热情非常高涨，叽叽喳喳吵了吴天泓好几天，烦得吴天泓恨不得把她又给娇娇女送回去。

之后李悠悠就消停了，她真的出色地完成了吴天泓对于她的工作预期。吴天泓也觉得自己的工作顺畅了许多。

刘渝徽最开始是拗不过吴天泓才答应的，等李悠悠真的走马上任，她又忍不住夸吴天泓的眼光真是太好了。

李悠悠毕竟没有资历，是吴天泓将她挖掘出来的，她又比吴天泓小了几岁。在面对吴天泓的时候，她表现得非常尊敬，吴天泓也不习惯摆什么架子，两个人相处得很舒服。

这个小姑娘对于新媒体运营和形象管理有很多的想法，不过没有实践经验，她所知道的全是纸上谈兵。不过她不怕，她开始努力地学习。她的思路很清晰，和吴天泓谈过几次之后，知道了吴天泓需要的是什么，就不去费心想别的，先把重点整理出来，对症下药，列出来了个一二三四条，然后马上实施。

才开始工作没几周，就老练得跟别人工作了几年一样，真正是个好苗子。

李悠悠知道吴天泓不喜欢将很多的私人信息暴露到公共媒体上，但是也不会拒绝。她将吴天泓的一些动态以及故事，经过修饰后发到自己的微博上，用她的个人账号来给吴天泓进行宣传。

以前，谁都知道吴天泓的演技好，但是光演技好算什么话题啊。李悠悠拍了吴天泓记满笔记的台词本，还有吴天泓的一些片场的段子。这下子吴天泓就从高冷的天赋满点的天才演员成了实打实的努力奋斗出来的人才，拉近了她和普通人的距离又能赢得好感。

说白了，这种人设也没有什么难做的，重要的还是吴天泓争气，以及长期坚持下来的宣传。到最后，这个人设总会立住的。

另外，李悠悠也和吴天泓的一些粉丝取得了联系，开始有计划地管理吴天泓的粉丝群体，让这一部分力量不被闲置下来。她甚至加入了吴天泓的某一个粉丝群里面，也不做什么，就是用略带调侃的口气说说吴天泓和她的一些日常生活的片段。

李悠悠自己就是年轻人，或者说心态比同龄人更要年轻些。大学的时候，她的心理学课程就是修得最好的。她非常能明白现在的粉丝求的是什么，时不时发些照片加上煽情的句子或者段子撩拨几句，将吴天泓的自立自强美艳御姐的形象树立起来。

李悠悠没掌握足够的演艺圈里的人脉资源，她也没有签其他的艺人，非要说她是经纪人不如说是吴天泓的高级助理。吴天泓的很多资源都是直接联系的吴天泓，并不需要她怎么去拉，但是对于这些资源的维护，还有对开出的条件进行谈判，对吴天泓的行程进行安排，等等，李悠悠无疑是专业的。

但是，李悠悠的思维是非常清晰的，她对吴天泓的定位和规划比吴天泓自己的好多了。李悠悠也有效地填补了吴天泓的一些实在的缺陷。比如，吴天泓的思维比较老套，也不是特别看重宣传，觉得做好了工作就行。她一个人的时候并没有及时地适应她如今的形象转变，在宣传和联系以及稳固粉丝这些事上都不太熟练，做得很糟糕。

吴天泓之前的公众形象没怎么经营，和出名的角色和新闻有关联，得到的无非就几个关键词：性感、最佳女主角、离婚等等。负面的较多，中性的也具有争议性。

比如性感这个词，女粉丝就不那么喜欢。因为中国的传统价值观，提到性感，很多人都会往不正经这个老套又不那么精确的方向发展。女孩子呢，到底不会太喜欢这种会对自己有所威胁的形象，她们更欣赏没有侵略性的美女。

李悠悠虽然没有多少人脉，但是她舍得下脸来，珍惜且感激吴天泓提供给她的机会，拼命地努力着。她可以花一个下午软磨硬泡地跟一家媒体套近乎，就求着对方给她发几篇通稿软文。

就这么慢慢地，李悠悠针对吴天泓的形象劣势，给她改造出一个更受欢迎的形象。比如，将她的性感标签和美艳、时尚的关键词进行替换。她的外表其实没有变化，但是在她日常以及出席活动的妆容上做些变化。比如，让她的下半身穿着比较性感，上半身则改成相对保守的造型。

然后在发新闻通稿的时候注意一下用词，又因为重点部位掩藏得比较好，很多人还是会觉得她美艳性感身材好，但是不会认为她随便、放荡。

再说强势，伴随的有吴天泓的离婚和复出，主要强调她的艰难复出。童星出身，强调她的打拼经历。明明她的经历还和以前一样，但是换了一个组合方式和宣传重点，吴天泓就成了新时代独立自信的御姐女强人，简直就是都市女性的楷模典范。

李悠悠知道吴天泓和很多艺人不太一样，非常厌恶经纪人干涉她的日常生活，她也乐得轻松。除了安排行程之外，别的事情都抛开不管，吴天泓不想谈的事情压根连问都不会问。

总之，李悠悠和吴天泓都觉得和对方在一起工作非常愉快。

这次，吴天泓也接到了《花开在旅途》的邀请，节目组看中了吴天泓的形象，觉得她强势又干练，在队伍中会很有爆点。吴天泓一开始并不想接，她觉得被那么多摄像机对着，一天二十四小时，这实在是让人害怕又烦躁。

最后，还是李悠悠劝吴天泓参加的：“天泓姐，你看看啊，你这么独立，经验丰富，要是上了这个节目肯定很受欢迎。我给你发了这么多的新闻稿和微博宣传，都比不上你自己上节目有效果啊。还有啊，你自己知道我们的劣势，公司小，我又没有什么人脉资源，很多好的资源都要靠你吸引过来的。你也可怜可怜我们啊，天泓姐，这么多人都要求着你吃饭呢，只能麻烦你去多吸点粉丝炒点热度啊。热度有了，那些通告不也跟着过来了。”

李悠悠和吴天泓熟悉了以后都是这样的，私下没什么顾忌，就这么冲着吴天泓撒娇，缠了几天，把吴天泓逼得没了法子，这才同意。

吴天泓同意之后，李悠悠才跟她讲电视台制作这档节目的大概企划。李悠悠知道吴天泓没怎么看过真人秀，就好好跟她普及了一下真人秀的知识。

像这种真人秀肯定不会让几个人就这么无所事事地走完全程，要这样的话拍旅游视频就好了，花大价钱请明星这不是脑子有坑吗？但是呢，节目组肯定又不能让这些人真的过不下去，所谓的穷游肯定不能是真的，只是让他们节约罢了，到时候真有麻烦肯定要送钱出力摆平的。

关键就是参加的人。按照节目组的思路，平平地顺势旅游太没有看点了，估计有好几个都不好交往，或是特别有个性的人。

虽然，吴天泓也不是脾气很好的人，到时候要做好准备，不要乱发脾气。再注意好好表现她的生活能力，肯定会有人气的。

然后，吴天泓就接到了展冲的电话，她没想到展冲也参加了这个节目。之前 Allen 要他参加华影的那档真人秀的时候，展冲反抗得厉害。那段时间，就连晚上跟吴天泓打电话的时候也充满了怒气。

她没打算现在就告诉展冲，她只是不住地在电话这头憋着笑。想要知道，等他们第一次碰面的时候，展冲看到她的时候的样子，想起来就觉得有意思。

很快，那天就到了。吴天泓是从剧组出来一天以后回到京市的，他们几个人的碰面也被安排在京市的一所学校里。展冲好像是早两周就结束了所有的工作。

Allen 又帮他接到了一部电影，这次是华影重点投资的一流班底的大制作的男主角，展冲说什么也要来了。除《花开在旅途》以外的一个月假期，说是要好好准备。

当然了，他也没有把《花开在旅途》这个节目抛到脑后，尽职尽责地做着准备。展冲对自己了解得很清楚，他性格没有别的优势，笨嘴拙舌，不擅长说笑，只有体贴周全算是可以展示的了。

展冲这算是第二次出国了。去年走红之后，虽然还没有拿到品牌邀请，但是得到了媒体邀请，请他去参加了巴黎时装周的秋冬秀。

不过，那次前后簇拥，别人帮他安排得妥妥当当，没让展冲费什么事。而且还没等他把时差彻底倒好，就已经回国了。对于国外究竟是什么样子，完全是一问三不知。

没办法，只好上网一点点查，自己学。他白天准备剧本，晚上就开始查旅游攻略、安排行程、查找当地的生活习惯。一点点把查到的资料整理出来，准备了简略大纲，想说见面那天给旅伴们看看。

那一天终于到了，天气晴朗。展冲很早就让司机把他送到了学校教室里，进了大楼，展冲真正开始觉得紧张了。

以往，只在摄影棚里面对摄像机，这会儿可好，一下车，各种“长枪短炮”都对准了他，声势浩大，极其吓人。展冲低下头调整了表情，终于调整出了一个笑容来，这才对着镜头招了招手，慢慢地走进去。

他到得早，猜测大概还要再等上三十分钟才会有人过来，也不着急，就拿出剧本相关的资料，坐在窗边安静地看书。其实，展冲也是紧张的，他知道摄像大哥就在一边，他也不知道该说什么，就索性放着摄像大哥，随便他拍。

只是，谁也没有办法在镜头前装作好像什么事情都没有发生一样，他虽然看着书，还是分了一部分心神注意周围的环境。另外一个男明星是真的对他们保密了，说是要到机场才和大家碰面。

过了大概二十分钟，走廊里响起了脚步声，展冲紧张地抬起头来，侧耳听去——他总觉得这个声音、节奏分外熟悉。

他放下手中的书，站起身，向着门口走去。

意外地看见了吴天泓，她的身后阳光灿烂，却又比不上她的笑容。她带着点促狭地站在那里，看着展冲，张开了手臂。她抱到了惊喜地迎上来的展冲。

“吴天泓，好久不见。”正常借着拥抱说完这句，他借着拥抱低低地凑到吴天泓耳边说，“你怎么都不告诉我。”

“好久不见。”吴天泓轻轻笑着低声回了一句，“好玩啊。跟我一起旅游不好吗？”

“特别好，见到你就觉得安心多了，特别好。”

展冲把吴天泓迎进了休息室里，将自己准备的旅游资料递给吴天泓，让她看看。

两个人也不能说更多了，到底周边有摄影机对着呢。

陆陆续续，其他人也到了。

第三个出现的是他们的旅伴中年纪最大的一位。刚刚看到这一位的时候，吴天泓和展冲都惊呆了。出现的这位大姐姓李，在这个以数据流量称尊的年代里当然排不上号，但绝对是电视里的熟脸，五岁以上的人都会知道她的名字，能数出她的两三个经典角色。

两个人乖乖站起来叫了一声：“李老师好。”李老师笑得很和蔼，跟他们挥挥手。但是看着这个还算健康的爽朗老人，展冲和吴天泓对视一眼，心照不宣：“这位李老师是只能让人照顾的了。”

三个人坐下来，展冲陪在一边，看着吴天泓和李老师闲扯。

接下来的两个人是一起出现的，看到这两个人，展冲还没有什么，吴天泓先变了脸色。她算是完全理解节目组的意思了，肯定是不能让他们顺顺当当去旅游就对了。

这两个比她还大一点，一个叫刘曼丽，名字不错，但就是人挺多事的，属于那种操心多事的。另外一个叫张凌，倒是不事，可是性格比较独。不是说她们人不好，只是吴天泓知道和她们相处起来会挺麻烦的，比较难缠。

最后来的是个年轻的小姑娘，展冲熟悉得很。在看到她的时候，尤其是吴天泓还在他边上站着呢。展冲的脸色一下子就变了，他马上明白了 Allen 让他接这个真人秀的意思，只觉得心里有火压不住地往外蹿。

进来的这个人正是钟久久。

对于钟久久，展冲实在是印象好不起来。《云之巅》开杀青会的时候，钟久久摆出来的样子轻蔑又冷漠，好像和展冲在一起拍戏是多么丢人的一件事情。展冲不愿意跟她计较，不代表心里一点想法都没有。

等《刺》播完了，展冲一下子成了国内最炙手可热的男明星了，Allen 也开始预先炒作他和钟久久的关系，为接下来的《云之巅》造势。这姑娘就好像什么都没有发生一样，笑嘻嘻地配合着，话里话外都是暧昧。

幸好吴天泓也是圈里的，她和展冲两个人虽然不常见面，交流却并不少。见到钟久久，又看过她和展冲的绯闻，吴天泓心里当然也会不舒服，却不会去计较。

展冲心里却很恼火，恼火却又要配合着。私下没少跟 Allen 抱怨，让她不要把他和钟久久扯到一起。

Allen 估计在心里只当他不懂事呢，一点没往心里去，玩着手机，应和两句。

她之前告诉展冲说不知道参加的人是谁，看到吴天泓，展冲是信的。吴天泓一直也不怎么参加真人秀，估计 Allen 是真没想到她来。可是钟久久？要说 Allen 不是特意跟对方的经纪人商量着安排好的，展冲压根不相信。

他觉得自己都快压不住自己的脾气了。拍戏的时候两个人就闹得不愉快，事后的宣传也让人上火，这会儿当着自己女朋友的面被经纪人找了绯闻对象过来，估计拍摄的时候肯定又是一轮强推……

他都想要站起来拉着吴天泓走人了。这样被控制、被欺骗，真的是太上火了。Allen 从不在意别的“杂事”，只专注于他是不是够红，有没有足够的话题，能不能通过热度帮她挣到更多的钱。

可是展冲想要把自己当成一个人。他有自己的想法，有自己的喜怒哀乐。他只是将自己作为明星的事业交给她打理，可是他的人生还有许多其他的东西。

经纪人又不是奴隶主，凭什么把他的生老病死都给捏在了手上？

吴天泓一伸手，把他的胳膊扯住了。她的手顺着展冲的胳膊滑下来，在人后握住了展冲的手掌，捏了一把。展冲迅速明白了吴天泓的意思，他压住了脾气，几个人讨论完了，让镜头记录下来各种其乐融融、客客气气的样子，就散了。

吴天泓也没有拖，她先走了，不过是走到了一个远离摄像机的暗处，给展冲发了条信息。

等了快十分钟，他一个人过来了。他走过来，将吴天泓带到了墙上，手在她的后脑勺处垫着开始热切地吻她。

好久不见了，心里想得难受。

刚刚表现出来的友善、亲密和克制都是假象，更想做的是将吴天泓的衣服给剥去了，让她赤裸裸地站在他面前，两个人放肆地做一场爱。可是不行，现在得要克制着。

他们激越地躲在楼梯隔出来的暗影里接吻。

漫长的亲吻结束，两个人才回过神来说几句话。

展冲晃晃地抱着吴天泓，又跟个孩子一样地说："我讨厌钟久久。"

"嗯，你说过了。"

"我也不喜欢 Allen，她太过分了。"

"可是她做的很多事情都对你的发展不错。"

"她不喜欢你。"

"我也没喜欢她啊。"吴天泓拍拍他的背哄着他，"你别这样了，跟她闹翻了没什么好处。"

"我知道了。就是烦，特别烦。"

有什么办法呢？事情就是这样了。经纪人和艺人的地位并不总能清楚地分出一个高下来，很多时候都是相辅相成的关系。艺人合约之类的要务多少都有一部分掌握在经纪人的手里，若是闹翻了，虽说打压不下艺人，找点难受总是可以的。

展冲现在看着是如日中天，到底没有票房实绩，也没有奖项撑腰，虽说有了电视剧的代表作，人气很高，流量很大，却也还是有点虚。Allen 实打实地有业绩和人脉，在华影经营了许久，得罪了她根本没好处。

就连展冲最好看的粉丝数据，都是 Allen 在打理。为了一个钟久久起冲突，而把关系搞僵，根本犯不着。

不过，吴天泓领情，展冲这么生气，很大一部分还是为了她。她凑上去，捧着展冲的脸，亲几下他的眉眼，又哄了一句："你乖啦，别为这个置气。跟她再说一下，表明你的态度，别真的闹翻。"

"知道了。"展冲带着笑说，"还要谢谢她非让我参加这个真人秀呢。这样，我们是不是也算是一起去旅游了？"

"当然算。到时候麻烦你啦，导游。"

说连都靠着展冲，吴天泓自己却也开始做起了准备。她没想要去出风头，只是看着这个旅行队伍，就觉得事情不简单，节目组摆明了是要来搞事情的。还是帮着展冲多做些准备比较保险。

等到了机场那一天，展冲还是第一个到的，他站在镜头前，四处张望着。

不久看到了圈内的一个歌手。他和乐坛的人不怎么熟悉，只是岳榕很红了，展冲在电视上见过他。他长得不帅，眯眯的眼睛，就是打扮得非常潮，耳朵上、脖子上和手上都是银首饰，衣服上印着夸张的图案。他和展冲走的完全不是同一个风格的路数。

不知道是为了人设的关系还是真的性格就那样，岳榕表现得挺酷的。他不是完全不懂事，该站起来打招呼就打招呼，但是表现出来的就比较酷。他面无表情地伸出手："Hello（你好），你可以叫我 Alex（亚历克斯）。"

别管他想法是什么，碰到这样的，展冲又在心里叫了一声苦。

吴天泓是第二个到的。她在外面跑得多了，很知道怎么准备东西。想着只有二十天，她准备了一个大号箱子，另外一只手拖着一个登机的行李箱，背一个大包就来了。

来了才发现自己带的东西太过于简略。

另外的几位女明星，大大小小，推了一车子的箱子过来。

年纪大点的那位，也就是两个大号行李箱一个登机箱，其他的两位就可怕了，哪个都有三四个行李箱。

展冲狠狠地皱了皱眉头，他的目光穿过人群，看向了吴天泓。两个人交换了一个微笑。

上了飞机。

他们这次的旅行目的地是美国。二十天的时间里，先去美国的夏威夷，然后再去美国本土东西海岸的几个大城市，时间也是颇为紧张的。

先去的地方是夏威夷，远离美国本土的热带海岛。

就算是夏威夷也要坐许久的飞机。展冲和岳榕坐在一起。他不时回头看看吴天泓，她自愿坐在了年纪最大的李前辈的边上，靠着窗户，帮着一边的前辈盖好了毛毯。偶尔也会抬头，看到展冲的眼神，勾勾嘴角，算作回应。

他确认吴天泓坐好了，自己才扭过头来坐正。飞机起飞的时候，展冲知道摄影机是不可能跟着的，大胆回头又看了一眼。

一边的岳榕摘下了帽子，好奇地打量着展冲。“你喜欢的是吴天泓啊？不都说你跟钟久久在一起吗？”

“嗯，啊？”

“干吗？别否认了，我都看见了，你盯着天泓姐看得眼珠子都要掉下来了。”他笑起来，露出两排大白牙，整个人就从酷哥变了形象，看着有点傻。不是有点傻，是太傻了。展冲恍惚间明白了他为什么一直不愿意笑。岳榕接着很自来熟地说：“兄弟，有品位啊。怎么看天泓姐都比那个钟久久好多了。”

“哦哦，谢谢啊。”展冲一时之间还有些恍惚，总觉得眼前的这个人看着有些奇怪。

岳榕看到了他的表情没说什么，又咧开嘴一笑。“兄弟，我看你骨骼清奇，直觉你会成为我的好兄弟。怎么样？干不干？”

“你什么意思？”

“你喜欢天泓姐这事呢，我保证不说出去，必要的时候给你打打助攻。你呢，你别把我这个样子传出去了。怎么说哥哥还要靠着那个人设在外头混呢！”

“你这么绷不住，干吗非要找这么个麻烦？”

“还不都是我那个经纪人，非说我笑嘻嘻的难看，一笑就掉粉，也就板着脸才能卖出去。你说，我有那么丑吗？”

展冲没忍住，笑了出来。岳榕把脸一板，扭过头去，嘟着嘴道：“知道了，知道了，就是没你帅嘛。眼睛都闪瞎了。对了，你记得叫我 Alex 啊，一定要叫 Alex。”

挺好的，这个人是个挺有趣的家伙。

飞机的航程很漫长，年纪最大的李姐果然有些熬不住了，不断地起来，上上厕所，在走道上慢慢走上几圈。只是李姐动作这么频繁，边上坐着的吴天泓也不好休息，跟着她起身，帮着照顾了好几次。

除了这一位因为年纪大闹出些状况之外，其他人都还不错。

终于到了夏威夷，这么多的人和机器，好不容易通过了海关。一走出来，迎接他们的是强烈的阳光和蔚蓝的天空，还有剧烈的冷风！岳榕抱住了胳膊，往展冲身后走了几步说：“好冷啊。”

“才四月呢？你难道带的全部都是短袖？”

“夏威夷啊！谁知道夏威夷会有这么大的风啊？这里是热带啊热带！”

其实，岳榕的身上也是穿着外套的，不过国内这会儿还是比较凉的，他来的时候穿着厚一点的外套。过海关那会儿坚持把外套收了进去，这会儿就这么一件无袖背心穿着，冷得哆嗦，也不好再从包里把衣服拿出来，到底有这么多人等着。

“你酒店订在哪里啊？”

展冲翻出手机给他看：“没接驳车的，我们要去租两辆车。要开几十分钟才能过去。”

岳榕小声地骂了一句国骂，赶快用手捂住嘴，没让摄像师傅听见。

几个人租了两辆车，开到了那个酒店里。钟久久倒是一直表现得很老实，这么多摄影机对着，合作的都是圈里叫得出名字的人，她怎么都要收敛一点。虽然做得不那么成功，但好歹也还是有个做后辈的样子。

看到这个酒店的那一刻，她到底有点忍不住。“到了夏威夷，干吗不订个海滨酒店呀？我觉得一推开窗就能看见大海的感觉特别好。”

“是啊，价格也好看啊。这里离着海边也不远，走两条马路就看见了。”展冲还没来得及说话，吴天泓直接把人堵了回去。

岳榕看到了，特别自来熟地拐了拐展冲的胳膊肘打趣。

两个男士好说，一间房就解决了，但是剩下的几个女士就要做文章了，一个房间当然住不下，可是两间房的话怎么睡？当然不会要五个单人间，或者有多开一个单人间这种选项了。节目组明确说要限制所有人的花费，当然就是想要在这样的地方搞事情。

几个人面面相觑了一眼，吴天泓打量了一圈，干脆站到了钟久久边上。“我和久久年轻一点，我们两个挤一张床吧。三位姐姐一人一张床，看看哪位姐姐跟我们住一个房间？”

本来以为刘曼丽会出来，谁知道是张凌。

钟久久实在是不愿意，可是有什么别的法子？她年纪最轻，不管是和谁挤，摆明了她都要跟人一起睡的。整个人的脸色难看到了极点。

展冲的脸色也不好看。他知道吴天泓的心思，这个钟久久摆明了就是个不定时的炸弹，谁知道什么时候作妖。还是吴天泓帮着看紧一点比较保险。可是这么个刁蛮任性的女人，他还真怕吴天泓受委屈，她也不是什么脾气好的，肯定一直都在忍着。

不过那么多摄像机对着呢，能说什么？

展冲也知道，这不是闹的时候，平平顺顺走下去就很不错了。他看到一边的岳榕蹲在箱子前面，翻找了半天，凑过去问了一句：“你怎么了？”

“没有合适的外套。”

“你那里不是有那么多外套吗？”

“太厚了，我查了本土的气候，好像还是比较凉，就都带的是厚外套。像是这个时候能穿的薄外套一件都没有带。”

展冲从自己的包里摸出一件，对着他一抛说：“拿去。”

然后被岳榕毫不留情地甩了回来。“当然不行，哥哥我可是有偶像包袱的。”

既然这样，那就只能冻着了。

休息了一个多小时，大家商量着往海边走，在海边解决他们的第一顿晚餐。

节目组当然是收了钱的，年纪大一点的大姐就算了，吴天泓和钟久久可都是年轻貌美的女明星，这边展冲和岳榕也是圈里数得出的身材好的男星，不展现一下美好的肉体福利怎么都说不过去。

海边并不远，夏威夷的街上穿着泳衣走的人也不少。商量了一下，如果愿意，可以换上泳衣走过去。

钟久久年轻生嫩，她这次特意带了一件嫩黄色的泳衣，上面印着一点卡通图案。年轻的颜色一下子就将她带了出来。光看脸确实是清纯可爱的，在年龄上一下子就确立了优势。她外面罩了一件长长的冲锋衣，也是鲜嫩的颜色，看着好像是个穿着男友外套的萌萌的小姑娘，颇为可爱。

吴天泓不会和她比可爱，她的泳衣则选了颜色更为大胆和性感的酒红色。不仅有露背的设计，还在胸前的位置镂空了一个小小的圆洞，下面带了一点裙边，整体款式相对而言成熟得多。她在泳衣下面穿了一条米白色的宽脚裤，就这么出了门。在泳衣的袒露下，她的身材成熟而性感，莹白的肌肤似乎盛着一条闪光的河，光彩逼人。

岳榕看到了，直接就“哇”了一声，看到镜头才觉得不对劲，找补了一句：“各位姐姐都好漂亮啊。”

可是钟久久看出来了，他明显更爱看吴天泓。她不一定看得起 Alex，可是得到赞赏是一件非常让人愉悦的事，她眯了眯眼睛，很不屑地率先走了。

展冲没闲心管她，找了个空隙站到吴天泓边上，他的手贴了贴吴天泓光裸的背问：“冷不冷？刚刚岳榕都还在抱怨风大，有点受不了。”

“没事，你前面带路去。扶着点李姐姐，她年纪大，坐了这么长时间的飞机，估计会比较难受。”

“知道了，你要冷的话就跟我说。”

第一天就这么过去了。大家都不怎么熟悉，还在收敛着自己的本性。岳榕大概是最厉害的吧，全程板着一张脸，遵守他的酷哥人设，在没有人的地方，才放松那么一下。

这样一直持续到了晚上。

吴天泓先洗了澡出来，却看见了已经躺下装作睡着的钟久久。她正好躺在床的正中间，戴上了眼罩。也算她考虑得细致，压在被子上睡着的，让人根本不好挪她。

吴天泓看着脾气就上来了，微笑着上前狠狠拍了两下。“久久，久久？你这样睡着会着凉的，起来再睡吧。”

没有回应。

明明知道她是假装的，可是摄影机对着，谁也不能发这个火去跟她计较。吴天泓皱了皱眉头，还准备继续，旁边的张凌拍了她一下说：“过来吧，跟我睡。”

“谢谢你啊，凌姐。会不会挤着你？”

“没事。”她说着就挪了挪位置，往侧边躺着。

吴天泓点点头笑笑，她瞥了钟久久一眼，拿出了一点感冒药来。“今天听Alex抱怨，好像说觉得冷。我去给他送点药吧。”

她走了出去，摄影机还是跟着她，连叹气也不能。走过了走廊，到了展冲他们的门口，她敲敲门，走了进去。

开门的正是展冲。“怎么了，这么晚了还没有休息？”

“Alex今天不是说穿得有点少吗？我给他送些药过来。”

镜头自然地转向了 Alex，他冷冷地道了谢，朝着展冲眨了眨眼睛，找了个由头将摄像机的镜头吸引了过去。

展冲笑笑，转头问吴天泓：“怎么了？”

“娇小姐找事呗。没事，喘口气，我烦。”

展冲偷偷捏捏她的手说：“乖啦。我真想抱抱你。”

“别闹了，这么多摄像机呢。早点休息吧，我就是透口气。”她挥挥手走了。

别说抱抱了，甚至连凑到一起都是不行的。

节目组当然没有剧本，但是大概的设定台本是有的。一开始就计划了通过明星之间的关系和他们所塑造的人设，来展现出旅行过程中的矛盾冲突，营造出跌宕起伏的感觉。

毕竟，如果只是普通旅游的话，和旅游节目有什么区别呢？自然要有冲突和亲密来增加节目的爆点。

Allen 和钟久久的经纪人都想要借由这个节目，炒作两个人的绯闻，所以该怎么宣传、怎么拍摄、用怎样的镜头塑造出怎样的人设，这些肯定都亲自过来确认过了，像是 Allen 还专门编了个单子出来给电视台，将重点一一列出来跟电视台敲定。

电视台除了摄像、导演，自然也有编剧跟着，大概的行程早就确定了，针对节目内容也会有细节上的调整。

钟久久和展冲就是这样被经常性地安排到了一起。钟久久虽然人任性了一点，但在这方面是个成熟懂事的艺人。她自然知道这里面的玄机，未必会对展冲有意思，可是配合着经纪人想要塑造出来的效果，在镜头前面表现得很亲密，她还是要做的。

展冲面对这样的安排，实在是烦躁。

他自己的正牌女朋友就在边上，可是说个话都为难，就为了这种宣传，非要让他跟不喜欢的女孩子走得那么近，这不是找事吗？他本来就不喜欢钟久久，这会儿有吴天泓跟着，配合得更加勉强了。

可是电视台并不会参照展冲的想法来做事情。他们研究过几位明星的性格，认为在比较艰难的环境里，她们会出现一些冲突，但是现在偏偏没有。

几个年纪大的还挺能忍耐的，偶尔有些小摩擦了自己想个办法调解一下就好。比较独的张凌意外地通情达理，虽然不太喜欢跟着大团队合作，可是需要做什么的时候也没有推托。

这种时候就要电视台出来找事了，人为地设置一些难关。

等他们落地到旧金山的时候，节目组就出来找了点事。给他们分好了组，说是要去看看金门大桥对面的红树林。

可是节目组只愿意提供两个手机，展冲一个，另外让岳榕拿了一个。钟久久必然是要和展冲分到一组的，吴天泓分到了 Alex 那一组，李老师跟着吴天泓他们走了，剩下来的张凌和刘曼丽身体没什么问题，就加入了展冲那一组。

临走的时候，吴天泓拉了拉展冲说："别发火。你有什么事就跟两个姐姐商量一下，她们人还是不错的。"

她大概是猜中了展冲那一组会出现状况，可也没想过状况会这么离谱。

他们这组的难点在于李老师的身体不大好，要打车又没有足够的钱，常规来说他们只能骑车。李老师当然会出现问题，节目组就是要逼着明星自己解决问题。

岳榕装出来的是酷哥的样子，实际上人挺好的，也很靠谱。吴天泓一开始就指出来李老师不可能跟他们骑车过去，两个人一商量，就让岳榕出来卖唱。

他自然是可以唱英文歌的，清唱对于吸粉也很有好处。

吴天泓拿出些钱，去跟商店买了块纸招牌竖在前面，然后岳榕就开始唱歌。

唱了两首，吴天泓拍拍他，让李老师上前打两把太极拳。

轮到吴天泓了，李老师率先鼓掌。"天泓，来一个。"

"我不行的，没什么才艺。"

拿到这个剧本的时候她就喜欢，整体的故事很出色，接地气、不玩虚的。她当即就敲定下来了。吴天泓拿到的这个角色也很出彩，人设饱满，层次分明。但是角色的外在形象很是糟糕，圈里的女演员到底爱惜羽毛的多，很少有人愿意去演绎，吴天泓是真不怕。

她心态很好，待在圈里不过是为了做喜欢的工作，想要做有意思的工作。

为了塑造好这个形象，她下定决心增胖，等长了许多体重之后再进组化点妆，这样才有最自然的效果。

为了拍戏增肥也是没办法的事，可是这样丑的样子让人看到就不行了。

展冲想了想，还是想去。他难得有段假期，若是此时见不到吴天泓，大概又要好久才能有机会见面了。

挂了吴天泓的电话，只想给她一个惊喜。

他去年等通告的时候抽空考了驾照，虽然驾驶的里程说不上很长，慢慢开还是没问题的。

打听好了吴天泓在哪里，展冲开着车过去了。

那是一个没什么人的小乡镇，来往活动的人基本都是剧组的了。他在人群聚集的地方看到了吴天泓。

那个时候的吴天泓看着实在是糟透了，身材变了形，被涂上了蜡黄的妆容，头发污糟，牙齿也被处理过了。别说和其他女明星争艳，就是比起普通的中年妇人也不大好看。

电影没有一点打算要表现她的外貌，唯一在意的只有戏。

吴天泓将自己放得极低，在尘土里滚了一圈又一圈，卑微到了极致。她抠着泥土的手从地里拔出来，一抬头看见了展冲。

那个瞬间就不一样了，她本来进入了角色，成了最边缘的乡镇妇女，基本活成了角色。可是见到展冲，她原本的人格一下子就回来了，她叫了一声，转过身子第一时间就把自己的脸遮住了。

展冲却看着笑了出来。

坦白说，他是个很正常的男人，有着正常的审美，这样的吴天泓他也不觉得好看。要说为这个就嫌弃她那也没有，不舒服还是有的。他在一边看着，却越看越觉得她投入的样子让人感动。她这样为了戏，努力地通过自己的表演将一个人还原出来。这种分化出灵魂来的有血肉的倾注生命的表演，给一个想成为演员的人带来了感动。

人满足了基本的物质需求之后总是会追求更高的目标。若是以前，展冲觉得红就够了，因为他没钱，通过走红就可以得到一大笔钱，过上衣食无忧的日子。可是现在，他得到了，却又不够了，他想要站到更高的地方去，想要成为更好的人。

吴天泓的表演让他看到了这个可能性，很早以前她就透过表演给他看到了另外一种精神满足的状态。如今，她又一次，将这样一种疯狂的满足感展现了出来。认真地说，这是展冲心里追求的样子。当然，若是能打扮得好看些那是再好不过的。

她总是走在他的前面，看着她让他一次又一次地想要成为更好的人。

他还在思考着，却见到她做了这样一个动作，一下子就笑出声来。

导演这一段时间也不知道是看了社交媒体，还是从哪个圈里人那里知道了消息，看出来两个人关系不一般，就算不知道两个人已经是情侣了，也没有拦着他们的道理。

打一开始展冲来探班，导演就开了绿灯放他到了现场。见到这一幕，直接挥挥手让吴天泓下戏，还给了半天的假。反正进度不错，调整一下拍摄场次就好了。

吴天泓卸了妆，还是白白嫩嫩的样子，不过胖是真的。原本她是一张心形的小脸，这会儿心形肿得跟馒头似的，整个人都是粗壮的。她的衣服也不怎么讲究，就感觉都不是白面馒头了，只能勉强算个荞麦面的馒头。

她第一次这么躲着展冲，遮着脸往边上让。

这一片都被剧组包了，本地人并不多，展冲打听清楚后就无所顾忌了，伸出手将人拉了回来，抱了一下说："软绵绵的，好舒服。"

"你放开！"

“抱一下再放好不好？”

“难看死了，快点放开！”

展冲也没觉得多好看，可是看她这样又觉得好玩，朝着她的脸啄了一下。“让我多看一下，之后就看不到了。”他捧着吴天泓的脸，认真看了一下，“看久了，其实真的还蛮可爱的。”

吴天泓一巴掌把他推开了。“走开走开！你放假就自己休息去吧，别在这里。这样的我真的是太难看了。”

“不会啊，为了表现我的真诚——我们做一次吧？”

“走开！”

到底没有走开，她被展冲扯着回到了酒店里。

镇上就这么一家酒店，条件并不算好，隔壁的电视机的声音都能听见。两个人许久没见，从美国旅游回来没多久就因为各种事情分开了，到现在又有几个月了。

吴天泓的欲望并不因为多了这些肉就消失掉了。两个人一开始想牵着手走走就好，但在没有多少人的镇子里牵着手走上一圈，回到了宾馆，倒是真的燃起了欲火来。

两个人快速地将对方身上的衣服剥去，赤裸裸的吴天泓站在那里，她认真地看着展冲问：“不难看吗？”

“是不大好看。”

“那你还喜欢吗？”

“喜欢！”他吻住了她，然后在小镇的旅馆里，伴着隔壁房间打开的电视机的声音一下又一下放肆地快乐。

等到放纵过后两个人相拥着睡去。展冲的手还是放在她的乳房上，这会儿真的感叹了一句：“软绵绵的，感觉好舒服。其实这样真的挺不错的。”

吴天泓没有说话，她翻过身，正对着展冲。

刚刚经过了放肆的性爱，他的头发湿漉漉的，贴着他的脸，看着像个孩子。吴天泓伸出手来，将手插到了他的头发里，将额前的头发都拨开，露出一张完全的脸，还是那么好看。

“怎么了？”

吴天泓摇摇头，从他的瞳孔中看见自己，特别不好看的样子，是她照着镜子都觉得难看的脸，可是他这么看着她。一下子，那些所有的疑问都不再是疑问了。他喜欢她，她也是。

脸上那个梨涡又露了出来，脸上有肉，那个梨涡反而更深了些，不过被她藏在了枕头里，看不见了。

他们相拥着睡了过去。

醒来的时候，两个人才知道出了事情。

两个人到底是太放心了，没防备到被拍了。

他们是被李悠悠敲门的声音吵起来的，李悠悠拿着自己的 iPad（苹果平板电脑）站在两个人的门口，iPad 上面有他们的照片。在简陋的小乡镇里，一男一女正在拥吻。女的有些胖，穿得也不好看，不过五官还是能认出来——正是吴天泓。

展冲不用辨认了，他的脸被贴在大街小巷里，身后有一块小镇的招牌，上面挂着的假广告就是偷了展冲照片制作的，挂在小卖部的招牌上面。

不用粉丝辨认，随便一个人对比招牌上略微有些变形的笑容，就可以知道，那个正在亲吻的男主角正是展冲。

吴天泓接过了李悠悠手上的 iPad，她扫了一眼——事情闹得很大！

展冲不少的粉丝都叫着脱粉，也不知道展冲是做了多么罪大恶极的事情，一个个哭着喊着说展冲骗了她们，说展冲恶心，好像下一秒就要从天台上跳下去，疯狂到可怕。

还有一部分粉丝对着清晰的照片还在否认，坚决地说这一切都是假的。可能是后期制作的图，可能是“老女人”的水军，派出来离间她们的，这些都是阴谋。

普通人就更多了——这个来一句：“哟，捡破鞋啊？本来还觉得展冲不错呢，谁知道他这么恶心！取关，一生黑！”那个来一句：“年纪差这么多，卸了妆不会做噩梦吗？”

…………

各种奇怪的说法都出来了，什么“为了上位”“为了炒作”，林林总总，不知道这些人怎么会有这么迅捷的思维，能够在短时间内编出这么多离奇的故事。

也有祝福的，有祝福的粉丝、善意的路人、狂喜的CP粉……所有的这些温暖的零星的句子都被汹涌而来的恶意挤散了，淹到看不见。

吴天泓不明白，这些人怎么总是怀着这样可怕的恶意，来看待她和展冲。她恍惚间好像回到了《瞳人》上映的那个春天，四面八方的恶意朝着她射了过来，几乎将她吞没。

展冲皱了皱眉头，扫了一遍。然后他将机子往李悠悠那里一扣，抓住了吴天泓说：“泓泓，我们公开好不好？”这是他第一次光明正大地叫出吴天泓的小名。

“嗯？”

“我们公开了好不好？”

“不，不好。”吴天泓下意识地拒绝了，看了一眼展冲的脸色，她补充说，“你跟Allen打个电话吧，这件事不好这么决定的。”

“嗯，可我就想公开了。悠悠，可以吧？我们公开了？对事情比较有益吧？”展冲转向了站在门口的李悠悠。

“哦，我是觉得不错。”她看看吴天泓，张了张口，“不过，你还是和Allen姐先商量下吧？”

“不用跟她说了。”

展冲从自己的口袋里掏出了手机，他翻了翻，随便找出一张他们两个人的合照，然后贴到了自己很少发消息的微博上。这是他第一次发送私人的消息。

展冲V：@吴天泓，我想让世界知道，你对我有多重要。

他把手机放到了吴天泓面前说：“你来决定，发不发？”

吴天泓低头看着那句话，又抬头看向展冲——他没笑，很正常，看着有些紧张，目光灼灼地盯着她，抿着嘴不说话。

之前想过那么多，到了此时此刻，澎湃的感情涌了上来，将她的理智通通淹没了。她伸出手，目光对上了展冲，按下了——发送。

第九年

决心

“走吧？”展冲看到了台上播放的画面，他的照片和视频片段在舞台上屏幕闪烁着便率先站了起来。他站到了吴天泓的边上，理了理自己的西装。

吴天泓今天穿了一条华伦天奴的早春款刺绣黑色长裙，带着部落风情。为了搭配这条裙子，她的耳饰很重、很夸张，戴在耳朵上总觉得不舒服。所以坐在下面的时候她取了下来，这会儿她理了理自己的裙子准备扣耳环。

他们两个的位置正好在走廊边上，走廊的另外一边就没人了。展冲俯身下来，从吴天泓的裙子上拿起了另一边的耳环。

下面舞台的光有些暗，他看不太清楚，又不想戳疼了吴天泓，就用手揉着她的耳垂摸了好一会儿，还是摸不准。他呼出来的气息喷到了吴天泓的鬓边，感觉起来有点痒。吴天泓伸出手将他一拍说：“给我吧，我自己来。”

展冲将耳环递到了她的手里，然后拿起了她滑落到脚上的围巾，折了几下放到了自己的座位上，关心地问了一句：“冷吗？”

这条裙子很美，不过也薄。这会儿还是冬日，天气冷得很。不过为了美丽，满场的女明星都只穿着轻薄的美丽裙装，大部分连袖子都没有，有的还露出了大片白皙的胸背，在寒风中偏偏还得挂着微笑。

吴天泓也是。会场里自然是开了暖气的，不过偌大的一个会场，温度也不能太高。她的胳膊上起了一串儿小疙瘩。不过她只是笑，将自己的手放到了他的手上。

展冲捏了捏她的手，觉着有点凉。他把吴天泓的手捧着，搓了下问："冷不冷？"

"还好，"吴天泓把他的手反握住，给他理了一下衣服，"别这么着了，快轮到我们了。等会儿下来再说。"

"嗯。"展冲点点头，还是用手贴着吴天泓的胳膊，摩挲了好几下。冬天参加活动，男嘉宾比女嘉宾幸福太多了，好歹他们可以穿个四件套的西装，不是毛料子也行，怎么都会比女嘉宾的裙装暖和许多。

他的热力传到了吴天泓的手上。两个人的动静引来了一些粉丝的注意，从后面传来了些骚动。

主持人恰好念出了他们两个人的名字，他们获得了这个颁奖典礼的最受关注男女主角奖。这些都是早已经料到的事情，他们两个公开之后一直没有一起出席过活动。他们在一起的新闻被爆出来以后，吴天泓继续留在组里把电影拍完了。拍完后，又闭关两三个月，把自己的身材练了回来。

展冲在公开之后的三天里都待在剧组陪着她，然后就被 Allen 带走了。

Allen 当然会很生气，展冲的粉丝群里爆发了地震，两个人的公开微博一发，少量的 CP 粉自然都是欢呼，当然也有粉丝和路人转而成了 CP 粉的。吴天泓的粉丝没有太大的反应，不过展冲大量的粉丝都在叫喊着要脱粉，哭着喊着说自己被骗了，说他根本没有考虑过粉丝的感情。

这都还算是好的，展冲红成这个样子，自然挡了不少人的路。每年的优质资源只有这么点，他是最红的自然就是首选，多的是人盯着他的位子想要取而代之。没有黑料都得制造些出来踩踩他。这会儿，这么大的"黑料"从天而降，对家顺势就是一轮黑。

别看人这么帅，总有个表情转换不到位的时候。这些扭曲的神情都被专门截了出来，在黑粉群里传播，说他是"照骗"。这都算是最普通的了。

脱了粉的粉丝全无顾忌，原来的爱好像一下都成了恨。在粉丝群里待过的，平日里真的假的总也听过些料，这会儿添油加醋地抖出来，为黑粉事业添砖加瓦。微博那两天的流量都在爆炸，整个服务器都崩了两次。

Allen 再怎么生气也没有放开不管的意思，她始终是一个负责任的经纪人。展冲这里出了事她就很快赶了过来，事情已经发生了，之后总要处理好才行。

不过，处理之后，他们俩的合作是没有办法持续下去了，之前就闹过，这次更是吵得厉害。说到底，他们两个人的理念是完全不一样的。

展冲到底是华影看重的艺人。他的粉丝群的人员看着是在流失，可以说损失惨重，不过，这几年圈里的规矩变了，对于艺人的约束没那么厉害了，不少艺人还要专门炒作恋情吸粉呢。一般来说，这样的恋情公开是有好处的，女友粉闹了脾气，还能收割各种路人支持，夫妻档也更有话题。大致看一下，这几年公开的艺人，基本上影响力和关注度还是上升的。

展冲这次惨一点，主要是对象的原因。吴天泓比展冲大了七八岁，还是有过婚史的，这样的一段恋情怎么看怎么像有点内幕的，也没有多少路人支持。反而嘲讽的多，各路人都猜测着感情里夹杂了什么别的利益。比如说吴天泓以恩情要挟，再或者是婚内出轨展冲……乱七八糟的消息里，十条有九条都是不看好，纷纷猜测他们的分手时间。

幸好，还是有更多人留了下来，因为粉转黑的冲击，留下来的这一部分粉丝团结得更加紧密了。闹了这个大新闻，他在热度榜上待了快一个月。路人的观点又差不多是最无害的，他们的想法总是变化。现在说有多不看好，等到真的长长久久了又会有一堆人跳出来说曾经因为这一对有了对爱情的信仰。

其实，展冲公司这边还是会站在展冲这一边的。当初沙睨和刘梓璇不考虑私人交情的因素要签下展冲，并不是看上了他的流量，而是因为他的天赋不错、态度又好，他们很看好展冲冲击国内顶级男星的实力。要成为顶级男星，光有流量是不够的，必须得有拿得出手的作品。

流量可以创造。有一张拿得出去的脸，加上适当的资本运营，再通过某一部现象级的爆款作品就可以创造流量。可是，能创作出可以得奖、得到口碑的片子的人才是少之又少的，一旦收入麾下就不可能放走。

展冲不能走，他和 Allen 的带人方式不搭，两个人因为这一次的事件也只剩面子情了，里子都崩了。到了这个地步，也只能换人了。沙睨特意找了米露谈话，让她接手展冲经纪人的工作，于是米露成了展冲的新经纪人。

米露和 Allen 的风格不一样，属于长线经营型的，并凭借此风格带出了相当多的天王天后。对于流量、热度这些东西没有那么执着，而且人脉很广，能够帮展冲争取到不错的资源，这样对展冲的发展来说可能更好。

Allen之前帮他谈好的通告还是要去的，两位经纪人还有很多的事情要交接。真的不合作了，展冲和 Allen 的矛盾也跟着消了大半，说开了也能维持一个面子上的来往。

吴天泓回京市开始减肥塑身的时候，展冲又离开跑新通告去了，一直到年底才回来。

中间也不是没有聚过，只是都是在自己家里，并没有公开出来活动。

这一次的颁奖礼并不是颁发什么正儿八经的重要奖项的，不过是个分“猪肉”的活动罢了，来了的自然都会拿到奖项。米露联系了李悠悠，两边商量了一下，一起定下了这个颁奖典礼作为两个人第一次公开同场出席的场合。

既然都是提前说好的，奖项自然也没悬念，找个名头让两个人可以一起上台就行。

展冲和吴天泓拉着手一起向着舞台走去。

他们两个也不是第一次这样并肩站着了。《刺》拍完以后入围了多项大奖，作为电视剧的男女主角，两个人自然会在各个场合中一起出席颁奖礼。只是那个时候没公开，两个人最多是相视而笑，从来没有这样，十指紧扣，并排站在聚光灯下。

这还没有结束，组委会将水晶奖杯放在他们手上，两个人互相给对方颁了奖。一向活泼的女主持人站在台上笑着：“就这样领了奖就走吗？要不要再说几句？”

“呃，要说什么？”展冲一手拿着奖杯，另一只手拿着话筒，将它放到了吴天泓面前。

“我记得当初看《刺》的时候哭得稀里哗啦的，卫宗谦到最后都没有对常璇玑表白他的心意，这一点让我遗憾到了今天。今天看到展冲拉着吴天泓站在这里，就好像卫宗谦穿越千年，为我们圆了当初的一个梦，非常感动，感觉特别幸福。不知道，两位能不能为我们还原一个美好的结局呢？大家觉得这样好不好？”

底下的观众高喊着：“好！好！”

“怎么还原？”

“表一个白，然后亲一个呗？大家说好不好？”

下面的观众再次高声地喊着：“亲一个！亲一个！亲一个！”

这倒是意料之中的流程，两个人都没有说什么，互相望着对方。

“泓泓？”

“都说了，想看卫宗谦表白。”

“好。”他拿起了话筒，很认真地说着，“婠婠，我一直倾心于你，一直。”

“可是，你吊我那么久，我觉得我得想想。”吴天泓侧过头，抬了抬眉毛，嘴角飞扬起来。

展冲上前一步，他的吻落在了吴天泓的唇边，随后深情地说道：“你当然可以想，不过到了最后，你总会跟我在一起。”

“哇哇哇！太甜了！”主持人夸张地大叫着，“天哪！当初我们想了很久的结局终于在今天看见了，圆满了，这是最棒的结局，最棒的！”

“谢谢大家的支持，希望来年大家可以继续支持我们的作品。”

两个人相视笑笑，牵着手一起往台下走去。

到这里就差不多了，然后要去接受记者的采访。展冲在光没有调好之前，把吴天泓的奖杯也接过来，一边一个插到了口袋里。他摸了摸吴天泓的胳膊问：“冷不冷？要不，还是先把披肩披上？”

“走啦，哪里有那么脆弱。”

“等等，别忘了，我们今天得要这样。”展冲一把扣住了吴天泓的手，晃了一下，“走吧。”

“心情很好？”

“那肯定呀。”

进去接受采访前，展冲把奖杯给了一边候着的助理。吴天泓习惯性地用眼睛扫视了一下展冲的仪表，又伸出手给他理了理领子，然后两个人看着对方，就不自觉地漾出了笑。就这样他们牵着手走到了记者面前。此时，各式各样的长枪短炮在他们眼中，似乎也有点可爱。

组委会也想搞事情，总共就给了一支话筒。展冲照样将话筒拿到了手上。

“展冲、天泓姐，你们好，公开了以后心情怎么样啊？”

“挺好的。”他回答完了将话筒送到了吴天泓面前，另一只手扣着吴天泓的手。

“还好，反正公不公开都不会影响我们的感情。”

“二位新年里有什么计划吗？”

“我们准备回家给长辈拜年。”

“是一起吗？”

展冲把话筒放到了吴天泓的面前。“是一起啊。”

“那你们是准备要结婚了吗？”

“现在还没有吧。只是我们很认真地在交往，所以去拜会一下长辈，也并不奇怪吧？”

底下的记者纷纷举起了话筒，争先恐后地抛出一个又一个的问题，所问的无非是“什么时候在一起的”“究竟是谁先告白的”“有没有压力”之类的。

吴天泓把住了展冲拿话筒的那只手。“谢谢各位媒体朋友的关心，只是我们还想保留一点点私人的空间，所以有些问题就不方便回答了。后面还有别的朋友要过来接受访问，大家再问三个问题，应该就差不多了吧？”

“那，你们有什么新的工作计划吗？会不会为了对方调整一下？”

两个人对视了一眼，还是吴天泓回答：“嗯，我们都是演员，能够理解彼此工作的特殊性。我们都非常喜欢我们的工作，我们会尽量不让工作和感情发生冲突。年后我有一部电视剧要开拍，展冲当然也有很多事情要忙。当然，我们也会尽量抽出时间和对方在一起的，对吗？”

“是的，我们会好好的。”

“天泓姐，你对展冲说的你们会好好的，有什么回应吗？”

“你想我说什么？我们当然会很好。问完了吗？问完了我们就走了。”

“等等，天泓姐，你们能不能再亲一下啊？让我们拍一张照片吧。”

吴天泓甩了甩两个人握着的手问：“要不要听他们的？”

“都可以，随你开心。”

“那，这次我亲你了。”她轻轻说了一句，向前迈了一步，捧住展冲的脸，亲到了展冲的颊边，带出一声刻意的轻响。她转过脸对着媒体，笑得很是得意：“怎么样？让你们这么近距离地拍摄了，总该拍得好看些吧？不好的话，你们可别登了。”

她靠着展冲，挽上了他的胳膊，向媒体记者挥挥手，一起朝外面走去了。

等到了外面，吴天泓一跺脚说：“好冷。”那边李悠悠已经拿着大衣等在那里了。展冲笑着接过来，给她罩上，问：“好点没？”

“嗯，还是冷。我们快点回车上吧。”

说是回家也不是就那么快。这是第一次去展冲的老家过年，各方面都不是那么方便。其实两个人之前也商量过是不是把展爷爷和展奶奶接到京市，两家凑到一起过年比较好。

展冲想了想，还是决定回去过年。“我以前就提过让他们干脆住到这边来，是两位老人不乐意，觉得城市大，看着怕。之前，我爷爷不是病了吗？就是太累了。拍完《刺》之后，我有了钱，就找人修了房子。不过去年过年的时候房子还没起好，今年起好了，两个人搬进去了。按规矩，搬进新房子，过年是要去那里暖灶的。你今年陪我回去，行吗？”

吴天泓没拒绝，很爽快地答应了。

不过走之前许多该处理的事情就得处理好。

他们两个出了会场以后都没怎么来得及卸妆，去了一趟妆发团队的工作室把品牌赞助的衣服换了下来，换上常服就出门了。

今天晚上正好岳榕有事到了这边，要见面聊一聊。

展冲借由拍戏、参加综艺节目等机会，在圈里也慢慢地有了认识的朋友，关系最好的就是做综艺节目认识的岳榕了，这个人实在是很有意思。

吴天泓先进了包间："Hi！ Alex，好久不见。"

"天泓姐姐，你又美了！展冲那小子的运气怎么就那么好。"他看到吴天泓就笑出来，赶忙起身迎接，坐在这里的都是朋友，他没绷着，露出了两排大白牙，看着傻。

展冲后脚就跟进来了，到底是高级会所，停车什么的还是很方便的。他没管自己，先站在吴天泓的身后，伸手帮她把外套脱了下来，挂到了一边，然后再处理自己的外衣。

两个人挨着坐了下来。

岳榕这次叫他们过来是想居中搭桥，做一个影视剧项目。他自己觉得这个项目不错，投资、制作这些都有了，不过还差了些人来运营。他自己混的是乐坛，这个形象混影视圈又有点不适合，自然是要拉影视圈的朋友的。到底是不错的项目，他先想到的就是找关系好的朋友，这样就第一个找到了展冲。

展冲和岳榕要更加熟悉一些，都是男生，两个人说话比较没有顾忌。在国外旅行的二十天里，女士那边怎么分配睡觉的地方，可能会出现变化，但是他们总是在一起的。到了洛杉矶后，因为在旧金山的时候花得比较多，节目组又拒绝提供多余的经费，给他们制造出必须合住的困境。七个人住得很窘迫，这两个人根本就是在一张床上挤了两个晚上。

大概就因为有过这段共同的经历，两个人的感情确实很好，综艺拍完之后还在联系着。展冲那个公开承认爱的微博发出来之后，岳榕是第一个站出来转发支持的明星。

岳榕知道这个项目之后，就打电话和展冲说起过，合作企划也发给了他。展冲确实也还挺看好这个项目的。这个项目计划拍摄的是一部网剧，叫作《此心安处》，说的是一个有些心理问题的格外理性的男生怎么遇到喜欢的女孩子，然后交到一帮朋友最后获得幸福的青春爱情偶像剧。没有那么多杂七杂八的关系，剧情简单清爽，人物很讨人喜欢，原作也算是比较热门的言情小说了。虽说网剧的投资相对传统电视剧来说不算太多，但这种剧在现在来说是稳赚的，就看投资方能把这个项目炒多大、赚多少的问题了。

展冲跟吴天泓说过之后，她也觉得项目不错，只是不大愿意让展冲参与具体的项目运营。

之前，展冲对两个人恋爱关系的公开，给华影带来了一些问题，华影对他一句责怪都没有，还给他换了另外一个金牌经纪人，真的是很厚待了。这个架势摆明了就是想要留下展冲，让他做华影的艺人。

这个状况下，展冲确实不好以个人的名义去运营项目了。他只投钱算支持朋友。这种个人投资倒是问题不大。不过现在的问题是，之前运营项目的人出了事情，现在具体的运营还没找到合适的人，整个项目都跟着耽搁了。

真要运营项目，说起来，吴天泓是个不错的人选。展冲跟她提过两句，她没有拒绝也没有答应，只说要再想想。

这次展冲跟她说要过来看看的时候，吴天泓也没拒绝。十几个人坐在这边吃消夜。吴天泓早几个月减肥减得狠，她到底是三十多岁的人了，身体机能比不上青年时代，没办法了，不狠压根瘦不下来。

她这会儿坐着，也就吃了一点点，沾个味道，特别节制。幸好减肥最狠那一段，她自己躲到了自己的小房子里，父母家不回，展冲也在剧组拍摄，不然看着她折腾，他们是要心疼的。

展冲自己倒是没什么，他不大能吃胖，也会定期去健身房，偶尔吃一顿没什么事，他也知道吴天泓不好多吃，就夹了两筷子清淡少油的，放到她的碗里。

几个人说了两三个小时，才散。

展冲开着车，带着吴天泓回去。他自己没太多工夫去找适合的投资项目，就买了一套挺大的房子在那里。不过地理位置上偏僻一点，不是很方便。通常情况下，他们就一起住在吴天泓那一套小公寓里。

“吴天泓，你不考虑参与项目运营吗？”

“我再想想吧。”

展冲不再说话了。过了一会儿，他目视着前方，很平淡地开口：“吴天泓，这个项目参不参与不重要。我只告诉你：我的心意不会变了，我等你想好。”

“嗯，我知道了。”吴天泓侧头，看向了窗外。

两个人没再多说什么，回去整理东西，第二天就搭飞机去了川省。这不是吴天泓第一次去这个省份，却是第一次去展冲家拜年，怎么想，这次来都带了点特殊的味道。

展冲新修的房子在镇上，从外面看起来并不是多出格，就和现在乡镇那些新房子差不多。但是里面是花了心思的，该有的都有，很舒服。

两位老人只不过是搬到了镇上，也还是有些不适应，他们自己跟装修屋子的人说了，原本要做成花园的一块地不种花了，改成种菜。家里明明各种家电都给买了，展冲还弄了一台电脑在家里放着，电视机边上装的是全套的音响组。可是除了一台电视和冰箱，其他电器都没怎么用。

展冲想得仔细，整个屋子外面看着不显眼，里面装置非常齐全，考虑到住的是老人，特意请人安了地暖和暖气片。

但是两位老人还是把原来老房子里的暖炉搬了进来，别说地暖了，暖气片摸着都是凉的。

展冲不愿意对着长辈发火，心意被辜负了倒也无所谓，只是两位老人这么折腾自己，受了冻，他的脸色自然好看不到哪里去。

他把行李一放，伸手把暖炉给灭了，然后把屋子里的暖气和地暖都给打开了。

吴天泓拉拉他，没劝住。只能对着两位老人笑着问好，将他们准备的各种礼物给搬了下来。

吴天泓和他们是见过的。

展冲爷爷生病的时候，吴天泓专门过来照看。那会儿虽然和杜斌吵了架，但是两位老人还是从展冲那里知道，吴天泓是结了婚的。

结果转眼离了婚，又跟他们孙子在一起了。这样的事情，两位老人实在有些不能接受。本来嘛，他们就不太接受离婚这种事情。不管怎么样，两个人结了婚就应该一直好好过下去，有点小摩擦也是正常的，之后解决就是了。另外，两个人其实私下也嘀咕过，展冲和吴天泓两个人在吴天泓还没离婚的时候看起来就很好，出钱、出力，甚至跑过来照顾别人家的爷爷，也不知道离婚是不是有点什么内幕。

这话不好问，长辈问起来更是诛心了。可是这疑问梗在心里又格外不舒服，想到自己骄傲的孙子可能做了不道德的事情，心里很是硌硬。

二婚的孙媳妇接受起来是挺困难的，年纪还比展冲大了那么多，这跟他们想象中的人选差得太多。

展冲做的职业他们不算喜欢，老是听周边的人唠叨说娱乐圈的导演啊、制片啊如何如何的，他们没多少见识，导演和制片的分工压根弄不清楚，也就听着乡里乡亲唠，就算展冲总是劝慰他们，他们心里也始终没谱，总担忧孙子会被带坏了。

不去听那些纷扰的谣言，老一辈也总觉得做明星跟老话里说的戏子似的，是下九流的行当。展冲是没有办法，被这个家拖累了，“不让他去做这个工作”的话根本就说不出，他除了做这个难道还有别的办法不成？

接受展冲的职业已经是勉强了，交了个女朋友还是做这行的，这让他们心里特别不舒服。

如果只是朋友，大概就不是这样了，但是作为孙子的女朋友，两位老人是无论如何都不喜欢的。

不过，就算是不喜欢，他们到底也还是没有说出来。一方面，展冲从小就懂事，万事不让他们操心，他们习惯性地不去管他了。再说，他们现在就是靠着展冲过日子的，孙子对他们好得很，虽然说不怕孙子对他们做什么，但是人老了到底是底气不足了。吴天泓又帮过他们，真要直接跟吴天泓说，要她跟自己孙子提分手，老人也不好意思。

便是真让他们去管，他们也不知道对吴天泓该说些什么，或者做些什么。吴天泓周身的气派，还有她的打扮都让他们觉得有些畏惧，刻意亲近之后，彼此之间的气场依然陌生。明明吴天泓是笑着的，他们却还是不知道要怎么开口。

孙子开着车，大包小包地提着东西回来，看着也会有些陌生，但是还是比不上这一位。哪怕心里再怎么介意，都说不出话来。

虽然什么阻拦的话都没有说，可是那种掩饰不住的回避，让他们相处的氛围颇为尴尬。

吴天泓当然察觉到了，这情况已经比她想象的要好多了。虽然展冲之前都是拣好的跟她说，可是她心里明白展冲就是在哄她。怎么可能什么反应都没有，愉快地支持呢？就凭着他们两个现有的条件差距，展冲的家长怎么可能轻易地接受她？

就是她自己，都不能完全接受。

她是做好了心理准备的。她了解了一下展冲他们当地的一些情况，做了万全的准备，买的东西也是一件件挑的，拣着好用的来。吴天泓没奢求两位老人对她一点意见都没有，只希望他们不要阻碍两个人的关系就好了，她所能求的也不过是这样。

可是两位老人没给她什么拉近距离的机会，他们没对她说些难听的话，只是沉默着回避她的亲近。他们并没有劝阻，也不反对，只是这种回避就让人清楚地感觉到一根刺扎在那里，又不让你拔掉。

老人年纪大了，口音改不掉，又不怎么想跟她说话，基本交流都是当地方言。吴天泓是土生土长的京市人，北方方言多少能听懂一些，但是南方的方言听懂就很难了，所以如果老人不说普通话，吴天泓真的是听不明白。

老人回避着，轻轻松松用方言将她和这一家人隔了开来。

吴天泓没去计较，她做过人家的媳妇，基本的道理和相处的办法她也是知道的。从最浅显的人情义理上说，都可以知悉老人的想法。与其说是委屈，倒不如说是无力。她也只能尽量找些家务做做，对两位老人和善些，可是给自己打了气之后面对这样显眼的尴尬又觉得无可奈何。她真想发泄出来，但是不能，好像说什么做什么都不对。

幸好还有展冲。

展冲也知道这些都是无可奈何的事情。早在他们两个公开之前，甚至只是刚刚确立了关系之后不久，他就打电话回家跟爷爷和奶奶说过了。老人当时就明确地表示过不支持了，差点没跟他置气。他不意外，只是花了不少时间说吴天泓到底有多好，自己很喜欢她。

说了两年，到现在，两位老人还是不喜欢，但是好歹不会当面说些什么了。

他也知道吴天泓觉得难受。不过，老人是他的长辈，含辛茹苦地将他养大，他做不出狗血电视剧里写的那样，因为一点点事情就跟家里长辈闹腾，拉着吴天泓慷慨陈词做了演说之后，转身就走。

他知道老人想要看到些什么，两个人在一起的时候，他会和吴天泓一起做家务。但是在家里，他把这些都交给吴天泓去表现，等老人转身了再上前帮忙。

想要老人接受，与其去改变他们的想法，不如顺着一点来得合适。

展冲也会不时找些借口带着吴天泓出去散散心。

这里是小县城，自然没有什么好逛、好买的，他就带着吴天泓回已经荒废的老宅子去看看。他带着吴天泓走进他小时候住的地方，看看父母的墓地，跟她说些童年的往事。

这样做还是存了些私心吧，他知道吴天泓喜欢他，听到他过去的经历的时候总会觉得心疼，心疼了就会心软。他就这样将故事说给她听，想让她心软一点，这样，吴天泓大概会为了他再多忍耐几分。

不是没有觉得自己过得苦，这些苦都是真实存在的。他到了现在也会明明白白地感受到曾经经历过的那些苦难给了他多大的影响。他下意识地不敢花钱，买东西先看价格，总是对别人的举动敏感，在人前会不自觉地强撑……许多正面和负面的情绪以及认知都是曾经的苦难带给他的。

不过，展冲现在慢慢已经释怀了，他现在没有觉得那些听上去委屈的、让人难过的过去有多悲惨。他的过往虽然不算幸福，可是也不算特殊，而他的现在远比许多有类似经历的人要幸福太多了。在这样美妙的幸福生活里，展冲没有时间去为自己的过去伤怀。

可是，看着吴天泓带着难过的表情看着他小时候的家，听着他成长的故事，他的心跟着柔软成了泡沫。从记忆里泛起的些微沉渣，也被吴天泓的温柔抚平了。他什么都不在意，只是看着吴天泓微笑。她的那点心疼让他想要抱着她，不愿意撒手，她的眼神让他觉得幸福，他只觉得幸福。

不过，吴天泓就是觉得难受也不会怎么样，他们待不了多久，只是暂时过来看看。展冲的行程紧张，只有一周的假期，之后还要留出时间去吴天泓家，登门拜访一下的。吴天泓倒是假期要长一些，要等到三月底才会进新组。

两个人在初四的时候就离开了。

临走的时候，老人的态度没多大的转变，还是那个样子，回避着吴天泓，对着展冲倒是殷切地叮咛了许多句。

回去的路上是展冲开车，吴天泓坐在一边，脸上的神情多少带着郁闷。她知道这些遭遇是正常的，她早就有了思想准备。她实在算不上脾气太好的人，可是在展冲的老家里一直挂着笑脸，该做的都做了，可是……

到底还是无法让老人接纳她吧。她有些悲观地想着。任这念头在心里盘旋。

展冲努力地安慰她："我其实很多时候也不怎么和我爷爷奶奶说话。我们之间的感情是很深，但是到底年纪差得多。小时候，家里大人都在忙，没时间跟我谈话。所以，很多时候，我和他们也不知道该说什么。现在这样，已经是很好了。"

虽说展冲想再说些什么宽慰吴天泓的心，可是这次行程他也在，也实在说不出太多的好来，只能多多展望未来了。吴天泓不忍心让展冲烦恼，勉强挤出一点笑来，点点头。

可是心里那种绝望的、怀疑的想法越来越浓烈。

公开的时候吴天泓是没有完全想好的，她喜欢展冲是毫无疑问的，只是她没有想好要不要跟他在一起，照片就已经曝光了。展冲站在她的面前，他直白地将自己的心意袒露出来，交到了她的手上，让她选择。

可能是当时的爱人太好看了，也可能是当时涨起的情绪太过汹涌，甚至只是事情发生得突然，她没来得及想清楚，就抱着反正“我们要在一起”的决心，要狠般地按了“发送”键。

然后，她就将自己送到了这样一个位置上——在所有人的注视下，谈一场不能轻易说分手的恋爱。已经走到了台前，那么他们的关系稳定是很重要的。

说起来，人也很奇怪。

他们在一起之前和在一起的时候，旁人总是挑三拣四不能接受，骂出来的话要多刺耳有多刺耳，巴不得他们赶快分手，但是真分了手，又会有很多人说再不相信爱情了，好像他们曾经因为他们两个人恋爱相信过一样。还说他们对待感情太过于随便，好像他们曾经被当成不随便的人一样。

她再怎么洒脱，到底不是神仙。这种处境，面对展冲这样条件的男朋友的时候还是会产生压力。

公开后又发生了这么多的事情，一桩桩、一件件，一两次可能不太在意，可是所有的这些堆积到面前的时候是真的有种难以承受的感觉。怎么接受呢？那么多粉丝的咒骂，她都看在眼里，虽说一句咒骂算不了什么，可能就像是手被崭新的纸页划了一下，最严重也不过一道浅浅的口子不久愈合。可是这伤口累积多了，也还是会疼的。

这样的境遇她曾体会过一次，一次就很难受了，如今却遭受了第二次。

就是她自己能扛下来，她也总要担心展冲。现在看着华影对他是不离不弃，情深义重，可是根本原因在于他的价值，在于他能够为华影赚到足够的利润，这些利润才是让华影一直对他好的保证。那么，他们在一起会毁掉展冲的前途吗？

不知道啊。她真的不知道。看着铺天盖地的谩骂和诋毁，她真的迷惘。

家里人可能不会在乎他们两个的事业问题，可是她的婚姻经历还有她比展冲年龄大的现实问题，恐怕就不得不考虑了。

展冲如今不过二十多岁，青春年少，长得又这么好看，事业也很看好。他还会继续变好。都说男人三十岁、四十岁的时候还会更有魅力，他会增加韵味，越来越受欢迎。

可是女人呢？女人过了三十岁，在世人的眼里，就已经走上了一条通往衰老的路了。她在这条路上走了许久，如今只能用各种昂贵的化妆品去试图抓住青春的尾巴。可是能抓住的不多，她注定要早于展冲老去。

未来会怎么样呢？吴天泓不知道，什么都不知道。

他们又去了吴天泓家里。展冲还好，多少有些不适应，吴天泓的憋闷却更多了。

吴教授还好，虽然也有些手足无措，看得出来，他不知道怎么对待展冲身份的改变。李教授的讨好就有些露骨了，对，就是讨好。

吴天泓很迟才跟家里说她和展冲的关系，她以往不管认不认真谈恋爱，有朋友了，说一声总没事。反正不认真谈恋爱就不带人上门，但是交代一声没什么。就是对展冲，她犹豫了，因为不知道怎么开口。刚开始的时候，她心里的不确定感更强些，她怀疑这段感情，她甚至是不大信任展冲的——他的热情、他的喜欢能够保持多久呢？

所以，就决定先不要说，说出来了会让大家难堪。

现在，吴天泓不怀疑展冲的感情了，她知道展冲是真的喜欢她。可是现实中的这些问题如何解决呢？问题还是横亘在那里，挡在她和展冲之间，好像是一座无法逾越的高山一样。

这山太高了，她站在山下仰望，望着山顶都觉得脖子疼。那山真高啊，移也移不走，看着都让她没底气，心里慌得很。

之前，展冲在吴天泓家里被定位成她的弟弟，是没有血缘关系的亲近的后辈。不管展冲走红了没有，吴教授和李教授两个人始终将他当成寻常后辈对待，有什么好吃的、能用的都会记得给他备一份，有什么要他帮忙就会和他讲，从来都不会客气。当然，凡是能帮他的事儿，他们做起来也是尽心尽力。

现在，吃的用的还是会给他备着，行为却疏远了不少。

李教授行为中的讨好意味很显眼。吴天泓懂她妈妈的意思：她未必觉得展冲多么合适，可是现如今，吴天泓能够找到展冲这样条件的真的是太难了。她也不想这样，可是下意识地就这么做了，她的行为都是出于好意，只是希望女儿能好好把握住这个对象，然后幸福下去。

李教授也不觉得这样的行为模式恰当，她只是还没找准面对展冲的正确节奏。她原本对吴天泓今后的对象的预期是一个同样离婚或者丧偶的男人，年纪可能大一点，条件一般，但是厚道稳重。她怎么也没有想到那个人会是展冲。

展冲年轻、长相好，这两年发展得有多好就不用说了。更别说他在这个圈子里工作，见到的都是年轻貌美的女演员，按照常理推断，他找到社会定义中比吴天泓好的对象是很容易的一件事，可是他选择的是吴天泓。

更让人吃惊的是，听展冲和吴天泓的意思，展冲的态度还更积极主动些。

这样的结果超出了李教授的预期太多，她潜意识地讨好着展冲。

她并不想这样，她只是凭借着母爱的本能想让自己的女儿能抓住这份幸福。

她的表现让展冲也觉得尴尬，他坐在那里很惶恐，有些手足无措。吴天泓则是不安，深深地不安。她不是怪自己的母亲，只是母亲下意识的举动就好像一把刀一样，往她的不安全感之上又深深地扎了一刀。

吴天泓不喜欢被要求、被强迫的感觉，她现在却深陷进这个处处被压抑的环境里，四面八方盖过来的都是压力，逼着她往下走。她接收到所有的情绪和信息都是混乱的，好像哪里都有人拉扯着她，拉扯了却又推开去，在滔天的压力浪潮的席卷下，她感觉即将窒息。

她已经没有余力去思考了。

展冲不知道，公开之后，吴天泓数次有过分手的念头。她在脑子里盘算过许多次这个念头——这么多的问题摆在这里，大概是走不到最后的。不如在问题压过来之前，先分手吧，这样也就不用被逼到狼狈的境地去伤心了。

吴天泓害怕自己受不住，她年纪大了，折腾不起了，这样的难过她怕自己受不住。

她摸一摸自己眼角的皱纹，想一遍：分手吧。她看一看自己的绿色本子，想一遍：分手吧。她打开电脑屏幕，看着社交媒体上的各种评论和新闻推送，想了一遍又一遍：分手吧，分手吧，分手吧……

和展冲两个人在一起的时候，她就忘了清醒，忘了这三个字——分手吧。她知道自己喜欢他，知道他是个不错的对象，脑子里盘旋着那些犹豫的念头，通通虚化成了交缠的呓语。她舍不得，对着展冲要怎么才能说出分手的话呢？所以那些残忍的话从来没有说出口。

大概是展冲身上带着迷香，方圆十米之内会让她被轻易蛊惑。

可是离得远了，少了迷障的作用。那些念头又回到了她的脑海中，她真的没有办法思考。

其实吴天泓不是一个很喜欢暴露自己私生活的人，李悠悠虽然跟她说过可以秀秀恩爱，不过具体要做到什么程度就没有说了。之前出席活动时，接受采访时的那个吻，吴天泓就带着赌气和炫耀的想法——我们很好，比你们所有人想象的都要好。你们可以叫嚣、可以诋毁，但我们还是会在一起，过得比别人最好的想象还要更好。

其实，她也是在强迫自己说服自己，她对自己说：你看，吴天泓，你自己都知道的，你喜欢他，你真的很喜欢，现在你们在一起，你们还会走下去。

她把自己逼到了悬崖边上，那里站着许许多多看不清楚面目的人，也有着各种对着她的镜头，那些人的眼睛、那些镜头背后的眼睛都等着看她往下落。可她偏不，偏偏要站在那里，对所有人叫嚣：这个人这么好，他喜欢的是我。你们想让我们了断，可我们偏偏要走下去！偏偏要！

可是真的是又累又压抑。

展冲拜完年就走了，他还要赶去剧组。他离开之后，屋子里的三个人都不约而同地轻轻出了一口气。他们听到了彼此发出的声音，可是谁都不说破。

三月的时候，吴天泓也进组了。

这次拍的是电视剧是现代都市剧《裙摆摇摇》。故事的主线还是情感，虽然职场和生活的戏份也相当多。

编剧是吴天泓的老熟人，木楼。

这是她第一次写现代的故事，之前写的都是古装正剧。这也是她第一次将故事的主线都写成了感情戏，以前的主线还是谋略之类的。这同样也是她第一次先写剧本然后再创作小说，已经签了小说的改编合同。其实和以前的工作差别不大，只不过这一次是剧本先完成。

吴天泓很喜欢这个故事的感情线和人物设定，会接下这个剧本就是被感情线的发展给吸引了。坦白说，女主角楚歆的故事跟她的经历多少有些重叠，但是性格差了很多。她更加欣赏男主角的人设，总的来说这个故事让她很喜欢。

男主角是李跃演的。吴天泓不认识他，确切地说：她知道李跃但是没有一起合作过。展冲倒是和他认识，也算是不错的朋友，他们一起合作过《没有硝烟的战场》，在剧里演一对兄弟。

那部剧的副导演恰好是刘梓璇，就是因为认识了刘梓璇，之后展冲才会和她一起合作了《刺》。

翻看着剧本，吴天泓发现自己的思绪又一次绕到了展冲的身上……

《裙摆摇摇》的故事说的是，从小备受宠爱的楚歆在大学毕业之后就和男友乔翼走入了婚姻殿堂，成了一名幸福的家庭主妇。这样的幸福生活只持续了四年，楚歆的父亲病逝，楚歆在这个时候发现了丈夫乔翼的背叛。一向温柔软弱的楚歆决心坚强起来，她毅然决定离婚，重新走入职场，开始独立的生活。但是，这些事情哪有那么容易，在关键的时候她遇到了辞职创业的大学同班同学时光。时光看出了楚歆的窘迫，他招聘楚歆做了自己新公司的秘书。两个人一起创业，楚歆在时光的帮助下逐渐成长着，成为一个可以独当一面的都市女强人。两个人之间迸发出了情感的火花，时光却总是回避着这一段感情……

虽然是都市情感剧，这部剧的主人公却不是常见的都市年轻人。这一段感情的主体是中年人，两个有感情经历的中年男女突破心防走到一起，给人的感觉很新鲜。

主线虽然不错，但是需要商榷的细节还有很多。

这部影片的投资、发行都只能说是普通。木楼的前几部作品都是古装，收视率很是不错，也都是华影出品的。

华影一直以来都是以电影制作为强项的，而它的电视剧制作相对弱势，所以一直以来都只投资制作古装剧。因为在国内市场上，古装剧容易获得较好的收视成绩，平均收视率要比现代剧高，制作水平也要高些。这也是为什么刘梓璇最开始担当导演也是导演的古装电视剧。虽然她是华影董事长的掌上明珠，老公是华影和SR视频的当权人物，但是也不会让她一下子承受那么大的压力，即使要挑战，也选择了相对好掌控的类型。

因为这个原因，这次木楼的作品也不是华影制作的。华影不过是投资方之一，剧集的主要制作方是李跃的经纪公司星娱。

星娱联系到吴天泓的时候，李悠悠劝了她几句。不是担心制作或者别的，主要是星娱的发行水平一般，这部作品虽然请了知名编剧，但是不是近年流行的大IP改编，受关注度不高，编剧的现代剧集也没经过市场验证。

但是吴天泓还是接了下来，就是因为该剧特殊的人物背景和感情发展很有意思。

像这样的人设就注定了剧集的现实。

木楼这次虽然难得主打感情戏，但是还是按照她一贯的做法给故事设计了一个丰满的职场生活背景，这个特点强化了作品的现实特点。

虽然故事主线过于浪漫，但是人物要立得住还是得符合基本的行为逻辑。木楼在这方面就偏弱了。她到底是年纪小，还没有长到这个阶段，即便是努力了，人物整体可信，但是一些说话、行事的方式还需要再商榷。

吴天泓进组以后见到她，聊了两句，这才发现她身上的担子真是太重了。她的小说还没有创作完成，她要抓紧将已有的剧本故事改编成小说。合约已经签好了，这本小说到时候要配合出版发行的。

另外，木楼的剧本本身还有诸多问题，就在吴天泓进组之前，她就和吴天泓讨论并修改过好几次了。但到了片场开拍之前，为了保证剧本的合理性，她还是会和导演以及其他演员再次讨论剧本。

还不只是这样，她本身就显得很憔悴，本来就很娇小的一个姑娘看着跟纸片剪出来的一样。年纪轻轻的小姑娘不管好不好看，有满脸的胶原蛋白打底也该是青春洋溢的，看着就元气满满。偏偏她挂着消不下去的黑眼圈，脸色还蜡黄蜡黄的。

吴天泓和木楼不是全然没有联系的，虽然《刺》杀青之后两人就很少见面了。不过，当时拍《刺》认识的几个女人还是会时不时地在微信上聊几句，遇到了有趣的朋友圈内容也会点赞。她们没深入地交过心，可是还保有良好的关系。

看到木楼真人的时候，吴天泓吓了一跳，这姑娘看着真的有点……阴郁。

不过，木楼的心事没跟她在通信过程中说过，去打听也有些交浅言深了。

吴天泓只会跟木楼探讨一些不合理的地方。剧本中的楚歆是娇弱的菟丝花，温柔、美丽、天真、单纯又不知世事，她有一个很慈爱的父亲。她的美丽也让她早早遇到了一个爱着她的男人，这样从一户家门直接进入另一户家门。

楚歆一直过着不谙世事的单纯生活。像这样的人，几乎都没有表现出自我来，都看不出来有什么生活自理能力，怎么会在发现丈夫出轨之后毫不犹豫地就选择离婚走人呢?

“离婚，哪里是那么容易的事情啊？你曾经多么真诚地抱着想要和那个人一辈子在一起的想法选择了结婚，那么你大概就要怀着至少多一倍的勇气才能把这种联系割断。别说这么个跟寄生虫没两样的女主，你就是换一个离了婚可以照常过下去的女人，那也不会这么轻易地做了断啊。”吴天泓随手翻着剧本，眼睛瞥到一边强调着，“离婚哪里那么容易？”

木楼伸手拍拍她，吴天泓却很直接地笑出来说："我没事。我只是建议你改改，这样挺假的。她就是光要考虑自己之后怎么活下去，都不能这么简单地就做出这个决定吧。你要是场次不够，没那么多时间拍两个人的纠葛，你就把女主和她爸爸的戏份改一改，加点内容，比如写点什么：爸爸希望我怎么怎么样活着之类的戏份。"她发现木楼还是担心地看着她，伸出手揉揉这个小姑娘，"我挺好的，很开心。"

是啊，真的很开心，远比之前开心了许多。

跟李跃一起合作也很开心。李跃也比她小一点，不多，也就一两岁吧，可是完全没有感觉。他是一个很有想法也很成熟的演员，之前没有合作过，只在商谈的时候见过两次，可是配合着觉得很有默契。两个人都很敬业，试戏也好，讨论也好，很多想法都是类似的。

下了戏，两个人也谈得来。李跃也是京市人，两个人的口味接近，下戏后就时不时拉着一帮人一起下馆子。没多久两个人就混熟了，李跃直接对着她叫"弟妹"。

吴天泓皱皱眉头说："叫什么弟妹啊？"

"展冲怎么也演过我弟，当然得叫弟妹。"

"那我这部戏还演你老婆呢！"

"先来后到不知道吗？而且，你看看……"李跃摸了摸自己的手机，翻了半天找出一条短信来，"别说我叫你弟妹是占你便宜啊，看看。"

吴天泓闪了一下，她一向不看别人的信息，但是这会儿李跃冲着她挥了挥，她才勉强拿过来。她先看一眼抬头——展冲。她犹豫了一下才往下读，短信写着：跃哥，听说是你接了《裙摆摇摇》啊，恭喜你了。我听吴天泓说了几句，这个片子还挺好的。吴天泓跟你一个剧组，她挺好强的，演戏的时候一直也很投入。不过这个角色她拍的时候可能会难受，你到时候帮着照看她一下。要是她入了戏，心情沮丧了，你帮着宽慰她两句，成吗？不然，你就给我打个电话。她要知道我这么跟你说，肯定不好意思，你就别跟她说了。谢谢你啊，有机会请你吃饭。

“怎么，我叫你一句弟妹没问题吧？”

“哦。”吴天泓将手机放到了李跃的手上，一转头，一口闷尽了一杯酒。

展冲说得没错，她确实演得有点难。

楚歆在父亲生病那一段时间是格外难熬的。从小到大最疼爱她的父亲生病了，前半辈子父亲一直研究的是历史，做不了什么来钱的课题，赚不了多少，拿到的工资除了养自己和女儿之外，还要照顾父母和逝去的妻子的家人，所以也没什么积蓄。学校给的钱和社保都不足以支撑他的医疗费用。

正因如此，楚歆不得不低头向着宣称会对他好一辈子的老公讨要，就好像一个乞丐。她只能让他不耐烦地将钱甩到自己的身上。然后，在父亲拉着她的手去世之后，回到家里却意外见到了丈夫出轨，这是一场她的独角戏。

楚歆推开门，看到了出轨的老公。

这是一场撕裂的戏份，和吴天泓曾经经历过的婚姻总有些相似。她在生活中经历过类似的情境，差不多的情节断送了她的婚姻。

木楼在写戏的时候，在这里安排了冲突更加激烈的场景：楚歆冲了进去，扇了两个人一巴掌，然后跑了。吴天泓看后笑笑说：“这样不合适。”

“怎么？”木楼看吴天泓半天不回答，补充了一句，“你别顾忌，跟我说吧。”

“楚歆是什么人啊？她就好像是空中楼阁里长大的大小姐，那脚底板是不沾泥沙的，谈论的都是风花雪月。她对于这件事是不能接受的，觉得脏，想要断绝关系。她这么想很正常。但是，按照她的性格，她这么做是不对的。要我的话那肯定就冲进去了，冲进去先拍照，然后把人撕一顿，先打了再说，跑什么呀？再难过了就打个电话，喊些人过来，做证人。要哭什么的，都是以后的事情。可是楚歆不是这样的人，她从小就受到了很好的教养，温柔、善良、柔弱。按照我个人的想法，她就算真的成了一个职场女强人，大概率也不是你现在想象出来的样子。”

“那你能演给我看看吗？”

“好。”

吴天泓站起来，走了几圈。这是她们私下的朋友间的讨论，并不是正式的拍摄，所以没有其他工作人员在，机器更是没有。吴天泓还是认真地走了一圈，模拟了一下大概的场景。转过身，她对木楼笑笑："可以了。"

吴天泓饰演的楚歆朝着那扇虚拟的门走去——她听到了什么声音，皱了皱眉头，整个人都在抖动。她已经听出来了里面在发生什么，在他们的床上。那是他们家，家里的床，床上躺着的应该是他们夫妻。楚歆总以为结婚的时候是找到了一生的归宿，可是如今呢？她的丈夫却和另外一个女人在他们的床上，翻滚。

楚歆猜到了，那种声音表现得过于明显了。可是她不甘心，本能地不愿意相信。她把手放在门把上，推开一条缝，果然，看到了一个不堪入目的场景。

她努力着，将房间的门轻轻合上。她始终不愿意将这样的场景暴露出来，然后走了。她一个人走到了天台，天台没有人，空旷的空间，她的悲伤终于完全地宣泄出来了。

木楼看着吴天泓在她面前哭泣，绝望地哭泣着。吴天泓将自己抱成了一个团，身体哭到抖动，将她的情绪代入了进去。

木楼走上前，拍拍她的肩膀说："天泓姐？"

吴天泓是真的在哭，哭得简直是停不下来。她抱着自己，徒然遮住脸，哭到撕心裂肺。木楼轻轻地拍拍她说："已经拍完了，天泓姐，别演了。"

可是吴天泓好像是没有听见一样地哭着，她把脸遮着，声音小了，可是看她那个样子似乎依然是在流泪。木楼想了想，走开几步，掏出了自己的手机，给展冲打了个电话。正好，他也在候场，很快地接了起来："木楼吗？"

"展冲，你好，这会儿天泓姐哭得挺厉害的……"

"发生了什么事？"

木楼三言两语将这件事说完了，展冲叹了口气说："我知道了。你离开一点，也别让人过去，我给她打电话。她要强，不愿意让人看见的。"

“我知道了。”

展冲跟身边的人打了个招呼，他打了个电话给吴天泓：“泓泓，你有我了，都过去了。”

“我知道。”

“别哭了，我不会这样的。”

“我知道。”

他知道的，吴天泓没有那么容易愈合。曾经的冲动让她付出了惨烈的代价，一年多的压抑，最后的致命一击，所有的这一切都让她受伤极重。

吴天泓看着好了，实际上还是伤着。她说是好了，可是和展冲在一起，所要承受的压力一点都不小，又遇到这样的情境，她又再次被触动了。如果，不是她的心里有着这样的伤痕，她大概已经完全地接受展冲了吧。她的不安全感是一直藏在心底的。

展冲一直敏感，他总是小心翼翼地观察着人，为了能够很好地融入环境中，他学会了洞察人心思的本事。

他知道吴天泓的犹豫和彷徨，她不是不爱，而是有点不敢爱，她不知道这样的情形什么时候就变了。可是他敢，他将这所有的都想清楚了，他有把握等她安心。展冲也知道他的很多行为是在逼迫吴天泓，尤其是吴天泓和他在一起之后，他始终强迫着吴天泓加快节奏，逼着她走出这一步。她是受过伤的，看着像痊愈了，但依然会在某个触动她的时刻哭得让他心疼。这哭声里，也少不了他的紧逼。

木楼轻轻地叹了口气，她照着展冲的意思走远了些。可是她到底不敢离得太远，依然停在那里。她听到吴天泓的哭声渐渐止息了。

木楼大概明白了吴天泓的意思，她将自己的文章修改了。原本不大恰当的地方都改好了，不管楚歆遭遇了什么，她的本性是不会改变的。

女强人是一个身份，但是女强人不会有固定的、模式化的性格。

楚歆始终是一个温柔的职业女性，她的骨子里带着温暖和善良。也许是因为她始终追逐着浪漫和温柔，这才让她在被离婚伤透之后，面对着不知道是有意还是无意的时光还愿意勇敢地追逐。

时光是有感情障碍的，因为家庭的缘故，他不相信自己具备爱人的能力。他从心理上否定了自己，所以从一开始就做了逃兵。

他认定自己一定会给喜欢的人带来伤害，所以越喜欢一个人就越要逃跑。他对楚歆很好，温柔呵护却不愿意承认，楚歆接近一步他就退后三步。他说话狠毒、尖刻，明明意思是为对方好，口气却要把人都逼走。

就是这样一个别扭的人，若要爱他，一定需要极大的能量。偏偏和他相爱的这个人是楚歆，她自己就有着满心的伤痕，伤得透了，只希望有人来温暖她，治愈她的伤口。可是，她会是那个从自己身体里将自己上了锁去好好保护的伤痕累累的心给掏出来、捧出去的人，她不会让自己有机会受到更多的伤害。

对于这样一个有点复杂的商人角色，李跃的表现可以说是极好的。

吴天泓和李跃两个人到了后来可以直接在现场飙戏，两个人你来我往的，李跃这边临时加一句台词，吴天泓下一秒就会跟上，两个人的反应极快，明明事先都没有商量过。

那一次是拍一场两个人相处的戏份。

时光的生意经营出了问题。他想要开拓新的业务，涉足文化出版公司。所有的人都不大理解，可是陪着他一路创业走到如今的楚歆可以。果然，文化公司一开张就出现了问题，资金链濒临断裂。祸不单行，原本赚钱的软件公司开发的阅读软件也出现了重大bug(故障)，需要调整。也许所有的这一切都没有了，公司濒临破产。

两个人就在地上相对而坐。

时光没有一贯表现出来的毒舌和居高临下，他有些平和，也有些脆弱。楚歆坐在他的对面，拍拍他也没有说太多的话。

"楚歆，你要是想走，现在就能走。"

"走去哪儿？"

"你没必要因为那些道义、人情之类的理由憋着，趁着现在，这个牌子还响亮，你还能找个不错的工作。不然，就凭你，你不要想再有人能救你。”

“我不要人救了，我靠我自己就可以了。不过，时光，你别推开我。”

两个人的目光交会，他们长时间地对视着。楚歆将自己的脚伸了出去，她踩在了时光的脚掌之上。时光的动作依然是抗拒的，他从来都像一个刺猬，坚硬地竖起了自己的刺。

可是她想，她愿意接近。她矜持又温柔，对于抗拒从来都是顺从的。可是她不想逃了，她看不得他难过。在他如此难过的时候，她就想伸出脚去，或者只是这样的一点点，就从这里开始突破对方的防线。

她踩上了时光的足背，轻声说：“我不会走的。”然后这个温柔的女人又一次大声地说：“我不会走的。”

“所有的人或迟或早，都是要走的。”时光在往后缩，他收缩着自己的领地，他将自己的身体往后缩着。

楚歆从正面逼了上去，她将时光环抱住头的手臂挡开，将这个人强硬地搂进了她温柔的怀抱里，像是母亲一样地哄着他：“我不会的，我不会离开你。”

吴天泓做出哄孩子的姿势做得无比自然，她一下又一下地抚摸着对方的背脊，这个姿势敏感又别扭，到底是一个男人靠在她敏感的部位，可是她没有感觉太多的不对。

她不是这样温柔的、具有强烈母性的人，她对孩子没什么耐心。可是她现在已经很习惯做出类似的动作了。木楼的剧本上并没有这一段，到了踩脚那里就结束了。这是李跃和吴天泓自己的演绎，李跃演出来的时光是抗拒的，而吴天泓演出来的楚歆则兼具着情人和母亲的特色。她用着包容的姿势，将自己的爱人拥入了怀里。

“咔！”

两个人散了开来，脸都有点红。“不好意思啊。”差不多同步地，两个人说出这句话来。

其实跟李跃拍戏真的是一件很爽的事情，成熟、稳重、靠谱、认真，所有的这些优点他都有。

他将来一定会成为圈里的常青树，是个年轻的实力派演员。不算很受欢迎，但他总能演到主角，接到有质量的戏拍。他总是精挑细选，有他大概率就会看到好片子。

如果吴天泓能够选择，她应该会选择和李跃这类男人在一起吧，他更符合她的择偶要求。

美丽到梦幻的东西，人往往会选择将其高高地搁置在台子上，也不太照料，最多偶尔去擦擦灰。放到身边随身用的，怎么都要糙一些。

可是，她也没觉得展冲对她来说是那个美好的摆饰，她看在眼里的就是展冲这个人，是一个让她改变了动作、习惯的人。有的时候，这样才是最可怕的，因为自己不知不觉地陷入了不可救药的爱情，悄悄地把一切改变了。这样的感情，难以戒除。

对着李跃，同样是缠绵悱恻的爱情剧。拍摄的时候还好，下了戏，两个人都觉得尴尬。他们在感情戏拍摄密集的几天，相互保持了一段距离，这都是很自然的行为，因为两个人的关系没有进展到那个份儿上。

可是拍摄《刺》的时候，上戏的时候是酸涩的暧昧，下戏的时候是甜蜜的牵念。说什么入戏太深，都是骗人。不过是因为她真心地喜欢上了一个人，披上了一张入戏太深的皮做了借口。当然，如果不是那一场戏，或者还要再多演一段无心人。可是再怎么演，该喜欢的最后都会喜欢上。

当了这么久的演员，穿上过无数件戏服，说是入戏到出不了戏的只有那一场。说到底，还不是因为喜欢的是那个人。

《裙摆摇摇》里的楚歆也是。

时光不符合她的标准，她和朋友说，她累了，伤得透透的，觉得爱情很伤人。她有些不愿意去相信男人，不愿意投入爱情了。大概，找一个符合标准的男人结婚，就这么过一辈子就行。

可是偏偏她遇见了时光。

她回避不了，她无处可逃。时光让她不得不又一次相信爱情，他让她忘不掉，舍不下，只能倾尽全力去赌获得幸福的可能。

楚歆站在了时光的面前——她穿得很漂亮，风扬起了她的裙摆，雪纺的纱裙柔软地贴在她的身上，温柔到了极致。她本来就是个温柔的姑娘，当她温柔地笑着的时候，好像周遭的空气都跟着柔软了起来。

可是她偏偏又像个战士，不愿退缩，就这么和对面的那个男人面对面地僵持着。

“我喜欢你。”

“你说什么？”

“我喜欢你！”

“楚歆！你，你想想……我，我不……”话都说了一半，前一半是下意识地讽刺伤人，后一半是下意识地拒绝，可是哪一句话，他都说不出来。

对面站着的那个人是他所喜欢的、所珍视的，再怎么想要拒绝，他都不忍心用锐利的刺去伤她。他也难以否认，走了这么久，逃了这么远，遇见楚歆，他还是爱上她了。时光吞回了本来要冲口而出的话，他努力地摇了摇头，看看对方，再坚定地摇了摇头说：“我当作没听见，你知道的，这不可能。”

“两年，我给自己两年的时间。如果三十五岁之前，我还没有追到你的话，我放弃。我现在只想告诉你，我喜欢你。”这些话，她本来是不愿意说的，她从来都是那样矜持、温柔的人，遇事先想着退缩。

前夫追她的时候，也是花了很长的时间才将她打动。当时，她不是不喜欢前夫，只是本着女孩的矜持，有些娇羞，她只好告诉自己要收敛着，许久才愿意朝前一步。

可是，现在她有了极爱的一个人，也就跟着有了勇气。

她到底矜持，汹涌的爱意到了她的嘴边不过四个字：我——喜——欢——你。可是，她想，她背后所抱持的勇气，支撑勇气的是未能言说的爱，眼前的这个人应该是知道的。

拍完了这一出戏，吴天泓坐回到了场边。

木楼傻愣愣地看着拍戏的场地，没有说话。

“怎么了，傻了？”

“天泓姐，你演得太好了啊。我都被感动了。你知道的，楚歆其实是个很弱的人，她强势起来的时候，真的是很需要勇气的。我觉得你对这种冲突感拿捏得特别好。”

“嗯，谢谢。”吴天泓翻翻剧本，她看了看木楼，木楼的笔记本打开着，文档还是空白的，“你是不是一直都没有写啊？不是说那边催着要交稿吗？编辑那边还要等着校订，然后还有印发之类的。”

“哦哦，我在写啊，就是……不知道怎么写了。”

“你不是一直都脑筋转得很快的吗？《裙摆摇摇》这个故事的架构还是很有意思的。”

“哦哦，是吧。”

木楼傻愣愣地又坐了一会儿。“天泓姐，你怎么坚持下来的？我是说和展冲在一起。这个，方便回答吗？”

吴天泓下意识地就要拒绝，条件反射一样地出口反问：“怎么了？你问这个做什么？”

“我……我跟谢添奇分手了。”木楼好像并不需要吴天泓再问了，说完这句话，她的情绪打开了一个缺口，眼泪倾泻而下，“就是坚持不下去了。我们总要瞒着我们的关系，不能一起逛街、一起看电影，不能在所有人的眼前做任何事情，什么都是偷偷摸摸的。就好像……就好像我是一个偷了东西的贼。”

真的是很难熬。谢添奇经常要去外地拍戏，木楼也经常要跟组，两个人从一个组流浪到另一个组，总是流浪不到对方的身边去。病了，自己买药；下雨了，自己撑伞……有时候一阵恍惚，都不确定自己到底是有男朋友，还是没有。

两个人在一起的时候都是小心翼翼的，不能让人知道。

说是吃饭——两个人一起到的。到了地方，木楼先进去，要一个隐秘的小包间。大概过上三四十分钟，谢添奇再戴着伪装走进来，坐到木楼的边上。选餐厅的第一要务，绝对不是味道，而是私密性，最好还有能够溜走的后门。

有时候这样久了就会有一种扭曲的不该存在的背德感：是偷了什么东西吗？还是说触犯了什么禁忌？

当所有的激情退却，生活展现出狰狞的一面时，嘴上说的最伟大的爱情也禁不住怀疑的折磨和摧残。

木楼和谢添奇没什么大的矛盾，只是淡了。就是到了某一个地步，发现进展不下去了。

说分手的是谢添奇，他说我们不要在一起了。

——你喜欢别人了吗？

——没有啊，就是，觉得坚持不下去了。

——好吧，再见。祝你幸福。

——你也是。

说出了再见，可是再见不是那么容易的，不是这么好说出来的。在一起的时候好像没怎么相处，感情没有更多的增益，反而被损耗了很多。

可是，怎么还会有这么多深厚的感情留存在他们彼此之间呢？割舍掉了就止不住地流眼泪。

就是在这个时候她写出了《裙摆摇摇》。

她想写一种感情，经历了重重波折和许多的痛苦，甚至还有各种狗血的难受的事情之后，人已经成熟稳重、世俗世故，偏偏却还愿意相爱的爱情故事。不是偶像剧，没有那么多上刀山、下火海的爱情宣言，而是一部真实的，以爱情为主线的像童话一般的生活剧。

她一边写一边流眼泪，可是写着写着，她都不信了。

木楼原本设定好了故事，故事里面是楚歆勇敢地走出了这一步，但楚歆明明是一个应该会逃避的人。怎么坚持下来的呢？好像故事到这里就坚持不下去了，木楼说服不了自己。

因为木楼没有那么勇敢。

展冲和吴天泓两个人公开的时候，木楼也看到了，她站出来恭喜他们，然后被脑残粉追着骂了几百条。看着微博上的言论——好可怕！

她一直没有说出来。以前，她是想过跟谢添奇坚持到最后的。然后，两个人牵着手站到所有人的面前。

可是，公开是那么可怕！各种各样的言论铺天盖地地席卷而来，可怕的压力从天而降，有些人不管认识不认识你、是不是曾经喜欢你，只要一听说你公开恋爱关系就会恶语相加，露出狰狞的面目。

后来，木楼再没有说要公开过，她从心里害怕。她真的有勇气为了身边的这个人承受所有的一切吗？不知道，真的不知道。

所以她想问问吴天泓是怎么坚持下来的？不会害怕吗？她想吴天泓可以给她一个答案，一个让这个故事继续下去的理由。

木楼把她心里的疑惑如实说了出来，并解释了这样问的原因。

吴天泓放下了心防，回答道："怕的，一直都在怕。"轻轻笑笑，继续说："只是虽然害怕、不确定、难受……却又不想要断掉，从心里舍不得。我最开始接这剧本有两个原因：一个是剧本中的人物和我有相似的过去，会让我将自己撕裂开来，逼着我去处理这么久以来都没有愈合好的伤口；另外一个，我也想要力量，我想从这个角色中汲取到相应的力量，然后努力去做。我也有自己的那个'时光'，他让我想要面对感情更勇敢一点。可是，我没有楚歆那么勇敢，我现在做得还不够好。"

"天泓姐……我可能没什么经验，我写楚歆和时光的时候其实没有想这么多。"

"嗯，其实一个角色被作者创造出来以后，就不是完全地属于作者了，角色也有自己的生命轨迹。有时候作者是需要去循着轨迹找角色的。别灰心，我们一起一定可以把楚歆找到。"

吴天泓不知道木楼是不是在自己和她谈了之后将楚歆找到了，吴天泓觉得自己真正找到楚歆的灵魂，可以为自己的勇敢找到一个理由，是因为她和李跃拍的一场戏。

那个时候的楚歆和时光已经在一起了。在两个人结婚之后，时光坚持让楚歆出门工作，他宁愿自己退出公司然后让楚歆继续她的事业，由他照顾两个人的孩子。

“你应该出门工作。”

“可是，孩子谁来照顾？”

“我来。孩子还小的时候我们就轮流照顾，大了以后，我们就一起去上班。”

“为什么？公司有什么事吗？”

“楚歆，你清醒点！我不确定，我不知道自己能为你做到什么地步，或者能坚持多久对你好。你得有个保险，不能像以前那样，将自己封闭起来。你别忘了，人都是靠不住的！”

他从来没想过将楚歆藏起来，他对自己并不自信，总觉得自己有一天可能还会亮出血脉里带着的刀，将自己的爱人伤到。所以他说，你别相信我。在他还爱她的时候，为她准备好所有的一切。

如果遇到这样一个男人，那还有什么不能相信的呢？若是真的遇见一个男人这样照顾你，那么当然要不顾一切地爱他。他值得，值得所有的爱，值得你为他勇敢。

她想到了展冲。展冲从来都是一个挺节俭的人，他自己花钱很省。各位大明星都有许多的奢华行头，他出门的时候却从来只背着一个包。

那是他拍了《没有硝烟的战场》之后买的。因为那一部戏，他的经济状况改善了很多，终于买得起这么一款可以拿得出手的包，也是他一直到现在唯一相对奢华的行头吧。

有活动的时候反正有赞助商提供，但是他要因为私人行程出门就只背这个包。

他有钱，却总是舍不得花在自己身上，对自己总是特别省。这是他的习惯，穷得久了，就大方不起来，总害怕有一天再次变穷。

展冲在《此心安处》这个项目上投了许多钱。展冲很少做这样大项目的投资，他是真的比较看好吧。这样的项目，他首先想到的就是找她。

吴天泓不愿意接手是因为害怕，她不确定要不要跟展冲牵扯过深，涉入对方的经济收益中去，这样他们之间的关系就更难理清了。展冲呢？她有没有站在展冲的立场上考虑过问题，他把跟钱有关的项目轻易交到她的手上了。对展冲来说，这又下了多大的决心呢？

晚上，她打了个电话给展冲："展冲，你看好《此心安处》吗？"

"之前看了项目书，觉得还不错。但是要说很放心，那也不一定。之前的人出了事，现在接手这个项目的人还没有找到，各种实际运营也还没有开始，谁能说肯定会赚？"

"你是不是很想我去做这个运营？"

"想是想的，我肯定是最信任你的，所以这个项目你去维系我会比较放心。但是去不去，我会尊重你的选择。而且，我想你应该知道我是什么意思。吴天泓，我不想干涉你做任何事情，你可以一直做你自己，我只想把我生活的许多方面对你敞开，我也希望你可以对我敞开。"

"嗯，我知道。展冲，如果我没有做好呢？如果这个项目，在我运营之后的结果不好呢？"

"那也没关系呀。你怎么就知道项目没做好，一定是你的问题呢？你要是觉得不开心，或者有压力，那就算了。我们只投资吧。"

"我会和李悠悠商量一下，看看之后的行程安排。"

"泓泓，你知道你说的这个话的意思吗？"

"嗯，我觉得我想试试。展冲，你让我试试看。之前，我可能防备得太厉害了，如今我想试着彻底敞开一次看看。"

因为是展冲，他让吴天泓想要相信他。

"我陪你。泓泓，我不会让你失望的。"

"拍完戏，我想去把头发给剪了，光头。"

"用不着吧？没有那么可怕的，非要赌这么大吗？"

“怎么，现在就觉得不好看了吗？”

“确实是不算好看，但是，我喜欢。”

静默了一会儿，展冲在电话里说着：“虽然这话应该当面说，可是，现在也能说吧？泓泓，我不会让你失望的，我会对你好，我们会一直在一起。”

第十年

求婚

展冲从机场上了车，不自觉地抖了抖。

上飞机之前，为了在机场拍几套机场 look（时尚造型），不得不将衣服减了又减，拍完之后总算是结束了这一段工作，腾出了几天私人时间。虽说换下了商家赞助的衣服，也不好穿太厚，到底有粉丝、机场人员之类的看着，为了形象还是要单薄一点。

他就这么穿着九分裤，露出一截白皙的脚脖子来到了北地。偏偏这是私人行程，车子是他自己联系的朋友，这种私人的行程难免没那么准时。等了半小时，终于等到了车，他赶快往身上贴了一贴暖宝宝，抖了抖身子，觉得寒气还没钻到骨子里。

“这么冷，怎么还三更半夜往这里跑？这几天真挺冷的。”朋友开着车跟展冲说着。

“没办法，那剧这儿天要杀青了。真的是太冷了……”展冲说着话，又打了个哆嗦。

《此心安处》的最后一场戏是在北地拍摄的，因为男主角任安有一段离开的戏份。任安从来没有想过有一天会认识杨小心这样的人，她是他宇宙中的熵值，对他的影响力与日俱增，直至掌控了他全部的世界。当然，改变他的还有那一帮和杨小心一样温暖的朋友。谁能想到，任安也会有朋友。他的一切不再奇特，随着心理问题被治愈，理性也得到感性的平衡，他现在成了一个普普通通的人。

当他发现自己成了一个普通人，所有充满烟火气的热闹，好像一场旋风将他之前的封闭状态下井井有条的秩序都摧毁了。这让没体验过这些的Geek（智力超群又不善交际的网络时代的计算机迷）任安慌了神，他吓得跑掉了。

他想要换个环境，冷静一下。他去了北地，到了纷飞的大雪里。他从来都长在南国，一直都感受着温暖如春的环境。纷飞的大雪，冰冷的气候……所有的这些和从前熟悉的环境都是不一样的，他将自己的安全区打破，想在完全陌生的环境里整理一下思绪。

杨小心找过来了。她通过各种朋友找到了这里，在北地的风雪里对着任安微笑。

她的微笑大概是任安的阳光吧，温暖而耀眼，当她出现的时候，就带来了这个世界的色彩。任安对着她内心就充满欢欣。

杨小心牵住了任安伸出来的手说：“任安，我们回家了。”

任安看向了杨小心，他伸出了另一只手，将眼前的杨小心拉入了怀里，将她团团抱住。他告诉杨小心：“我回家了，我已经回家了。”

这是这部小说里最为经典的一个场景，当任安这么说的时候，许多看书的女孩都尖叫起来。

她们看着任安的朋友好像奇迹一样地在风雪中一个接一个地出现了。

第二天，他们在北地为这一对恋人举办了一场婚礼。他们在纷飞的雪花里幸福地笑着。生生把这个陌生的地方又一次变成了让任安逃掉的混乱的“南国”，走了这么久，跑了这么久，他还是再一次掉入了这样的不可预知的混乱中去了。

想了想，开心吗？其实还是挺开心的。以前傻呆呆的任安会用所有表示高兴的词语来描绘喜悦，如今的任安沉浸到了喜悦中，他感知着欢喜，无比开心，才明白开心到这个程度，所有的形容词都堆在一起也是无法表达的。

一向很高冷的男神笑了，他笑得挺傻的，抱着面前那个小姑娘，个子不高，蹦蹦跳跳的，充满创意的姑娘。这个姑娘格外活泼，她的脑子里好像有一台泡泡机，时不时地冒出一个在阳光下可以折射光芒的轻盈肥皂泡一样的想法。

她思维跳跃，不可捉摸。偏偏是任安的归处，这样的姑娘却能让任安觉得心安。

所以，两个人在北地的大雪里结婚了。

他们穿着临时租借来的白色礼服，简单地装扮过，找了一个小小的公园。最好的朋友站在了两个人的面前，举起一张纸念着："任安，你愿意娶面前的杨小心小姐为妻吗？不管是贫穷、疾病还是各种杂七杂八的烦恼或者痛苦，是不是没有什么能把你们分开？但是你回答之前要思考清楚，如果说不是，那我们是要揍你的啊！"

"杨小心，这个婚礼不是很正式——会场装饰一点都不好看，花插得乱七八糟的，婚礼进行曲是几个手机一起凑出来的杂音，我们穿的衣服又丑又土，更不要说站在台上的司仪连誓词都说不好，所有的一切都是杂乱无章的。这个婚礼甚至都不能符合你大多数时候的审美观，更不要说我了。大概只有未知的刺激——不知道下一步会闹出怎样的笑话，是你唯一能接受的点。而我，最讨厌失序和混乱，我喜欢井然有序的世界。我也不喜欢这场婚礼。从这场婚礼开始的 0.0001 秒，我就在想，我们回去以后一定要补办一场更好的婚礼，毕竟没有什么婚礼能比这一场更加糟糕了。可是我没想过逃跑，我想和你一起，有一场婚礼，有一个仪式让你成为我的老婆，我今天说的话都是真的。你让我心里很乱，你让我的世界混乱，所有的一切都一塌糊涂，可是我都愿意，我喜欢你带给我的刺激和不安，只要你跟我在一起，混乱都是粉红色的。杨小心，我这句话只能跟你说一次，你一定要牢牢地记住，不管过了多久都不能忘了。”

“什么？”

“杨小心，我心安处是你。”

杨小心不愿意再听那些乱七八糟的誓词了，她一下子冲进了任安的怀里，抱着他，把自己的妆容都糊到了借来的西装上。“任安，任安，任安……我爱你，我爱你，我爱你，我爱你，这个世界上我最爱你！”

“我也爱你。”

镜头拉远，将所有人的笑脸收到了镜头里，导演大声喊了一句：“咔！”

演员们走了下来。

这几个演员都不是很知名，都还是年纪轻轻的新人，那个男主角是海戏刚刚毕业的学生，叫作白一然，个子很高，长得很帅。他是吴天泓在决定接手这个项目之后，在试镜会上发掘出来的。

吴天泓力排众议让他成了男主角，将他签到了恒星，放到自己的工作室里管理。白一然成了李悠悠所管理的第二个艺人。

他挺不错的，虽然演技不成熟，但是帅啊。任安的扮演难度并不是特别大，他这样的已经足够应付了。

当他搂住了女主角笑出来的时候，好像真的将世界的冰雪都融化了。吴天泓裹着大衣点了点头。

“这么帅吗？看傻了？”一杯热饮送到了她的面前，吴天泓回头一看，见到了展冲。他带的衣服还不够，只好问场务要了一件军大衣，又老又土的军大衣随意穿在身上，脚脖子上还露出一截很丑的毛袜子。

现在流行的是吊脚裤，他到底是公众人物，随便到了哪个机场都有人举着相机等着拍他的样子。虽然这一趟是私人行程，可是上飞机的时候也是在机场拍了街拍图的，也有粉丝送机，自然要慎重些。

这边下了飞机，也是怕被拍到或者遇上粉丝，衣服还是穿得光鲜亮丽。可是这边实在是太冷了。他没有别的衣服方便换，只好在车上穿了一双毛线袜，把袜子拉长了，将这一段皮肤给裹起来，看起来真的是土。

吴天泓看了他一眼，扑哧一声乐了。“我是觉得我比你现在的样子好看点。”下一秒却伸出了手，把热饮放到了他的脸上，手往他的大衣里面摸去，皱着眉头说：“怎么就穿这么点？冻病了怎么办？我过两天就跟着剧组回去了。早就和你说过了，你要是杀青了就回去休息两天，非要来。来就算了，还不跟我说，要是我带着衣服去接你，也不会这么狼狈。”

展冲包得跟个狗熊一样，朝着吴天泓挤过去，两个人贴得缝隙都没有了。“是我把这一摊子事情丢给你的，总要过来看看。杀青这一天我们应该要在一起的。”

“哼哼，那个天泓姐，你跟我姐夫是不是要停一下？”

两个人还没说完呢，那边李悠悠的声音插了进来。转头一看，整个剧组的年轻演员，还有导演什么的都冲着两个人乐。

那边白一然知道吴天泓算是他老板了，格外地热络些。“老板，我们这狗粮吃得也太撑了。你们好闪啊！”

“天泓姐，我们今天杀青呢！结果，所有人都只盯着你们看！”一边的女主角跺跺脚，噘着嘴巴撒了个娇。她是个挺可爱的女孩子，年纪大一点，出道也有两年了，不过一直没有很好的资源。她看着是个圆圆脸，感觉上居然比白一然还要年轻点。

“别闹了，都快去吃饭吧！这地方的娱乐场所都关门早，没什么活动的地方。就只能给你们订一桌好吃的饭菜犒劳你们了，咱们今天就都不减肥了，好好地撮一顿。”

这话一说出来，那边的年轻演员率先欢呼起来。剧组开了车，展冲的朋友也跟着一起到了附近的一家饭馆里。

菜摆了一大桌子，吴天泓先给展冲打了一碗汤。

这边的菜都加了比较多的油，味道也比较咸，可是这些演员总要吃得清淡点，他们都要保持身材。不过这里地处偏远，有热腾腾的饭菜已经算很好的了，也就没那么多要求了。

吴天泓把汤打到碗里，然后把浮在面上的油一勺勺舀出来，端到了展冲面前说："先喝了，我让人多加了点姜的。"然后她对着所有的演员都招呼了一声："这汤里是特意加了姜的，你们每个人都来一碗，预防感冒。"

女主角贴过来，举着碗撒了个娇。"天泓姐，我觉得你舀的汤特别鲜，你给我舀一碗好不好？"

"当然！"她站起来就要拿碗。那姑娘把碗一抱说："不了，不了，你这个殊荣给我了，展冲哥要跟我发脾气了。"

"我保证不生气，你们演得这么好，让制作人给盛一碗汤也是应当的。"

"展冲哥这么说了，那我一定要多喝一碗。哇，真香，果然劳动过后，吃到的饭菜滋味都特别好。"这话说得大家都笑了，几个演员笑眯眯地闹起来，女主角自己站起来，笑盈盈给自己打了一碗汤。"打汤就不麻烦老板了，那老板觉得我们表现好，能不能多来点别的奖励，比如说物质方面的？"

她这话明显是说着玩的，片酬给多少在合同里都是有明确规定的，这会儿说出来就是逗乐子的，这一桌子年轻演员也跟着闹腾起来。

他们闹着闹着，就不闹吴天泓了，毕竟是老板，和老板闹还是要掌握点分寸的。他们就自己闹自己的了。吴天泓看他们没在意，将手搁到展冲腿上问："冷不冷？"

"还好，这里暖气挺足的。"

"嗯。这算是杀青会，所以肯定还要闹一阵的，你要不就先回去休息吧。"

"别担心，没事的。"

吃过了饭，几个人还有再闹阵子的意思。到底是杀青了，之后就要离组了。拍了三个多月，几个主要演员都是年轻人，彼此又很谈得来，马上要离组了，都觉得舍不得。

他们这一段的戏是在北地的一个小城市拍的。其实戏份不那么多，也就是最后一段的寻人、求婚和约会，还有各个配角的过场，林林总总也就占据了大半集的戏份。

本来如果不到这里来，也是可以另外造个景出来的。可是吴天泓觉得不行，造出来的景少了点实感。这个场景上演绎了这部网剧的好几个重要情节，而且吴天泓觉得，只有到这里才能给电视剧拍出一个完美的结尾来。

展冲对这个项目也是尽心尽力，他那么节俭的人，听吴天泓说了这事二话没说就同意了，主动跟其他投资人去协商这件事，最后还追加了一些投资。吴天泓也不是那么不懂事，她自然想要很好的效果，但是如果预算不够她也会调整，最后把拍摄场景定在了这么一个小城镇里，和北地的省会城市相比，到底是便宜很多。

若是到了北地的省会城市，可能还是有娱乐设施的，但是到了这里，就真的什么也没有了。这个饭馆还是剧组特意跟老板说好要晚一点过来吃饭，才营业到这么晚的。出了门，看见的就是黑洞洞的一片，除了掩盖在风雪里的灯，基本就没有哪里是亮着的。

没有办法，想再接着闹的也只好散了。

吴天泓在晚上睡着睡着忽然惊醒过来，她察觉到展冲有些不对劲。半夜醒过来，打开灯，他果然发烧了。身体发烫，汗水透出来，人好像很难受。

吴天泓伸出手探了探他的额头，是滚烫的。

她随身带着感冒药，先找出来喂他吃下了一粒。然后开始打 120，还惊动了李悠悠，让她处理一下媒体之类的，不要把消息泄露出去。自己跟着救护车陪展冲到了医院，一路上一直担心地握着展冲的手。

去的时候已经烧得滚烫了。医生检查之后说是着凉，但是因为身体太累，免疫力下降，又一下子受了风寒就高烧了。

吴天泓知道的，米露帮展冲接了一部大咖云集的新电影，是动作片。天上飞、地上跑地拍摄，确实是拍得很辛苦。三天前她打了个电话给米露，麻烦米露多照看他一点，她这边头一次做幕后，许多事真的是不知道要怎么做，只好加班，抽不出很多时间去关心展冲，偏偏展冲又只跟她报喜。

她在台前做了许多年，接触幕后也算不少。可是真的上手了才知道所有的事情都不容易，好像很多事都整不利索，好像一眼都不错开地盯着才放心。展冲那边自己肯定是过不去了，只好打电话给米露，让她多费心照看了。

米露那个时候还跟她说呢，展冲还要在这个组里待上一周的时间。他能提前三四天离组，肯定是赶工了。展冲是个非常认真的人，他当然会保证自己的工作质量。在这个情况下，他能把工赶出来肯定不大容易，所以才有了医生说的过度疲劳。

吴天泓守在展冲的边上，手一下又一下地擦过展冲的额头，汗水在那里淌着，沾到她的手上，抹过好像又会有更多的渗出来。他始终皱着眉头，一看就知道他睡得难受。

他躺在那里，吊了一瓶水。至少水吊完之前她是不能睡的。他们出钱要了一个单人病房，这里只有一张单人陪护床。李悠悠睡在了一边的陪护床上，吴天泓就坐在展冲的边上，看看点滴又看看昏黄的医护台灯下的脸。

还是很帅，只是他眼下的青灰色破坏了看上去的美感。

他的身体很自然地缩起来。这个睡姿可能要跟着他一辈子了。这会儿躺在医院的病床上，他凭着被握住的手，朝着吴天泓的方向缩起了身体，也不知道是不是还感觉冷。

吴天泓站起来，又出门要了一床被子给他压上。她给他拢了拢身体上的被子，最后压了压，手就被展冲捉住了。

这样的展冲让吴天泓的心软成了一摊水。她看着展冲，忍不住就想低头亲亲他："怎么就这么傻。"

她知道的，展冲这样过来想着的，不过是陪着她一起杀青。这到底是他们做幕后的第一个项目，挺有意义的。展冲自然是想着要跟她一起见证这个时刻。

她看着点滴一点点打完了，展冲的烧也跟着退下去了不少，大概是没有什么危险了。外面的天还黑沉沉的，要走也要等天亮了，打算在这里躺一下。她稍稍往一侧移了移展冲，躺在了他的边上。

医院的病床自然不会太宽，两个人挤在了一处，展冲的呼吸依然有些热。这些不大正常的热气，喷在了她的脖颈上，感觉温温的。

展冲的手很快地抬了起来，自然而然地包在了她的胸上。

她听得见透过屏风传过来的，李悠悠睡着后的浅浅的呼吸声，走廊上偶尔会响起的护士的脚步声。怎么都睡得不那么安稳。

医院的味道让人不大舒服，浓烈的消毒水的味道根本逃不掉。身上压了两床被子，这种味道更是萦绕在鼻翼周围，根本无法躲开。

北地的暖气开得很足，她一个身体健康的人根本不需要盖上那么厚的被子。不一会儿就出了汗，身上的衣服不是睡衣，没有那么柔软，汗水一下就将所有的舒适都毁掉了。在她身后贴着的又是展冲，他的大手将他高得有点不正常的体热传到了她的身上。他的身上也带了汗，这是医院，吴天泓总觉得不大干净，来之前还特意给展冲换了一套日常衣服，上面的装饰有点硌。

两个汗涔涔、黏糊糊的人，挤在一张窄小的床上紧紧贴着，真的不舒服。

清爽找不到，翻身不可以，没有让人心安的安静，鼻端还萦绕着刺鼻的味道，身上敏感的地方被人握在手里……吴天泓睁着眼睛躺了一会儿，觉得怎么都不安稳，声音、味道，还有触感……全都是干扰源。

她本来以为自己是睡不着的，打算就这么忍一个晚上算了，谁知道她眼睛一闭就睡过去了，还睡得挺沉，到了第二天还是展冲先醒过来的。

展冲一开始当然是睡得难受，躺久了也陷入了甜梦里。总觉得颇为安心，他隐隐约约闻到了某种让他安心的味道。

展冲听到了某些声音，他醒了过来。一时之间，觉得环境陌生，只有眼前的这个背影觉得熟悉——是吴天泓。

她的头发还是很短，因为睡觉不老实，这会儿头发就是乱七八糟的一团，就好像是小时候住的老房子边的那棵大树上见过的鸟窝，哪有女明星这么胡来的，偏偏他还就是喜欢，跟从心里长出来一样的熨帖，根本割舍不掉。

他想起去年，吴天泓最开始剃光了头发的时候，还去出席了一个电影节的颁奖礼。那一天两个人跟着不同的两个组走了红毯，他凭着跟胡铭导演拍摄的那一部电影入围了最佳男配，吴天泓因为之前他们公开的时候演的那一部失子的影片，入围了最佳女主。

她当时穿了一身利落的西装，光着头就过来了。

谁见过这个样子的女明星啊，各种各样的摄像头还有记者都冲着她过去了，一个个举着话筒对着她。她也没什么，就微微笑，就说觉得这个发型挺好。天气有点热，想要凉快点。

凉快吗？那些记者抬头一看，怎么看都已经十月了，这天气怎么都不算热了。

展冲那会儿跟着剧组在后面候场，隔着老远就看到这个反光的发型。他那会儿就知道肯定是吴天泓了。他没觉得尴尬，反而生出了一种看着自己的宝贝调皮的老父亲的喜悦。等接受完了采访，她大大方方地朝着后面展冲的方向笑着招了招手，这才跟着剧组进了会场。她的动作幅度太大，谁看都知道是展冲来了。

本来这种电影节的场合就不好问太私人的问题，展冲又只是个男配。可是刚刚吴天泓的出场太过于震撼了，这一帮记者实在没忍住，举着话筒问他："展冲，不知道你知不知道吴天泓换了新发型啊？"

"当然，刚刚看见了，很醒目。"

"那个，她为什么要剪头发啊？她说，说是因为太热……"

"那就是太热吧。"

"你对这个有什么评价呢？"

"很好看啊，她这样很有个性。"展冲微笑着，朝着记者做了个手势，退后一步，将导演和男女主角请到前面来，"差不多了，让我们把今天真正的主角请出场吧。"

记者们这才压抑着好奇心，向导演和主角问了几个问题，这才让所有的人朝着会场走过去。

就是这么显眼，才一进去，展冲就看见了吴天泓。他和导演说了一声，就朝着吴天泓走了过去。站在她的身边，他第一反应也是好奇地摸了摸她的头说："怎么自己去剪了？不让我和你一起去啊？"

吴天泓之前就跟他说了自己要剪头发的，真动手那天还给他打了个电话，那个时候他正在另外一个城市拍广告呢。

到了这天，也才是第一次看见她。

直接接触到头皮的感觉是温热的，新长出来的头发带了点刺的感觉。才不过剃了两天，头发总是冒得特别快，摸起来就已经有点扎手了。

她化了大浓妆，带点紫色的烈艳红唇，配合西装和光头，有着一种特别刺激的美艳感。她带着挑逗的微笑看着他问："好不好看啊？"

"特别好看。"他低下头，亲亲她的裸着的发旋。

他没说谎，是真的很好看。他没想过吴天泓会做出这么刺激的行为来，她做出这个行为背后的动机让他激动不已。她这是战斗的姿态，是向着所有的一切宣战，把所有的都搅进来一并毁去的终极战斗模式。

他很开心，她到底选择了和他站在一处，面向这个世界。他喜欢这个刺激性的画面，看着特别的美，简直是震撼！美得让他动容，他在她耳边说了一句："泓泓，我想我大概永远离不开你了。"

媒体大多集中在了外面的采访区，可是总也有些"长枪短炮"在这里。两个人的话没人知道，可是亲密的动作都被记录了下来，传到了网上。

又是一阵热议。

好的说很有个性，两个人在一起真的很好。差的不过是说吴天泓很作，又丑又作，还跟展冲在一起，实在是太碍眼了。

不过她已经无所谓了，管不了那么多别人的想法。说就说吧，跟她也没有什么关系。

那个晚上，她就这么顶着一个光头把最佳女主角的奖项给拿下了。

念到她的名字的时候，吴天泓潇洒地站了起来，她站在聚光灯下。不用这个发型她也是最闪耀的当之无愧的最佳女主角，站在这里，如此夺目。她举起了奖杯说："谢谢导演，谢谢编剧，谢谢全体成员的努力，因为有你们才创造出了这样一部优秀的作品。也谢谢我所饰演的角色，她最打动我的核心是战斗，她在陷入绝境之后依然不屈不挠地战斗，只为了寻找她的孩子。能够饰演这样一位像英雄一样战斗着的母亲，我为此深感自豪。将她带到了所有观众的面前、把她的灵魂带到了银幕上的我，也让我自己感动。我很高兴我有这样的天分，也有机会能够完成这样的工作，谢谢。我这次做得不错，以后也会继续努力的。"

摇了摇奖杯，她笑着走下台去，背影摇曳生姿。展冲坐在台下，一下子笑了出来。这个表情被摄像机捕捉到了，放到了大屏幕上，配合着周边一圈人有点诧异的脸，格外生动。

展冲在这个电影节上也收获了他的第一个演技奖，他没有吴天泓那么跳脱，没有将所有的怨气都抛撒出来，正正经经地发表了感言。

两个人是双双拿着奖杯走出来的。在媒体的镜头下一起牵着手上了车，她还回过头朝着记者笑着挥了挥手。在车里，展冲迫不及待捧着她的脸，狂热地吻了吻她带有点扎手的头顶，然后是唇。

镜头记录了下来，又一次上了热搜。

谁在意？

没有人在意的，两个人到了一处，胡天胡地，宣泄激情和快感，两个人缠绵的身影映在灯火通明照亮的窗玻璃上了，看着那么亲密，觉得挺好的。

他感觉到了吴天泓心里涌出来的那一股劲。

她就是在较劲。展冲知道吴天泓的难，走下去很难，放下也很难，他不能再做什么了，剩下这一段是吴天泓的决心，两个人的爱情故事中属于吴天泓的那一部分还有变数。展冲能做的就是等在原地，等着她，守着她，他能做的是给她信心，让她心甘情愿地朝着他走过来，未来的很多事或许艰难，但他会陪着她的。

幸好，纠结犹豫了许久，她最后还是咬着牙朝着他的方向大跨步地走，站在他边上跟这个世界较劲。

真好。

他抬起头，摸了摸吴天泓的头发。

长了，就没有那么刺了，感觉起来有点软了。她之后应该是又剪过一次，所以过了几个月还是这么点长度。但是这次感觉起来还是微微有些软的。

不管怎么样，他总是觉得好看。

他抬起头想要去吻吻她的发旋，还没做完动作呢，吴天泓跟后脑勺长了眼睛一样地伸出手，往他的嘴上一堵。“别闹了，两天没洗，我都觉得油坏了。”

“我感冒了，一身臭汗，你不也没有嫌弃我吗？”

“怎么不嫌弃了？你要是好差不多了，就赶快起来，收拾收拾，等会儿记者收到了消息就过来了。这又不是什么大医院，保密性没那么好的。你这么邋里邋遢地出去，肯定闹出事情。”

“好累。”

“还不舒服吗？”

“没有，就觉得媒体追着特别烦。”

“忍一忍啦，快，起来了。”

她先爬了起来，头发支棱着，看上去毛毛糙糙的，怎么看都有点好玩。他伸出手去揉了两把，果然有些油腻，他直接往吴天泓衣服上蹭了一下。

吴天泓眉眼一瞪，自己一只手压了压，另一只手就捏上了展冲的脸一转。“你以为自己多帅是不是？一身汗臭，难闻死了。”

“嗯，辛苦你啦，照顾我一个晚上。”

“没有，辛苦你啦，努力赶工过来陪我。”

两个人相对着笑笑，都是不怎么好看的样子。

外面的雪停了，只是雪积得很厚，反射进室内一层白茫茫的光。在冬日珍贵的雪光里，两个不怎么好看的人把对方看得分明。

之后两个人腻了几天，又有了各种事情。

展冲生日那一天吴天泓没时间过去，他开了个影友会。晚上回去，吴天泓给他快递了一份礼物。他们两个人的资金都是独立开来的，但是展冲单独存了一份，然后将自己的银行卡密码之类的告诉过吴天泓了，只是她一次都没有动过。

文件上显示吴天泓成立了一家慈善助学基金的机构。吴天泓之前将自己的一部分钱拿出来，又从展冲的账户里抽了一部分出来，成立了一个小型的助学基金。她之前没跟展冲说，将这个当作礼物送给他了。

展冲亲了亲那张纸，将它小心地收好了。他们都知道的，展冲小时候过得很苦，成绩挺不错的，只是因为各种原因不得不中途辍学。他没说过，但是吴天泓知道的，他想做些事，只是腾不出手。她就找了朋友合作，两个人一起注资，成立了这样一家基金机构。

展冲又看了一遍这张纸，想着，再等等吧，只要她觉得没问题了。他们肯定是会要结婚的。

吴天泓不能说完全退居幕后了，肯定还是要进剧组拍戏的。

她去年只演了一部《裙摆摇摇》，然后就一头扎进了这部戏的幕后制作中。

剧拍完了，李悠悠给她接了一部生活剧，她看看剧本也就接下来了，是在海市。她先去看了看米妮，米妮已经结婚两年了，现在过得挺好的。楚渊对她挺好的，不过她不乐意当全职太太，有机会就出来拍点片子，演演小配角。

人还是明艳艳的一个人，但生了娃气质也变了，整个人柔和了许多，让她继续演绎反派女配角反而不合适了，到了现在，米妮演绎的角色正面了不少。

她这次和吴天泓一起演一对闺密。两个人凑到一起，还挺有话说的。

展冲演了一部大制作的古装偶像剧，说是偶像剧本，但是配置上有很多的实力派。他就在延国影视城，两个人真有空了，有时候也会见一见面，反正车程又不远。

那次吴天泓上午没有什么戏份，开车去了一趟延国回来了。米妮扫了她一眼问：“你到底打算什么时候结婚啊？”

“嗯？不知道啊，展冲没提这个事情。”

“想好就是他了呗？”

“自然啊，他没哪里不好的。”

“那就结婚嘛。”

“还不得等着他开口。”

“说实话，你想不想结婚啊？”

“不是那么想，但要是展冲的话，也没有什么好犹豫的了。说起来，谁知道将来会怎么样？都是说不准的。他让我不想考虑那么多，心甘情愿去赌上一把。”

“爱上了？”

“准你当幸福妈妈，还不准我找我的幸福了？”

“当然行。不过，可惜我不能给你当伴娘了啊。”

“有什么不行的？就你了。你和刘渝徽是肯定要当我的伴娘的。我真要嫁了展冲，还能在意这个无关紧要的习俗？当然要让你看着的。”

“你都不跟他商量的啊？小心新郎官跟你吵架。”

“不会的，展冲才不会因为这种事情跟我吵，肯定随我。”

“都规划到这一步了？”

“也不是刻意地规划什么，就自然而然，觉得这个人该出现在我的将来里面。”

米妮笑了笑，拍拍她的肩膀说：“加油。”

过了一段时间，《此心安处》的粗剪出来了。吴天泓请了两天假过去看，看完感觉挺好的。

其实新人演员的演技真的很生涩，但是那种青春的感觉溢出了屏幕。画面清新，情节简单，人物都很可爱，显然是现在最受欢迎的青春偶像剧的类型，大概率是会火的。

《此心安处》是跟人一起合作制作的，后面的发行还有营销、宣发等不归吴天泓负责，她眼下安心拍戏就行了，过一段再去跟人对接。

岳榕也去看了，看得兴奋得不行。他也是投资人，这次的主题曲和片尾曲都是他唱的。

他那边录完了音还意犹未尽，给吴天泓传过来一条信息：天泓姐姐，你和展冲结婚的时候，我也给你写首歌吧？

不知道这个人抽了什么风。吴天泓随意回答了一句：好啊。

她没有再理会这件事，接着忙拍戏。等到杀青了，她又开始准备各种杂事，这边的《裙摆摇摇》已经定好了要在六月开始播映，在白熊视频。一周一集，一直播到九月，是最好的档期。

剧集开播的时候，举行了一个小的开播会。展冲倒是没事，只是这个项目他在明面上没有参与进去，就在家里等着，坐在电脑前看着现场传回来的直播。

李悠悠运作自媒体还是很有经验的。这边剧集还没有播出来，她就已经把白一然推出来了，许多的小粉丝举着白一然的照片出现在现场，尖叫着说：好帅好帅，一然哥哥我们要给你生猴子！

剧集开播了，在白熊视频。

每一周播出一集，效果挺好的。他们两个也跟着看，九月的时候播放进入尾声了。

《此心安处》已然成了网上的爆款剧，不在于复杂，而在于简单。折腾了这么久，就想坐在电视机前看一群年轻人打打闹闹甜甜蜜蜜地谈个恋爱。

吴天泓对于《此心安处》很上心，毕竟这个是做流量的嘛，宣传很勤快。每次剧播的时候都会贴截图出来，效果还挺好的。在最后一集播出的那个晚上，吴天泓贴出了《此心安处》的婚礼截图。

最后一句是男女主角在简陋的庭院里，穿着简陋的白色礼服，外面飘着白色的飞雪，周围是他们的朋友。高大的任安真诚地说：“杨小心，我此心安处是你。”

也不知道是哪一个人在下面 @ 了展冲的名字。

说起来，许多的人反对着他们，天天在微博上、贴吧里打卡，说来说去都是希望两个人分手。大概骂人的总是比较吸引眼球，那些温暖的支持都被吞没了。

现在，这些温暖的人占了上风，她们在吴天泓的微博底下留下自己支持的印记，他们的留言非常温暖。到了最后，一个个排着队，@ 了展冲的名字。

吴天泓笑笑，没说什么。

她其实觉得挺好的，不知道展冲是什么意思。正在犹豫着要不要联系一下展冲，好久没见他了，都有两周了，他的电话打了过来："泓泓。"

"怎么？"

"我看到你的微博了。"

"是啊，《此心安处》挺不错的，流量很大，我都跟你说过了。"

"嗯，我知道，我不是说那个。我就是想问问你，你准备好结婚了吗？"

"为什么问这个？"

"我想娶你，很早以前我就想要娶你，我想有个家，这个家的女主人是你。可是，我不确定你准备好了没有。现在看到这个截图，我就想问问你，你准备好了没有？"

"你就准备这么求婚吗？"

"我在你的家门口。"

展冲现在正在忙着，昨天打电话的时候还在海市呢，在那边拍一个广告。她之前就问过了，说是广告要连着拍三天，按理说明天还要继续拍呢，谁知道这个时候突然又出现了。

吴天泓打开了门，看到了一大束火红的玫瑰，展冲抱着花在那里站着。

"怎么过来了？"

"今天上午拍完了就买了下午回来的飞机票。本来，只是准备给你送一束花，跟你一起庆祝我们的第一部电视剧播完，辛苦你了。”

“现在呢？”

“现在，我想问一问，你愿不愿意嫁给我？”

吴天泓拿过了玫瑰，冲着他亲了一下：“当然。”

图书在版编目（CIP）数据

我和你的漫长时光 / 俪歌著 . — 长沙 : 湖南文艺出版社，2019.10

ISBN 978-7-5404-9410-0

Ⅰ. ①我… Ⅱ. ①俪… Ⅲ. ①长篇小说—中国—当代 Ⅳ. ①I247.5

中国版本图书馆 CIP 数据核字（2019）第 181578 号

上架建议：青春文学 · 长篇小说

WO HE NI DE MANCHANG SHIGUANG

我和你的漫长时光

作　　者：俪　歌
出 版 人：曾赛丰
责任编辑：薛　健　刘诗哲
监　　制：蔡明菲　邢越超
策划编辑：李彩萍
特约编辑：李美怡
营销支持：傅婷婷　文刀刀　周　茜
封面设计：利　锐
版式设计：风　筝
封面插画：站酷 @ 新子子
出　　版：湖南文艺出版社
（长沙市雨花区东二环一段 508 号　邮编：410014）
网　　址：www.hnwy.net
印　　刷：三河市百盛印装有限公司
经　　销：新华书店
开　　本：700mm × 995mm　1/16
字　　数：353 千字
印　　张：24
版　　次：2019 年 10 月第 1 版
印　　次：2019 年 10 月第 1 次印刷
书　　号：ISBN 978-7-5404-9410-0
定　　价：46.00 元

若有质量问题，请致电质量监督电话：010-59096394
团购电话：010-59320018